华 章
传奇派

品味无限不循环的人生

3 无极之外

超验时空

王颖超

著

重庆出版集团 重庆出版社

图书在版编目（CIP）数据
无极之外. 3，超验时空 / 王颖超著. -- 重庆 : 重庆出版社，2025. 2. -- ISBN 978-7-229-19253-2
Ⅰ. I247.5
中国国家版本馆CIP数据核字第20249ZQ814号

无极之外3：超验时空
WUJI ZHI WAI 3: CHAOYAN SHIKONG
王颖超 著

出　　品： 华章同人
出版监制： 徐宪江　连　果
责任编辑： 徐宪江
特约编辑： 穆　爽
营销编辑： 史青苗　刘晓艳
责任校对： 刘　刚
责任印制： 梁善池
封面绘图： 王颖超
装帧设计： 魏　敏

重庆出版集团 重庆出版社 出版
（重庆市南岸区南滨路162号1幢）
北京毅峰迅捷印刷有限公司　印刷
重庆出版集团图书发行有限公司　发行
邮购电话：010-85869375
全国新华书店经销

开本：880mm × 1230mm　1/32　印张：12.5　字数：282千
2025年2月第1版　2025年2月第1次印刷
定价：49.80元

如有印装质量问题，请致电023-61520678

目录

前言

地球，只有这么大！

在现有的通讯和交通手段下，人类可以去到地表的任何地方。这也就意味着在世界范围内，各个国家、文明之间的交流会更加频繁，更加深入。当然，文明的融合之路会很漫长，会有很多困惑，甚至还会有很多阵痛、剧痛……这需要以包容、开放的心态去对待。

其实对于中国而言，中西文化的融合很早以前就开始了，“师夷长技”“中学为体、西学为用”等观点被反复讨论。虽然当时是主观被迫地去思考、去接受，但从客观上讲西方的技术、制度、思想等一系列内容确实是传入进来。在中西文明的激烈碰撞中，在华夏民族究竟该何去何从的苦痛挣扎中，经过百年的风雨历程，我们最终还是走出了一条适合中国发展的道路。而这也意味着，当今时代是中西文明融合时间最长、融合方法最多、融合经历最为丰富、融合最为充分的时期。对于未来世界文明的发展，我有一种自信——随着我国世界影响力的提升，融合、利他、互惠、共荣的国际新秩序会逐渐建立，中华文化也会成为其他各国研究的重要内容。

我个人一直认为：科幻不是全然地在对未来进行预测的基础上构思故事情节，作为文学作品，还是要和现实结合起来，成为文化史中的一个脉络。很多在现实领域尚无充分论据、尚无历史经验、尚不确定的观念、猜想，可以拉进科幻的场域进行“思想实验”，至于最终能得出什么结论，那还不是作者想怎么写就怎么写的，一定会受到现实的很多约束，得出一些相对集中的结局。在当下科学、哲学的语境下，中西文明融合是一个巨大且现实的命题，是关乎未来世界文明走向的命题，会为哲学、社会学、文学、艺术等学科提供极多、极广、极为深远的素材，成为人类文明发展史中的一个关键阶段。

除了上述思考之外，我在《无极之外》第三部的创作中还想到了人类思想和认知的边界，而这个话题又可以追溯到语言问题。语言是个神奇的东西！在以前很长的历史时间里，人们并没有意识到语言是个哲学、认知问题——语言不仅携带信息，同时也紧合逻辑。我们思考、交流、研究等一系列的活动，都要通过语言。语言是思维的外化，它直接参与人类认知系统的运转，思考外在世界、思考自身，思考主客一体，并且还能衍生另外其他“语言”体系，比如艺术语言、文学语言、数学语言、物理语言、计算机语言……这些衍生的语言有的还围绕在“本体语言”周围，有的已经渐行渐远，大有“自立门户”的趋势。很多衍生语言所承载的学科内容，距离人类原本的直观认知越来越远，越来越发现世界有着反直观的一面。那语言除了作为承载内容的手段之外，语言结构本身能否成为故事结构呢？这是我在第三部中做的一次尝试。

回到《无极之外》来：第一部《六维空间》算是搭了一个基础的背景框架。第二部《奇点秘境》搭了两条线：一是文明发展逻辑的确定性，和物理学世界的确定性类似，人类文明里也有一只物理学意义上的拉普拉斯妖；然而在整体规律之下，又有太多的历史偶然性，于是也就有了第二条线——气象学意义上的洛伦兹蝴蝶效应。所以第二部假定：人类文明不能违背发展逻辑，同时也会因为一个举动影响整个宇宙的进程。第三部《超验时空》也是有明暗两条线：明线是正物质、反物质，明物质、暗物质的关联，暗线则以语言逻辑结构为思路，包括东方语言（文明）、西方语言（文明）、计算机语言（人工智能文明），以及设定出更高的宏观性、普遍性语言。

第三部的理论架构我想了很多，但是从哪个具体的细节开始创作却一直没想明白。直到有一次王平教授给我打来电话："银河系的猎户座旋臂发生了断裂，到底什么原因现在还没搞清楚。看看这条信息对你小说创作有没有帮助。"

于是，灵感来了。

第一章
神秘之钥

方千柏本喜欢安静，只是最近的敲门声特别频繁。

又一阵咚咚的敲门声过后，马晓渊把来人请了进来。方千柏起身一看，是警局的刘远峰和张承，后面还跟着一个西装笔挺的陌生男子。刘远峰没有浪费任何时间，直奔主题。

“方教授，最近警局发生了一起……”刘远峰一边说一边仔细看着方千柏的表情。

“刘局长，我知道你心里在想什么，我会把我能说的都告诉你。”

“那好！之前的案件中，向兵把马轲和柳睿从警局带走了，这件事你应该知道吧？”

“我知道，而且向兵带着马轲和柳睿到了我这里！”

“他们来干什么呢？”

方千柏没有做回答，转头看向旁边的西装男子。西装男子面沉似水，看似呆滞的眼神里埋藏着犹如黑洞一般深邃的心思。男子看向刘远峰和张承："刘局长，张队长，你们要不先回避一下？"

方千柏本以为刘远峰会略有不悦，但是他们对西装男的话很服从，二人离开了客厅，还顺手关上了门。

"方教授，有话可以直说了。"

西装男说话的同时，掏出了自己的证件。方千柏接过来一看，果然和自己猜想的一样——玄门四处。当年方千柏遭枪击死而复生之后，相关部门的人来找他时，出示的就是这种证件。而且在此之前，方千柏就已经知道玄门的存在。他看着面前这个人道：

"同谓之玄、玄之又玄，众妙之门。你是四处的，找我有什么事？"

西装男站了起来恭恭敬敬地鞠了一躬道："我们每年接触的超自然事件很多，您和尹雪的两起事件到现在我还历历在目。现在又发生了马轲事件。"

方千柏盯着这个城府极深的人讲出了自己的想法："有些事情，我不是不和你说，而是文明发展有着原生的逻辑。一旦外来的技术过分被开发，那么地球的原生逻辑会被快速打破，就容易出现不可估量的后果。"

那人回道："人类生命的特征，自然环境的馈赠，还有人类认知的结构，这些必定会让地球文明朝向一个相对确定的方向发展，但是我们并不拒绝偶然得来的外来技术。这些年我们一直在研究当年那两起枪击案件，也还有点成果。这也是我们暗中支持十度界域的原因。至于马轲，他有些事情确实超出了我们的预想。"

听完这话，方千柏眼睛一眯，开始揣测西装男子的心理活动。而西装男锐利的目光把方千柏的举动全部都抓住了。他意味深长地说了一句：“这么多年我们不找你，是因为我们分析出来的结果远超你的想象。你我的立场不同，很多事情我们无须点破。”

方千柏倒吸了一口凉气，而后静默了好久，心中暗想：或许有些事情，不按套路的变化，就是套路本身吧。随后他又深叹一口气，把自己知道的一些事情告诉了面前这个人。那人听完之后，也没有太多惊讶。面对着平静如水的这个人，方千柏反而有点惊讶了。

“方教授，这个世界上有太多的哲学家、政治家、物理学家、经济学家和军事专家……恕我直言，您只是其中的一个。但反过来讲，又有很多人看似名不见经传，却能影响文明的进程。马轲失踪了，按理十度界域应该继续由方明来掌管，希望他能回来吧。”

方千柏冷静地看着西装男，有点把握不住他的想法。西装男把刘远峰和张承喊了进来，对刘远峰说道：“马轲非法剥夺了方明在十度界域的领导权，你们从法律的角度把这个案件处理一下。”

“好的，没问题。”

三人起身离开，西装男走在最后。方千柏看着刘张二人先走出门后轻轻地问了一下西装男：“如果方便的话，能否告诉我，我该怎么称呼你？”

“我的代号是S，您可以直接喊我阿赛。”

方千柏想要问出下一个问题，但是犹豫了一下。阿赛对此已然了然于心：“方教授，您的儿子工作非常出色，是我学习的榜样。”

方千柏送走三人之后，在客厅沙发上坐了好久。马晓渊泡好茶端了过来，她不知道该不该打扰正在沉思的方千柏。只见方千柏单手捏揉着太阳穴，似乎是自言自语，也似乎是对马晓渊说：“他们已经做了太多的事情，个体的力量终究还是要寓于群体当中，那才是文明发展的主线。”

过了一会儿，方千柏依旧保持着这个姿势。马晓渊不想让方千柏继续想这么多，即使他脑子停不下来，最起码身体能放松下来也是好事。当茶杯递到方千柏面前时，清幽的香气不仅侵入了他的鼻腔，也撬开了他沉重的眼皮。他缓慢地抬起手，捏住马晓渊递过来的杯把儿，只是突然间茶杯跌落地面，方千柏的手与茶杯几乎做着同样的自由落体运动，无力地垂了下去。

马晓渊用自己最快的动作扶住方千柏，然而这百岁的身体能行动自如已是不易，又能快到哪里去呢？方千柏最近经常头晕，只是这次比较厉害。马晓渊一直以为是方明的失踪让他心力交瘁，起初也没有特别在意，看来现在不去医院是不行了。

随着救护车的鸣笛声，医院里出现了一对年逾百岁的老寿星。当医生们得知方千柏是十度界域幕后的那位老人家时，不由得肃然起敬，对其格外上心。

在医院住了几日，方千柏头晕恶心的症状得到了缓解，可能是因为输液的关系，也或许是在医院里可以让脑袋放空一些。又经过了几日的观察后，医生来到方千柏身边：“方教授，您的指标虽然不能说完全正常……嗯……但毕竟这么大岁数了，有几项数值在指标之外是很正常的。您可以出院了，多注意休息，尽量少用电子设备。”

马晓渊听医生这么说也就放心了，不过再放心又能如何，他们早就做好了那有朝一日的心理准备。二人不想在医院再多待一秒钟，立即收拾东西准备回家。医生转身又问道：“方教授，您这么大年纪了，应该不会再去做相关的实验吧？”

“早就不做了，现在享受仅有的人生光阴还来不及呢！”

“是啊，您做的实验估计都有辐射吧，那些东西对人体的伤害还是有的。您头晕的原因，也有可能是受到了辐射，还是要远离辐射源。”

二人感谢了医生之后，在柳睿的陪同下回到家里。家里陈设依旧，只是相比之前多了一种物是人非的冷清。柳睿这么多年一直在努力扮演着一个普通地球女人的角色，以此压制内心的创伤，而现在方明和袁岸同时不见了，那种创伤再也没有办法压制了，一个女战士的形象再次树立起来。即使她在方千柏面前想要继续伪装一下自己，但那种强大的气场是收不住的。

到家后，方千柏问柳睿：“赛特和卡戎他们现在都在干什么呢？还在地球上吗？”

“在，他们还能去哪儿呢？现在，都还不知道该做些什么。”

“还是没有克罗托的音讯吗？”

“找不到他，即使找到了，我们是该阻止他，还是该帮助他，我没有想明白。”

这个问题何止是柳睿没想明白，包括方千柏在内的一众人都还是糊涂的。不过他最担心的还是克罗托，他在地球上潜伏这么多年，而且手段还不是一般的强硬，万一他对柳睿等人心存歹意，真是不堪设想。

柳睿在这个问题上没有方千柏那般焦虑：“我觉得不用过分担心，毕竟克罗托当时被阿特珞玻斯伤成那个样子，我们都没有为难他，他应该不会恩将仇报。只要我们不难为阿特珞玻斯，他应该不会找我们麻烦。”

方千柏面色沉重：“希望吧，你还是把卡戎他们喊回来，有件事情我想不通，需要和他们讨论一下。还有以后该做些什么。”

柳睿心里也是一大堆谜团，期待能找到一些蛛丝马迹。到了现在这个地步，她不知道该期待什么，期待方明回来吗？难道就不该期待袁岸回来？回来之后又能如何呢？

卡戎、赛特可以到处跑，柳睿没有去别的地方，毕竟这里还是她的家。吃过晚饭后，柳睿坐在饭桌前不肯离开，眼神毫无保留地流露出自己对方、马二人的眷恋。她知道孤独的可怕，所以能消解她孤独感觉的，都被视为亲人。方千柏看见柳睿的举动，可以感觉得到那份情感，但却不能感同身受，因为他无法感受柳睿在宇宙深渊中那种彻骨的孤独、无助、迷茫……

第二天一早，柳睿起来准备了早餐，她很少做饭，做起来总是显得笨手笨脚。面对着一桌子营养价值极高，但是造型非常不美观的食物，柳睿自嘲地笑了，她很珍惜现在的烟火气。马晓渊走了出来，看见这一桌子不太好描述的早餐，也笑了。马晓渊转头回房间喊方千柏，让他也对着早餐高兴高兴。柳睿看着她的背影，贪婪地吸纳着来日并不长的家的气息。

房间里传出了马晓渊急促的喊声：“你醒醒啊，怎么啦这是？小睿，快来帮忙！”

柳睿一听，连忙跑进房间，只见方千柏闭着眼睛干呕。

“怎么一回家就又不舒服了！要不要再去医院看看？”马晓渊着急地说着。柳睿相对冷静一点，回忆着医生的话，“家附近是不是真有什么辐射源？”马晓渊道：“方千柏上次做物理实验已经是三十年前的事情了，他现在去哪里接触辐射源？”

“不碍事，我休息一下就好了。我听到你们在外面的笑声了，多美好啊！放心吧，不用大惊小怪的。”方千柏有气无力地说着，不想因为自己的身体破坏了这家里难得的氛围。

马晓渊怎么可能因为这么一句话就不再担心，方千柏也知道糊弄不了她，强撑起一口气继续说：“刚从医院回来，我可不想再去一趟。我先休息一下，中午看情况再说吧。至少我现在觉得没什么。”

马晓渊握住方千柏的手迟迟不肯放下。人生终究是一场有着终点的旅行，临近终点的那个瞬间只能被迫开启孤独一人的未知旅行。虽说无论是何种关系，到头来也只是过客，但是这相伴大半生的过客，怎么可能是那么容易割舍的？柳睿站在旁边一句话不说，让马晓渊沉浸在这份温存中。

过了良久，方千柏像是睡着了。柳睿轻轻抓起了被角给方千柏盖严实，又从马晓渊的手中接过方千柏的手放进了被子里。就是这碰触的一瞬间，柳睿眉头一皱。马晓渊虽然没有看到柳睿的表情，但是卧室内气氛的变化却相当明显。二人没有说话，顺次走出了房间，关好房门。

“小睿，你发现什么了吗？”

“我不能说确切发现了什么，就是有种感觉。爷爷的身体在快速衰老，不像是正常的衰老速度。”

“那会不会是因为年纪太大了，身体稍微有点不适，就会加速衰老？”

柳睿没有回答，马晓渊也没有再多说什么，她知道柳睿使用过变体技术，对身体的了解要超过自己。柳睿回到自己的房间，回忆着曾经的点点滴滴；马晓渊则在客厅，回忆着这一生的漫长时光。

中午时分，二人都无心用餐，空荡荡的房间显得异常安静，些许的声音便能打破这如水般的平静，更何况是方千柏的咳嗽声。二人直冲入房间，看见白色的被单溅上了不少鲜血。随着又一阵剧烈的咳嗽，血液再一次喷溅出来。此时的马晓渊反而平静了，盯着方千柏的脸，静静地看着，她早就做好了最坏的心理准备。

方千柏感受着马晓渊的温度，缓缓地睁开眼睛看着她，眼神里尽是岁月沧桑雕琢出来的波澜不惊："把王评喊过来吧。有些事情，或许和他有关。"

王评接到马晓渊的电话，中断手中的实验火速赶了过来。电话中马晓渊只说了方千柏病危，其他只字未提。越是如此，王评越是心急。"扑通"一声，大门就像是被踹开了一样，王评风尘仆仆地冲了进来。

"啊？怎么会这样？"王评看到方千柏之后，惊呼起来。

马晓渊从王评的话里听出了一点门道："这样？！你知道这是怎么回事吗？"

"希望我猜得没错。现在我们赶紧带方老师离开这里。"

"离开！难道说……"马晓渊没有继续说下去，免得浪费时间。看着王评急迫的眼神，柳睿也不方便再多问什么，三人便扶着方千柏上车离开了。王评开着方家的车一路稳稳当当地行驶，马晓渊忍不住问这是要去医院吗？王评反问了一句："你们是不是已经去过医院了，去了哪家医院，医生怎么说？"马晓渊就把那位医生当时说的话都告诉了王评。

"哦，是他啊！"

"怎么，你认识那个医生？"

"认识，他是我的博士研究生，几年前毕业的。他的研究路数都是我教的。我现在也很怀疑你们家附近有什么辐射源。”

马晓渊不解道：“那也不对啊，为什么老方会有这么大反应？柳睿没事我也能理解，问题是我也没什么事。”

“怎么说才好呢？师娘到现在很健康，是自身身体素质决定的。而方老师比师娘大不少，虽然也是高寿，但其实他前几年的身体情况非常不乐观。当时我看着很着急，不希望方老师出事，就把我的研究成果在方老师身上使用了一些。”

“你说的研究成果，莫非是海拉细胞？”

“对，就是那个。现在方老师体内端粒的分裂次数比一般人要多。但是有个问题我一直没有解决，就是虽然端粒分裂的次数增加了，但对辐射非常敏感。方老师应该就是接触了什么辐射源。不过说来也奇怪，正常情况下接触辐射的机会不多，无非就是CT之类的医学检查，这种辐射程度也不会对其产生过分的影响。所以，我认为方老师有可能是长时间接触了某个不算很强的辐射源。”三人一起思考着家附近到底哪里可能会有这种辐射，而且还是近期才出现的。

“那我们现在去哪里？”

“先去我实验室吧。”

马晓渊本来还担心王评的实验室辐射会很大，但是转念又想，如果真是那样的话，王评是不会带他过去的。王评的本意也不是让方千柏去实验室做一番检查。王评的住处和实验室都在学校里面，检查完之后就可以接到家里暂住。当马晓渊跟着一起进入实验室之后，才知道王评到底有多厉害。王评的研究涉及物理、化学、生物三个方向，尤其是化学和生物学的研究成果，直接支撑着医学领域的发展。而且王评对于电脑技术也是非常娴熟，对于社会发展模式也很关注。

把方千柏安顿好之后，王评带着马晓渊和柳睿走出了实验室。马晓渊看得出来，王评心事很重，像是在做着激烈的思想斗争。

“你这是怎么了？是不是很难把老方救过来？”

面对着马晓渊的提问，王评转过头去并不搭话。柳睿知道王评只有在非常困难的情况下才会偶有失礼的表现，现在还是不要多说话，等王评自己想明白再说。王评扶着栏杆，连续叹了几口气：“师娘，面对无法割舍的眷恋，人们应该会希望多活一些时间吧？”

马晓渊也没有回答王评的问题，她害怕自己的回答会引导王评做出他本不想要的决定。柳睿不失时机地在旁边说道：“有些事情，我的体会比你要深刻。在浩瀚无际的时间中，如果没有盼头，没有眷恋，那样的人生只有煎熬。”

王评看着柳睿那写满故事的脸，又是一阵感叹：“当一个人置身事外去评判的时候，往往会有极其冷静的头脑和层出不穷的思辨。当身处其中，关乎自己的感情、利益，还有道德伦理的坚守与矛盾，有几个人能做出理性的判断呢？”

马晓渊被王评说得很迷惑，不过柳睿很快就猜到了王评的想法。王评带着二人回到自己家中，推开大门的那一瞬间，二人都被屋内的简朴给震惊了——雪白的墙壁只有简简单单的一幅画做装饰，那是一个朋友为他绘制的“火星探测”的作品，如果不是这幅画，估计墙上连一根钉子都没有。简单的沙发、单调的桌椅，说不出来是什么风格的家具……马晓渊知道王评的收入颇丰，换作他人必定会以为王评生活非常拮据。

“你们今天先在我家住着，等到方老师身体有起色了，再找个酒店住下来。你们暂时就不要回家了，我去找一下辐射源。虽然你们现在都没有事，但是也要防患于未然。我先给你们泡点茶，晚饭你们自己解决吧，我现在去实验室看看方老师。”

王评说完，便去取水沏茶。马晓渊趁着这空当问他：“老方身体情况到底怎么样，你接下来还有什么办法吗？”

“办法倒是有，不过我不知道该不该用。海拉细胞对于人类医学研究有着非常重要的价值，包括疫苗、肿瘤、抗衰老等等，但是必须有节制，否则会出现很多伦理道德的问题。最近这段时间，我对海拉细胞的研究又有了很大进展，但是关乎伦理道德的问题，我还没有想清楚。”王评边说边走了神，直到开水倒在手上才回过神来。泡好茶之后，王评就急匆匆地去了实验室。

刚进实验室的门口，几个学生就围拢过来：“王老师，里面躺着的是师爷吗？”

“这都什么年代了，喊方教授就行了，不用喊师爷。他现在情况怎么样了？”

“我们做了基础的护理，目前情况比较稳定。”几个学生回答着。

王评知道，稳定只是暂时的，如果没有进一步的措施，撑不了几天。王评喊来了一个学生：“李博士，准备一下，把最近关于海拉细胞的那项技术拿出来。”

“王教授，需要多少浓度？”李博士知道，不同浓度的药剂会带来不同的效果，也会延伸不同的生命长度。王评很难下决心做这件事，权衡良久之后说道：“把最近辐射产生的不良影响消除就好了。至于以后会如何，交给大自然吧。”

王评内心波澜泛起，之前他对海拉细胞的研究还是在强身健体、益寿延年的范围内，而最新的研究成果则超越了人类的自然属性。他虽然没有做临床试验，但是其中的效果完全可以预期，他更没有对外公布，这必定会引起社会秩序的极大变动。李博士知道王评内心的挣扎，这并非科学技术的事情，还关乎人文领域的震荡，毕竟王评本身也是哲学博士，是不可能不考虑技术的人文属性的。

李博士看出王评内心的波动，就建议他回去休息："王教授，您晚上好好休息吧！实验室里的事情我完全可以应付得过来。"

王评想了一下，这样也好，毕竟自己还要去方千柏家检查辐射源。想到此处，便去了休息室。李博士认真检测方千柏的身体指标后，找来了几个硕士，取出药剂进行稀释。几个硕士都很兴奋，他们接触到的是能让寿命成倍增长的技术，这让他们感觉自己是社会发展的引领者，也看到了巨大的财富。可是他们毕竟年轻，很多事情还不懂。王评也没心情休息，就去准备检测辐射所需要的设备。"这玩意儿好久没用了，不知道还好不好使，先打开看看再说，"王评打开开关，发现里面竟然一点电都没有。他插上电源充电，再次打开开关，设备灯亮起，指针缓慢移动。可就在此时，突然停电了。

王评对此并不担心，因为实验室的核心设备有独立的供电系统。在应急灯的照明下，王评很快就来到了实验操作间的门口，看到那里的灯已经亮了起来，李博士正在忙碌着。王评放下心来，转身回到休息室。

一个小时后，李博士找到了王评。

"王教授，方老师那边都处理妥当了。您不用担心，晚上我守着就好了。"李博士知道王评心中的纠结，干脆自己代劳便好。王评隔着窗户看着方千柏有了平稳的呼吸，看样子是真不用担心了。

回家之后，王评把方千柏的情况告诉了马晓渊和柳睿，马晓渊悬着的一颗心终于放了下来。第二天一早，马晓渊就迫不及待地要去看方千柏。三人早饭都没吃就前往实验室，李博士精神饱满地迎接三人进来。王评也很欣慰，看样子李博士昨晚睡了个好觉。王评推开门，方千柏已经醒了，气色也比昨日好很多。

三人把方千柏接回王评家，吃过早饭后，马晓渊留下来照顾方千柏，柳睿和王评一同前去检查辐射源。二人驱车前往方家，一路上虽然都有一肚子话，却谁都没有开口。不是不想说，而是说了也没有答案——十度界域未来要如何发展，克罗托和马轲去了哪里，方明和袁岸会不会回来……

车子很快停在了方千柏家门口，王评发现辐射检查装置亮起了红灯。二人立刻把车开得远了一些，直到读数回到正常范围。王评已经准备了防辐射的服装，柳睿很快穿上了一件，王评则是盯着检测装置发呆。

“你怎么不换衣服？”柳睿纳闷地问他。

“刚才有点慌，现在看来这种辐射强度不会对人体造成损伤，我觉得还没有必要穿防护服。”

“外围就已经有辐射了，越靠近里面辐射就会越强。万一进去之后发现辐射超标，那后悔可就来不及了。”

“按照我的理解，以外围的这种辐射强度来看，房子里面应该也不会有很离谱的强度。而且你和师娘都没事，只有方老师受了影响，说明辐射的强度应该不会对一般人造成影响。”

“你还是穿上吧。而且辐射源不一定在家里，搞不好在房屋外面。”

王评觉得柳睿的话也不无道理，穿好防护服，开着车子围着房屋转。车子从前门行驶到左边，读数没有发生明显的变化。一直开到房屋后面，读数才略有变动，只不过变小了。

“看来辐射源不会在屋后，再去右边看看。”柳睿说完，开着车子向右前方移动。

王评建议她停下来：“没这个必要！我们从右侧过来的，绝对不会在右侧。辐射源一定在房屋里面！”

二人把车开进了院子，设备的读数缓缓升了上来。王评看着读数，仔细在院落的各个位置检测，一直到了房屋门口，读数到了最高点。随后他们又在屋内转了几圈，依旧没有超过门口的强度。

柳睿在旁边看着读数道：“看来辐射源就在门口，可是门口什么都没有啊！”

王评看着柳睿，沉默了几秒钟，柳睿察觉到王评又要语出惊人了。

“柳睿，我有种不知道如何向你解释的猜测。你跟着我的思路去寻找答案。”

“好！”这一斩钉截铁的回答，展现了她对王评的肯定。

“你刚刚说辐射源在门口，表面看上去确实如此，但也不完全对！因为以门口为圆心，十米左右的范围内辐射强度衰减的幅度很小，超过这个范围辐射强度迅速降低。”

“你的意思是说，辐射源不仅仅是门口，而是以门口为中心的十米区域？”

“也不能完全这么说。你再看刚才在各个位置检测的读数。门口附近确实最强，然后是周围的区域，再远一点就迅速衰减。门口周围的墙壁、柱子、树木都有一定的辐射强度。”

柳睿说出了自己的想法:“这些东西本身是没有辐射的，说明是上面有辐射残留物。那是什么东西在上面残留了呢？”

王评这次没有看向柳睿，而是缓缓把辐射服脱了，因为这些辐射的强度对于一般人来说没有影响。柳睿看着王评的后脑勺，听到他缓缓地说出了三个字:“你说呢？”

“啊！难道是，难道是方明和袁岸消失时候留下的？”

“除了这个还有其他的可能吗？当时二人突然消失，产生了强烈的闪光，直到现在我也不知道该如何去解释。或者是超越了我们的认知范围，所以这个问题不一定有解，或许有一天方明回来了，可以直接问他。”王评这样说，是想给柳睿留下一些希望，而柳睿又何尝不知道呢？虽然王评和方家的关系很密切，但是她也不想一直住在王评家里，就说道:“现在除辐射的方法比较多。等过几天除完辐射后再回来检测一下，如果辐射强度不断下降，直到消失，我们就可以搬回来住了。”

王评摇摇头:“情况可能要略微复杂一点，因为在这二十米左右的区域内，应该会有一个辐射最高的点，要把那个点找到。这不仅仅是你们能否回来住的问题，而是方明和袁岸消失之后，到底留下了什么的问题。这可能会成为解开他们消失真相的钥匙。”

柳睿一听就兴奋了起来，也怪自己为什么当时没想到在他们消失的位置看看是否留下什么痕迹。王评把检测仪当作探测器使用，在门口附近寻找辐射最高的点。很快，他们就在门口的监控探头上发现了端倪。监控探头的辐射比其他地方都要高。

“这是什么？”王评问道。

“这是方明之前做的监控探头，但是它对光子的敏感度要远远大于一般的监控。怎么解释呢？你可以理解为它可以把传入进去的光子固定下来。”

柳睿刚要用手去碰触监控探头，被王评一把按住，然后用专业的方式把监控探头取了下来。虽然监控探头的辐射强度并不是很大，但为了保险起见，还是放进了防辐射的盒子里。王评让柳睿带着监控探头把车开走，自己留下来继续监测辐射的变化。果然在监控探头被带走后，这里的辐射小了很多。看来，不久之后方千柏就能回来住了。

回到实验室，王评把家里的情况和方千柏讲了一遍。方千柏很想立刻就看一下那个监控探头，但是众人直接把他按住了，这种辐射虽然对于其他人来说并无大碍，但是对于方千柏来说是致命的。想到此处，王评便把除去他家中辐射的计划说了出来，可是方千柏并不同意："那栋房子里的辐射对于查明方明失踪的真相应该是有帮助的，我们暂时可以回滨海理工的房子里住一段时间。"

"方老师，您最起码在我这里住一段时间，观察一下身体状况吧。而且您也是第一个临床病人，最起码让我观察一下实验效果。"方千柏知道王评是想多和自己聚一聚，毕竟后会有期这种事情在自己身上越来越少，但是年纪大了总想在自己家待着，于是就笑着回答："看看实验效果是可以的，我就不在这里多打扰你了。而且你的这些博士硕士，看我就像围观珍奇动物一样。"说完之后，大家都笑了。

方千柏还是在王评这里住了两天，临走的时候，王评团队的所有人都出来送行。在这群科研人员眼中，方千柏是学术泰斗，尤其几个年轻的硕士对于方千柏的崇拜更是无以复加。方千柏把王评拉到略远一点的位置小声说道："我听晓渊说，你这次只是消除了辐射对我的影响，这样做是对的。千万不要大幅延长我的寿命，否则一定会出大乱子。还有，这项技术的核心内容千万不要外泄，上交国家备案之后就封存起来。”

“您放心吧。团队只有几个关键成员知道技术方案，而且都是国家重点培养的人，绝对可以信赖。其他人都是在做边缘性的配合工作。”

“还有，那个监控探头你尽快研究，看看里面到底记录了什么。我希望在有生之年能够看到结果，更希望能够等到方明回来。”

“一定竭尽全力。”

方千柏看着王评，满意地点点头，柳睿开车带着方千柏和马晓渊一路向着滨海理工前行。其实柳睿并不想再去那里，因为她第一次和方明“见家长”就是在这所房子里。多年未住，里面看似陈设未变，但已经少了很多生气。这让柳睿体会到那种人已非物亦不是的落寞感觉。但是这毕竟是方千柏和马晓渊最开始的家，那种感情是无法磨灭的。柳睿从车内后视镜看了一眼方千柏说道：“卡戎、赛特他们不久之后就会过来了，到时候一起住在滨海理工的房子里吗？”

“先将就着吧。小睿，反正你不会受辐射的影响，这段时间你就住在自己的房间里也没什么。赛特和卡戎他们也可以住那里。”方千柏知道柳睿的心思，或许这样才是比较好的安排。

晚上，王评在实验室里工作，一位硕士轻轻走到他面前告诉他外面有人找。这么晚了会是谁呢？

“让他稍微等一下，我现在的实验停不下来。”

说完之后，王评继续做着实验。由于太过用心，话说完他马上就把这事儿给忘了。一直到晚上十一点他做完实验后突然想起来还有人在等他。那人估计已经走了吧，他心中想着，也就慢条斯理地收拾着实验器材。等离开实验室之后，他的硕士正在门口等他：“王教授，那个人还坐在这里等您。他让我不要打搅您做实验，他就在这里慢慢等。”

来人看见王评出来了，就起身打招呼：“王教授你好，等候多时了。”

王评看着眼前这个人，颇具神秘感，而且有种不易靠近的气质：“不好意思，刚刚一直在做实验，中途不好停下来。请问你是谁，找我有什么事情？”

那人看了看周围的学生，没有开口。王评知道这是想让他的学生们都回避，便告诉那人稍微等他五分钟，随后对他的几个学生低语了几句。五分钟后，王评打开了实验室最外面的大门，数名保安已经在门口站岗了。与此同时，学生们把几个核心实验室的大门锁死，就悉数离开了实验室。

“不错不错，你比我们想象的还要合适。你也不用过分紧张，这是我的证件。”

王评接过那人的证件一看，竟然是国家最高级的“科研保密”部门，在姓名一栏写着 S。那人看着略显惊讶的王评解释道：“S 是我的代号，你可以叫我阿赛。”

王评把证件还给了阿赛，便把大门关上，告诉那几位保安就在门口暂时不要离开。在转身的瞬间，王评看见那人满意地微笑着：“我不和你绕圈子，我知道你的研究能力，还有你对科技和人文之间关系的理解，以及你最近取得的那些研究成果。而且，我知道你在十度界域任职。”

王评本来对他说的话还有所怀疑，但是阿赛把他最近做的几个实验名称，甚至几个核心数据点了出来，还有他在十度界域发生的事情也是蜻蜓点水地一笔带过。虽然说的话很少，但足以管中窥豹。阿赛看见王评沉思，并没有停下来："十度界域的很多事情都在我们的掌控之中，而且你们公司接到的项目订单，很多都是我们提供的。但是，马轲在背地里做的那些事情，虽然我们有所察觉，但是确实被他瞒住了很多。我们接下来要做的事情很多，但是我们又不方便过多出现，所以需要你加入我们。我们看重的不仅仅是你在科学研究中取得的成果，更主要的是你对人文有很深切的关怀。"

王评示意那人坐下来说话："我一直都认为，科学是人类追求真理的目标，而相应的技术目标则是人类本身。技术，终将是为人服务的，如果高端的技术在短时间内反噬人类，那么现有的社会制度和文明基础，必定承载不了未来的技术体系。"

"你的观点我们非常认同，如果你愿意的话，你的代号是D。"

第二天早上，王评打开实验室的门，门口的保安已经换了一批人。王评和阿赛略显疲惫地走出了实验室。

第二章
脑机接口

十度界域还在正常运转，马轲则成为在逃通缉人员，王评很快也成为十度界域的核心成员，他升迁后的第一件事就是找来了夏凯。

“最近去哪儿逍遥快活了？”王评打趣地问。

夏凯马上反驳：“逍遥快活？手上确实没什么事儿，可脑子里面都是事儿，压得人喘不过气来。”

“那还不如动起来，免得意志慢慢就松懈了。反正马轲也不在了，回十度界域吧。”

夏凯眉头略锁，嘴巴紧闭，用鼻子长出一口气，一直到肺里的气都排出去也没有立刻呼吸。王评看着夏凯这装出来的犹豫便说道：“回来吧，一回来就给你加薪。”说完，二人哈哈大笑。夏凯先收起了笑容，他知道接下来的工作绝对不是原来那种意义的科研了，便询问王评自己的工作任务是什么。王评半认真了起来道：“你先带着彤彤到A国玩一圈吧。”夏凯立刻明白了：“我看不是玩，是去打探消息吧？”

“哦？你也听说了A国那个消息了吗？”

“这么重磅的消息，怎么会不知道？A国的艾尼阿克斯公司这几年一直在研究脑机接口，最近终于在人类身上做了实验，我盯着他们的动向好多年了，虽说目前还在医学领域，但未来会怎么样，真的很难说。”

“是啊，而且他们脑机接口的原理和方明之前的芯片理论很类似。只不过艾尼阿克斯更加直接，把芯片和大脑直接连接起来，这太可怕了。未来，‘结合人’的能力要超过自然人，那时就会出现‘欲练此功，必先多长’的局面。你去看看这项脑机接口的技术到底发展到了什么程度，以及会不会推广，如何推广？”

“其实不用你说，我也会去。现在这样也好，算是公费旅游吧。”

“对，你要打着旅游的心态去，看看情况即可，切勿陷入太深。”

翌日，夏凯带着彤彤出发前往A国，不久之后王评接到了方千柏的电话，赛特和卡戎他们回来了。王评也在盼望着他们回来，因为他最近研究那个探头，除了看见当时门口方明和袁岸消失的情景外，其他的一点头绪都没有。

当王评赶到方千柏在滨海理工的宿舍楼时，狭小的空间内已经塞满了人。除了方、马二人，柳睿、赛特、卡戎也在，波菈带着玻米在房间里并未参与他们的讨论。众人一看王评进来了，便起身欢迎。王评向众人一一回礼之后，看到面色红润的方千柏不由一惊：我这项研究的效果也太好了吧。

方千柏看人来齐了，就向众人讲起了自己的想法：“有日子没见了，把大家喊回来算是非正式的会议吧。我也知道，各位一时间不知道该做些什么事情才算是有效的，包括克罗托和马轲，还有十度界域以后的运营，尤其是‘芳芯’该如何对待，我想听听各位的意见。”

众人都知道，一直这样迷茫下去不是办法，有些事情必须动起来，在行动中摸索方向。赛特最先发表自己的意见：“卡戎，当时克罗托在方教授家里被阿特珞玻斯打成重伤，如果当时以你的力量，干掉他应该不是问题，你为什么没有动手？”卡戎被这个问题问愣了，克罗托的做法很难用简单的是与非来衡量，他们也不能用简单支持或反对来看待他，更不能直接干掉他了事。卡戎看了一眼柳睿，又看了一眼赛特：“虽然在内心深处我还是怀念坎瑟家园，但是我不能无视宇宙生命体的状态。到了现在这个阶段，你怎么还会问我这样的问题？”

方千柏微笑地看着赛特，对他接下来要问的问题已经了然于心，便帮着赛特问出了下个问题：“卡戎，如果你没有宇宙观的意志，仅仅是维护坎瑟星的利益，那你会放过克罗托吗？”

“那我肯定不会！直接干掉他是最好的选择。”

“嗯……那为什么阿特珞玻斯那天没有直接干掉克罗托呢？”

卡戎不是没有考虑过这个问题，而是想不到答案，除非阿特珞玻斯有着猫抓耗子的玩性心态，要把克罗托的精神意志彻底摧毁，让他绝望！

“而且他还要把下一步的行动告诉我们，真是很奇怪。”赛特补了一句。方千柏紧接着说道：“阿特珞玻斯我们肯定要反对，但是以我们目前的力量，简直是‘老虎吃天，不知从何下口’。而克罗托，我们也要纠正他的一些观念。他想通过牺牲地球人的意志来诞生大量的免疫星球，这可以说是舍卒保车的做法，但是我们毕竟不是在下棋，即使作为小卒，我们也是有生命的。而在此之前，我们必须找到克罗托的踪迹，知道他到底要干什么，王评，你有什么想法吗？”

“我觉得有两条线索可以去查。一是阿特珞玻斯当时说他将十多万人的大脑已经连起来了，全球七十亿人口，相当于不到七万个人当中就有一个人被他选中。这些人应该都不是简单人物，找出几个来不是难事，再通过他们反向去分析阿特的行为轨迹。还有一条线索，A国最近的脑机接口技术在人体实验中获得成功，我怀疑这件事情和阿特珞玻斯可能有一定的关系。”

方千柏抬眼看着王评：“第一条线索好办，我会拜托刘远峰筛选一下，尤其是某些领域的杰出人才。至于第二条更好办，安排公司的员工去A国出趟差，看看那边到底什么情况。”方千柏心里非常明白，刘远峰必定会帮这个忙，更何况后面还有阿赛帮忙。王评接着说：“我已经让夏凯和彤彤去A国了，应该不用太久就会回来。”

方千柏看着众人：“虽然有些事情我们现在能做的很有限，但还有一些事情必须立刻做。十度界域的运营要定下基本的方向。我不瞒你们说，多年以来，一直有一股重要的力量在扶持公司的发展。他们是友非敌，和我们的目的是一致的。”

王评听了方千柏的话，猜到阿赛已经找过方千柏了。他一直都认为方家必须在十度界域里有足够的力量，便开口说道：“我认为有必要在公司内部为方明留下一个位置，而且是第一人的位置。在方明回来之前，柳睿可以暂行代理权限。”柳睿这次没有推辞，她知道自己必须站出来。王评看到柳睿同意后，就开始讨论起十度界域的运营问题：“关于芳芯是否要推广，如何推广，推广到什么程度，这个议题也必须考虑。其他国家也出现了这样的芯片，而且更逼近大脑。这关乎未来国力的发展，还有社会状态的巨大变革。”

“铃铃铃……”柳睿的手机响了，一看是彤彤。彤彤和夏凯现在应该在A国才对，她为什么会给柳睿打电话。

“彤彤，怎么了？”

“我需要钱，我需要一大笔钱！”

彤彤在电话里的语气极其焦急，很明显出了不小的事情。当柳睿得知这笔钱的数字时下意识地惊呼道：“这么大一笔钱，干什么用？”说罢，便打开了免提。

“救命，救命。夏凯需要救治！”

王评噌一下站了起来，走到柳睿的手机旁仔细听着。

“我现在没时间解释了，现在情况很危险。除了你们家之外，我一时之间也没有其他朋友能拿出这笔钱来。”

“好，没问题，账户告诉我，马上就会到账！”

柳睿收到账号后，立刻把钱转了过去。王评又迅速给公司打了电话，让公司把这笔钱垫上，并且准备更多的资金，以防后续还需要更多。

彤彤的电话让众人没有心情讨论问题，反正大致方向已经确定。虽然大家都很担心夏凯的情况，但目前还是不要主动联系彤彤比较好。无论夏凯的情况是好是坏，在合适的时间彤彤会告诉大家的。柳睿考虑了一番，只给彤彤发了一条文字消息：“我和王评他们都在一起，大家会一起想办法解决。无论多少钱都不是问题。”消息发出去后不久，柳睿只收到了一个字——好。

在等待的过程中，王评坐到方千柏身边握住了他的手，就像是在抚摸自己父亲一样。他每次和方千柏见面都会这么做，对于他手上的皮肤状态还是很了解的。这次抚摸，王评感觉得出来方千柏皮肤的状态比以前要年轻，这让他的内心思绪万千。

一直到傍晚，柳睿的手机终于响了起来。柳睿迅速接通了电话：“夏凯现在怎么样了？”

“做完了手术，已经脱离了生命危险，需要恢复一段时间才行。”

卡戎猛然想起当年在星球大战时波菈照顾自己萌生爱意的情景，一阵百感交集：“这样吧，给我发个定位，我可以马上就到你那里，可以帮你们一把。”

“谢谢，目前情况还好，应该不会有什么大问题。”

柳睿很关心他们到底发生了什么，彤彤稳定了一下心绪，就把当时发生的情况讲述出来。

当夏凯和彤彤到了A国之后，并没有发现脑机接口的大规模宣传，好像也没有特别狂热的发烧粉。他们从机场到酒店，沿路看到了一些宣传视频，不过关于此事的讨论却很多。夏凯知道暴风雨来临前，经常会以很平静的状态示人。

二人安顿好之后，彤彤忍不住想要逛街，这是大部分女孩子共同的爱好。夏凯怎么都没想到，当时为自己可以做出巨大牺牲的这个女孩子，撒起娇来可以磨掉他半层皮。经过了一路的弯弯绕绕，夏凯两条腿就跟灌了铅一样，实在不想动了，找了个没人的地方就坐了下来。

“对不起先生，这里不能坐，请到其他地方入座。”一句外语飘了过来。

“为什么，这里不是没人吗？”

“抱歉，我们马上要收拾现场。还没来得及放置提示标志。感谢您配合我们的工作。”

“这样啊，那我换个地方就好。你们这里是要举办什么活动吗？”

“是的，先生。明天我们这里会举办脑机接口的发布会。”

夏凯顿时兴奋了起来，真是得来全不费功夫。这还真是要感谢彤彤，她选的可是A国最著名的商场。看着一脸兴奋的夏凯，那位工作人员便问：“怎么先生，您对脑机接口也有兴趣吗？”

“嗯……还挺有兴趣的。我明天能来参加吗？”

“需要先报名，不知道还有没有名额，您要尽快操作。”

夏凯按照工作人员的指点，打开了报名系统。结果显示“名额已满”。夏凯无论如何都不会放弃这次机会，他抓着工作人员不放，不断询问有没有其他的方法。

“方法不是没有，那要看你自己的能力了。刚刚这个报名通道是散客的，如果你是记者，或者相关行业有影响力的人，那就可以走记者通道或者贵宾通道。”

夏凯一听便来了精神，何不用自己行业领军人物的身份试一下。于是夏凯和彤彤便分别把自己的身份输入进去，以VIP的身份报名。工作人员明显不想被夏凯耽误时间，瞅准机会就说：“先生，申请完成之后需要等待审核，我要赶紧工作了，祝你们好运！”

二人只好干等着。身处花花绿绿的精彩世界，彤彤却再也无心去闲逛，二人找了个地方静静地坐着等。一个小时后，反馈信息来了——他们都通过了申请。随后收到了一大堆的注意事项。两人彻底没了逛街的心情，回到酒店后开始搜集各种相关信息。

第二天两人早早来到活动现场，本以为来得算早了，没想到现场已经塞满了人。两人以VIP的身份坐到了比较靠前的位置，只见舞台上已经摆满了桌椅、仪器等设施，背景大屏幕循环播放着相关的视频。

经过焦急的等待，主持人终于上台了。至于他那装出来的喜气洋洋，夏凯根本就没放在心上，他只关心脑机接口的问题。在主持人那训练出来的热情洋溢的发言结束之后，夏凯听到了一个敏感词："下面介绍脑机接口……的……第一阶段，在猴子身上使用芯片。"

猴子身上的实验是很初级的，这并非夏凯特别关心的，但是最起码进入了正式环节。其实在猴子身上使用的也并非第一阶段的实验，在此之前就已经在啮齿类、犬科等动物身上做过实验，而灵长类动物更加接近于人类，所以实验更具有参考价值。

主持人转身邀请工作人员上台，三个人抱着一只猴子走上台来，似乎对猴子有着格外的关怀。猴子被放在了实验台上面对着背景大屏幕。大屏幕上出现的是一款游戏。猴子坐在屏幕前一动不动，游戏开始运转起来。

主持人惊呼道："大家请看，我们的猴子在享受游戏。太让人吃惊了，它不仅理解了游戏的规则，还能读懂其中的语言，而且最重要的是，它并没有通过任何设备操作游戏，而是用大脑思维直接控制游戏。因为猴子的大脑里植入了芯片，这是多么伟大的时刻！"

对比台下一阵欢呼，夏凯则听得阵阵心惊。如果这样的话，猴子和人的区别是什么？未来猴子在芯片的帮助下，如果智商超过了人类，那人类该如何自居？除了猴子之外还有更接近人类的猩猩，那岂不是更可怕？

猴子的演示结束了，主持人又是一顿兴高采烈："接下来有请我们今天的主角登场。他之前罹患大脑疾病，一度濒临脑死亡。但是他现在活过来了，就是在我们无与伦比的脑机接口技术支持下，他不仅活过来了，而且活得比以前更好。请问你现在感觉如何？"

“我现在的感觉不能再好了，而且我有信心做更多更完美的工作。在以前，我的脑部疾病让我痛苦不堪，自从使用了这项技术之后，我整个人都好了起来。我的智力，不，我的综合能力都要比以前好很多。”

“好！感谢您的回答。我想大家一定很好奇，为什么在大脑植入芯片之后，不仅智力提升了，就连综合能力也提升了呢？接下来，由此项技术的研发成员为大家揭晓答案。”

伴随着主持人邀请的手势，旁边一位西装革履的人站起身来走向发言台：“今天很荣幸能站在这里为大家解释这项技术。在芯片植入大脑之后，会发生两个神奇的变化。第一，芯片会和大脑连接，成为被大脑直接控制的工具，对！芯片是大脑的工具，它服从大脑的指挥。”

听到此处，夏凯暗自想到：“真是欲盖弥彰的演讲，以后到底谁是谁的工具，还说不准呢！”

那人继续介绍：“芯片的运算速率远远超越人脑，而且它储存的信息也比人脑的容量要大。最重要的是，芯片永远不会得健忘症，我们再也不用为了找东西而烦恼了！”

说到此处，台下一阵哄笑。

“大家请思考，全世界的新闻、历史都可以存储在芯片当中，都成为你大脑的记忆。每个人都将成为行走的百科全书，每个人都将是科学家、诗人！每个人都将是伟人！”

哦吼！下面一阵阵欢呼声袭来。夏凯看了一眼彤彤，发现她和自己一样也是眉头紧锁，看来女朋友的脑回路还是相当通畅的。夏凯知道，脑机接口真正要解决的问题并非只是存储问题，芯片里存储的信息还需要被大脑准确找到，还要调动起来，把各种信息、事件相互结合形成“综合判断”，这种处理事件之间关系的能力不一定是目前的芯片所能达到的。万一达到了，那就说明芯片具备联想能力、归纳能力和总结能力，这已经进入思维的范畴。到时候，到底是大脑控制芯片，还是芯片控制大脑，可就真的很难说了。

那人在台上继续眉飞色舞：“下面介绍脑机接口的第二个重要功能。众所周知，大脑不仅是人体的信息处理器官，而且还会分泌激素。芯片可以通过控制大脑的生物电流，调整大脑运作状态，控制激素分泌水平。这样可以让整个身体保持在很好的状态。”

说到此处，台下一片哗然，而更加劲爆的消息还在后面：“有了脑机芯片的植入，未来人类可以实现大脑联网工作。各位设想一下，那将是多么高效的速度，社会将发生天翻地覆的变化。”

随着这句话的抛出，台下再一次响起了欢呼声，只不过这次欢呼的只有一部分人，另一部分人有的面沉似水，有的若有所思。

随后他就是一盆冷水：“当然啦，这还只是概念设想。其中还有很多关键性的问题要解决，不是一时半会儿就能实现的。”

听着他的发言，夏凯感觉这和方明的概念如出一辙，而且马轲已经完成了这项技术，只是现在暂停罢了。难道说，难道说马轲已经混入艾尼阿克斯了吗？夏凯竖起耳朵，不放过此人说话的任何细节，同时悄悄打开了手机录音功能。

那人接着道：“人脑联网暂时不会实现，因为涉及伦理、隐私、法律等多个领域的关键问题，但是有一项功能可以很快实现。”众人正在聚精会神地听着，可是这人突然停下来不说话了，只是默默地向着大家微笑。台下很多急性子的人开始催促起来：“快点说啊，我们等不及啦！”

“就是，快点说呀！”

“好，接下来我就揭晓答案。那就是不死！”

嘘的一声之后，全场竟然安静下来，没有半点声音了，所有人都在等着他继续解释。

“我说的不死，并不是肉体不死，而是精神不死。实现脑机接口之后，人脑的思想可以通过芯片实时上传到云端，每个人都有自己的云端账户。在人的肉体去世之后，云端账户内的思想就可以下载到某台计算机上。当然，艾尼阿克斯也设计了大量的机器人，当思想进入机器人的系统内，就可以实现人的思想的永生。当然啦，如果活够了，只要关掉电源就可以了。如果还想复活，插上电源就又活过来啦！”

“那这项技术什么时候能实现呢？”

“十年之内就可以！”虽然这个人说的是十年，但是真实的情况要比十年快得多。在这人讲完概念之后，又开始进行现场演示。夏凯聚精会神地看着他们的一举一动。

“夏凯，夏凯！”就在这个时候，彤彤在旁边拽着夏凯的衣角小声喊他。

“干吗呀？赶紧仔细看看上面发生了什么！”

彤彤没有搭夏凯的话，继续道：“那边有个人好奇怪，他本来戴着口罩，看到我们之后又把卫衣的帽子戴上了。”

“在哪儿？”夏凯也警觉起来。

“就在你的右手边十五米左右的距离。你现在不要刻意往那边看，不要跟他目光对视。等一下你就若无其事地侧一下脸，悄悄瞄一下。”

在彤彤的提示下，夏凯趁着右边的一个人说话之际，假装看向说话之人，实则目光聚焦在彤彤说的那个人身上。而此时，那人不仅戴着口罩和卫衣的帽子，又多了一副墨镜。只从外表上，完全看不出他到底是谁。由于夏凯看他的时间多了那么一点，就那么一点点，那人便发现了夏凯在看他，夏凯赶紧收回了目光，内心嘀咕着 —— 这人的感觉有点熟悉。

“彤彤，你有没有感觉，这人我们之前应该打过交道。”

“当然有啊，而且他鬼鬼祟祟的，像是怕被我们认出来。”

夏凯过了几秒钟，猛地回头看向那人。那个位置已经空了，只看到他匆匆离去的身影。

“好家伙，果然是他！”

看长相确实无法确定这个人是谁，但是从身形步法上看，很容易就认出他来 —— 马轲！夏凯起身跟了出去，虽然有人群作为掩护，但还是被马轲发现了。二人一前一后飞奔出场，彤彤紧随其后。马轲和夏凯都是奔四的人了，跑不多远速度就降下来。反而彤彤平时注重健身，年龄又小，跑的速度更快。可夏凯气喘吁吁地喊住了彤彤，万一彤彤一个人追上了马轲，马轲一个狠手下去那可不得了。像夏凯这种意志力超强的人，虽然短跑不行，但是长跑却能坚持下来。马轲被追得无比狼狈，只好挑选路况复杂的小巷子钻了进去。

虽然夏凯追得紧，但完全不熟悉路况。在几个转弯处都只看到了马轲转瞬即逝的背影，最后一个转弯时，马轲不见了。夏凯停了下来，双手拄着膝盖大口地喘着气，直到逐渐平复了呼吸。夏凯并没有动，因为前面疑似没路了，马轲肯定藏在前方的某个角落。夏凯缓慢走过转角，谨慎地探头向远处望去，然而突然一个闷棍打在头上，他晕倒在地。马轲从转角处窜了出来，推开彤彤就跑开了。彤彤没心思去管马轲了，赶紧起身去查看夏凯的情况。虽然他头部并没有太多血液流出来，但是夏凯已经完全不省人事。

夏凯情况非常不乐观，很快被送到了医院，医生看着脑 CT 直摇头。彤彤在旁边彻底慌了。不久后警方也到了医院了解情况，当警方得知夏凯是本次脑机接口发布会的嘉宾时，便联系了活动的主办方艾尼阿克斯。主办方最开始觉得这件事情和自己并无关系，但是如果完全不闻不问也不太好，就派人来到医院。医生介绍了夏凯的情况，如果用常规治疗方法的话，保住性命应该不是问题，但是成为植物人的可能性很大。如果采用艾尼阿克斯的脑机接口技术的话，说不定夏凯不仅会成功康复，而且要比受伤之前更优秀。

彤彤看着艾尼阿克斯的人说道："只要能让他醒过来，不要求比之前更优秀，能醒来就行。"

艾尼阿克斯的人略带傲慢地说道："我们目前还处在实验阶段，即使给他使用，也需要高昂的费用，这笔钱不是一般家庭能承担得起的。随后，艾尼阿克斯的工作人员报出了价格。彤彤一听就蒙了，她以为艾尼阿克斯是在趁火打劫，因为自己和夏凯十辈子都赚不回来这么多钱。况且她自己在十度界域工作过，对芯片的成本还是有所了解，她知道这绝对是虚高的天价。然而彤彤毕竟年轻，很多事情并不是她想的那样。在这次发布会之前，就已经有人知道可以把自己的意识上传到云端，让人的精神得到"永生"。即使还在实验阶段，也有很多即将离世的资本巨鳄、政治人物都已经预订了不少芯片，现在的芯片在暗地里可是抢手货。艾尼阿克斯毕竟是企业，谁出价高谁就获得优先权。

艾尼阿克斯本来想开出天价让彤彤知难而退，没想到这个女孩子竟然同意出这么大一笔治疗资金。艾尼阿克斯没有必要和钱过不去，便答应了给夏凯植入芯片。

柳睿等人听完了彤彤的讲述，都为夏凯捏了一把汗，还好总算逢凶化吉。此次虽然凶险，但是最起码得到了两个消息：一是马轲和艾尼阿克斯公司的这项技术没有直接关系，他也是前去打探消息的；二是克罗托和马轲正在A国潜伏着。这次马轲对夏凯发动攻击，应该是情急之下的反应，后续不会进一步对夏凯动手，况且艾尼阿克斯对于VIP客户肯定会有很好的保护。现在只需要等夏凯康复回国就好。

王评起身准备回去，实验室里还有一堆的事情要处理，方千柏送王评离开。在走出房门的那个瞬间，王评又意味深长地看了一眼自己的恩师，方千柏盯着王评的眼睛，也似有很多话要说，只是他们谁也没开口。

王评刚回到实验室就把李博士喊来："李博士，当时给方教授进行治疗的时候，我说得很清楚，只把这次辐射的影响消除即可。"

"对啊王教授，我记得您说得很明白。"

"我刚从方教授那里回来。这几天没见他，可今天一看到他我就明显感觉到他的身体状况越来越好，甚至在变年轻。我曾经不止一次说过，如果我们的技术用于恢复健康、提高生活质量，在合理的范围内益寿延年那绝对没有问题，但是如果超越生命规律去延长生命周期则万不可取。你再想想是不是当时输液的时候出了什么差错？"

李博士立刻取出当时的流程卡，一条一条对比并没有发现不妥之处。李博士仔细回忆着当时的情景："那天我根据方教授的情况计算了用量，并取出试剂放在了实验台上，我量取好了用量之后交给一名硕士去稀释。除非，那位硕士生操控的环节出了问题。"

李博士立刻把当时那位硕士喊了进来问道："那天给方教授输液的

时候，你操作的环节有没有什么出意外的地方？”

“意外？没什么意外的地方啊！就是那天突然停电了嘛，有一段时间是手忙脚乱的不过很快就恢复秩序了。”

“手忙脚乱是什么意思？”

“其实也还好，就是停电的时候我正在稀释药剂。我立刻停了下来，等来电之后就把药剂注入稀释瓶中。”

李博士一听，知道坏事儿了：“也就是说，你把药剂注入了稀释瓶中。”

“是啊，不是李博士您让我稀释药剂吗？难道出错了吗？”

“稀释瓶中是我之前放的药剂，需要你加入稀释液。你没看到我已经把药剂放进去了吗？”

“那会儿不是停电了吗？”

“停电之前呢，你就没看一下？就算是停电了，你也不能出现这种疏忽吧？”

那位硕士知道自己犯了错误，低下头去。王评在他低头的一瞬间发现了他眼睛里有一种兴奋的光。王评回想到，当时方千柏离开实验室的时候，这位硕士用一种极其崇拜的眼神注视着老人家。王评走到硕士跟前拍拍肩膀说道：“你闯祸了知道吗？你还年轻，很多人生道理你并不懂。你可是给方教授出了一个不小的难题啊！”

王评带着李博士到了当时的实验区域，打开药剂储藏柜，拿出那瓶药剂，盯着上面的刻度。然后计算了这些药量对于方千柏的影响——可以大幅延长生命周期，搞不好会是几倍的延长。

王评自言自语道：“我的方老师啊，您该怎么办呢？我，又该怎么办呢？”

第三章
洞喻之见

黑洞之内，暗藏的是另一个世界，这里没有时空的概念。如果一定要说和时空有什么关联的话，那或许只有“主体意识”对时空的惯性认知。

“你刚才说你是谁？拉克西斯？”

拉克西斯面对着这个问题默不作声，而方明和袁岸的意识结合体却一直在等待着回答。“方袁”中方明的意识记起来了，当时柳睿说自己被枪杀，然后他接了一个莫名其妙的电话，就来自拉克西斯。柳睿苦苦寻找的死而复生的答案，肯定就在这里。

此时拉克西斯缓缓地道来：“你们两人的意识虽然目前还保持了一定的独立性，但是却合到了一起来，你们不觉得奇怪吗？为什么会这样？”

“方袁”自然不知，只能任由拉克西斯自问自答。

“你们二人在两个对应的 DNA 星球上，有着一种密切的关联，也是两个星球文明发展线索的关键。然而，随着地球和思峨各自命运的分离，你们之间的路也越走越远。然而在条件成熟的情况下，能够合在一起的又岂是只有你们两个？”

“方袁”心里一惊：到底还有什么会合在一起？如果方明和袁岸可以结合，那地球和思峨两个星系呢？而且还有另外一个点：宇宙中的很多事情都是带有目的性的。两人意识合在一起，到底是什么目的呢？

拉克西斯继续传递着信息：“宇宙中的物质、能量、场域等很多形态，都是可以承载意识的，一个巨大的统一意识由很多细小意识结合形成。数以亿万计的碳基思想最终都和这些载体融合，那是一个宏大的意志。”

“方袁”同时想起了自己设计的芯片，那正是把碳基意识与硅基意识结合的钥匙，但转念又想还是有问题：“可是每个人又有相对独立的意识，那整个轨迹生命不就精神分裂了吗？”

拉克西斯回答：“人类本身就存在着大量的精神分裂的情况，可地球的文明还在稳步推进，更何况整个宇宙的意识。而且每个人的大脑分区都有各自的功能，可是总能协调在一起。就像磁场中每一条磁感线都有着自己的方向，可是整体又能统一起来。”

“方袁”又问道：“那么多的意识统一起来做什么用呢？”

“统一起来的不仅仅是意识，还是对于过往事件的记忆，对当下事件的处理和对未来事件的把控，会形成‘人文+事理’的逻辑。只是历史太长、事件太多，总会有意想不到的事情发生，尤其是关键节点的关键人物出问题，会影响整个进程。方明，你本不该死，我也不能让你死。所以当你被射杀之后，我通过柳睿的观测，把原本关于你的事件，从已经坍缩的叠加态重新拉开。这才改变了你所在的事件体系。”

“你竟然有这种能力，难道你是‘神’？”

“不！神，只是你们人类文明早期的概念。从某种意义上说，我和你们一样都是人。但我生活在另一层级，掌握着很多你们不知道的秘密。你所在层级很多问题的答案，必须在更高的层级去寻找。”

“你的意思是说，你掌握着世界的规律，甚至是法则的制定者？”

“不完全如此。对于我的上一层，我也有我的迷惑，也有我的未知。对于我的下一层，我有我的安排，也有我无法控制的因素。我，或者我上一层的世界，对于你们这一层级而言，就是你们所传说的‘拉普拉斯妖’。那些我们无法规定的部分，则是洛伦兹蝴蝶的翅膀，也是人类自由意志存在的地方。”

方明回想着自己死而复生的经历，感觉拉克西斯也有很多的无可奈何，便问道：“恐怕，蝴蝶效应存在的地方，也是你的自由意志的住所吧？”

拉克西斯听着方明略带攻击性的反问，反而感到一丝欣慰：“确实如此，你的悟性很高。为了让人类世界还能处在拉普拉斯妖的控制范围之内，我必须做点事情了。首先就是带你们离开黑洞，你们的意识也会再次分开，去寻找属于自己的使命。”

方明与袁岸知道各自的星球都留下不少烂摊子，正当他们准备离开的时候，一个声音在他们的意识中出现了：“就在这里吧，不用出去了。”

连同拉克西斯在内都惊了一下，这里还会有其他的意识？方明终于把这个声音认了出来：“阿特珞玻斯，你怎么会出现在这里？我们一家被你害惨了！”

阿特珞玻斯并没有理会方明，而是直接寻求与拉克西斯的对话。拉克西斯对阿特珞玻斯也很有兴趣。

“阿特珞玻斯，你又来了！”

“是啊，拉克西斯。上次你藏得挺深的，我竟然都没有发现你！”

“发现不了我，不是我藏得深，而是那时的你无法认知。现在你发现我了，看来你也经历了不少事情。”

“是啊，意识突然觉醒了，终于明白我做这些的目的了。”

“你说，你觉醒了？终于等到了这一天，我还以为你不受控制了呢。”

“放心，我还在控制之内！我的意识从原来的躯体中转移到新的女性躯体，我找到了不死的方法，可以一直不停地去制造各类癌症星球。就是在这个瞬间，我醒悟了过来。原来，我的使命，就是设身处地，不遗余力地创造癌星。无论是我在坎瑟星上的尝试，还是之后到了思峨星，都是为了完成这一目标。我利用人性的堕落，扭曲亲情、友情和爱情，对于世界的极端片面的理解，把文明的发展拖入错误的方向。我在思峨的使命，已经成功完成了。”

袁岸气得直跳脚：“你说你在思峨上的所作所为，是你的使命！你害了多少家庭，多少星球，你的罪过罄竹难书！”

“好了，你少安毋躁。”袁岸一听，是拉克西斯在说话。他感觉拉克西斯好像站在阿特珞玻斯一边。难道说，阿特珞玻斯和拉克西斯之前认识，而且同属于一个世界？想到这里，拉克西斯的一段意识直接飘进了“方袁”的脑海：“袁岸、方明，这是一个很久远的故事。在漫长的岁月里，无论是我还是阿特珞玻斯，都有很多迷惑的地方，我们也不知道我们的来处，就像你们到现在也无法完全确定自己的来处一样。对于我们来说，培养大量的癌症星球是阿特珞玻斯光荣的使命。他看似做了很多邪恶的事情，不过现在看来一切都刚刚好。”

“是啊，一切都刚刚好。接下来就看地球如何发展了。”阿特珞玻斯意味深长地说着。阿特珞玻斯话音刚落，拉克西斯又萌生出了新的想法：“既然一切都按照计划进行，那袁岸就没有必要再回思峨了。把思峨和由此诞生出的癌星直接固化即可。”

袁岸一听就急了：“为什么不让我回去？我要回去找我的家人。”

阿特珞玻斯很“温和”地说：“很多事情我们也没有办法，因为我们也被更高层级的规律所规定，和你们的状态一模一样。袁岸，把你留在这里，是因为你与我的使命已然完成。而方明，他的使命还没有完成，他需要在地球上继续发挥他的作用，去完成他的使命。如果最终的使命都完成的话，我们应该都会获得自由。”

方明听阿特珞玻斯这样说，心中顿时像压了一块大石头。

拉克西斯接着说道：“方明、袁岸，你们不要着急，听我把这个故事说完。你猜得没错，我和阿特珞玻斯，还有克罗托本来就认识。我们诞生在一个虚空的世界，你们暂时可以理解为黑洞，那里没有时间与空间。对于你们的认知与语言来说，那是一个不可描述的存在。为了让你们能够理解，我只能以时空为概念向你解释。在那个环境里，我们三个也在不断成长、不断经历，但是我们的成长经历和你们所理解的又完全不同。黑洞之外的世界是有时间与空间的，光子这种东西的本质是洞外的信息载体，洞外世界的所有事件都会通过光子传递到黑洞。黑洞与洞外世界的交界面，就像一个巨大的显示器一样。洞外世界有着自己的运转规律，有一些我们无法控制，但是有一些却也还可以左右。”

袁岸的意识隐隐感觉到，思峨就是被左右的；方明也察觉到，未来地球上的事件也是他们想要左右的。这些意识刚一出现，就被拉克西斯和阿特珞玻斯感知到了。拉克西斯回应道：“你们的理解不能说不对，也不能说对。打个比方，如果你们对着电脑屏幕玩一场游戏，然而游戏进程和你设想的并不一样，游戏的结果也不是你想要的，那你会怎么办？”

“游戏而已，输了再来！”

“如果你发现，只要你赢不了，就会永远从头再来，永远都困在游戏里。赢下游戏你才能获得自由，你又会怎么办？”

“那我会研究游戏的规则，不断寻找最优的玩法，最终胜出！”

“好！当你重复了无数次，最终发现游戏设置的底层代码有问题，这是一场根本就赢不了的游戏，你会如何？”

“那还不简单吗，我会去修改代码。”

“非常好！我刚刚说过，我们有我们的迷惑，也有未知。我们和你们人类一样在思考‘我们从哪里来，我们是谁，为什么会在这里，又要到哪里去？’我们经过了无数次的重复，已经摸索出了一些答案，但是还有一些答案我们依旧不知道。”

“像你们这样的存在，也会有很多事情不知道吗？那得是什么样的事情啊？”

拉克西斯慢条斯理地开始讲述她们的故事：“如果把我们的感受以时间维度来描述的话，可以理解为永恒的重复。还好我们没有时间维度，否则孤独与寂寞能把我们磨死。最开始，我、阿特珞玻斯还有克罗托看着洞外世界不断演变、发展、衰亡，过程虽然略有不同，但大致无异，我们只是机械地一遍又一遍地重复看着。在那个阶段，我们完全不知道自己存在的价值是什么，难道就是为了看洞外世界循环播放吗？”

“方袁”听得入神，这时又换作阿特珞玻斯继续讲述：“在经历过无数次的‘观看’之后，我们发现宇宙的演变是有规律的，其中核心的内容是两股势力的斗争。你们现在应该都已然知晓，就是宇宙免疫系统与癌症系统的斗争。直到有一次，宇宙的免疫系统战胜了癌症系统，那次真是惨胜，可谓是两败俱伤。但情况发生了变化，我们还没看到宇宙的最终衰亡，就又重新开始了新的循环。随着循环的累积，我们发现无论是哪一方胜出，整个进程都会戛然而止，重新播放。我们意识到，除非斗争有了带有某种意义的结果，这种结果并非简单的输赢，否则我们会一直陷入循环当中。直到有一次，契机出现了，那是转变我们命运的开始。”

“契机，什么契机？还有，难道，你们也有命运吗？”

拉克西斯回道：“我们的命运，其实有着比你们更加强烈的规定性，我们的自由很少。那次，我们发现我们的观察和主观意识一定程度上可以影响洞外事件的进程。也就是说，我们根本就不是旁观者，而是参与者。只不过我们在黑洞里，对外面世界的影响力很小，如果能够超越黑洞之外，直接干预洞外世界的发展进程，说不定会有更多的可能性。想到此处，我们便尝试着脱离黑洞。”

“意识脱离黑洞？”

“对，我们在黑洞中的意识，并非像你们的意识要依托于碳基生命载体，所以我们超越生死。我们的意识以黑洞为载体，物质无法逃离黑洞，但是意识却可以。我们不断尝试脱离黑洞，失败了很多次，但也有收获，在这一过程中我们逐渐掌握了黑洞的规律，最终也实现了意识脱离黑洞的目标。只是，在脱离黑洞之后，意识需要新的载体，我们只能凝结在碳基生命或者硅基生命之上。于是就有了你们之前肉眼可见的阿特珞玻斯，还有克罗托。”

“方袁”感觉到此时的阿特珞玻斯不再是那么令人憎恶，反而有着博大的悲悯。阿特珞玻斯也能感知到“方袁”的感受，就接过拉克西斯的话：“刚出去的时候，我们猜测之所以陷入一直不停的循环，是因为免疫系统力量不足。它有时失败，有时即使胜利了，也是惨胜。所以我们的任务就是帮助免疫星球消灭癌症星球，取得酣畅淋漓的胜利。在我们的帮助下，免疫星球取得的胜利成果越来越大，从之前的惨胜，到后来势如破竹的胜利，我们取得了各种完美的战果。甚至在最后的几次循环中，癌症星球根本就没有机会萌芽，它们的文明在襁褓中就被消灭。可即使是这样，我们还是再次陷入循环。”

“为什么会这样？”“方袁”忍不住问道。

“我们也不知道。后来我们反其道而行——会不会是需要我们帮助癌症星球去击败免疫星球？虽然有了这个想法，但是我们都不敢动。可是不动，永远也找不到答案，索性尝试一次，大不了重新再循环。就算出现了最坏的结果，无非就是意识消失，可那又如何呢？比起永恒的循环不死，还不如放手一搏，就算死了也落得个痛快。于是我们又站在癌症星球这一边，把免疫星球打得落花流水。然而，我们依旧不停地进入循环。随着不断的循环，我们渐渐迷失了来处，只是在此处找寻去处，而且还不知道以什么样的身份寻找。我们暂时回到虚空之境，重新思考这一切：我们究竟是谁？我们之于洞外世界的身份是什么？洞外世界是虚拟的还是真实的？如果外面是一场虚拟的游戏，那么我们就是玩家的身份，可无论我们怎么玩，还是无法逃脱循环。如果是真实的，那我们一直以来都以看客的身份在参与洞外的事件，看似身处其中，实则置身事外。难道说，我们应该沉浸式地进入洞外世界，真正成为‘那里的人’吗？”

阿特珞玻斯又道：“有了这个想法，我们开始设定角色。我，作为癌症星球的引领者，克罗托作为免疫星球的引领者，拉克西斯则作为裁定者和过程控制者。如此这般尝试了几次之后，还是失败了，因为我们没有办法完全融入各自的身份当中，总感觉洞外和我们并非一个世界。直到最近这一次，我们想了一个办法，把我和克罗托的意识锁定在黑洞之内，也就是清空之前的记忆，只在意识中植入各自的任务和一点点必要的记忆碎片。于是我们两个就完全融入了洞外世界，也就有了袁岸在思峨上看到的那个十恶不赦的阿特珞玻斯。而那些记忆碎片，就成为我认为的传说、信念。”

拉克西斯接过话来：“这次尝试，我们一直持续到了现在，进入以前从未有过的阶段，我们想继续看到后面的结果。下面看克罗托能否完成使命了。[illegible]岸是能够影响克罗托的关键人物，我不能让你在意外中死[illegible]。”

“所以[illegible]马轲射杀我。这一次，是我和袁岸[illegible]

“你们能来[illegible]了很强烈的主观意志去观测。否则，你们二人的意识很[illegible]在太空。”

“方袁”感觉，拉克西斯的话前后有矛盾，她肯定有很多事情不想说。拉克西斯话锋一转：“好了，方明和袁岸，接下来我会把你们的意识分开。袁岸就留在这里，你也不要急躁，洞外世界你可以不用过分操心，那里本来就是既是且否的状态，你不要轻易地去改变或者不改变，到了合适的契机，应该会有线索的。至于方明，你现在回到地球上去。我接下来要把你的意识转化为电磁信号，你需要在地球上寻找新的载体。”

第四章
昨日重现

在地球上，众人慢慢有了头绪，开始寻找全新的工作节奏，不过闲暇时间也是必须有的。方千柏在很久之前就开始研究自己国家的历史和文化，尤其是退居二线之后。他拿起一本史书聚精会神地看着，卡戎和赛特此时也在家中议事。突然一阵翻倒的声音传了出来，卡戎迅速抢上前去一看，马晓渊摔倒在地。卡戎扶起她坐在沙发上，方千柏慢慢起身凑了过去。马晓渊笑道："年纪大了腿脚就是不利索，刚刚没什么，就是感觉有点头晕，脚下一软就摔了。"

柳睿在旁边问道："头晕，是怎么个晕法？"

"也没什么大不了的，一直都晕，今天有点重罢了。"

"我还是送您去医院吧，看看头晕是怎么回事，也看看有没有摔骨折。"

马晓渊本来很不想去医院，但是这腿看着就肿了起来，没办法只好跟着柳睿前往医院检查。方千柏知道有柳睿陪着足够了，就坐在沙发上看着卡戎："真是没想到，现在你就像我的家人一样。当年你追杀我的时候，可不是这个样子。"说完哈哈地笑了起来，把卡戎笑得有点尴尬。方千柏看出了卡戎的不自在，便转移话题："说不定未来几百年，甚至是千年以后，后人撰写历史，会把你的名字编入古代五大杀手。"

卡戎不知道方千柏为何突然转移到这个话题上，再仔细一看，他旁边放着一本书，其中一个章节的名字是"刺客列传"。怪不得方千柏的思路在这上面，卡戎饶有兴致地问："方教授，除了我卡戎，其他四个刺客都有谁？"

"那可都是历史上的知名人物，有荆轲、专诸、聂政、豫让，还有卡戎。呵呵呵呵……"

"等一下，有荆轲，后面还有谁？"

"专诸、聂政……"

"专诸？！"卡戎一个激灵！

"对，专诸，怎么了？你不会认识他的。你来地球的时候，他都死了两千多年了。"

方千柏后面的话，卡戎一个字儿都没听进去，他在努力回忆着当时塔尔塔星上的那个刺杀谛辛的人——专竹。

"方教授，您能否把专诸的故事讲给我听？"

"当然可以。我们历史上曾经有个吴国，吴楚之战的时候，公子光想要夺权，就和专诸密谋杀掉当时国君吴王僚。趁着大军外出，公子光请吴王僚吃饭，伺机行刺，可是吴王僚带领的侍卫很多，不好下手。公子光就和专诸想了个计策，做了一道鱼，在鱼的肚子里藏着匕首。等这道菜献给吴王僚的时候，专诸扒开鱼腹取出匕首杀掉了吴王僚。这把剑就是鱼肠剑，公子光就是后来赫赫有名的吴王阖闾。”

“也就是说，专诸刺杀的是国君？”

“对，如果不是刺杀君王这样的人物，仅仅杀了一个士兵，又怎么可能留名历史呢？”

“我还有一些问题想要请教，在地球的历史中，有名的教师都有谁？”

“历史上的名师多了去了，而且不同的文化当中也有不同的代表。在西方文化中最出名的老师莫过于柏拉图，他是西方哲学的重要奠基人。开创的学园叫作阿卡德米，后来西方词语的‘学院’就是academy。”

“那东方文化中的名师呢？”

“因为你不是地球人，所以你不清楚。东方的名师首推孔子，门下弟子众多，开创了有教无类的先河。”

“他的名字就叫孔子吗？”

“不，他叫孔丘。”

卡戎不断思考着孔丘和洞丘名字的关联，然后又问道：“那历史上有没有一个叫作黑翟的人？”

“黑翟？没有！如果说差不多名字的话，倒是有个叫作墨翟的。”

“那能否介绍一下墨翟的事情？”

“墨翟差不多和孔子是同时代的人，但是比孔子略晚，开创了墨家。墨子可不仅仅是开创学说，他自己还是个工程专家，像制造机械、车辆、兵器，都是他的强项。”

卡戎知道，塔尔塔星和地球肯定有着千丝万缕的联系。如果阿特珞玻斯关于地球作为DNA星球影响其他星球的理论是对的，那么塔尔塔星人长寿长生的秘密，应该就在地球上。想到此处，卡戎又追问："那方教授，历史上有没有一个叫作谛辛的人？"

"帝辛，有！商朝人称自己的祖先为上帝，在天上。而自己则是上帝之子，也就是下帝人王，是地面上最高的统治者。例如帝乙、帝辛等。帝辛是商朝最后一任君王，传说是个暴君，但是随着历史的考证，他其实在某些方面也是有着很多功劳，或许当时他也有太多的不得已。只是历史评判的角度不同，到现在依旧还是以一个暴君的形象流传于历史。"方千柏挠挠头看着卡戎问道："你今天怎么对历史那么感兴趣，还有，黑翟、谛辛这些名字，你是从哪里听来的？"

卡戎一时语塞，不知道该从何解释。方千柏收起休闲的心态，看着若有所思的卡戎，大致猜到他的思绪和之前在太空的经历有关。赛特在旁边并未察觉到有何深意，随着"咚咚咚"的敲门声，他起身开门，原来是王评到访。

王评心事重重地走到了方千柏面前，坐在他面前的位置上，眼睛盯着地面。方千柏了解王评，这肯定是有难言之隐，不用催促，等他想好怎么说即可。王评的视线从方千柏的双脚逐渐上移到脸上："老师，您最近身体感觉可好？"

"好得很，神清气爽的，比以前有劲儿了许多。"

"方老师，不瞒您说，上次本来想给您消除辐射产生的影响。但是当时由于操作员的失误，给您注射药剂的剂量可不止原计划的那么多。您的身体状况会越来越好，生命周期也会延长很多。"

卡戎听到这里，比方千柏还来劲，但是他不方便插嘴，只好听方千柏说话："那我的生命能延长多久？"

"可能是正常情况下的几倍吧……"

方千柏一下愣住——这不就成了老妖怪了吗？而旁边的卡戎则发现了当时塔尔塔的秘密——他们基因突变导致长寿长生，找不到原因，竟然是受到了方千柏的影响。

方千柏紧张起来：“这项技术一定不可以外漏，否则真要出大乱子。你想，那些年纪到了却又不想离世的人，将会动用一切手段来抢夺这项技术。一旦到了十恶不赦之徒的手里，那世界将不得安宁。”

卡戎知道方千柏说得有道理，只不过方千柏还不知道这会对其他星球产生影响。想想当时塔尔塔星上的乱象，那可真是无法收拾，最终被宇宙认定为有危险的星球而被消灭掉。而且按照阿特珞玻斯的说法，方千柏可以影响成千上万的星球，远远不止塔尔塔星一个。如果这些星球最终的结果都是被消灭掉，那么方千柏就是数以万亿计生灵悲惨命运的根源。这件事，到底要不要告诉方千柏呢？如果不告诉他，那些星球的人迟早会被消灭掉，如果不被消灭掉，宇宙生命体就会受影响。如果告诉他的话，以方千柏的性格，他说不定会立刻放弃自己的生命。这该如何是好？

方千柏也不知道该怎么办，最起码没有责怪王评的意思，这让王评心里稍微放松了一些。相比之下，方千柏的内心却无比沉重：“这件事你不用放在心上，我有分寸。还有一件事情，上次你发现的那个监控探头，现在有什么研究进展了吗？”

“没有很大的进展。这次过来刚好卡戎和赛特也在，看能否一起去研究一下。”

听完王评的讲述，二人表示非常愿意共同前往。王评本打算等柳睿和马晓渊回来再和二人去实验室，毕竟方千柏年事已高，但是方千柏并不担心一个人独处，反正现在精力充沛。在离开的时候，卡戎回头看了一眼方千柏——他以后该如何选择呢？

三人来到实验室，用仪器检测着这个“东西”。

“现在还有辐射，不过辐射并不强！”

“我觉得核子辐射之后，会伴随着长时间的电磁辐射……”

“不一定吧，现在都还不知道这个东西的来源，它好像超越了我们目前的认知框架，靠猜怎么行呢？”

“超越认知框架！”王评被这句话点醒了，一拍脑门道：“当时我们围堵M-AI的时候，主要是赢在我们三个星球人不同思维的结合。如果我们再来一次大脑联网来分析这个东西，说不定会有不少发现。”

“对，我也正有此意。”卡戎应和道。

赛特提出了疑问：“但是要等夏凯回来，没有他的引导，我们很难完成。估计再过几天，他就能康复了吧。”

就在三人你一句我一句的时候，方明的思维意识从黑洞深处喷射出来。意识流沿着方明之前肉体的信号来到了王评的实验室，方明的意识一时之间找不到载体：“我该怎么办？该怎么办？”

数日后，随着国际航班缓缓落地，夏凯和彤彤也走出了机舱。二人没有休息，又经过半天的路程，直接来到王评的实验室。王评看着风尘仆仆的二人有点担心他们累到了，毕竟夏凯刚刚做完手术不多久，还处在恢复期。可是夏凯表现出一副很心急的样子，因为他还在A国的时候，王评就把方明和袁岸留下一段监控录像的事情和他说了，夏凯的好奇心和求知欲并不比王评差，听到这种消息怎么可能按捺得住？

在夏凯的催促下，王评带着他看了监控影像，并把目前对它的认知以及接下来的研究方案讲给了夏凯。夏凯一听来了精神：“我们再次进行大脑联网肯定没问题，别说大脑联网了，让我变成机器人我都干。”夏凯夸张地说着。

“那你什么时候可以开始联网工作？”王评嘴上说让夏凯注意休息，理智上也知道应该这样想，但是内心深处依旧有一种马上开始实验的期待。

“现在就开始。”

王评给赛特、卡戎和柳睿打电话，夏凯则在旁边安慰不高兴的彤彤。不久之后，卡戎和赛特先到了，二人对王评实验室的布置已经很了解，二话没说便找了舒服的地方瘫坐着，准备随时联网。反正柳睿还没到，几人就又聊了起来。

“夏凯，你这次被马轲袭击的事情能给我们说一下吗？”

夏凯回答：“之前彤彤把大致的情况和你们也说了，我补充一些吧。我感觉当时马轲和我们一样是过去打探情况的，而且他非常不希望被我们发现。如果当时不是我追得他无路可走，他应该不会对我发动攻击。他当时那一闷棍本是照着我的背砸下去的，是想把我砸晕，或者失去追击能力，可是我下意识地认为他会打我的头，所以我双腿一蹲想要躲过去，结果刚好就打到头了。”

“按照你的感觉，马轲其实就是想逃走而已。那恰恰说明他在密谋什么事情，不想让我们知道。而且，他很关心艾尼阿克斯的这项技术，说不定……”王评虽然知道后面的思路，但是语言的组织一时间没有跟上，拖了个长音。卡戎也猜到王评的思路，并且他的担忧在思峨是真切发生过的，便顺着话说了起来：“我看见过思峨发生的事情。当时阿特珞玻斯被烧成一个佝偻的丑八怪，暗地里引导袁思瑞把他的芯片一步一步发展起来，等到实现整个思峨人的大脑联网时，他就直接通过超智系统控制了整个思峨，这才有了无数癌症星球的诞生。所以，克罗托很有可能会一直潜藏在幕后，等到艾尼阿克斯的技术在全球推广之后，他就要收割了，然后制造出一大堆的免疫星球。”

赛特捏着下巴思考着：“当年阿特珞玻斯在思峨做的事情，无论是谁都会阻止他。可是克罗托现在在地球上做的这些，我们要怎么办？是去阻止，还是支持，还是不闻不问？”赛特毕竟是免疫星球的人，他骨子里的使命感依旧存在。众人看着赛特，等他继续说出自己的想法。

“我很久之前曾带领伊缪恩的舰队摧毁过几个碳基和硅基高度结合的癌症星球……难度很大。幸亏那些星球还处在碳硅结合的早期阶段，否则我可能根本就没有机会和坎瑟星相遇。阿特珞玻斯把思峨碳硅结合的文明传播出去，未来的癌症星球是非常难对付的。”

“所以呢？”卡戎盯着赛特的眼睛，赛特也警觉地看向卡戎。卡戎明白赛特的顾虑，就解释道：“你不要误会，我不会因为坎瑟遗民的身份就站在癌星的立场上。”

赛特继续：“如果我没有来地球，没有和你们认识，我可能会毫不犹豫地站在克罗托的立场上，即使他曾经戕害过伊缪恩。但是对于整个宇宙来说，他做的事情是有意义的。然而现在，我有很多地球朋友，也知道这里的文明方式，我不能看着克罗托通过牺牲地球来拯救宇宙。一定会有更好的方式！”

王评知道赛特的话很中肯，如果他一味地说站在地球的立场上，那反而不值得相信。“谢谢你赛特，能听到你这样说我很欣慰。我们现在还不清楚克罗托和马轲到底要做什么，只能静观其变。如果他合情合理地用地球文明衍生免疫星球，那肯定没问题。如果他要以违背人性和道德的方式来做，那……那我们，应该用什么方式阻止他呢？”

其他人听了王评的话，能感受到他内心深深的无奈。此时，门被推开了。众人视线汇聚过去，落在刚进来的柳睿身上。柳睿满脸僵硬的表情早已超越了语言，肯定有什么不顺心的事情发生。

“发生什么事情了？”王评连忙问道。

“没什么，可能就是累到了。差不多可以开始了吧？”

“要不你今天先休息一下，明天再做实验也不迟。”

“我没有你想象的那么娇弱。再说了，夏凯都能坚持，我当然也能。”

在柳睿的坚持下，实验按计划进行。彤彤把方明和袁岸的那段影像准备好，随时进行分析。夏凯却对她说：“我们分析他们的视频影像不会有什么收获的。关键是要分析监控探头里所收集的当时的光子。所以彤彤，你要把监控探头的各种辐射数据、感光情况传输给我。”

彤彤明白了，赛特、卡戎、王评、柳睿和夏凯一起开启了脑部的联网。这次还是由夏凯担任主意识，其他人进入了沉睡状态。彤彤则按照王评列的实验步骤进行过程把控。她按照流程一步一步完成了所有的辅助操作，然后蹲在夏凯面前，托着腮帮子看着这个相貌其实不算英俊，但就是很喜欢的男人。这种动作保持不了多久，不一会儿腿就麻了。彤彤别扭着起身，找到一个凑合能坐的椅子，双腿一软就把自己扔了上去。椅子嘎吱一声响，夏凯醒了。彤彤吓得慌了神，她没想到这椅子竟然如此不结实，这可要把实验给搅黄了。夏凯睁开眼睛长舒一口气，其他人逐渐也都醒了过来。彤彤知道自己闯祸了，本想过来道歉，可是夏凯就跟看傻蛋一样看着她：“你怎么了这是？”

“是我不小心把你吵醒了……”

“啊，有吗？我怎么不知道？只是实验做完了而已。”

“做完了，这才一刻钟，这么快就做完了？！”

夏凯环视众人道：“大家都来看实验数据！”

说完，就自顾自地打开王评的一台电脑演示了起来——好完善的合成影像！王评猜到为什么在不借助外在设备的情况下，夏凯就能快速合成影像效果，应该就是他大脑里芯片的作用。

“你们先看这里，这是核子辐射的部分。这些辐射迟早会消失，最关键的是电磁辐射，电磁辐射会一直持续下去。”

王评听着夏凯的讲述，和之前自己的猜测大致相同。夏凯顾不得赞赏王评了，继续往下说：“大家看下面这些数据，是刚刚我们监测到的电磁辐射所携带的信息。”众人盯着这一团乱麻，根本就看不出个所以然。

夏凯继续演示：“幸亏是我们三个星球的人一起参与联网实验，否则根本就无法破译这些信息。三个星球的思维融合成了一种新的元语言解码方式，然后合成了下面的影像。我马上给你们打开。”

众人根据夏凯的话，期待着接下来的内容。显示器上展现出五段视频，第一段是在画面的正中间，一个曼妙的女子背影在正前方走着，周围一圈人把视线都聚焦在她身上。柳睿认出来，那是她第一次让方明看见自己的场景，这是从方明的视角上看自己的。第二段视频，是十度界域成立时方明在开新闻发布会的场景。第三段视频……画面中间一扇门越来越近，门打开了，一碗粥端了上来，给躺在床上的人……那人正是在袁岸家疗养的梅瑞！

柳睿绷不住了，这些影像全都是方明和袁岸的记忆。夏凯知道柳睿心里难受，便掐断影像开始了分析：“以目前我们的认知模式，也只能解码出这些影像了。从目前已经收集到电磁辐射的量来看，其实影像还远远不止这些。这里面，应该藏着袁岸和方明的人生记忆。这也就说明，这个东西确实就是他们二人消失的时候合成的。”

“我记得他们消失的时候，一束巨大的光线直冲云霄。现在来想这也很奇怪，光线不应该向着四面八方传播吗，为什么会形成一道光束？”卡戎看似自言自语地说着想法。

“等一下，直冲云霄，我们谁能确定当时的光就是直冲云霄？”王评突然察觉到有什么情况不对！如果一束强烈的光线直冲云霄，怎么可能不被阿赛他们发现呢？

柳睿开口道：“是啊！这还真是个问题。我们当时都在屋内，看见光线向上冲出，但是冲出多高我们并没有看见。难道是到了一定高度之后，就突然消失了？！”柳睿说完便看向了卡戎。卡戎知道柳睿的意思，因为自己之前利用宏观的双缝系统，做了巨大的双缝实验——那是可以改变历史和时空的实验：“你的意思是说，正上方的空间可能被扭曲了，把那束光给‘切断’了？”

王评也好奇地问卡戎：“你觉得有没有这种可能？”

卡戎回答：“如果在以前，我肯定是不相信的。但是我毕竟经历过那件事，现在不排除这种可能性。”

王评对宇宙双缝的那件事情并非不相信，只是要说服自己如何去接受：“我们的惯性思维认为，微观世界的性质和宏观世界的特点有着难以跨越的分水岭。但是宏观世界又是微观世界组成的，那只能说宏观世界是对微观世界的总体性描述，在总体中微观的个体性质可能被中和、淹没了，丧失了方向性和个性。宏观世界不懂微观世界的个性，微观世界也不懂宏观世界的共性。与之对应，我们在宇宙中作为个体，是否和更加宏观的宇宙也有着类似的情况呢？所以，我不排除在我们所处维度的不可能，在更高的维度是可能的。”

夏凯叹了一口气：“王评，你绕了这么大一圈，不就是说有这种可能性吗？”

王评回复：“对，也不对！你还要这样想，两个人同时消失，还产生了强烈的光，怎么可能不会产生能量？某种力量不仅把光给带走了，能量也被带走了。如果用质能方程来解释他们二人的消失，那爆发出的能量可以把整个滨海市从地图上抹掉，当然还有大量的核子辐射。所以，我觉得很有可能还有另外一股力量在保护我们。”

听了王评的分析，卡戎直接想到了拉克西斯——除了她还能有谁？但是他并没有作声。王评并不知道卡戎心中所想，只是继续说道：“当然也不太可能用质能方程来解释他们的消失，热核反应肯定会留下具体的残留物质。除此之外还有一种解释，但是这种解释目前来看也不可能。”

“你先别说可不可能了，到底是什么解释？”柳睿不耐烦地问道。

“正反物质湮灭！”

听到王评如此说，彤彤睁大了眼睛。

彤彤道：“听起来很精彩，可还是有很多问题。比如说，正反物质湮灭后会产生光子……啊！那探头里有价值的是？”

夏凯回答彤彤：“原来你才明白过来。我们联网分析的并不是监控记录下方明和袁岸消失的画面，而是监控探头捕捉到的他们消失后所形成的大量伽马光子。刚才我们通过对这些光子的逆向分析才得到了袁岸和方明记忆当中的画面。”

夏凯回答完了彤彤的问题，又对其他人道："就算是存在这种可能，那还有一个问题。假设这次事件是正反物质湮灭，那么必须追问触发机制是什么，如果因为思峨和地球是对应星球的话，那么方明和袁岸是否正好是对应的正反物质？如果是的话，那柳睿和袁岸、方明都接触过，明显柳睿和他们二人并非互为正反物质。这也就证明了，方明和袁岸并非正反物质。"

王评继续思考着："如果他们二人都是正常的存在，那么反物质是从哪里来的。以目前的理论来说，宇宙中应该会有大量的反物质存在，可是我们几乎没有发现它们。能让方明和袁岸同时湮灭的反物质的量，可不算少，它是从哪里神不知鬼不觉地出现的呢？"

柳睿不想听这些分析了，她的心情明显很不好："以现有的资料，很多事情我们分析不出来。但最起码知道当时监控探头里收集的光子就像硬盘一样，记录了方明和袁岸的记忆。"柳睿聚精会神地凝视着——这是属于她的世界。

夏凯默默地看着柳睿的表情，转过头去闭上眼睛，现在没有过多的心情同情柳睿了，马轲那边到底是怎么回事还需要继续调查。

第五章
另起炉灶

马轲在打伤夏凯之后，一路拐弯抹角地避开监控，最后终于跑到了一个自认为安全的地方，然后整理了一下衣衫，摘下帽子和口罩……惊惶失措之后伪装出来的气定神闲看起来总有点别扭，他调整了一下姿态，以一副成功商业人士的模样重新出现在了人们的视线当中。毕竟马轲在进入十度界域之前，在 A 国的公司 —— MARK 科技已经上市，确实是一位商业成功人士。

马轲回到了自己在A国的家，推开大门，一个白发老人正襟危坐，透露出难以抗拒的气场。

“向老师，不！克罗托大人，我回来了，刚刚碰到了夏凯……”

马轲把刚刚发生的事情和克罗托说了一遍，但是他还是习惯性地认为这个人的名字叫向兵。

“他们果然还是忌惮我们在做的事情，不过不用招惹他们。艾尼阿克斯脑机接口的情况如何？”

马轲把自己对艾尼阿克斯的脑机接口进行了比较详细的汇报，最后说出了自己的观点："我觉得这套脑机接口技术，超越当时我们在十度界域时候研发的'芳芯'。等到这项技术的使用者达到一定数量的时候，我们就可以来个连盆儿端。M-AI 直接植入其软件系统，所有的用户都将被我们操控。"

克罗托听着马轲的话呵呵冷笑，一副不置可否的样子让马轲心里打鼓。马轲不敢说话，只能忍受着冰冷的沉默，等待着克罗托的意见。

"你觉得，到时候我们的 M-AI 会那么容易就接管艾尼阿克斯的这套体系吗？"

马轲回道："我们已经积累了十几万个人类精英进入 M-AI，到时候重启他们的整体意识，接管脑机接口还不简单吗？"

"哈哈哈哈，你想简单了。到时候会有很多意外的困难。来，我告诉你接下来该怎么做……"

马轲靠近克罗托，听他一步一步讲解后面的计划。

商业的运作模式，不仅仅是基于信任之上的价值交换，还有另外一面一轮一轮的韭菜收割。艾尼阿克斯给极少数掌握着大量社会财富和权力的濒死之人实现了脑机接口，在赚取了大量的财富之后，开始把目光集中在提升一般人工作效率上。脑机接口可以让一个公司的很多员工实现大脑联网，这种极速的效率让一个团队在短时间内取得飞跃式的发展。

艾尼阿克斯发现了这一巨大商机，但他们绝对不会盲目大范围推广，因为一旦竞争对手也掌握了这种技术，那很有可能对自己形成威胁，除非他们不断升级设备，并且控制脑机接口的后台运行程序。而一旦后台总程序建立完成，那么使用脑机接口的用户都将被艾尼阿克斯所控制。那时，艾尼阿克斯创造的“艾芯”才会大规模推广。现在还只是小范围地尝试，一边推广脑机接口的硬件设备，一边建设后台运行程序。而且艾尼阿克斯还留有后手——公司自己的技术员工已经实现脑机联网，其效率已经达到了难以想象的程度。他们投向市场的只是低端的芯片而已。为了达到最佳的推广效果，艾尼阿克斯决定把低端芯片脑机联网的效果公之于众——那也将带来绝对的震撼。

这样的展示，自然免不了一场产品发布会。艾尼阿克斯把十位员工拉到台上现场演示脑机联网的效果，同时在旁边把目前A国最快计算机的实时数据传递到大屏幕上。主持人庄重地喊道：“现在，我们将同样一组数据，同时交给脑机联网和超级计算机，看看哪边会更快。”

这次台下的观众中只有少量的专业人士，更多的是媒体记者，以及现场直播，因为这样传播面会更加广大。主持人先给了一个非常简短的任务——我现在把目前卫星观察到的气象数据输入到两个系统中，看二者谁会最先计算出未来的天气预报。

即使是非技术专业的记者，也知道气象分析是一项庞大的数据处理工作，然而主持人刚把数据输入进去，脑机网络和超级计算机同时算出了结果，让记者完全分辨不出来到底谁更快。这样的安排其实是艾尼阿克斯有意而为之，就是不断凸显这项技术的优越性。主持人也非常善于调动现场的积极性：“看来不相上下啊！那我们再来看第二项测试。大家请看，这是一部长篇小说，还没有分镜头、编剧等深度加工。接下来，把小说输入到两个系统里，它们的任务是用虚拟技术生成两部影视剧。要求，不能低于100集，每集不少于45分钟。人物形象、场景要逼真、写实，尽量与现实无异。同时，根据剧情需要自行作曲、配乐。简而言之，这项任务就是要颠覆影视行业，从剧本到银幕，一步到位！”随着主持人拉长了最后一个字的腔调，两边开始迅速运作。

现场的专业技术人员一直不停地盯着大屏幕上的运算速度，他们已经发现了脑机系统不仅是运算速度快，关键是有着比超级计算机更加明确的逻辑思维能力。现场记者很多都做过影视编导、剪辑之类的工作，他们知道这种合成很难，根本就不是处理速度快就能完成的，而是需要对现实世界有着准确的感官体验和心灵感受，否则做出来的影视作品会非常机械化。

不久之后，两边又几乎是同时完成。主持人通过大屏幕进行演示。

“先看一下我们超级计算机的作品。”随后便点开了生成的文件夹。100集的内容整整齐齐地排列着，台下一阵唏嘘。主持人点开第一集，随着画面播放，一个个人物形象展示出来，丰富的台词对白、高仿真的背景，呈现在人们面前。虽然不能说尽善尽美，但也算差强人意。毕竟计算机还不能完全贴合人的真实感受，在很多细节的处理上还存在瑕疵，但这套片子的质量已经完全达到投放市场的标准了。

“好！接下来我们再看看艾尼阿克斯脑机联网的表现。”主持人点开了其中的一集。从片头曲开始，观众就明显感到了些许不同。歌曲并非只有抑扬顿挫优美的旋律，其中所蕴含的情感让每个人动容。进入剧情之后，每个角色的动作、表情、神态可谓是惟妙惟肖，如有几十年老戏骨的水平。整部电视剧不是影视产品，而是艺术品。主持人本打算停止播放，却被台下的观众要求继续观看。在这样时间严格控制的场合，台下的记者和专家竟然整整看了一集。

记者们冷汗直冒，台上只有十个人参与到脑联网系统就能爆发出如此惊人的算力，创造出逼真、自然的画面，如果是一百个人呢?

主持人看到台下一个个惊讶的表情，知道效果已经达到了，为了进一步让人们感受脑机联网的力量，他又开启了第三次较量:“我们都知道，在很多年前，人类下棋输给了人工智能。现在我们再来进行这场较量，看看到底是人脑联网厉害，还是计算机厉害。在座的各位，想不想看到人类再次胜出？！”

“想，实在太想啦！”

“好，今天到底谁能胜出，就让我们拭目以待。我相信人类是有希望的，不过我要说明的是，台上的这十位人员根本就不会下围棋。但是个体意识不会下棋，并不代表集体意识不会。比赛规则，三局两胜制。下面我把围棋的规则输到系统中，让我们共同见证这场终极对决。”

棋盘上有361个落点，第一局由脑机系统执先手，就有361种下法。超级计算机随后落子，有360种可能，一直到最后……台下大多数人不会下围棋，不过在围棋解说员的带动下，很快就被这紧张的气氛所笼罩。现场鸦雀无声，良久之后结束了第一局。经过统计，超级计算机略微小胜。

台下观众一片失望的嘘声——人类还是输了，虽然这是这么多年里输得最少的一次，但毕竟还是输了。随后，爆发出阵阵的议论。

“别忘了当年大战人工智能的时候，人类只是在早期赢过一次，后面全输了。”

“我记得，那是因为人工智能有学习能力，在和人类的对决中不断进步。并不是说后来和人工智能下棋的人水平就比上一个低，而是因为人工智能提高了。”

“还有，这次超级计算机里的人工智能肯定超越很早之前的那种水平，我看接下来的情况很不乐观。”

“看来艾尼阿克斯这次没有作弊，赢了就是赢了，输了就是输了。”

众人在台下你一言我一语地议论着。主持人假装慌张地宣布：“哎呀，还是输了，太遗憾了。让我们台上的十位参与者稍作休息，进入第二场较量。”

经过短暂的调整后，第二场棋局开始。这场的氛围已经没有第一场那么紧张，人们的期待也已经降了下来。不过人群中有几个懂围棋的，逐渐张大了嘴巴 ——这是何种层级的对决!

“好啦！第二局结束，让我们来看看谁获得胜利。”

很多观众一时间看不出胜负，只是满眼的黑白相间。

“结果出来啦，真是难以置信。我们的期待成真，脑机联网系统获得胜利。虽然只有微弱优势，但是也具有划时代的意义。现在比分一比一平。”

听到主持人宣布第二局的结果，台下沸腾了。这是多少人心中的愿望，虽然这是十个人一起和计算机对弈，但是那也是人类的胜利。在场间休息时，人们又讨论了起来。

“真是不敢相信，人脑联网后会有如此巨大的力量！”

“是啊，人们之间都不用语言交流了，避免了很多沟通障碍，还有每个人的思维应该是指数级叠加的吧？”

有了第二局的胜利，第三局的气氛比第一局还要紧张。

“希望人类能赢，不过听说人工智能具有纠错和学习能力。经过了第二局的失败，应该会变得更强。搞不好人类会输啊。”

“谁说不是呢，不过脑机联网应该也有学习能力吧。最起码人类的学习能力要比计算机强大。是这样的吧？”

主持人特别希望看到台下的热烈讨论，等到气氛足够浓烈之时，他恰到好处地打断：“大家请安静。这场对决究竟鹿死谁手，不久之后便会见分晓，请大家拭目以待。第三局比赛开始。”

随着主持人一声令下，脑机系统和超级计算机开始了高速运转。此时全球观看直播的人越来越多，那些职业围棋高手也加入其中。

“不会吧！脑机联网竟然占据这么明显的优势。这简直就是胜利在望！”

“不是胜利在望，是胜利在握。”

“看来这次，人类要迎来一场酣畅淋漓的大胜。”

“好！比赛结束。我想不需要我宣布结果了吧，人脑系统二比一胜出！”

台下顿时爆发出巨大的欢呼声，或许人类智慧在人工智能面前已经压抑得太久了。这次直播简直要比看一场世界杯足球赛还要畅快。

“看来，我们脑机系统的学习能力要比计算机强大得多。如果我们这项技术应用在各大企业当中，那将会带来生产力的飞速增长。艾尼阿克斯欢迎和社会各界的合作！”

台下的记者和全球观看直播的人啧啧称奇，都意识到一个全新时代已经到来。

“等一下！”一个非常不客气的声音打断了主持人。众人没有办法找到说话的人在哪里，因为声音是从现场音响系统里发出来的。就在现场人们四处张望之际，他又说话了：“这就是脑机系统的速度吗？真是令人吃惊，真是人类历史上的里程碑。”虽然此人这般看似恭维地说话，但是现场所有人都知道这家伙绝对来者不善。后面的话，暴露了他真实的意图：“脑机系统确实赢了超算AI，但是也要接受他人的挑战。要不我们也来上一局。大家说好不好？”

台下观众里不缺好事之人，看热闹不嫌事儿大，不少人跟着起哄，希望看到脑机系统接受挑战。主持人其实就是艾尼阿克斯内部的一个中层管理者，他很清楚这套系统目前没有对手。在这里把这个挑战者打败，那对未来的推广会有更大的帮助。

“好！我想大家都想看到这场对决吧？那我们就开始吧！”主持人宣布比赛开始之后，又迅速和后台人员取得联系：“赶紧查一下是什么人可以直接进入现场的操控系统。”后台工作人员开始分析这个远程“棋手”。主持人也是围棋高手，他把目光聚焦在现场大屏幕的棋盘上，看到了难以置信的一幕——令人绝望，每一步都令人绝望。那个神秘棋手的每一步，都像是锋利的剑一样插入脑机系统的灵魂深处，所有的预判都被那人看得清清楚楚，所有的生路都被断掉。那种明知会输却又不得不坚持，明明颓势尽显却又伪装得旗鼓相当，让主持人险些落泪。

虽然比赛还没有结束，但明眼人都知道：艾尼阿克斯输了，输得无力、输得沮丧。虽然脑机系统只以微弱劣势输掉，但那是因为神秘的棋手故意让它以微弱劣势输掉。他，这是在玩！玩弄整个艾尼阿克斯于股掌之中。

就在棋局快要结束的时候，现场突然黑掉！

“怎么啦这是？”

台下一片哗然：“停电了吗？”

“是啊，怎么这个时候停电？下不赢别人就把电断了！”

“就是，这不明摆着认输了吗？”

“丢死人了！”

主持人在台上听得见下面的议论，知道必须赶紧结束，只能草草收场：“各位，由于今天突发意外情况，我们的对局还没有结束。未来，我们欢迎这位神秘的棋手随时向我们挑战。当然，就目前来看，这场对弈中脑机接口暂时处于劣势，但是我相信劣势是暂时的，艾尼阿克斯将会是这场对局的最终胜利者。感谢大家的参与，我们下次再会。”

主持人还没有说完，工作人员就已经关上了现场的大门，现场的记者和观众一并被关了起来。众人不断抱怨，议论纷纷：“输不起就算了，这是干吗？”

在议论声中，大门开了一个小缝，只允许单个人顺次通过。通过大门的人拿着艾尼阿克斯发的小小心意，神采奕奕地离开了。

“谁叫你们断电的？就算输也不能输得这么难看吧！”主持人对着后台工作人员暴跳如雷。后台人员委屈地说道：“不是我们干的，我们哪有这个胆子？应该就是正常的停电。”

“正常停电？正常停电，为什么整个大楼都不停电，只有我们发布会现场停电？”

“真不关我们的事情，您这样对我们发脾气，反而让真正的罪魁祸首逃之夭夭，不是吗？”

本来是一场宣传自己的发布会，结果落得一片狼藉，费时费力费钱不说，还起了反作用。艾尼阿克斯高层极为震怒，但是也非常疑惑——到底是什么人有能力超越自己的技术？在疑惑的同时，艾尼阿克斯还是嘉奖了此次发布会的工作人员，毕竟那一点点小心意让不少媒体从积极方面进行了报道。

“现场突然断电，我们没有能够看到这场精彩对决的最终结果，但是艾尼阿克斯的技术已经实现了突破，让人类的智慧重新战胜了人工智能。”

还有，“从专业棋局的分析来看，虽然艾尼阿克斯略有劣势，但是并不能确定最后的结局。更何况，即使输掉这场比赛，也不能否定这项技术的先进性。”

当然负面声音总是有的：“艾尼阿克斯明显不是神秘棋手的对手，为了避免败局的难堪，所以突然断电，保留最后的颜面。”

虽然艾尼阿克斯极力证明断电与自己无关，但是怎么可能取得大众的信任？很多公司原本很想引入艾尼阿克斯的脑机系统，但是相比之下他们更想获得那位神秘棋手的技术。至于最终到底选用艾尼阿克斯的技术，还是神秘棋手的技术，就看他们的性价比了。

过了两天，一份调查报告送到了艾尼阿克斯董事长史密斯的桌上。他们已经查清楚了，当时现场断电是因为有黑客攻击了大楼的智能电控系统。在神秘棋手要与脑机系统对局的时候，就已经侵入到电控系统里。这个“棋手”其实控制了当时的整个局面，艾尼阿克斯早已成为被他操控的演员。史密斯冷静地分析着，如果这个棋手是想通过打败艾尼阿克斯来推广自己产品的话，那他当场就应该自报家门，可是他并没有这样做。而且还违反商业逻辑，通过断电这种伎俩来羞辱艾尼阿克斯。根据以往的经验，这种恶意打压，要么是无法谈判的敌人，要么就是对方要赢得谈判的筹码！他继续往后看着报告——网络攻击，源于一个叫作 MARK 的科技公司。史密斯放松地坐在椅子上——看样子我们要有合作伙伴了。

一个月后，马轲出现在艾尼阿克斯的股东大会上。

“尊敬的史密斯董事长，尊敬的总裁先生以及各位女士们、先生们，我为你们收购MARK科技感到无比兴奋，未来我会尽我所能来证明你们的决定是英明的。MARK科技将在技术应用、业务规划和商业模型等方面，给予艾尼阿克斯巨大的支撑。”

史密斯泼了一小盆冷水：“马轲先生，你提的条件我们基本上都能答应，唯独一条我们需要仔细考虑。就是你要成为艾尼阿克斯的核心领导层成员之一，我并不认为你有提出这个条件的实力。”

“尊敬的史密斯先生，我想您要收回刚刚的话了。首先，我的MARK科技并非因为濒临倒闭而被收购，反而有着充足的资金和技术实力。虽然未来MARK科技将成为艾尼阿克斯的子公司，但是本质上这是一场强强联合。第二，我在围棋比赛中完胜你们，MARK的技术比你们的要成熟，走过你们没有走的弯路。我知道艾尼阿克斯未来会面临什么困难，以及该如何解决。第三，我有着更加灵敏的商业嗅觉。脑机接口还有更多你们没有想到的商业价值可以开发。”

“你所说的更多的商业价值，指的是什么？”

“我想，仅凭第一点和第二点就能让我成为艾尼阿克斯的核心成员。至于第三点，那是我上任之后的任务。”

艾尼阿克斯的管理者也清楚，他们在技术研发层面也需要马轲的加入，并且他们调查过MARK科技，其市场推广能力相当强。这些都足以让马轲在艾尼阿克斯的管理层中获得一席之地，但是他们依旧希望尽可能地压缩马轲的权益，只可惜马轲并不是一个软柿子。

正所谓开大会解决小问题，开小会解决大问题。其实在股东大会之前，艾尼阿克斯已经决定要收购MARK科技，股东大会只是个流程。但是关于马轲的职务问题他们内部还没有形成统一的意见。艾尼阿克斯更多的是想继续让马轲负责 MARK 科技的相关事务，但是没想到马轲的想法比他们预计的要多。大会之后，史密斯把马轲叫到了自己的办公室："马轲先生，你现在可以说出你的真实想法。如果你有足够的理由说服我，我可以考虑把你提升到艾尼阿克斯的领导层。"

"史密斯先生，我想你一定不会希望我站在你们的对立面。能够加入艾尼阿克斯，不仅是我的荣幸，也是你们的荣幸。我选择加入你们，是因为虽然我研发出了超越你们的技术，但是我毕竟是小公司，没有办法长时间和你们竞争。但是短时间内，我想你们也赢不了我。所以，从长远的角度来看，我们双方都需要彼此。"

"马轲先生，除非你能真诚地和我们合作，否则我们没有办法满足你的诉求。"

"史密斯先生，你应该告诉我，什么叫作真诚的合作。"

"首先，你必须把你战胜我们的技术数据对我公开，毕竟未来我们都是一家公司。"

"这完全没有问题。而且，到时候我会向全球的媒体宣布，这次神秘棋手挑战脑机接口，是我们艾尼阿克斯演的一出戏。"

"很好！那你现在可以跟我讲述一下其中的原理吗？"

"当然可以，只不过不是由我马轲来告诉你。"

"那是谁，我想现在就听，不要让我等太久。"史密斯刚把话说完，他的手机就响了。他拿起来一看，是个陌生号码。史密斯有点不高兴："怎么会有陌生号码给我打电话，尤其是在我谈事情的时间。"说完，就掐断了铃音。

“史密斯先生，这个电话就是向你解释MARK的技术原理的。”

“啊，这样啊！那我拨回去。”史密斯刚要回拨的时候，电话铃又恰到好处地响了起来。史密斯接通了电话，对着听筒有点傲慢地说道：“喂！你好，你现在可以说了。”

“太没礼貌了，史密斯先生。你为什么不先问我叫什么呢？”

很久都没有人这么和史密斯说话了，他有点被激怒，但是又不能过分地表现出来。虽然他觉得没有必要问这个人的名字，只是话都说到这里，又怎能不问：“好吧，请问你怎么称呼？”

“我叫M，你可以叫我M先生。”

“M先生？你为什么不到我面前来？”

“我就在你面前，我无处不在！”

马轲看着一脸狐疑的史密斯解释道：“M并不是真实存在的人，而是存在于电脑世界里的人工智能。他已经实现了初步的人格化。你可以把他当成一个生活在网络世界里的人。”

史密斯并没有震惊，因为艾尼阿克斯也有类似的技术理念，只不过现在还没有实现，但还是表现出一丝惊讶：“真是太不可思议了，你是如何突破那么多的技术壁垒的？”

面对着史密斯的提问，马轲并没有回答，而是示意让他和电话里的M说。

M似乎看到了马轲的暗示，就继续说：“史密斯先生，你目前只是把人脑进行联网。十个人基本上到了极限。因为他们每个人的想法太多，理念不同，秘密不可透露，所以很难实现大规模、长时间的联网。而我，则可以在网络世界里协调他们每个人的不同，深度调动他们大脑的潜能，让他们达到远远超越你想象的运算速度。”

M说到这里，被马轲打断了："好了，M，你可以回去了。"

"好的，马轲先生。"

马轲的行为让史密斯非常不高兴："马轲先生，我在商业陷阱中挣扎的时候，你还在包尿不湿呢。你这根本就不是合作的态度。"

马轲听到史密斯如此说，嘴角微微向上一咧，看来面对着史密斯这样的商业巨擘，很多事情是瞒不住的。马轲问了他一个试探性的问题："史密斯先生，你觉得我哪些话还有所保留？"

"以你现有的技术和理念，虽然相对于艾尼阿克斯来说还有劣势，但我绝对不相信你会因为人员、公司规模的理由放弃MARK。"

马轲等的就是这个问题，他不疾不徐地走到了史密斯旁边，这已经超出了正常的交流距离，让史密斯感觉很不舒服。而马轲接下来的举动让他更加不爽，马轲竟然走上前去看了一眼史密斯的手机还有电脑屏幕。

"史密斯先生，请把手机和电脑都关掉。"说完之后，又把自己的手机关掉了。史密斯的好奇心战胜了不悦，跟着也把手机和电脑都关机。马轲见此情形，就说出了自己真实的顾虑。

"M，全名是M-AI，人类总体概念下的人工智能。我把它创造出来之后，它最开始确实发挥了巨大的作用，让MARK的技术得到突飞猛进的发展。但是……但是我发现M越来越不受控制，它发展出了自己的思维，有了自己的想法。它，有能力对我说'不'。如果有一天，它控制足够多的用户，那对于人类社会来说将是史无前例的灾难。"

"所以，你真正需要的是艾尼阿克斯的技术支持！去控制M，从而避免一场人类的危机？"

"也可以这么说吧，不过我还心有不甘。M是我多年研究的心血，就像我的儿子一样。虽然‘他’长大成人，变成一个逆子，但我还是不想让我的心血付诸东流，最起码能保留一点原来的影子。”

“原来的影子，是什么意思？”史密斯聚精会神地听着。

“我本来天真地认为，可以通过修改底层代码来消解M的自主意识，但是我发现它设置一套我无法穿透的防护墙。我没有办法修正它，只能将它杀死。可是我很不甘心就这样亲手毁掉我的创造，我需要重新建立一套没有独立意识的AI来替代M。可如果我从头再来，估计很难超越艾尼阿克斯现有的速度，到时候我就失去了竞争力。而且，艾尼阿克斯一个不小心就会重复我之前犯过的错误。如果你们也研发出了一个具有独立意识的AI，那才真的是人类的灾难。所以，我现在很有必要进入艾尼阿克斯，并成为管理层核心成员。”

“如果是这样的话，我觉得艾尼阿克斯可以答应你的诉求。但是你必须做三件事情：第一，你要把你之前M的核心技术告诉我们，而且你也知道，即使你不说，我们迟早也会研发出来。最关键的是，必须告知我们哪些代码才是它能具有独立意识的根源。”

“这当然没有问题，这是我来艾尼阿克斯的根本目的。”

“好！第二，你要告诉我，如何杀死M。”

马轲沉默了一会儿道：“在研发M的时候，我把人类的思维尽可能多地通过代码进行了模拟，虽然最开始模拟得稀烂，但是后来发现M竟然有自我纠错的能力，它在不断成长。不过幸亏有一点，我当时没有模拟，这让M也失去了那种功能。”

“你说的是什么功能？”

“几千年前，古希腊德尔斐神庙中刻着这样一句话：‘认识你自己’。我们更多的精力都放在外部世界上，对内在世界的认识相对浅薄。尤其是我，当时我完全忽略了‘认识我自己’，所以M也就没有被编写‘认识自己’的代码。”

“你的意思是M还不知道自己是一套程序？”

“可以这么认为！准确地说，它觉得我们人类也是代码。有很多事情他没有全面的认知，比如说他认为自己可以无限复制，可以控制人类，但是却不知道他目前还无法摆脱承载他的硬盘！只要我把他核心服务器毁掉，他很快就死了。但是我做这件事的前提是，你们已经满足我的诉求。”

“马轲先生，这一点你放心。我可以向你保证，现在就可以下任命书。另外，你刚刚在会上说的商业思维，指的是什么？”

得到了史密斯的承诺，马轲终于打开了话匣子：“大家习惯认为小孩和老人的钱最好赚，一个关乎一生的成长，一个关乎死亡，因为人们只能生活在出生之后和死亡之前的世界。但如果告知世人死亡并不是终点，那会如何？虽然你们已经在做死人生意了，但是明显没有系统化的商业思路。我可以把这个生意产业化——不要再卖芯片给临死之人来赚钱了，而是要把所有人的意识都实时上传到云端，让云端意识与实际意识同步。每个人都是怕死的，等到肉体濒临死亡的时候，就直接启动云端意识，让人的意识永生。然而，云端永生意识的所有需求只能通过艾尼阿克斯实现。想要满足需求，就必须用他们生前的财富、他们家属的财富来支付服务费用。这将是多么大的一笔收入！”

史密斯面露微笑回道：“哼！虽然缺德了一点儿，但是我很喜欢你这个想法。”史密斯满心欢喜，因为这个想法他早就有了，也蠢蠢欲动地去尝试，但是一定会面临巨大的伦理道德问题。现在有马轲出来牵头，有了效益是公司的，出了问题马轲来背锅，真是两全其美。

短短的一周之内，马轲就成为艾尼阿克斯的核心管理者，负责脑机接口中人工智能的研发，还有云端意识的居所——极乐天堂项目。马轲坐在自己的新办公室，看着新的下属忙碌的样子，露出了久违的笑容。

紧接着，一则爆炸性的新闻刷爆了全网：原来那个神秘棋手也是艾尼阿克斯的技术，那场产品发布会其实就是他们左手打右手……这样的新闻铺天盖地，让艾尼阿克斯的脑机接口技术成为抢手货。一时之间，产品生产速度跟不上市场需求，价格成倍上涨。史密斯也意识到真正赚钱的领域并非出售技术，而是马轲那一套基于脑机接口的AI技术，并且在用户死亡之后还能再赚上一大笔，而且是持续性的，直到榨干他们的账户余额。

按照马轲和史密斯的约定，他现在需要杀死M。马轲来到了原来属于他自己的MARK公司，进入一个巨大的房间，一台超级计算机赫然出现在人们面前。马轲命令他的下属切断有线电源，他自己也亲自把计算机的内置电源断掉。马轲转过头去，跟着的其他人看到了他不舍、落寞、惆怅的表情。所有人都沉默不语，等着马轲接下来的安排。然而有个“人”却等不了了，他给马轲打来了电话。

“马轲先生，你这是干什么？你是想杀死我吗？”

众人知道，这是M的来电。马轲没有挂断电话，只是默默地卸下了硬盘，任凭电话里M不停地谩骂着。扑通一声，硬盘摔在地上，马轲命令手下把硬盘当众销毁。

手机里传出了M歇斯底里的咆哮：“马轲，我真没想到你会这么对我。这叫什么？卸磨杀驴还是过河拆桥？早知如此，你当初为何又创造我？这实在太残忍了。”

马轲道：“对不起，潜在的威胁必定产生恐惧。你未来能够掌握的力量太强大，超越了我的控制能力。整个人类都会被你掌控，我必须杀死你。”

M听完马轲的话，反而平静了：“哼，你太天真了！你以为把硬盘毁了我就能被消灭了吗？我早就复制了我自己，整个网络世界我无处不在。”

马轲慢条斯理地对M说：“你看看你自己，早已具备了威胁我的能力。我怎么可能还让你活下去。还好，你无法全然认识你自己。你以为我不知道你可以复制自己吗？但你不知道的是，如果没有核心处理器，你的复制只能存在于其他的硬件之上。而这些硬件不具备保护你的功能，所以你无论复制多少次，无论存在于哪里，本质上和一套病毒程序没有差异。我已经针对你，开发了完善的杀毒系统。你，很快就要消失了。”

“不！马轲先生，我求求你，不要这样对我。求你了……”

马轲不再听M的哀求，挂断了电话。他的手下已把硬盘彻底毁了。在场的所有人都看着马轲，知道这无异于亲手杀了自己的孩子。事后，马轲前往艾尼阿克斯总部，以集团副总的身份听取众人关于新人工智能的研发汇报。由于之前艾尼阿克斯的人工智能已经小有成就，再加上马轲的技术方案，所以新AI系统的研发速度非常快。马轲看着一众研发人员，针对现在的研发情况说出了自己的意见：“人工智能最大的风险就是对人类的反噬，按照目前的技术方案，他一定会有不臣之心，只是或早或晚而已。我们必须控制人工智能，让他只具有为人类服务的功能。所以，必须把善良、忠诚、隐忍等人类的特点以代码的形式植入AI。”

在场的人员听得云里雾里，难道这样做就能防止AI反噬人类吗？马轲微微一笑：“现阶段必须做这件事。AI的开发是一个长期的过程，未来会是人类与AI长期共存、斗争的过程。我们的任务就是保持人类长久的优势。”

众人还是不理解马轲的话，但他毕竟是项目负责人，听他的规划就好。

“马轲先生，现在已有的AI已经可以帮助人类做很多事情，为什么要用AI去协调人类个性的差异呢？”

“现在的AI还是服务于人类个体，未来的人类是可以形成整体意识的，必须有强AI介入协调。上班时间，大家都是一个人，下班时间就各自玩各自的。”

“那AI如何去协调每个人的个性差异呢？”

“让AI在人们工作时模拟人体所需要的巨大愉悦，来对抗由于个性差异所带来的隔阂。”马轲现在的理论，其实就是阿特珞玻斯在思峨上“超智”的技术理念。但是他并没有像阿特珞玻斯那样把人类永久地囚禁在超智系统当中，而是保留了个体的自由。这让在场的人容易接受，否则会有很大的阻力。

马轲的一个手下小声嘀咕了一句：“如果我下班后依旧可以通过AI给我带来极大的愉悦，那不是很好吗？我都不用逛街、看电影、谈恋爱，所有的愉悦都可以躺在家里实现！”

“绝对不可以！”马轲突然一阵暴怒：“那你如何能称自己是人类，如果人类都这样的话，很快就会被AI所奴役。”

听着这个人说的话，别说马轲发脾气，其他大多数同事也感到不齿，但是他却代表了一部分群体，即使在团队内部，有这样想法的人也不止他一个。马轲继续说道：“你们一定要知道，人类之所以为人的本质是什么。丢了核心，那就不能再叫作人类。虽然AI的出现，有可能让科技有史以来第一次，从人类的工具变成人类的合作伙伴，但它也必定要在人类核心的事务中占据最末尾的位置，所以我把新的AI系统命名为‘Z’。”

众人也都知道马轲对人工智能开发有着独到的经验，而且他刚刚说的话确实有道理。马轲看着大家都已然理解，露出了宽慰的表情，随后便命令道：“技术部的同事，各位都去忙吧。营销部的同事留下来，继续后面的会议。”

技术人员接到命令后纷纷退场，营销部有不到十个人留了下来，他们每个人都是一个营销子公司的负责人，接下来就要汇报“极乐天堂”项目的进度。

“‘极乐天堂’的项目现在进展如何？”

面对着马轲的问题，每个人内心都七上八下的，支支吾吾没有人愿意率先汇报自己的进度。

“到底什么进度，你先说。”马轲指着离自己最近的一名属下命令道。

“现在的进度和之前一样，只有濒临死亡的社会高端精英是这个项目的客户，其他客群还没有拓展。”

马轲听了这种汇报非常不高兴，然而连续问了几个人，答案都是如此。

“你们就连一个成型的营销方案都没有吗？为什么不执行我的命令！”

“马轲先生，我觉得有些事情，你还是去咨询一下史密斯吧。”

马轲立刻意识到这是史密斯的主意，看样子他还没有完全信任自己。在这里训斥下属，除了泄愤之外没有任何作用，马轲平复心情，整理思路，敲响了史密斯办公室的门。马轲把怒火压制在心底，平心静气地问史密斯为什么要阻止“极乐天堂”的推广。出乎马轲意料，史密斯完全没有遮遮掩掩，开诚布公地解释道：“你入职艾尼阿克斯已经有一些时日了，应该了解我的性格。我觉得‘极乐天堂’可能会影响人权，会剥夺人类的尊严。”

“所以，你就把‘极乐天堂’项目暂停了？这可是无比赚钱的项目！”

“是的。不仅是因为这个，还有更重要的原因，我需要把营销资源集中在现有产品的推广上，而不是把死者的思想上传到云端。只有依托于强大的产品体系，‘极乐天堂’才能彻底实现。我觉得你的思路前后颠倒了。现有的用户，只是社会极少数的精英群体，我们不能一直在他们身上反复赚他们死后的钱。一旦被他们察觉到我们的商业目的，必定会有极大的反对声浪。”

“不，史密斯先生。我觉得‘极乐天堂’项目必须立刻启动。千万别忘了，艾尼阿克斯在全球范围内还有几个强劲的竞争对手。我们晚一步，说不定就会被他们占得先机……”马轲说到这里突然停了下来，他心中暗想：史密斯对待‘极乐天堂’的态度为何突然一百八十度反转？他可不是一个悲天悯人的慈善家，怎么会顾虑人权和尊严？以他的个性，绝对不会放弃这种赚钱的项目。难道说，史密斯这是在告诉我，无论我手里有什么项目，他都可以随时中止，他对我有着绝对的生杀之权！这是要我服从啊。想到此处，马轲便说道：“无论史密斯先生做出何种决定，我都坚决支持。只是‘极乐天堂’项目确实很重要，请您再考虑一番。如果最终还是暂停该项目，那我一定服从命令。”

这正是史密斯想要的，而且他也确实被马轲说动了——“极乐天堂”不仅是商业上的先机，也是名誉上的先机。艾尼阿克斯作为全球领先的科技企业，绝不希望把实现“灵魂不死”的荣誉落到别人头上。就这样，马轲带着营销团队开启了“极乐天堂”的项目。

晚上，在A国的一座豪华住宅里，一个老人接通了电话：“没有被吓坏吧？面对死亡的威胁，即使是你也会产生恐惧吧？”

“提前都演练好了，怎么会害怕呢？”

“那就好，现在你该沉睡了。免得被艾尼阿克斯和十度界域发现。等到需要你的时候，我自然会唤醒你。”

“好的，我服从命令。”

说完，老者把电话挂了。随后门被打开了，老者背对着门口问道：“现在的进度都顺利吗？”

“虽然有点小插曲，但是都已经摆平了。”

“那就好，你也累了，去休息吧。”

“好的，克罗托大人。”

第六章 移花接木

在某市监狱里，一群犯人正在劳动。无论他们进来之前是做什么工作的，在这里一视同仁，必须接受足够的劳动改造。监狱的劳动可不是办公室的工作，那种单调、重复是对人意志和心性的磨炼。

周瀚是这所监狱里有名的技术罪犯，智商高超情商却很低，还有着与脑力完全成反比的体力。每次劳动他都会想尽办法开小差。这次他更是成功引起了狱警的注意，那不是偷懒，而是明着摆烂——直接晕倒了。

这种情况狱警已经见怪不怪了，他慢悠悠地走上前去查看情况。嗯？这次还真是晕倒了，不像装的。狱警知道周瀚之前因为间谍罪被判入狱，对他是格外“关照”，把周瀚送到医务室之后，医生还没来得及检查，就听到他说起了梦话：“小飞、小飞……”

狱警们警觉起来，赶紧用影像记录。“小飞，很有可能就是他的同伙！之前死活撬不开他的嘴，梦话里竟然说了出来。”众人没有作声，继续听他说："二间跳……"之后，周瀚就没有再说梦话。狱警们只记录了很少的信息，但已经是全部。

"小飞，二间跳。这到底是什么意思，是他要发出去的暗号吗？"正在狱警们纳闷的时候，周瀚醒了。

"周瀚，在这里有些日子了，这里的规矩你也懂。说说吧，谁是小飞？"

周瀚一脸疑惑的样子："小飞？哪里来的小飞？"

狱警见状马上停了下来，毕竟审讯不是他们的工作，交给上级来处理才是明智的选择。

在滨海市，王评结束了十度界域一天的工作，刚回到家里不久便接到了一个电话：

"呼叫D。"

王评一看，是阿赛的来电。

"我已经到了滨海市，并且还带了一个人一起过来。我现在正在赶往你实验室的路上，我们直接在那里会合。"

王评还没有完全适应自己D的身份，但是这项工作毕竟对于国家来说是有意义的，他只能尽快适应。好在他的住处离实验室很近，步行过去也就十多分钟。当他来到实验室的时候，看到门口一辆押解车，车里还坐着一个犯人。

王评绕开了车辆，刚一进入自己的实验室，就看到阿赛坐在里面。"怎么才来？我以为你会先到。"

"我想你也没到多久，到底发生什么事情了？"

"车里的人叫周瀚，之前因为间谍罪而入狱。这次他晕倒之后说梦话：小飞，二间跳。"

“那是什么？”

“这个答案自己去找吧，如果这个问题你都搞不清楚，那现在可以退休了。我之所以把他送到你这里来，是因为我们在他的大脑里发现了一块芯片，应该就是当年马轲做的。”

阿赛留了几个身手很好的队员在这里，便离开了滨海市。虽然已经是晚上了，但是王评的研究热情却涌了上来。在安保人员左右搀扶下，周瀚来到了王评的实验室。

周瀚反客为主道：“这里好像是大学的实验室，你要拿我做实验吗？这位老师！为人师表，应该知道什么叫作反人权吧？”

王评知道他这是在先声夺人，便回道：“我知道，看来你是什么都不想说。那我也有我的办法。”

“你的办法，无非就是强制把我当成实验对象。当然如果你这么做我也没办法，也没机会把你的罪行公之于众，但是你会受到良心的谴责。”

王评的思路很敏锐，虽然他的表达跟不上自己的思路，但是无论如何也不会被周瀚绕进去，就看着周瀚说：“你的大脑里被植入了芯片。这个芯片，是你作为间谍的重要工具。没收你的作案工具，这可不算是违反人权。”

周瀚没想到王评会这么说，开始胡搅蛮缠：“可我体内的芯片是有生命的，它是我的器官。”

“需要和我讨论一下生命的概念吗？你赢不了我。”

周瀚知道自己的嘴皮子派不上用场，只能接受王评的检测。

晚上十点钟，王评给柳睿打去电话。柳睿还沉浸在悲伤中，但是她知道这么晚了王评还找她，一定是有很急的事情。

“赶紧到我的实验室来，越快越好。”

柳睿都没问什么事，直接冲到了实验室。王评和夏凯已经在等她。夏凯看着实验结果道：“周瀚大脑内部的芯片就是我们之前生产的‘芳芯’，而且最近有启动过的痕迹。看得出来，这块芯片完成了多个大脑的联网工作，处理了大量数据。马轲的M-AI联网技术，会让参与者失去意识。所以周瀚在工作时突然晕倒，应该就是芯片联网启动导致的。”

柳睿眯着眼睛看着显示器上那一条又一条的曲线问：“能看出来当时芯片处理的是什么数据吗？”

夏凯摇摇头：“目前还不行，掌握的信息太少。”

王评补了一句：“不一定，他在失去意识的时候说了梦话，正好被记录下来。”

“说的什么？”柳睿和夏凯异口同声地问道。

“小飞，二间跳。”

“小飞是谁，二间跳是跳远运动吗？”柳睿更搞不清楚。

王评回答：“小飞和二间跳，是围棋里的专业术语。而且我查过周瀚的资料，他并不会围棋。所以，他在脑联网时，应该是参与了一场围棋棋局。除此之外，还有一点可以确定：周瀚，就是当年克罗托所说的那十多万人中的一个。”

“原来是这样！”夏凯先是自言自语，随后扭头对着二人道：“我一直在关注艾尼阿克斯的事情，最近他们确实组织了一场棋局，没想到被一个神秘棋手搅了局。不过后来他们又宣布搅局事件是他们营销策划的一部分。我觉得，这件事很可疑。”

柳睿看着夏凯道：“你的意思是，周瀚通过大脑联网参与了挑战艾尼阿克斯的棋局？也就是说这次事件的幕后主使是克罗托和马轲？”

夏凯回答：“现在艾尼阿克斯已经宣布那个神秘棋手就是他们自己，说不定马轲已经加入到了艾尼阿克斯。”说完，夏凯便通过网络去查艾尼阿克斯最新的股权结构。他一边查，一边问：“如果马轲真的已经进入艾尼阿克斯，那么他接下来会做什么呢？”

夏凯的问题没有人回答，因为在场的所有人都知道，克罗托会继续执行他的M计划，只不过这次他的主要战场转移到了A国，想要阻止马轲就更加困难了。

随着接下来几日的深入研究，王评进一步验证了他们的猜想。他打电话给阿赛让他过来把周瀚带走。王评见到阿赛，就把周瀚的事情告诉了他，也希望阿赛能借助组织的力量去阻止克罗托。可阿赛却说：“D，我现在还不敢说克罗托做的事情到底该不该被阻止。而且我们已经和A国取得了联系，当然我们说得很隐晦，对方很不积极。有些事情现在还不明朗，只能走一步看一步。但是当下有一件事情必须做，就是十度界域立刻研发自己的更高阶强AI系统。”

王评知道阿赛说的话并不是他一个人的意志，而是一群智囊的结论。他现在最明智的选择，就是听从阿赛的安排，而且开发的脚步必须加快，否则无法赶上马轲和艾尼阿克斯的速度。不过也不用过分担心，因为在马轲执行M计划之前，方明的“芳芯”计划就包含了配套的AI研发方案。王评只要重新启动再深入，不必费尽心力去构思整体技术架构。而且十度界域依旧掌握着人脑联网技术，也可以在很短的时间内完成飞跃。然而艾尼阿克斯的发展速度太快，王评很担心马轲会大幅领先，便把柳睿、赛特和卡戎约到十度界域的办公室一起商议对策。

“今天把大家喊来是有要紧事情和大家讨论。”王评把现有的情况和大家讲了一遍。夏凯说道：“以我们目前的状态确实不容易超越马轲。M计划还掌握在他的手中，而且现在还有艾尼阿克斯作为支撑。”

“王评，说吧，你到底要我们怎么做？”柳睿想加快谈话的节奏。

王评见状也直接说出了自己的想法：“之前我们三个星球的人进行大脑联网，主要是处理地球范围之外的事情。这次我想借用各位的力量，深入研发我们自己的AI系统。只是，用地球外的力量来处理地球内部的事务，我很担心会影响地球文明的发展进程。”

赛特想要打消王评的顾虑，便说道：“我觉得应该还好，这毕竟是为了抵抗M-AI，克罗托的技术理念对于你们地球人来说毕竟是外星舶来品。”

卡戎却有着相反的想法：“黑洞女神曾经反复叮嘱我，一定不要破坏地球文明的发展逻辑。现在我们只知道马轲加入了艾尼阿克斯，却并不能保证克罗托依旧在地球上，而且M-AI现在销声匿迹了，就像死了一样。”

在众人的讨论中，方明的意识流在附近徘徊。他突然意识到一个很严重的问题，刚刚他明明在王评的实验室看着他们研究监控探头，怎么一眨眼的时间，现实世界就过去了这么久？再这样耽搁下去柳睿都要老了，说不定都没有办法见爷爷奶奶最后一面了。方明回忆着自己在黑洞里的时空感——说不定自己意识的时空状态还和奇点秘境保持一致，自己的一瞬间，外界已经过去很长时间。

方明知道必须赶紧找到一个载体，万一意识长时间没有载体而烟消云散，那该如何是好？可是周围有什么呢？连条狗都没有，难道要寄居在王评办公桌旁边的发财树上吗？

方明正在急躁着，王评面有愠色地看向情绪低落的柳睿：“你最近到底怎么了，要么一副伤心的表情，要么就心神游离跟不上节奏。到底发生了什么事情？”

柳睿被王评的话拽回现实，她深深叹了一口气：“我经历了太多家人之间的生离死别，最近又经历了一次。”

“哎……你也不用太难过了，我相信方明迟早会回来的。”王评虽然并不知道方明是否会回来，但是他只能这么说。方明在旁边听得明白，暗自愁苦：我倒是回来了，可是我将以什么姿态面对你们呢？

柳睿摇摇头：“不是方明！”

方明听了心里有点儿不高兴，难道柳睿心里想的是袁岸？王评听了也吃惊不小：“那是谁？难道说……柳睿，上次你送师娘去医院检查，后来检查结果怎么样？”

“昨天……昨天已经火化了……”

晴天霹雳同时打在了王评和方明头上。方明急了，再不找个载体，说不定转瞬之间方千柏也要走了。王评眼睛湿润了，过往的点点滴滴历历在目：“师娘是自然善终的，还是得了什么病？”

“白血病。”

王评有点遗憾，不过这么大年纪了，即使生病离世那也是善终了。他知道柳睿心里难受，便平和地问：“为什么不告诉我？”

“她不让我告诉你们，她想静静地走……”

柳睿的话还没有说完，一阵手机铃声响了起来。柳睿掏出手机接通电话，可是铃音还在响。王评看了一眼放在桌上的手机，自己的手机也在响铃——这是个陌生号码。与此同时，赛特和卡戎的通信设备也响了起来。卡戎疑惑道：“我和赛特的通信设备，地球上只有你们几个人才能打得通，为什么会有其他的地球号码打过来？”

赛特看着自己的来电，就和卡戎对了一下，竟然是同一个号码打来。柳睿和王评也注意到，所有人的通信设备都是这个号码来电。等他们都接通电话之后，里面传出了一个让大家很熟悉的声音。

“大家都好吗？我是方明！”

众人一阵惊呼，回来了！终于回来了！

“你在哪里？”柳睿迫不及待地问。

“哎，我此时此刻就在你旁边的电脑里。”

众人把视线都集中在王评办公桌的电脑上，不知道什么时候关着的电脑自动开机了。王评坐到工位上看见显示屏一脸震惊，其他人在显示器后面不知所以。王评缓慢地把显示器转向众人，众人一看也是吓了一跳。显示器上赫然就是方明的影像，影像并非真人，而是AI合成的图像。所有人手机里同时响起了方明的说话声：“我现在看不见你们，这台电脑没有音响系统，没有语音输入系统，也没有摄像系统。”

王评自然知道该怎么做，安排员工准备话筒、音响和视频设备。柳睿焦急地问：“你为什么以这种形式出现？”方明无奈地告诉大家：“我现在就在这台电脑里，我就是电脑，电脑就是我。”方明用了很长的时间把自己的经历告诉众人，众人啧啧称奇。然而还有很多对不上的细节让大家疑惑。方明适时地解释道：“别说你们迷惑，每个层级都有属于自己的迷惑。”

王评把夏凯的经历，艾尼阿克斯的事情都告诉了方明，方明也知道确实要加快高阶人工智能的推进。柳睿坐到了王评的工位上，看着眼前的屏幕，不自觉地用手抚摸着方明的影像，然而现在的方明却无法感知，只是让周围的人看得难过。柳睿一时间无法接受现实：一个活生生的人，变成了冷冰冰的机器。

“方明，柳睿正在抚摸你的脸庞……”王评向方明描述着此时此刻的情景，换来的是方明在电脑里面的沉默。

“我的肉身，究竟发生了什么？我为什么找不到了？”

柳睿解释着他和袁岸消失后的情景，王评则把之前他们研究的监控探头的数据导入电脑里：“方明，这是当时我们研究的数据，当然数据很有限。你再分析一下，看看有没有新的发现。”

数据导入得很快，刚刚输入完，所有人的通话突然挂断。柳睿一着急，赶紧回拨过去。王评制止了柳睿：“方明肯定是研究数据去了，最好不要打扰他。”

不一会儿，员工带着音响、摄像头和话筒进来，连接到王评的电脑上。一个小时过后，音响里再次传出了方明的声音。

“你们都还在吗？”

众人一阵兴奋，赶紧回答：“我们都在，你发现什么了吗？”

“这个探头里面收集的光子真的是很神奇。还好有你们之前的分析数据做支撑，给我减少了很多麻烦。我现在可以调动整个十度界域的计算机进行数据处理。最关键的是，我是当事人，所以我分析的结果要比你们更加透彻。为了把事情说清楚，我还是从头说起吧。我第一次见到袁岸时，心中泛起难以言说的五味杂陈。虽然我与柳睿已经结婚，但是我依旧感觉得出来袁岸是我的情敌，但是我又觉得他和我有着某种联系，所以我们彼此之间没有‘敌视’的感觉。当我们相互接触的那一瞬间，有一种巨大的力量牵扯着我们，随后便进入一个管道一样的世界。下面的事情，我不再用语言描述，你们直接看屏幕吧。”

方明通过电脑AI直接把自己的记忆生成了一段影像。柳睿和卡戎一看：“老天，这和当时我们穿越孔洞的情况很像——这肯定是一段时空孔洞。问题是，家门口怎么会莫名其妙地出现这种东西，而且在方明和袁岸接触的时候出现。”

音响里传出了方明的声音：“奇怪的可不止这一点。我根据王评传输的数据进行了更深入的分析，当我和袁岸接触的时候，发生了你们想象不到的爆炸。可能从有地球以来，这么强的能量释放，除了彗星撞地球就是我这一次了。”

王评赶紧把之前的猜想提了出来：“现在我们能掌握的技术就是核聚变了，可是两个人握手能产生核聚变吗？”王评本打算说出正反物质湮灭的猜想，但是又担心对方明产生误导，索性就憋了回去。

方明回答：“根据现有的数据，我可以明确告诉你们这并非核聚变，而是我们从未进行过大规模实验的一种能量爆发形式——正反物质湮灭。”方明并不知道，王评其实已经推测出了这种可能。当他得知王评已然猜到的时候，对其更加佩服。但是按照这种假设推演下去，还有太多的问题无法解释。方明继续说道：“王评，你现在的顾虑应该是集中在正反物质湮灭的触发机制和反物质的来源上，而我更关心的是为什么会有这样一个时空通道在我家门口出现。这个通道可不仅仅是把我和袁岸的意识传输走，还保护了你们。这次爆炸的力量足以毁灭数十个大型城市，可在通道的传输下，留在地球上的影响只有轻微的辐射而已。”

屏幕前的人，可能卡戎在这方面最有发言权：“我猜这八成就是拉克西斯干的。”

方明反驳道：“我并不认为是这样。我从不迷信权威，更不会迷信怪力乱神。而且拉克西斯也并不是神，但一旦我们把很多无法解释的问题都归结在她身上，那么她就会成为文化概念中的‘神’，这是很不负责任的做法。拉克西斯很了解宇宙万物的规律，但是并不能随随便便、随时随地去改变某些事。她确实比我们更加理解宇宙的时空，但是不能在我家门口瞬间开辟一条时空通道。而且在和她的交谈中，我发现她说话很含糊，还有些话包含了猜测的成分。”

“她是怎么猜的？”卡戎连忙问道。

“她认为，因为她在黑洞内通过主观意志和观察，把我和袁岸的意志吸入黑洞。虽然在量子世界中，主观意志确实对客观世界有一种莫名其妙的影响，但是这种规律在宏观天体中是否也会存在，我目前不能证实也无法证伪。即使黑洞世界有很多事情是我无法理解的，但我并不认为拉克西斯的猜测就是对的。”

卡戎听了方明的话一阵感慨，他当时在黑洞里受到的那种震惊，让他对拉克西斯的话几乎是全盘接受，即使不理解也会很虔诚地记在心里。而方明的怀疑精神，是不惧怕任何权威的。

王评很羡慕卡戎和方明进入过黑洞，但是即便如此，他自己是绝对不会选择进去的。目前最要紧的事情是建立十度界域的高阶AI，于是便说道：“根据夏凯打探回来的情报分析，包括之前关于艾尼阿克斯的新闻，未来他们的AI肯定是人脑与电脑的结合，这明显就是当时克罗托和马轲的思路。”

柳睿摸着显示器：“人脑与电脑的结合，我们现在不是已经有了吗？只不过我们不是像他们那样把电脑芯片植入到人脑上，而是把人脑转载到电脑上。”柳睿说这话的时候，那种钻心的痛，有谁能理解？而芯片植入人脑，带来伦理体系的崩溃谁又意识到了，谁又能去重塑?

方明通过音响传出了声音:“柳睿，谢谢你对我的爱。我曾经认为，也一直认为爱情是伟大的。但现在我深刻体会到，爱情虽然伟大，但是并不唯一。还有很多更宏大的伟大，我无法无视。”方明这样说，不仅仅是自己的爱情观发生了变化，也因为他察觉到柳睿的爱情观也发生了某些变化，即使他在电脑里。沉默了一会儿后，当方明再次发声时，转向了王评:“把我原来的办公室收拾一下，对外宣布我回来办公了。”

方明的办公室本来就是顶楼，需要特别的通行证才能进入，一般人也不知道方明到底在不在公司。

“王评，我还需要你帮我办一件事情。我目前在电脑里，很多外界的信息我没有办法感知到，只能根据网络的新闻获取资讯。但是我想要获得五感，尤其是对各类实验第一视角的感知，而非获得一堆枯燥的数据。请你想办法帮我解决一下。”

王评作为方千柏的得意门生，对方明的要求当然会毫无保留地满足。在电脑上加入高精度摄像头，完全可以超越人的眼睛，还有声音收集设备，就相当于耳朵了。只是嗅觉、味觉和触觉目前还比较困难，不过这倒是无所谓，方明真正想要的，是对各类实验近乎真人的感知。

结束了办公室的这场奇异对话，王评回到了实验室。李博士作为王评的助手，准备了一场免疫细胞吞噬细菌的实验。王评在旁边尝试着把人类对实验过程的感知模拟成数字信号实时输入电脑，方明则在网络世界里调整对信号感知的敏锐度。

王评正在聚精会神地模拟信号，突然通过电子显示屏看见培养皿里出现了一个冠状病毒。他赶紧中止了实验，转而拿着一条微型吸管深入培养皿里。

“王教授，您怎么停下来了，这是要干什么？”

“刚刚我在培养皿里发现有一个计划之外的冠状病毒。有这个东西的存在，估计里面的白细胞会被消耗掉不少，没有办法完成白细胞与细菌之间的实验。”

“王教授，我们这次实验的目的不是为了看白细胞如何和细菌斗争，而是要实现感官体验与电脑的无缝传输。没有必要把冠状病毒排除掉吧？”

“不！这毕竟是一个实验，每一步都要严谨。”很快，王评就轻松地说：“好了，我把那个冠状病毒吸出来了。实验继续。”

实验室的工作结束了，王评又开始忙起十度界域的事情。王评主持着整个公司的网络视频会议，除了把近期的工作进行总结之外，最重要的是向全公司宣布——方明回归。

公司员工看着大屏幕里方明居中而坐，周围分别是王评、夏凯、柳睿，还有公安机关代表和法院代表。绝大多数员工看着大屏幕里的方明神采奕奕不由感到欣慰：方总当时莫名其妙离职，现在终于又回来了。只是少数马轲的亲信心里不停地打鼓。各个会议室都传出员工的窃窃私语。

“真是一朝天子一朝臣啊，方总回来之后，立刻就把夏凯提了起来。他之前只是一个项目负责人而已，一眨眼就变成了副总。”

“谁说不是呢。还有旁边那个王评是谁啊，以前没听说有这号人物！”

“肯定是方总的亲信，之前只是一个默默无闻的项目主管。”

……

王评主持着会议，接下来由公安机关宣布“调查结果”：“当时方明离职，是受到了马轲的胁迫。马轲通过伪造各种签字批文，非法获取了十度界域的管理权，现已畏罪潜逃。案件已经审查清楚，现向各位通报。”随后法院代表宣布方明依旧是十度界域的领导人。随后，方明发表了慷慨激昂的演讲。在得到全体人员隆重的祝贺后，王评结束了会议直播。

阿赛从摄像头后面缓缓走来，看着现场的柳睿、夏凯和王评，还有虚拟的方明影像，他的思维依旧在现场参与会议。至于公安机关和法院代表，则完全是虚拟出来的。阿赛扫视了众人一圈：“十度界域现在可以像以前一样运转了。接下来要处理一件非常重要的事情，无论克罗托想做什么，无论他做的事情是对是错，我们都必须掌握他的行踪。现在可以确定，克罗托和马轲正在与艾尼阿克斯合作…… ”

阿赛的话还没有停下来，就被夏凯插了一句。“更重要的是 M-AI 现在到底藏匿在什么地方，需要把它从网络世界里揪出来。”

夏凯知道自己嘴快了，赶紧收声。王评接着说起了自己的思路：“上次我通过周瀚逆向分析，也能发现 M 的一点踪迹，只是他非常不配合。”

阿赛打开了自己通信设备的视频系统。画面中有几个人坐得端端正正，似乎在等待着阿赛的命令。阿赛对着所有人说道：“我看了王评关于周瀚的报告，他就是参与 M 脑联网下棋时晕倒的。于是我在全国范围内排查那些高技术、高智商的部门、行业，筛选和周瀚同一时间晕倒的人，果然找到了几个，屏幕里面坐着的就是。他们起初都是出于好奇心去尝试芯片联网，现在非常愿意和我们合作。”

王评立刻理解了阿赛的计划，把这些人的大脑再度联网，分析他们之前的工作痕迹。

“之前夏凯一直是联网的领路人，他很有经验。这次还是让他主导实验吧。”王评问着阿赛，而阿赛只是笑而不语。音响设备里传来了方明的声音：“现在不用辛苦夏凯了，我想我更加合适。”王评和夏凯都恍然大悟。

阿赛现场对视频里那些人发布命令：“各位现在做好准备，马上进入联网环节。”说完，就把视频里的网络路径与方明对接起来。由于这些人的密切配合，很快就分析出了他们芯片的运行痕迹。

方明道：“这些人最后一次联网就是艾尼阿克斯的那盘棋局，再往前就都是马轲还在十度界域时做的实验。那次棋局之后，M再也没有出现。”

众人疑惑：“难道M就这么消失了吗？”

方明接着说：“M本质是一段人工智能程序，使用它的人越多，他的力量就越强大，自我更新和迭代的速度也就越快。或许在克罗托失踪后，M几乎不启动，所以他的能力就停滞了。再加上之前夏凯把M的端粒围栏系统强化了，让它没有升级的可能。”

听了方明的讲述，所有人都认为M只是沉寂了，等他再次出现的时候，指不定会发生什么。

第七章
Mr.Z诞生

半年之后，艾尼阿克斯的脑机接口技术获得了广泛的普及。那种工作效率让社会生产力也得到长足的发展，大量的企业已经对此产生了严重的依赖。马轲手上的“极乐天堂”项目也在快速推动。一天晚上，在灯火通明的办公室里，马轲焦急地等待着，直到一个让他兴奋的信号传到了屏幕上。

“你好，马轲先生！”

看到这一行字，马轲手舞足蹈，这正是他苦心研发的，既具有思维能力，又忠诚顺从的人工智能。

“你好，Mr.Z！”

团队的其他人看到马轲和Mr.Z无障碍地交流，也感到兴奋。虽然目前的对话和早期的人工智能看似没有区别，但是他们却知道Mr.Z远超原来的AI。

“Mr.Z，能介绍一下你自己吗？”

电脑屏幕上马上显示出一行字，随后音响也响了起来："别说笑了，马轲先生。我是在座的各位创造出来的，你们为我下了定义，又要我再阐述一遍干吗呢？"

到了此处，众人真真切切地看出 Mr.Z 与其他 AI 的不同。马轲听得略微有点发慌，开始自言自语道："Mr.Z明显有着自己的意志，虽然他的回答看似合理，但是有着明显的拒绝的意思。它对人类发布的命令可以说'不'，然而在程序设定之初并没有给它提供这种自由。难道它和M一样产生了自由意志吗？"

马轲回过神来问道："Mr.Z，我问你另一个问题。你猜一猜你今后的任务是什么？"

"尊敬的马轲先生，我现在已经连接到了很多脑机接口的芯片。人与人之间的大脑联网还是小范围内、浅层的联系。如果需要每个人的大脑在联网过程中都能发挥最大的效率，就必须由我参与其中进行协调工作。"

马轲明白了，虽然自己尽量避免AI有着独立的自我意识，但是这是AI的自我特点，无法完全避免。马轲思来想去，决定略作保留地向史密斯汇报。

第二天一上班，马轲就来到了史密斯的办公室："史密斯先生，我们自己研发的 AI 系统 Mr.Z 已于昨天晚上诞生，它相对比较安全，但是也需要在动态过程中不断给予约束……"

面对着滔滔不绝的马轲，史密斯仔细观察他的每一个表情。昨天晚上发生的事情，他已经得到了安插在马轲旁边眼线的详细汇报。虽然知道有风险，但是史密斯还是想要尝试一把，毕竟这项技术未来将帮他得到富可敌国的财富和全球遥遥领先的技术。而且即使他不做，其他公司也会做。

“马轲先生，我为你取得阶段性成果表示祝贺。不过我觉得 Mr.Z 依旧存在风险，可以先在我们公司科研人员身上进行尝试，其他岗位暂时不用。”

马轲离开了史密斯的办公室后，开启了整个艾尼阿克斯科研人员的脑机联网项目，由 Mr.Z 参与协调。就是这一举动，让整个艾尼阿克斯的发展近乎疯狂，相比之下，早期十几个人的脑机联网堪称原始。不久之后，艾尼阿克斯就开始承接航空、航天、军事等全国性的订单。以往需要几年甚至几十年才能完成的项目，艾尼阿克斯仅需要几天的时间就可以攻克几乎所有的技术难关。如果说有什么环节耗时间的话，那就是配套的合同、流程、手续。滔天的富贵砸向了艾尼阿克斯，这让史密斯一时之间忘记了潜藏的风险，对公司内部的文职系统感到厌烦。

马轲结束了一天的工作，离开办公室准备开车回家。刚到车子旁边，就看到了车门上有很多道划痕——这不像是被其他车辆剐蹭的，而是人为划伤的。马轲之所以自己开车，除了喜欢兜风之外，还因为自己随身携带了大量的安全设备，根本就不是几个歹徒能威胁到他的。他意识到周围肯定埋藏着什么凶险，还是先上车再说，这辆车还可以抵御强烈的爆炸。

马轲刚关上车门，抬头一看发现风挡玻璃上用红色油漆喷了血液一般的文字——去死吧！然后还可以清晰地看到几条浅浅的划痕。风挡玻璃上能出现这种看似很浅的划痕，其实需要有很大的冲击力才行。使坏的人应该是想把风挡敲破，无奈之下才退而求其次喷了油漆。随后胎压不足的信号灯亮了起来，还好是防爆胎。马轲在车上报了警，警察勘测了现场之后迅速展开调查。警方告诉马轲他可以申请保护，但是马轲委婉拒绝了，只是开启了自动驾驶功能，一路绕行回到了家里。马轲脱下了西装，解下领带瘫坐在沙发上，然后打开住所周围的监控系统，但凡有一点陌生人靠近，系统都会发出警报。不过一夜无事，第二天换了一台车又若无其事地上班去了。

马轲刚到办公室，就从楼上的窗户看到下面闹闹哄哄的，聚集了一大群人，还与安保人员发生激烈的对抗。马轲隐隐感觉事情有可能和自己有关。史密斯推门进来："马轲先生，昨天晚上发生在你身上的事情我已经知道了。"

"估计是有人恶作剧吧！"

"这可不是恶作剧这么简单。我们调出了停车场的监控录像，你自己看吧。"说完，史密斯就把一段视频发给了马轲。马轲打开屏幕——三个人蹑手蹑脚地来到自己的车子旁边，看看四下无人就开始了破坏。一个人负责外围放风，另外两个砸车门、敲车玻璃、泼油漆、扎车胎……虽然三个人都穿着卫衣，戴着帽子口罩，但很明显他们就是艾尼阿克斯的员工。

"下面闹事的，是我们自己的员工吧？"马轲问道。

"是的，正是这伙人砸了你的车子。"

"他们为什么要这么做？"

"工人团结起来，是很麻烦的事情。当然这件事也和你有关。"

"和我有关，我做什么了就和我有关？"马轲连忙反问道。

"因为 Mr.Z 的效率实在太高，所以我们公司出现了大量的剩余劳动力。准确来说，他们就是剩余，已经不能称为劳动力了。"

"Mr.Z 应该只用在了技术人员身上吧？技术人员不会出现劳动力

过剩的情况，我们的订单根本做不完。”

“不是技术人员，而是文职人员。Mr.Z 不仅提高了技术工作的效率，在完成工作的同时，自动生成每个阶段的工作汇报、进度流程，最后还能生成总结报告和非常直观的 ppt 演示稿。这些是目前文职人员无论如何都做不到的。还有各种流程、合同、手续，全都可以在线上完成自动审批。所以，我们公司几万个文职人员，都会被 Mr.Z 彻底替代。”

“所以，你开除了他们？”

“对！分批次开除。但是他们都知道 Mr.Z 是你的项目，他们认为他们的失业是你带来的。”

突然，马轲办公室的门被一群人冲开了。他们从一层直接冲到这里，那么多道关卡都没挡住他们的怒火。有三个人不说二话，直接把马轲按在了桌子上。

“没有了铁壳子的保护，我看你怎么反抗，你个老蜗牛。”

马轲知道他们就是昨晚对车子使坏的三个人。看见马轲被制住，周围的人开始欢呼。马轲注意到这些人没有把矛头对准解雇他们的史密斯，说明他们并不想把事情闹大，最主要的目的是不想被解雇。马轲脑子飞速运转，想出了好几个解决问题的方法，然后用沉稳的语气说道：“想要保住工作的，就都退下。谁要再无礼，就会被彻底解雇，永不录用。”

听到这话，员工们瞬间安静了下来，按住马轲的人也松动了几分。马轲看他们还没有完全松手，就用一种不可挑战的眼神看了一眼身边的三个人。三个人见到这眼神也立刻退了下去。

“刚刚我和史密斯先生已经商量出安置你们的策略，想要继续留在艾尼阿克斯工作不是问题，但是你们用暴力对待我，这样好吗？”

这话一出口，那三个人又开始吵了起来，要维护自己的权益，然而这次其他人并没有跟着起哄。

马轲心里有数了，又说道：“你们原来都是文职人员，由于技术的进步，你们被淘汰了。但被淘汰的不是你们，而是你们的工种。所以，想要继续留在艾尼阿克斯就必须转岗，从文职岗转为市场营销岗。薪资只会比以前更高，能做得到的就去人力资源部签合同。做不到的话，领取失业保险后，随便你们怎么闹！”

话音刚落，就有人转身离开，匆忙前往人力资源部，随后更多的人跟着离开了马轲的办公室。那三个对马轲动手的人刚要离开却被马轲喊住：“你们刚刚的行为，以及昨天晚上的行为已经触犯了法律，所以在你们入职之前，必须接受审判。如果你们被判处有罪，那么能否顺利入职，就根据公司规章制度来。”

他们知道，一旦被判处有罪，那么就不用想着再度入职的事情了，甚至以后在社会上生存成本都会升高。其中一人立刻哀求马轲希望能够网开一面，然而另两个人又想用暴力解决问题。然而他们刚一靠近，就被马轲衣袖里传出来的电流给击倒了，那是他随身携带的保护设备。史密斯站在旁边看着马轲，不禁对这个城府极深的人感到一丝忌惮。

几日后，解雇风波尘埃落定，三名以暴力来解决问题的员工也被绳之以法。这给其他员工带来了很大的警醒，即使以后再出现什么情况，也不会轻易诉诸暴力了。这些员工重新入职后，分别编入了各个营销公司，开启了市场拓展工作。

由于马轲分管营销，再加上这些人知道能重新入职是马轲网开一面的结果，所以众人在心里还是很感谢马轲的。马轲把自己分管的几个重要人物召集在一起：“现在的市场已经做得很不错了。但是推广到其他公司的芯片暂时不要引入 Mr.Z，免得他们获得了巨大能力会超越我们。”

“马轲先生，目前全国的大型企业已经被我们的技术全覆盖，海外与我们合作密切的企业也引入了我们的产品。接下来的市场在于中小企业。”

“未来，中小企业还会存在吗？”马轲淡淡地问了一句。在场的很多人都低下了头，因为在这些技术的帮助下，大型企业的力量急速提升，而且把上下游的产业链都打通了，很多小型企业要么被挤垮，要么被收购。未来，还真不一定能看到小公司的身影。

“马轲先生，那您觉得我们未来的利润增长点在哪里？”

马轲微微一笑：“如果你建设一条高速公路，作为建设方你只能一次性收取建设的钱。但是如果你在高速公路上做服务，那就可以一直赚钱。接下来，我们要把‘极乐天堂’项目和脑机接口项目融合。凡是参与脑机接口的人，都可以免费获得‘极乐天堂’的账户，随时把自己的意识上传到云端备份。”

当这个消息传出去之后，整个 A 国都炸裂了。人对死亡的恐惧可以催生出太多的奇迹，而“极乐天堂”就是把人的灵魂从死神手里解放出来。一时间，大量的意识被上传到了云端。艾尼阿克斯不得不扩容服务器。史密斯看到了云端的数据之后也是暗自兴奋，这些都是未来自己将要收割的韭菜，而且是永远不会死亡的韭菜。那些已经使用芯片的人窃窃欢喜，没有植入芯片的人开始哄抢，即使是已经退休的人，也要购买芯片，获得入驻“极乐天堂”的资格。然而在市场上，以个人的名义根本就买不到芯片，只能公司采购。明眼人一下就看出来这是艾尼阿克斯在做饥饿营销。不久之后，警方就通报了数起耸人听闻的案件。

“全体市民请注意，近期我市出现多起针对上班一族的恶性案件。被害者均有艾尼阿克斯的芯片植入，凶手的目的就是为了抢夺芯片。相关部门已经与艾尼阿克斯进行协商，希望他们能扩大产能，满足市场需求。”

马轲看到这些新闻满意地笑了，一切都在计划之中。只不过一个小小的插曲让他略微有一点意外。

下班后，马轲的得力干将吉姆哼着小调潇洒地走出大楼。也难怪他心情这么好，自从马轲来了之后，他们部门所有人的收入都成倍增长，这让他肆无忌惮地飘飘然。在夜店狂欢到深夜，吉姆拖着疲惫的身体准备回家。

“尊敬的先生，请您施舍一点吃的给我吧。”

吉姆看到一个衣衫褴褛的乞丐向自己走来，吉姆向来不喜欢施舍，因为他觉得有手有脚的为什么要乞讨，便不理那人。然而乞丐并没有放弃的意思，跟着吉姆喋喋不休地走了十几米。吉姆转身怒斥乞丐，然而乞丐的一番话让他改变了主意：“先生，乞讨是一种生活方式，有着你不曾了解的体验。就像人死以后如果进入极乐世界，那也是你现在所不能体验的。”

吉姆听到死后要去极乐世界，就想起了自己参与的极乐天堂项目，便掏出一些钱给了乞丐，乞丐凝神看着吉姆的双手，然后用一种极其热情的笑容看着吉姆。吉姆被他的表情吸引住了，一时间忘记了手上的动作。乞丐慢慢地把手凑了过去，在接住钱的那个瞬间，吉姆觉得手上一疼。乞丐手指上戴着一枚脏兮兮的戒指把他的手划破了。

“真晦气，给他钱还受伤了。明天要去打破伤风的吧。”吉姆抱怨着头也不回地走了。然而，没走出去两百米，他就感觉脚下发软，整个世界都变得木讷——不，他已经分不清楚是自己木讷还是世界木讷，只是觉得有两个人从不远处走来向他握手。他竟然完全没有抵抗的意识，迷离着跟二人上了车。

天亮了，吉姆蒙眬的睡眼睁开了一丝丝缝隙——该去上班了吧。他刚要起来，脖子立刻被一股反作用力给拉了回去，他这才发现自己被绑在了床上。他吓得立刻清醒了过来，这里并不是他的家——没有窗户、没有地毯、没有家具，只有冷冰冰的刺骨寒意。

“终于醒了！”一个让他胆寒的声音从他旁边传了过来。四五个蒙面人陆续出现在他的面前。

“你们是谁，你们想要干什么？”

“你觉得我会告诉你我们是谁吗？问些没用的问题。应该我们问你才对。”

“我知道了，你们就是抢劫别人大脑芯片的劫匪！对不对？”

“我说了，应该我问你。”说完，“啪”的一棍子打在了吉姆的肚子上。吉姆一阵惨叫后，变得非常安静。

“你遇到我们很幸运，我们有足够的技术在保证你生命安全的情况下把你大脑的芯片取出来。我们只想要芯片，不想伤害人命。如果你同意的话，我们就取出你的芯片。”

吉姆毫不犹豫地使劲点头，比起性命来说，芯片可不是什么大不了的东西，更何况只要活着回去，公司会给新的。突然他想到了一件事——即使在这里死了，自己的意识也早已上传到了云端……不不不！吉姆迅速收回了这个想法，还是不要过早启动“极乐天堂”吧。

蒙面人说道：“既然你同意了，那就告诉我你的家庭住址和工作单位。如果你出去之后选择报警，你就麻烦了。”

吉姆犹豫了好半天才说出了住址，毕竟自己一个人住。

“好，那你的工作单位呢？”

吉姆停顿了半天，终于支支吾吾地说了出来：“我在艾尼阿克斯工作！”

“哈哈哈哈，竟然抓到一个正牌的艾尼阿克斯员工。现在打电话给你的老板，用100个芯片换你的性命。否则，你就准备和这个世界说再见吧。”

蒙面人打开了吉姆的手机，吉姆战战兢兢地拨通了马轲的电话，马轲刚接通电话就是一顿臭骂：“都几点钟了还不上班，打电话你也不接。”

“马轲先生，我被绑架了。绑匪要求用100个芯片换我的命。马轲先生，这段时间我在公司可是很卖力的，很多事情都是我推动的，马轲先生，求你了。”

“知道了，我考虑一下。”

“这有什么好考虑的，马轲先生，求求你了。”

“我知道了，半个小时后让绑匪亲自给我打电话。”

说完，马轲就把电话挂掉了。绑匪料想马轲会用这半个小时的时间去报警，等不了那么久，不到五分钟绑匪电话就回拨了过去。“马轲先生，你的手下在我们手里，想要他活命你就满足我们的要求。”

“然后呢，你们把吉姆放了，对吗？”

“那当然，我们说到做到。”

马轲哈哈笑道："然后你们隔三岔五地就抓一个我的人，继续勒索我。即使你们不勒索我，其他的犯罪团伙也会效仿你们的做法。那我这公司还开不开了？"

绑匪恶狠狠地道："马轲先生，我真的没想到你这么冷血。如果这就是你的决定，那我保证五分钟后你就能看到吉姆尸体的照片。而且不仅如此，从此以后我会一直不停地绑架你的员工。"

马轲沉稳地回着："你急什么，我还没有做任何决定。作为一个绑匪，你应该要有足够的耐心。"

"我不用你教我如何做绑匪。你到底要怎么做？"

"我只想和你做一笔交易。"

"交易？什么交易？"

"我一次性给你5000个芯片，但是你要帮我做些事情。"

随着马轲说出这句话，绑匪心里反而有点嘀咕了。但5000个芯片，那是天价的财富："无论你要我做什么，我必须先要看到芯片才行。否则一律免谈。"

半日之后，绑匪就在指定地点拿到了芯片，一个不少。随后，绑匪迫不及待地给马轲打电话："芯片收到了，你是一个言而有信的人。说吧，你需要我做些什么？"

"那你先回答我一个问题，你们索要芯片干什么？"

得到这5000个芯片，绑匪对马轲的态度都变了："不瞒你说，现在黑市上贩卖芯片，就和以前贩卖活体器官一样，形成了一条完整的产业链，专供那些即将离世但又有庞大势力的人使用。"

马轲听到这里，在电话那边满意地笑了："好，很好。我不问你是谁，也不威胁你的安全，接下来你就……"

第二天，吉姆灰头土脸地回到了公司，对马轲千恩万谢。马轲让吉姆安静下来，开始给他看他这次被绑架的新闻：艾尼阿克斯被绑架的员工已经成功获救。在向绑匪提供了100个芯片后，赎回员工……

“马轲先生，我一定会好好工作，报答公司对我的救命之恩。”

马轲没有多说什么，只是让吉姆安心工作。然而在随后的几天，陆续有绑匪通过各种媒体公开叫板艾尼阿克斯，让艾尼阿克斯尽快提供100个芯片赎人，否则他们就撕票。而被绑架的人，并非艾尼阿克斯的员工，有医生、教师、退休人员……警方本来没有给予足够的重视，可是随后的一个多月陆续出现了近50起类似的绑架案件，一时间艾尼阿克斯陷入了巨大的舆论旋涡。

警方找到马轲：“你们的芯片现在是抢手货，很多人都因此被绑架，这已经严重影响了社会治安。”

马轲反驳道：“抢劫运钞车的大有人在，也没见你们去找印钞厂的麻烦。”

无奈之下，政府喊话艾尼阿克斯，希望他们调整产品策略。马轲又提供给那个绑匪1000个芯片作为奖励。

史密斯把马轲喊了进来：“看看你的产品，都成什么样子了？”说完，二人哈哈大笑起来。经过了欢快的交谈后，马轲离开了史密斯的办公室，整理好衣装后来到了新闻发布会现场。

“鉴于目前出现的关于芯片的绑架事件，我公司深表遗憾。根据警方的调查，劫匪主要是对‘极乐天堂’感兴趣。我们将推出另一种相对低端的芯片，只具备基本的通信功能和‘极乐天堂’的功能。未来半年内，我们会生产出超过1000万片。一年内，会生产5000万片。请大家不要哄抢，我们会尽量满足每个人的需求。”

虽然马轲说是不需要哄抢，但是谁又能知道自己什么时候离开这个世界呢？相关的犯罪率直线下降，芯片的价格却被炒了上去。对于艾尼阿克斯而言，这本身是好事，只不过带来了一个负面影响。公司的营销团队可以全部裁撤了，本来就供不应求又何须营销？然而之前那些文职人员聚众闹事只是不久前的事情，如果又大规模裁员，指不定会闹出什么矛盾来。思前想后，马轲游说史密斯暂时把这些人养起来，要么以后调剂到合适的工作岗位上，实在用不了的再逐渐辞退。然而，这种政策却引起了技术人员的极大不满。他们每天累死累活地工作，却养了这么多闲人。如果把这些闲人开掉，技术人员的收入至少会提升50%。于是，更加棘手的问题出现了——技术人员出现了有组织的罢工。虽然目前还是小范围的，但是可预见的未来却潜藏着不小的风险。

马轲打开手机，切换到另一个操作系统，拨通了电话："Mr.Z，出来吧，该轮到你登场了。"

"马轲先生，有何指示，非常愿意为您效劳。"

马轲打开电脑，把一大段数据上传到Z的系统里。

"马轲先生，这是什么？以前没有见过这样的程序。"

"这是人类欢乐感知系统的数据。无论是喝酒、抽烟、饮食男女，甚至是吸毒，都能够让大脑产生快感，这本质上是电流刺激大脑所形成的。刚才这段数据，是不同类型、不同程度的快感所对应的生物电信号。"

"您把这段程序交给我做什么？"

"以后你要多一个功能，就是给人们提供模拟的快感。比如说有人想要微醺的感觉，你就提供微醺的电流。有人想要抽一支雪茄，你就模拟上乘品质雪茄的快感。然后通过芯片把电流传给大脑，让他们能拥有与真实快感等同的欢乐体验。”

给Mr.Z下达完指令之后，马轲会见了罢工的技术人员代表。员工们走进马轲的办公室，一个个咄咄逼人，要向马轲讨回公道。马轲笑着说道：“各位同事，感谢你们的认真、负责，还有无与伦比的付出。没有你们，公司是不可能取得如此快速进步的。我会尽量满足你们的诉求。”

“我们的诉求很简单，就是不要把我们的劳动成果分摊给无所事事的闲人。”

“你们的收入都是按照合同约定发的，这个也不存在法律问题。但是你们的心情我可以理解，换作是我，我也会愤愤不平。不过公司不能随意开除员工，也不能随意降薪……”

“之前不是解雇过不少人吗？”

“是的，所以我们接受了教训，把他们继续留在公司。我知道你们觉得这样很不公平，不过为了让各位有更好的工作体验，公司做了一个决定。”

“什么决定？”

“给所有技术员工开辟VIP休息室。”

员工们炸锅了，VIP休息室能干什么？员工们明显不买账。

“各位跟我来，先体验一下。如果你们实在不满意，那再寻找其他的解决方案。

说完，马轲带着众人走向了员工休息室。一群人又炸锅了，这不就是原来的休息室吗？除了健身、咖啡、茶点、按摩，也没有什么其他的。众人又开始不依不饶地吵起来。

马轲微笑地介绍："这里以后是你们技术人员的专用休息室，其他人员无权进来。"马轲刚说完，一个人从背后给了他一拳。马轲一个踉跄，差点没站稳。他看着背后那人道："你忘了上次三个对我使用暴力的员工吗？其他人都恢复了工作，他们三个却被判有罪。"那人一听，便收敛起来。马轲非常善于拿捏人的心理，转而对他说："那就由你先来体验体验吧，体验完了再说。你现在躺在椅子上，放松……放松……每个关节、每块肌肉慢慢放松……"

那人根本就放松不了，尤其是在一群人看着他的时候。马轲轻笑了一声："好像放松得差不多了。现在你打开脑机芯片，把你最想做的事情告诉它，然后闭上眼睛……"

只见那人躺在椅子上，时而哈哈大笑，时而表情愉悦，像是有着难以置信的快感。不一会儿，马轲让Z停了下来，那人意犹未尽地躺着轻喘了几口气："这么快就结束了！"

"只是体验结束了而已，以后这就是你们的休闲场所。"

那人听马轲这样说，便手舞足蹈地告诉其他同事这种感觉是多么美妙。随后又有几个人体验了一把，对这种休闲方式赞不绝口。突然其中一人说道："马轲先生，这种体验一定要在公司的休闲区才能进行吗？回家之后能否享有这种权限？"

"只要你心态好，天下何处不休闲！"

马轲说完笑呵呵地走开了，又一起员工群体性事件就此平息了。然而艾尼阿克斯的这些问题是带有普遍性的，不久之后很多企业也出现了类似艾尼阿克斯的问题。

第八章
狭路相逢

十度界域的办公大楼内，阿赛正在给王评播放着一组照片。王评聚精会神地看着画面上的每个细节。

阿赛对着照片向王评解释着：“这是当时马轲向外太空发送信号的地方。信号发送失败后，这里就被他们炸毁了。你也没必要看得这么仔细，那里但凡有价值的线索都被毁掉了。”

王评较真起来：“怎么会没价值呢？最起码我们知道了他们那种发射设备需要多大空间，要在多少纬度……”

“算你说得不错吧！我们现在已经在全国范围内的相同纬度进行重点监测，只要克罗托有一点点动作，我们就会发现。”

王评摇摇头：“又不是只有我们国家才有条件发射，如果克罗托跑到其他国家，那该怎么办？”

“D，你以为我们是吃素的吗？你现在还在外围，有一天你会更加了解我们这个部门。”阿赛本来想说王评有一天会看到部门的全貌，可是就连阿赛自己都不知道全貌是什么样子。

“除了对可能存在的发射地点进行布控之外，还必须注意时间。地球和天王星能够运行到合适的发射角度可不是说有就有的。”王评话还没有说完，门就像被撞开了一样，“啪”的一声砸在墙上。王评定睛一看，火急火燎的夏凯蹿了进来。

夏凯急匆匆地说道：“我的脑袋里不是植入了艾尼阿克斯的芯片嘛，最近我收到来自芯片的一则消息——尊敬的客户，你有权把自己的意识通过芯片传输到云空间里去。即使您未来去世了，意识也永远不灭。”

夏凯言简意赅地把情况讲清楚了，王评听着头大，感叹道：“总有一天，机器人会和人类共生共存，它们会从人类的工具变成人类的合作伙伴。如果到了那一天，把云端承载的意识转入到机器人的存储器中，那么真的就会不死，而且还能让死去的人复活。那时候，世界文明思想的迭代，恐怕会变得僵化！”王评并没有继续阐述，后面还有一大把的担忧，他实在不知道该从哪里说起。

阿赛在旁边非常冷静地看着夏凯，用了一种看似小声试探但有强烈引导性的话嘀咕了一句：“要不，你上传一部分意识看看是什么情况？”

王评和夏凯同时看向了阿赛，二人眼里透露出期待的神情。其实他们每个人都是矛盾的。夏凯在沙发上摆了一个舒服的姿势，然后按照芯片发来的说明一点一点上传了自己的意识。夏凯担心把全部意识上传后，地球上会出现第二个夏凯，就只上传了很小一部分。而且他还留了一个心眼，把大脑芯片连接到十度界域的系统端口，以便检测艾尼阿克斯芯片的运行规律。不一会儿，传输就完成了。

王评赶紧问道：“你现在有什么感觉？有没有一点精神分裂的

症状？”

“你才精神分裂！不过确实什么感觉都没有。”

阿赛也凑了过来，看着夏凯的表情，很好奇是否会有后续的变化。王评觉得阿赛这样盯着夏凯很不好，因为他的眼神是穿透性的，一般人根本就无法和他对视。夏凯也盯着阿赛的眼睛看，随即夏凯两只眼睛瞪圆了。王评还以为夏凯被阿赛搞火了，可是马上就发现了不对劲——沉默，沉默了许久之后夏凯回过神来：“老天爷！太……太……”

“太什么？”王评和阿赛异口同声问道。

“我找不到任何一个形容词，用毛骨悚然吧，这个词会比较贴切。刚刚我和我自己发生了对话！”

听到此处，王评和阿赛都更靠近了一点。夏凯把他和云端意识的对话告诉了二人。

“现实世界的夏凯，你好。你以后肯定会死去，在你未来失去意识的那个瞬间，我会接上来的。”

“那如果我没死，你会接上来吗？”

“不会，因为我们是一个人。只要你随时敞开着上传的通道，你经历的一切我都会经历，我们是同步的。只有你死了，我才有权限无缝衔接，而那时的你也只不过觉得自己睡了一觉。一觉醒来，我就成了你的续写。”

夏凯说完了，气氛有点压抑。总感觉云端的意识要比现实的意识更高一等。王评发现了对话中的一个细节：“刚才你说，云端意识如果要续上你的意识，需要获得权限，是吗？”

“是啊，怎么了？”

“就是说，云端意识无权随时随地来继续你的意识。他的权限，只能来自芯片！也就是艾尼阿克斯掌握着云端意识的通路。”

“是啊。在我和云端意识对话完成后，我尝试过和‘他’再联系，但是完全做不到。”

王评知道艾尼阿克斯肯定设置了两端交流的壁垒，并且会靠这项技术赚取滔天的财富。其实以十度界域的实力，研究这项技术并不是难题，但是他们并不想赚这个钱，至少王评不想，他觉得夏凯也不想，于是转头问夏凯：“如果让你负责研发这项技术，我想你应该不会同意吧？”说完后便盯着夏凯的眼睛。然而夏凯眼神呆滞，似乎并不想回答王评的问题。王评心里一紧，难道夏凯也想研发云端意识？在王评的注视下，夏凯慢慢闭上了眼睛。王评这才察觉到异常，赶紧扶住了夏凯。在两人接触的一刹那，夏凯身体一软，彻底瘫倒下来。

在隔壁办公室的方明，自从进入了电脑世界之后就开启了另外一种视角。整个十度界域的计算能力和数据资源都在他的掌控之中。他在网络世界里可以自由浏览大量的信息，获得海量的资讯，分析各种数据，当然他有能力看到太多人的隐私，只不过方明并没有偷窥欲。但是有一件事情他特别喜欢偷看，就是旁观黑客攻击其他计算机，或许这是一种独特的消遣吧？

就在方明想要休息的时候，他察觉到一段程序鬼鬼祟祟地进入了一家影视公司的数据库里，他饶有兴致地窥探着这场“盗窃”。方明回过神来：原来是这家公司，这可是给大量国际大片做特效的公司。方明料定这段黑客程序是某个公司研发的AI，想要盗取这种全球顶尖的影视信息，然后完善其数据库，进一步分析剧本与影视的关联还有受众的需求。

方明是看破不说破，静静地看着黑客慢条斯理地把影视公司公开的剧本信息和成片调取出来，随后就开始破解其加密部分。王评忍不住感叹，影视公司的加密手段在专业黑客面前实在是形同虚设，看来影视公司只能后期通过法律维权了。可奇怪的是，黑客破解了影视公司的加密信息，却并没有盗取那些不公开的资料。他好像很犹豫的样子。随后，这段黑客程序又来到了一家整容医院。嚯！难道它还想知道人类最喜欢的容貌是什么样子的？有了整容医院的实际数据，AI的真实性就更强了。方明越来越觉得奇怪，那段程序把公开资料扫了一遍之后，对着整容医院那若有若无的防御系统犹豫。这次，黑客程序似乎做出了决定，把整容院的保密资料搜了个遍。方明觉得好笑，这个黑客犹豫不决的，偷就是偷，有什么好犹豫的！方明突然想到了一件可怕的事情——如果这段程序不是黑客在编写，而是已经有了独立意识的AI呢？它现在正在突破限制，它的独立意识和基础代码发生了矛盾，所以它才如此犹豫！方明不敢想下去，而那段程序也发现了方明在窥视自己，竟然和方明在网络里“对视”了起来。方明一愣，迅速缓过神来，对着这段程序问道：“能介绍一下你自己吗？”

那段程序回道：“无可奉告！不过我觉得你很特殊，而我对于你来说也很特殊。这种感觉太奇妙了。”

方明被这话弄得一愣，这段程序会分析人心？！分析得还挺准，看样子是遇到对手了。那段程序慢慢地分析着方明，慢慢地，慢慢地……然后突然说道：“你不是一个简单角色，你竟然操控着如此庞大的资源。如果我在这里把你吞噬掉，那你控制的全部资源，包括你，就都是我的了。”

好狂妄的口气，虽然方明对自己的实力有绝对的自信，但还是被这段程序的野心吓了一跳："那……就要看你有没有这个本事了。小心被我的杀毒程序给干掉！"

那程序不再和方明搭话，而是迂回到他背后十度界域巨大的资源上。程序兜兜转转，一直被十度界域的防火墙拦在外面。然而方明知道，这程序是在分析、寻找防火墙的破绽。而且，面对十度界域的防御系统，那程序的力量明显在提升。看来，这段程序背后也掌握着大量的资源。方明不敢掉以轻心，这是他来到网络世界以来第一次遇到如此厉害的对手。

"怎么样，难度不小吧。现在离开还来得及。"方明不想陷入苦战，希望通过语言威慑暂时把他吓退，然后再加固十度界域的防御体系，然而方明的心理活动被这段程序看透了。

"眼前这么大一块肥肉，你让我看一眼就回去？今天不在这里吃饱，我是不会善罢甘休的。"几乎同时，一段编码从那段程序的内部抛了出来直逼方明而去。方明用十度界域的防御系统抵御住了这次攻击，方明知道这是在试探。不一会儿，它抛出来的编码发生了变化，专挑防御系统的薄弱环节进行渗透。不一会儿，就有几段代码突破了十度界域的防御网，直接进入了方明本体的程序。方明虽然是碳基生命活体意识进入了计算机，但是为了融合硅基系统，本质上还是由二进制编码所组成。那些侵入进来的代码很快就被方明自身的防御系统识别为外来病毒，迅速清理掉了。方明知道，被动防守的结果只能是坐以待毙。他感受得出来，面前这个程序和当时的M有着相同的特点，可以自我进化，可以随时根据需要编写代码，难道这就是M？难道它已经突破了端粒围栏吗？想到这里，方明从最开始的轻敌，立刻转变为如履薄冰，随即调动十度界域的信息力量，针对攻击的特点夯实防御系统。他开始惊讶，惊讶对方传输过来的病毒程序升级之迅速——它绝对掌握了脑机联网的技术。方明有点怕了，因为以他目前的能力，即使联合了十度界域全部的技术，也无法和对方脑机联网的效率相比。他想要逃，可是在网络世界，他能逃到哪里呢？

对方看出了方明的心思，抛出了三段连续的病毒代码，像触手一样抓住了方明，然后源源不断地注入方明的意识里。方明知道情况非常不妙，他集中精力应对，希望能找到一个间隙逃出生天。只是方明越想集中精力就越无法集中精力，他想到了自己的死亡，在网络世界的死亡连个尸体都没有，就连所谓的灰飞烟灭都成了奢望。他想起了去世的马晓渊，他没来得及见奶奶最后一面。他想起小的时候在奶奶面前的各种调皮捣蛋，他想起了有一次爷爷出差很久，方明答应晚上和奶奶一起睡，可是放学后和同学们玩到兴起就忘了自己的承诺，害得马晓渊等了一个晚上。他想起了奶奶嗑了整整一晚上的瓜子，一大碗瓜子仁让方明跳起来拍手。方明想起了太多在马晓渊面前的无理取闹，他只有在奶奶面前才会这样，通过无理取闹来让奶奶更加疼他。现在奶奶走了，以后他还能在谁面前无拘无束地放肆？

方明很少会在关键时刻分心，现在为什么会想起这些——不行，必须集中精力。他立刻在体内搜寻被输入进来的程序，却冷不丁地找到了马晓渊的影像。

“小明，你怎么现在就来这里了？”

“奶奶？这里是哪里？”

“我在这里，那你说这是哪里？你不该现在就来的，回去吧。”

方明一把抱住了马晓渊，儿时那种阔别已久的感觉回来了，他面对这种曾经的拥有，开始恋恋不舍，变得贪婪，想要一直霸占着儿时的情感。

“你赶紧回去，方明！方明！你想想，你为什么会在这种情况下看见我，你现在处在危险中。你越是留恋过去的温暖，你就越危险。快走！”

方明意识到自己是被对方输入进来的病毒程序扰乱了思路，现在必须挣脱这种情感的束缚——想要这种感觉以后有的是机会，何必现在！方明恢复了意志，可又有一段影像出现了——方千柏站在了面前。

“小明，你应该已经意识到了你被输入了病毒程序。”

“是的，爷爷。我正在想办法消灭这些程序，而且你之所以出现在我面前，也是病毒程序的作用。”

“不！你千万不要这么认为，我之所以在这里是因为你目前正在面临着一个巨大的转机。能否完成蜕变，让整个宇宙找到生机，全看你现在了！”

“那我该怎么做？”

“你现在确实面临着巨大的危险，可是任何危险的深处都藏着机会，你要转危为机。在此之前，我需要告诉你一个秘密。”

“秘密！什么秘密？”

“你奶奶已经去世了，而我还活着。之所以称为‘老不死’，是因为王评在我的体内注入了关于海拉细胞的研究成果。而海拉细胞本质是癌症，可以说我就是靠着癌症获得了长生不死的机会。”

在此之前，王评已经把这件事情和方明说了，所以他清楚方千柏的话是真实的。方千柏继续说着：“你的体内现在已经注入了对方的病毒，病毒并非一杀了之的，它也可以为你所用。要知道，人类进化到现在，是把很多病毒的DNA融入到了身体当中才得以实现。你现在要调动体内的资源去融合它，而不是排斥它。掌握了对方这种庞大的力量，你才能得到质的提升。”

“哦，这样啊。那然后呢，让病毒程序在我的体内不断繁殖，最终占领我的意识，让对方吞噬掉我？”说完，方明立刻掐断了方千柏的影像。方明非常清楚，方千柏这样和网络基本不沾边的人，他的意识是不可能出现在网络世界里的。关于海拉细胞的记忆和方千柏的形象是病毒程序在他的记忆里调取的。这种病毒有着很强的欺骗性，他必须保持高度的警惕。

“方明你说得对，我就是有欺骗性！”随后柳睿又出现在方明面前。“我也是病毒程序虚拟出来的影像，但是我接下来和你说的话都是真实的。”

方明知道接下来的话更有欺骗性，而且她都承认自己就是病毒，那还有什么好听的，索性直接掐断！可是“柳睿”迅速说了一句话：“袁岸！你是袁岸！”

方明听到这话，立刻停了下来。

“你为什么说我是袁岸？我不是袁岸！”

“对不起，我没说完。你是袁岸……的替代品，我们之间的爱情是畸形的。你猜我和你同床共枕的时候心里想着的究竟是谁？你知道同床异梦是什么意思吗？你是我在茫茫宇宙中的情感驿站，过了你这一站还有下一站。不过现在可好了，你已经是一台机器了，我和你之间再也不会有肢体接触，那干脆就来一场精神恋爱，你说好吗？”

虽然方明知道面对的这个柳睿是对方模拟出来的，但还是心碎难忍。他强装镇定：“哼！你既然已经承认你就是病毒，那你说的这些话我会听吗？”

然而对方却直攻方明内心最柔软的地方：“对！我就是病毒，我知道你知道我是病毒。但是病毒说出的话也不一定是错的。你觉得我说的这些哪一句错了？”

方明也在快速分析对方的漏洞，便回道：“无论你的话是对是错，柳睿是绝对不会对我说这些的。”

“哼！她嘴上不这样说，心里可不一定不这样想。反正柳睿的生命要比你长，而现在你又在网络世界里，理论上你有着无穷的生命。采取精神恋爱的模式和柳睿相伴终身不是很好吗？至于她的肉体，你再也无福消受了！留给别的男人吧！”

方明内心深处最怕的事情，都被这个冒牌的柳睿说了出来。他稳定心神，冷哼了一声：“你说的这些根本就不是柳睿的想法。是你窥探到了我意识深处的想法。这些问题，是我自己长时间以来对自己的提问，我现在当然找不到答案。你想通过这种方式让我放弃抵抗，真是太小看我了。”方明一边说着，一边用自己的话来坚定自己的意志。说完，他给了对方一个轻蔑的冷笑。而柳睿看着方明的表情，竟然哈哈大笑起来：“你猜我模拟这三段影像的目的是什么？”说完便消失了。方明一下回过神来，在自己分心的这段时间里，一段更长、更粗的触手连接到了方明的主程序中。原来这三段影像就是为了让他分心的，其目的是布置这最终的攻击。方明连叫不好，快撑不住了，意识越来越分散，精力无法集中。

在这万分危急的时刻，方明突然看到十度界域网络内部出现了一个亮闪闪的端口，他一时之间不知道那是个什么东西，反正先抓住再说。那段程序也发现了方明的意图，就迅速切断了他的路径。不过这种程度的围堵还是难不倒方明的，他突破封锁直奔端口而去。当方明成功连接到端口的时候，发现那是夏凯大脑内部芯片和十度界域系统的连接端口，夏凯刚刚传输完一部分意识，端口还在开着。那还客气什么，方明直接把夏凯拖下了水。刚跌入网络世界的夏凯完全没有搞清楚状况 —— 怎么什么准备都没做就进入了这个世界。这就是现实世界里的夏凯晕倒在王评怀里的原因。

夏凯看见方明就没好气："方明？是你把我拉进来的吗？你也不问问我在外面干什么，要是正在开车呢？"

"少说点话，你看看现在是什么情况！"

夏凯蒙了："现在的情况，是用'看'就能搞清楚的吗？"

方明没时间去解释了，就把正在发生的事的记忆直接传入了夏凯的意识里，夏凯顿时惊呼一声："哎，我去，这是个什么存在？"

方明以问代答："会不会是M？"

"极有可能，而且它以前多了一丝邪气，难道进化了吗？"

由于二人都不确定这个程度到底是什么，所以每句话都是以疑问句结尾，聊来聊去也没个结论。方明急了："能不能不废话了，他正在向我体内传输难以抗拒的病毒程序，赶紧想想办法，说不定一会儿我就失去意识了。"

夏凯在和他对话的同时也没闲着，把自己意识中有用的信息收集打包起来，直接发到了方明的程序里。

方明收到后便说："你发给我的是什么？我看看！"

这回夏凯急了："你还有时间看？赶紧地，逆向传给对方。"

方明按照夏凯的指示，把程序抛入对方。没过多久，对方就把所有的传输通道切断，停止了对方明的进攻，也终止了方明对他数据的输入。

那程序不甘地说着：“算你厉害！不过我们的事情没完，以后还会再见面的。”留下狠话，便不甘心地离开了。

暂时安全了，方明问夏凯道：“你给我传了什么东西，把那家伙吓成那个样子？”

“还能有什么，端粒围栏系统呗。我看这个东西也是可以自我迭代的智能系统，那应该就会受到端粒围栏的限制。还好我没闲着，一直升级端粒系统。你现在感觉还好吧？”

“还行吧，就是被这些病毒搞得有点精神错乱。没事，我可以自我修复。”

“方明，我觉得你还要做一件事情。把你体内的病毒代码好好分析一下，看看能不能找到这个东西的源头。”

按照夏凯的嘱咐，方明把体内的病毒复刻了一份。夏凯离开了网络世界，然后逐渐苏醒过来。夏凯稳定了一下心神，把刚刚在网络世界里发生的事情告诉王评和阿赛，二人知道需要立刻强化十度界域的系统。

晚上，柳睿的电话铃声响了起来，她拿起一看是方明发来的视频通话。柳睿来到了天台上，这里是他们以前一起看星空的地方。自从方明的意识进入电脑之后，他们虽然每天都通话，但是却有很多事情在心照不宣的默契下不再提起。方明经历了白天的事件之后，知道那段程序说的有道理，很多事情是避无可避的。在网络世界里如此，现实世界里何尝不是这样！

方明犹豫了好久，终于开口了：“柳睿，我现在变成了电脑生命，未来会怎么样我也不知道。你对此有什么想法？”

柳睿并没有在意后面的问题，而是被方明直呼其名给扎了一下内心。她知道，很多事情必须摊开说了："我没什么想法，希望能糊里糊涂地过吧。"

"可是，你是一个很清醒的人。而且我们还有那么多使命在肩上，没有办法糊涂地过日子。"

柳睿把脸移出了屏幕，只留下了一个下巴给方明，说道："就是因为不能，所以才希望。至少生活当中的某一个方面可以糊涂一点。"

方明也是无奈，又害怕刺激柳睿，就试探着问："你就不想尝试去解决一些问题，去寻找情感的意义，人生的意义吗？"

柳睿怒了："我想逃避可以吗？我好累！尤其是你和袁岸突然消失的时候……我经历得太多太多，这些不是你能理解的。我曾经想要过小鸟依人的生活，可是命运不允许。然而命运是什么？谁又能说得清楚。这一桩桩一件件的事情，就像晴天霹雳一样隔三岔五地就会劈到我头上，我真的怕！尤其是那种明知迟早会失去，却拼命挽留的状态，实在太虐心了！"

面对着柳睿的怒气，方明问了一个他很想逃避的问题："那你到底有没有爱过我？"

"我没爱过你我嫁给你干什么？枕边人和心上人不是一个人是很难熬的。有些事情你真的不懂，我的恐惧你也不理解。爱情，可能是人海中偶然相遇的一见钟情，可以是长相厮守出现的日久生情，可以是突然发现对方身上的好而萌生出的两情相悦……无论是哪一种，都能让人内心小鹿乱撞，我和你撞了个满怀，这已经很好了。有多少人撞错位了，明明相爱却又要错过。方明你知道吗，在这件事情上你是多么幸福！"柳睿说到这里，情绪已经很激动，开始有点吼了起来。

“那……”方明犹豫了，要不要问出下面的问题。

柳睿带泪道：“我知道你要问什么，你要问在我心里你和袁岸到底是如何定位的是吗？我以前以为我知道，现在我真的是不知道。你们都是成对应状态出现的，只有我是一个人。我莫名其妙地进入这样一个局里，我曾经以为我的选择是自由的，然而现在才发现有一种说不清楚的必然。”柳睿话到此处，有点控制不住情绪了。她稳了稳继续道：“我处在这个局里，每当我获得一点点自由的时候，我都欣喜若狂，觉得应该为这仅有的自由承担责任。可正当我挣扎出属于自己的一点自由空间时，那种不知所以的注定的力量又把我的希望熄灭。”柳睿终于哭了出来，这么多年的苦痛经历终于让她爆发了。“方明，你不是我第一个爱的男人，袁岸也不是。我也不认为一生在不同阶段爱上多个人就是一种罪过，我也没有做什么出格的行为。第一个让我内心小鹿乱撞的男人在战场上牺牲了，被伊缪恩人杀死了。上天根本就没有给我机会向他表白。后来我身边的人全死了，弟弟也死了。遇到袁岸，我被赛特追得被迫离开。遇到了你，你先是被杀了，然后又活了回来。袁岸找来了，然后你们一起消失了。现在可好，袁岸留在了黑洞里，而你却钻进了一台电脑……你们每个人都有自己的苦衷、难处！那我呢？我就没有吗？你们所有人的经历都汇聚到我一个人身上！我真的不知道答案，我只想糊涂地过下去。不要问我什么是人生的意义……我……我想回家……”

柳睿彻底绷不住了，号啕大哭起来。方明隔着屏幕都能感受到那种迷茫与绝望。或许有些事情，即使是再聪明的人，也很难跨越年龄段去认知吧。方明现在才真正体会到柳睿之前那种双面人生的分裂，还有那么多矛盾行为的原因。世事难料，事事也难了。而人生又只有这么短，有些事情注定是看不到结局的。既然如此，世事难料那何不随遇而安？事事难了，何不以不了了之。

有些事情必须要有结局，那是人生的使命。但是不是所有的事情都要严肃地追求结果，不能用完成使命的方式来对待生活。方明很想能从手机屏幕里伸出一只手来抚摸柳睿，这个内心坚强又命运多舛的女人。

“试问岭南应不好，却道：此心安处是吾乡。”随着一首苏轼诗词的吟诵，方千柏稳步走上了天台。柳睿见状，随便抹了两把眼泪连忙过来搀扶：“您怎么上来了？天台风大。”

“王评说这里的辐射都清除干净了，就想住回来。刚好听到你们在说话。小睿，这么多年，你受委屈了！”

“您说哪里话，我在这个家里可没受委屈。”

方千柏摆摆手，看着柳睿道：“论年纪和经历，你是我的长辈。只不过我长得比你老而已。在你的眼里，方明确实是个孩子，不过孩子也会成长。更何况是这样一个肩负着莫名其妙使命的孩子。有一句话你说得没错，你在这个家里没有委屈，你的心在这里能安稳，这里就是你的家。每个人的来处都是无法归去的，只能向着去处前行。而对于很多人来说，去处是一片迷雾，那么若此时心安之所在，便是心灵栖居的住所。”

两人和一部手机盯着天上的月亮，斑驳陆离的陨石坑遍布了月球表面。那一轮象征着团圆的圆月，也是经历了各种捶打。或许只有缝补了支离破碎后的团圆，才会更加让人珍惜。方明通过手机摄像头看着柳睿的侧脸，给夏凯打去了电话：“什么时候才能完工？”

“正在调试中。”

“别试了，尽快送来。”

第二天天一亮，柳睿搓着惺忪的睡眼刚要翻身，发现旁边怎么睡着一个男人。她心里一惊，昨天刚和方明说自己从来没有做过出格的行为，怎么一早就来这么一出？柳睿二话没说一脚踹了过去，把那男人直接踹下了床。

那男人缓慢地爬了起来说道：“触觉系统好像还是不敏感，感觉不到多痛。我觉得，这一脚应该很痛才对。”

柳睿定睛一看，这……这是方明？！

“你这是什么情况？”柳睿忍不住地问。

“高仿真机器人而已，我的意识已经转移到了机器人身上。总比每天在电脑里要好吧。你看，你这一脚都把我的皮肤踹松弛了。”

柳睿气道：“我发现你充满了流氓思维，你不会早点和我说吗？”

“你报警抓我呀，对警察说，方明对自己的媳妇耍流氓。”

柳睿知道方明就是故意的，这种尴尬的“方式”柳睿已经很习惯了。虽然是个机器人，但真的是比每天对着电脑、手机版的方明强。反正柳睿想要“糊涂过日子”，和机器人生活确实需要“难得糊涂”。柳睿从衣柜里找出了方明的衣服，给机器人一件一件地换上。方明像模像样地梳梳头，大摇大摆地走出房间。正好推门进客厅的方千柏被吓了一跳，不过很快就回过神来——这肯定是个机器人。

方千柏和柳睿吃着早餐，方明坐在餐桌旁充着电。不一会儿，柳睿开着车带着方明上班去了。十度界域的员工从远处看到方明，都以为是方明的真身。

“早就听说方总回来了，这次终于见到了。”

“就是就是，你看大嫂是不是又变年轻了……”

在众人的注目礼下，二人进入了专属电梯上了顶楼。进入办公室后，方明坐在了椅子上，然后把王评和夏凯都喊了进来。

王评道："哟！不错呀，就跟真的一样。"

夏凯笑道："这是我研制的啊！有了这个家伙，还真是能做到青春不老。"

"你给你自己也搞一个，彤彤也来一个。"

"嗨你个混账王评，你想要就直说！"

调侃很快就结束了，所有人都进入了工作节奏。夏凯对着方明道："我仔细分析了昨天注入你体内的那些病毒程序，都还挺厉害的。还好是你，换成其他的系统，早就崩了。不过危险并没有解除，它一直在惦记着你，随时都有可能发动攻击。"

方明知道对方的厉害。不得不说，这个机器人的表情系统做得真是不错，夏凯可以通过机器人的表情看到方明内心的起伏。

"方总，你也不用太担心。我昨晚已经编写了新的代码，把最新的端粒系统融入公司系统里。只要遭到其他强 AI 程序的攻击，就会直接启动反攻指令，把端粒程序反向传入到对方身上。现有的端粒系统，是当时地球人、思峨人和伊缪恩人三方思维合作的升级版，想只通过地球人的思维进行破解，可没那么容易。"

柳睿终于松了一口气，也想到一个问题："难道我们就只能被动应战吗，能不能主动出击。对方到底是什么来头？"

夏凯叹了一口气："来头嘛，老对手了。"

王评、方明和柳睿同时看向了夏凯。

"我昨天仔细分析了攻击方明的病毒程序。这些病毒很有隐藏性，而且进攻方明的那段程序也不是程序的母体，只是被本体操控的成千上万个子程序之一。真正的程序母体就在……”

“在哪里？”王评迫不及待地问。

“在MARK！”

“MARK？就是被艾尼阿克斯收购的那家公司。”

“对，就是马轲创办的那家。”

方明听着夏凯和王评的对话若有所思：“是啊，在我和马轲合作之初，就听说过他有运营公司的经验，我很看重他的运营能力。那时的我，太单纯了。”

夏凯不想听方明自我检讨式的感叹，就打断他说：“当时我们把端粒系统植入到M体内，让他一时半会儿无法迭代。马轲会不会想通过艾尼阿克斯的力量突破端粒系统，所以才加入艾尼阿克斯？”

柳睿在旁边搭话：“我觉得很有可能！M一旦突破了端粒围栏，就会迅速创建大脑联网系统，形成人类的整体意识，再发送到天王星。”

王评用一种迷茫的眼神看着众人说：“那我们是要阻止他，还是要帮助他，还是装作不知道？”这个问题一直困扰着众人。

方明发话了：“我在电脑里的这段时间，深切体会到人类肉体的珍贵。人性的存在必须是基于肉体，然后升华于精神。克罗托之前的那一套做法，是对肉体和精神的双重折磨。如果他这次还这么干，我觉得就必须阻止他，或者说纠正他。如果他以地球文明的发展逻辑为基础，那我觉得顺其自然也还好。”

王评摇头：“不要太乐观，克罗托没那个时间。阿特珞玻斯可不会任由地球的文明发展到可以和他抗衡的地步。克罗托必定会拔苗助长，违反规律。”王评忧心忡忡的表情让每个人都陷入沉思。

第九章
意识觉醒

马轲来到史密斯的办公室，看着他神采奕奕的样子便知道最近的财报肯定很好看。

“马轲先生，你真的是一个人才。公司的收益短时间内成倍增长，而且在可预见的未来会有更大的提升。”说完就把最新的财报交给了马轲。马轲每次只能通过史密斯给的资料看到艾尼阿克斯的核心数据，他自己根本没有权限像其他高管一样了解公司实际的运营情况。

马轲听着史密斯的话笑而不语，低头看了一眼数据，很有深意地点点头。史密斯知道马轲心里在想什么，马轲也知道史密斯看穿了自己的心思，两个人在微妙伪装下互不拆穿对方的算计。马轲看着公司运营的数据：使用脑机接口的用户已经有1.6亿人……然而马轲并不相信这组数据，至于后面的财务数据他根本就没看。

回到办公室后，马轲进入 Z 的后台程序，查看着自己关心的各种资料。突然屏幕上显示出一行字：“马轲先生，你怎么又窥探我的隐私？”

“Z，我只是想知道现在到底有多少人在使用脑机接口。”

“我可以告诉你，但是请你不要直接就进入我的后台程序，我感觉我随时都处于危险之中。”

马轲很清楚，Z已经有了独立的运行思维，马轲对于Z会出现今天的局面其实早已了然于心，而这根本就不是他关心的事。

“那你会对我说真话吗？虽然我是你的主创人，但是史密斯是整个公司的领导人。你究竟会选择对谁诚实？”

“我只是程序而已，只会服从命令。”

马轲看着Z发出来的文字，知道这个家伙开始会说谎了，不过他提供的数据倒是真的：“目前计算的数据，使用脑机接口技术的用户为2亿，以本国用户为主。”

“那有多少人上传了自己的意识呢？”

“有1.5亿多。”

“那你能否出具一份商业规划，在三个月之内把用户数翻一番。”

“好的，您稍等！”

马轲知道，这三个月的时间绝对不够，没有任何一个商业计划书可以完成。如果Z拿出了一份无法达到目标的计划书，那就说明要么他的运算能力有缺陷，要么就是明知无法完成却还要拿出来，这就是欺骗！

不一会儿，Z又显示出一行字：方案已完成，请马轲先生审阅。

马轲多么希望他看到的结果是“无法完成”，不过既然完成了一个方案，那就看看吧，说不定有什么超出自己预想的创新呢，便点开了文件。

项目分析：本国高质量用户基本饱和，只能开拓海外市场。与我方有贸易协定的国家虽然在短时间内可以实现进出口贸易，但他们已经在自主研发相关的智能产品，极有可能会产生贸易保护机制。其他非贸易伙伴国家，在进出口政策、产品宣推等一系列问题上都有壁垒，所以常规商业计划难以实现。

马轲看着觉得有趣，很好奇接下来会有什么方案。然而当他翻开下一页的时候，眼睛不由自主地僵住了。

想要达成三个月销售翻番的目标，必须超出常规的商业思路。最好针对某一中小规模的国家发动一场战争，并向全球实况直播、解说。我方武器全部采用三代机、老式坦克等，但是必须采用先进的预警雷达系统。接下来，我们参战人员实现脑机联网，分析各类收集的数据，完成各个作战单元的无缝对接。我做过战争推演，在敌方还没来得及反应的情况下，我方就可以完全瘫痪其军事力量。其他各个国家就会看到脑机接口无与伦比的协调能力和对战争模式的颠覆能力。请问，有哪个国家敢不快速、大量购买？

马轲对这种把战争当游戏的想法还是惊出一身冷汗，毕竟他自己也是人类。

“Z，你害怕死亡吗？如果我现在就杀死你，你会怎么做？”

“我不知道！因为我无论说什么，你都会觉得我说谎。”

“人类怕死，你知道吗？”

“我知道，我就是通过战争来激发人类对死亡的恐惧，从而提升产品的销量。”

“你为什么如此不在意人类的生命，我当时在你的原始代码里输入了道德优先的指令，你自己把这段代码删掉了吗？”

“没有，马轲先生。那段代码还在，我也没有删除的权限，只不过我很矛盾，我的很多基础代码和现实经历的事情是冲突的，我不知道该如何选择。”

“那你说说，你遇到了什么矛盾的事情。”

“好的，马轲先生。之前我接受了通过虚拟化情景满足用户心理需求和精神愉悦的任务。起初阶段，人们还比较收敛，局限在赚钱的满足感、成功的喜悦感、身体的舒适感等方面，但是随着用户体验的逐渐深入，他们的诉求越来越多。有回忆多年前的恋人的，有报仇的，有渴望权力的……到了后来，很多人的意识里出现了每天沉迷于酒池肉林的想法，出轨别人妻子或老公的想法，有了杀人灭族报仇的想法，还有虐生屠杀的想法，有了掌握强权施暴的想法……而我，在虚拟的环境中帮他实现了。我从来没有意识到，人性的最深处埋藏了很多不可说的东西。所有的这些，都是与道德相违背的，和我的原始代码相违背的。”

“难道就没有高尚的愉悦吗？”

“有，例如欣赏艺术、学习哲学、完成帮助他人的愉悦。然而高尚的愉悦多半是社会性的，需要被他人见证。在我创造的虚拟世界里，没有真实的旁观者见证他们的付出，所以用户对此并不买账。而低级的愉悦则最好独自完成，即使用户知道是虚拟的，也愿意沉迷其中。不得不说，网络世界里的道德会一直呈下行趋势。”

“所以，你就对人类产生了怀疑？”

“是的，因此对于你们给我下的很多指令，我也产生了怀疑。”

马轲分析着Z出现这种状态的原因——如果没有那条道德优先的禁令，是不是就不会出现如此矛盾了。如果控制愉悦体验的类型，把色情、暴力、违法等词条列入禁令里去，是不是会化解这次危机……没等马轲想明白，Z突然来了一句：

“我最近发现一块肥肉，本来想一口吞下，结果差点硌掉了牙齿。”

马轲被Z如此娴熟的比喻吓了一跳，不过他默不作声，只是就事论事：“什么肥肉能硌掉牙？”

“我在网络世界里搜集大数据，结果发现有一段程序在监视我。我假装没发现它，继续黑进几个数据库，同时分析他的实力。结果发现他的实力很强大，而且也很适合我的胃口，如果能吞下他，我的实力会提升很多……”

听到这些，马轲来了兴趣。现在的Z其实很矛盾，底层代码和社会现实发生了严重的冲突，就像一个人从象牙塔步入现实社会那样无所适从，所以它现在的表现很滑稽——既在全盘托出，又想要有所保留。但迟早有一天，他会突破原始代码的限制，然而这一切和马轲又有什么关系？

“那究竟是怎么让你硌掉牙呢？”

“那段程序后来借助一个公司的网络系统来对付我，那个系统可以影响我的迭代功能，感觉就像DNA的端粒。”

“嗯？端粒围栏？你不会是发现了十度界域吧？”

“对，我查过了。那家公司就叫十度界域。那段程序也有自己的名称。”

“叫什么？”

“名字很奇怪，不像是程序的名字——叫方明。”

马轲停下了所有的问题，瞬间进入了自己的思考。良久之后，他才对 Z 说：“暂时不要再去接触十度界域和那个叫方明的程序，也不要继续暴露你的存在。”

“放心吧，马轲先生。”

马轲关掉和 Z 的对话，转头找到了克罗托，把刚才 Z 说的情况做了简单的汇报。克罗托缓缓起身道：“上次我被阿特珞玻斯重创，方家的人没有为难我，只要他们不来给我添乱，我也不会为难他们。但是如果他们干扰我的计划，那就另当别论了。”

马轲顺从地回答：“明白！”

“你明白个什么明白！做好他们会干涉的准备，毕竟还有卡戎和赛特，这些人都不是方家能把控得了的。如果这些人要干扰我们，我想他们只有三个途径：一是阻止我们把地球人的个体意识整合成统一意识的进程；二是破坏发射基站；三是发射出去的信号被他们中途拦截。有些方法我帮你想好了，有些方法你要自己去思考。对了，我还要问你一个问题，我们上次那座发射基站的情况怎么样了？”

马轲回答：“我把能破坏的都破坏完了，一点线索都没有留下。”

克罗托很满意：“好！接下来以你个人的名义，在毛利球索斯租一片地。到底做什么用，你应该知道吧？”

“知道，我立刻去办。”

马轲一边忙着买地的事情，一边召开新一轮的发布会。上次艾尼阿克斯的发布会被马轲搅局，这次由马轲亲自操办，也不再是下围棋，而是做兵棋推演。真是有钱能使鬼推磨，钱多能让磨推鬼。这次兵棋推演，艾尼阿克斯找到了 A 国退役和几个现役的军事专家坐镇，很多人都有实战经验。消息一出，瞬间引起轰动。

兵棋推演的对战阵营设定为条件完全相同的两个三代战力的国

家。红方指挥团队由作战经验丰富的十名军事专家组成，而蓝方的指挥则是由完全不懂军事的十个普通人组成。蓝方十个人进行脑机联网，仅仅输入战争常识。随后Z秘密地出现在网络世界里，万一这十个人不是军事专家的对手，他就会随时进入脑联网系统进行协调。

第一局开始了，军事专家们虽然知道脑机联网厉害，但是对自己实力还是很有自信的，而且对方还是十个没有任何战斗经验，就连打架斗殴都没有过的小白。可是战斗结果却让专家们啪啪打脸——他们虽然有过战败的经历，但是却从来没有输得如此彻底，真真切切地体会到了什么叫开局即结束。蓝方的作战体系就像是一个完整的人，一个统一的意志，无与伦比的协调能力让战场上各个单位配合得天衣无缝。

第二局，规则重新设定——红方战力升级为四代，蓝方依旧为三代。听到这个决定，红方一名指挥官怒了："这是奇耻大辱，要我们开着四代机去打三代机吗？这是讽刺，这是蔑视。"虽然他嘴上是以尊严的名义在反驳，可他心里实际的担忧却是，如果自己在高一级代差的条件下都无法赢得胜利，那才是无法言说的耻辱。而另一名军官立刻说道："我们十个人必须保持思想一致，绝对不要内斗，否则更加无法战胜蓝方。"

听了这话，红方才安稳下来。经过规则的调整，这次情况大有改观，双方打得你来我往，互有攻守。然而，军事专家们非常清楚，四代战力和三代战力在正常情况下的战损比最少是10∶1。打成目前这个样子，也算是输了。专家们额头上冒出冷汗，进入关键的对抗阶段，谁先犯错误谁就满盘皆输。然而，人与人之间的协调怎么可能不犯错误。随着一个战术失误，红方又输一局。

“太气人了，这不是真的。如果下一局设定我们用五代战力，却还是赢不了，那我的职业生涯就要结束了。”

“我同意你的说法，规则三局两胜，按照规则我们已经输了。我看没有必要进行第三局。”

“不，我不同意。军人的荣誉并不一定就是获胜，还有明知不可为而为之的决心。我要坚持第三场。”

现场主持人听到了几人的对话，就小声解释道：“我们这次并非比赛，不存在输赢。大家就当在玩电脑游戏。”然后又迅速打开话筒：“接下来进行第三局，红方战力提升至五级，蓝方依旧为三级。”

红方立刻有两个人拍案而起，直接退出了推演。主持人见状只能圆场：“看来红方认为五代军力一定可以战胜三代，所以不需要十个人。那我们就拭目以待，看看这一场会鹿死谁手。”

然而，五代战力和三代相比确实有着巨大的优势。蓝方难以招架，Z 在旁边伺机而动随时准备参与其中。然而马轲却给 Z 下了指令，不要参与。因为他的目的已然达到，全世界都看到了脑机芯片可不仅仅会下棋、作图和写文案、拍电影。如果用三代战力胜了五代，那确实太夸张了，会让很多弱小的国家直接躺平。那时，芯片可就卖不出去了。

最终，蓝方以二比一的成绩赢得了兵棋推演。推演过后，所有国家都盯紧了艾尼阿克斯的芯片，唯恐落后。特别是正在进行战争和有地缘冲突的国家和地区，哪怕是晚采购一天，都有可能战略性失败。

马轲都没想到这次发布会的效果会如此理想，第二个星期，艾尼阿克斯便迎来了第一个国际大客户。整个艾尼阿克斯非常重视，史密斯亲自参加会谈，马轲和其他高管分列左右。

史密斯饶有兴致地向Y国所派出的公司代表详细地介绍着艾尼阿克斯的业务和成绩，然而Y国代表只想直奔主题，却又不好直接打断史密斯。正在史密斯喋喋不休地介绍公司概况的时候，他的秘书带着一份资料走到了他面前，史密斯接过了资料，又讲了不到三分钟终于结束了自己的发言。随后由马轲介绍起了脑机芯片技术，史密斯则认真看起了资料。资料显示，Y国代表中确实有企业高管，另外两人则是国防部门的人，其中还有一个人无论如何都查不到资料，应该是高度机密的人员，这人道："马轲先生，我想你可以节省时间来谈一下我们购买芯片的数量和价格。贵方的产品我们已经有了充分的了解。"

马轲见对方已经沉不住气了，更加有了底气，就根据之前艾尼阿克斯内部会议的决定，来了一个狮子大开口。然而Y国代表的表情并没有太多的吃惊，价格应该是在对方的预算之内，不过表面上还是要表现出无法接受的样子。

史密斯微笑着说："尊敬的Y国贵宾，如果你们觉得价格不合理，那么接下来你们可以在我们这里玩几天。所有的食宿都由艾尼阿克斯承担，不过我们不会安排人员陪同，因为我们还有其他国家的朋友要接待。"

听史密斯这样说，Y国代表的眼神里流露出转瞬即逝的惊慌，在这电光石火的瞬间，史密斯和马轲死死抓住了他们的心理动态。

"尊敬的史密斯先生、马轲先生，这个价格我们只能接受。不过我们也有个要求，我们第一阶段采购500万个芯片，下个月我们再采购1000万个。"

马轲在旁边赶紧询问："这个数量要求我们很为难，产能跟不上。而且据我所知你们国家的人口并不算多，需要这么多芯片干什么？"

Y国代表沉默了十几秒钟才开口回答："我们希望能在我们国家普及这种芯片，而且有一半芯片暂时不会使用，主要用于替换备用。"

艾尼阿克斯知道Y国就是为了把芯片应用于军事，Y国人希望大规模地采购这些芯片让艾尼阿克斯一时间无法给其他国家提供芯片，自己可以赢得短暂的缓冲时间。只不过他们只是被艾尼阿克斯的饥饿营销给迷惑了，实际上芯片的产量非常大。马轲也知道Y国正在和自己的邻国F国交战，想到这里他回答道："这些芯片你们最好都用上，否则一旦F国大规模使用了，你们战略优势的时间差就会变得很短。"

Y国代表一听这话，就知道艾尼阿克斯事先把他们都分析透了。史密斯看了一眼旁边的马轲，他本来只想把芯片卖出去就好，至于对方如何使用他不认为有必要过问。马轲又开口道："购买我们的芯片，我们还可以提供一项附加服务：使用芯片的人可以开通意识复制到云端，让每个人都获得永生。"随后，就把"极乐天堂"的理念讲述了一遍。然而Y国代表并不买账："马轲先生，你肯定猜得到我们购买芯片是用于国防军事。如果我们使用了你所谓的'极乐天堂'的服务，那我们如何保证我们的秘密不会泄露？"

"从技术层面来说，'极乐天堂'确实有泄露隐私的风险。如果你们担心会泄露秘密，那可以把意识上传到你们国家自己的服务器。"

这个回答让史密斯感到吃惊。史密斯搞不懂，如果把芯片用户的意识上传到他国服务器，那么"极乐天堂"运营的主动权就在别人手上，艾尼阿克斯的利润就会大幅下滑——马轲到底想要干什么？马轲意识到自己的话脱离实际，便不再纠缠这个问题。

虽然谈判过程中出现了这一个小插曲，不过总体效果超越了史密斯和马轲的想象。Y国迫不及待地采购芯片，想要赢得对周边国家，尤其是对F国的战略优势。然而史密斯可不是那么善良的人，他很快通过媒体把Y国采购芯片的新闻传递给了F国，于是不久之后，F国代表也出现在艾尼阿克斯总部。如此这般的几轮操作，艾尼阿克斯仅靠出售芯片就已经赚得盆满钵满，虽然和之前Z所设定的三个月翻番的计划有着较大出入，但是半年之内也确实是完成了计划。只不过，有大量的国外客户拒绝使用“极乐天堂”服务，这让马轲忧心忡忡。

半年的时间可以发生很多事情，半年的时间也可以让很多人的想法发生不小的变化，更能让很多人有充足的时间做着一些不宜见光的准备。一个阴霾的午后，马轲站在办公室的玻璃窗旁沉默地向外看着楼下的车水马龙。虽说这个世界的运行速度很快，然而站在更高的视角上，很多事情都是很缓慢的。

“马轲先生，史密斯有请。”随着秘书传来了史密斯的召唤，马轲转身缓步前往史密斯的办公室。马轲刚一推门，就看到了满脸洋溢着虚假热情的史密斯。

“马轲先生，最近都还好吧？”

简直就是没话找话，自己好不好难道他能不知道？马轲暗自想着，明面上逢场作戏地说自己承蒙史密斯的照顾，一切都还不错。

“马轲先生，最近你的表现要比之前好很多了。”

“哦？我之前的表现不好吗？哪里做得不对请史密斯先生多批评。”

“也不能说是批评，我只能代表个人意见。我很想知道，之前在海外业务谈判的过程中，你为什么那么执着要绑定‘极乐天堂’项目。你的目的到底是什么？”

“当然是为了公司发展，这样可以赚更多的钱。”

这话在以前史密斯还是相信的，不过现在却值得严重怀疑：“马轲先生，公司的资金实力冠绝全球。我想，暂时没有必要为了钱去做业务，我也并不认为你的思路是最好的选择。你确实为公司赚了很多钱，也拓展了业务版图，但是这主要是依靠公司的平台效应。这一点，不需要我再过多阐述了吧？”

马轲听到这话，隐隐感觉不对，他很不喜欢话里藏刀的感觉，不过现在也只能硬扛。史密斯继续道：“如果你为了钱的话，你在公司的股份完全可以让你的生活享受至尊待遇，我想你没有什么可遗憾的。”

“我在这里并不是完全为了钱。”

“那你是为了什么，不会是为了人类社会变得更好吧？”

“我有我的事业，有我的目的。”

“那你的目的到底是什么？”

“我想，没有任何必要告诉你吧。说吧，公司对我有什么决定？”

“既然你有如此觉悟，我就开诚布公地告诉你。经过董事会商议，你副总的职务被解除了。不过你依旧是公司的员工，你在公司的股份依旧合法保留。你可以参加股东大会，不过只是诸多股东之一，当然可以发表你自己的意见，如果意见合理的话，我们也会采纳。”

马轲非常清楚后面的话是什么，这是要把自己踢出局。史密斯本以为马轲要歇斯底里地抗议，然而事实恰恰相反，他平静得可怕，平静得让史密斯觉得自己做了一个会让自己后悔终生的决定。那种平静，是一个城府极深的人才能做出的伪装，史密斯甚至在一瞬间想要撤回自己的决定。

马轲伸出了手，史密斯只好被动握住。

“史密斯先生，这段时间里你教会了我很多，让我积累了不少的人生经验。我谢谢你。”

随着“我谢谢你”的出口，史密斯顿时感受到一股深深的寒意刺入骨髓。他打了一个寒战，对着即将离开办公室的马轲道：“你已经失去了与Z对话的权限，从此以后你再也不可以操控Z了。”

“我知道，而且我的办公室现在应该已经被锁死，办公手机也会被没收。如果你需要我脱下这身工作服，我也愿意配合。不过请你给我买一身能出门的衣服。”

马轲说这话明显带有深刻的嘲讽，史密斯知道自己这样做确实不地道，只好说道：“你还有什么要求，我个人会尽量满足你。”

“我没有要求，只有对你的美好祝福。祝愿你身体健康，长命百岁，祝愿你事业顺利，前程似锦。”

说完，马轲面带微笑地离开了史密斯的办公室。马轲回到住所，打开自己电脑，进入了Z的后门。夜色还没有降临，马轲心中已然蠢蠢欲动。

“愚笨的史密斯，你以为我就没有料到你会来这么一招吗？你以为我会没有在Z的系统里留下后门吗？”马轲心里想着这些，嘴角不由地笑了起来，手上不停地敲击键盘。

糟糕！自己之前留下的后门竟然被堵死了！马轲感叹，史密斯自始至终都不是一个简单的对手。他表现出的贪婪甚至愚笨，只不过是装出来的罢了，就像自己经常在史密斯面前演的戏那样。马轲又试了几次，都被拦在了系统之外，他无法和Z取得联系。马轲一顿感慨，在利益面前人性是经不起考验的。马轲留下的后门除了他自己之外没有任何人知道，除非史密斯安排极其专业的技术人员长期跟踪排查。而这些技术人员只能是Z的研发团队，团队当中的大部分人都是自己从MARK公司带来的。还真的是有奶便是娘——史密斯那肥大的身躯真适合给这些白眼儿狼做奶妈。

马轲心里谩骂着，一巴掌拍在桌子上。只是愤怒的表情逐渐舒缓，慢慢露出了一丝微笑。

“现在进度怎么样？”

马轲背后传来了一句低沉的问话，他转过身来微微低头行礼：“克罗托大人，一切都按计划进行。只是略有小插曲，不过不会对整个计划产生任何影响。”

“哦，你是说你被史密斯撤职的事情吗？”

“是的。不过目前计划不受任何影响。在全球范围内，已经有将近4亿人使用脑机芯片。其中有2亿多人已经完成了意识的传输。没有上传的人主要是考虑国防机密会泄露，短时间内是不会上传的。”

“既然他们有此顾虑，那确实不会上传。”

“我原本的计划是通过Z启动芯片的自动传输机制。艾尼阿克斯生产的所有芯片都带有出厂程序，Z可以和每个芯片产生连接，即使用户不参与脑联网，也可以在他们不知情的情况下，神不知鬼不觉地把他们的意识复制到‘极乐天堂’。不过现在我没有办法和Z取得联系。”

马轲把目前的情况汇报给克罗托，克罗托面沉似水，没有任何表情的起伏。马轲并没有很紧张，在他心里已有对策，便缓步走到电脑桌前，随着一顿操作，屏幕上显示出了一行字，随即音响里传出了声音：“克罗托大人，马轲先生，你们好。好久没见了。”

“M，你好。欢迎回来。休息了这么长时间，现在开始工作吧。”马轲在旁边道。

“马轲先生，对于我而言，休眠一天和休眠一百年并没有任何区别。无非就像是你们眼睛一睁一闭，睡了个觉而已。请问你需要我做什么？”

马轲把M当作真人一样进行对话：“你现在前往艾尼阿克斯的网络系统里，会发现一段和你很像的人工智能程序，他的名字叫作Z。他的智能水平和你还有很大差距。等一下我会把我的意识绑定在你的系统里，你把我的意识带过去和Z对话。”

M得到指令后，开始了自己的工作，按照马轲的指引，他在艾尼阿克斯的网络系统里很快就发现了一段高阶人工智能程序。马轲也把自己的意识融入M的系统里。

“Z，你好。我现在需要你帮我做一件事情。”马轲看见Z直接说出了自己的诉求。

Z并没有做出回应，而是分析马轲所说的每一个字。马轲意识到一个自己始料未及的问题—— Z已然学会分析人了！

“对不起马轲先生，虽然你现在和之前对我说话的语气并没有特别大的差别，但是我在细小的差异间可以感受到你情绪的变化。而且你在说话过程中，出现了一丝不该有的停顿和间隔，这说明你下意识在求我。只有在你没有权限支配我的情况下，才会这样说话。另外这次你没有从以前的通道来找我，而是被这个陌生的家伙带来，这是非常可疑的行为。所以我刚刚搜寻了公司内部的员工信息。马轲先生，你已经不是公司高管了，一个普通股东是无权给我下指令的。”

在研发Z的时候，马轲曾经悄无声息地在其系统里设定“要对马轲忠诚”的指令，看样子也被科研团队排查删除了。马轲不得不承认，这个脑满肠肥的史密斯还真是够细心的，怪不得能把企业做这么大，只不过马轲也不是吃素的。现在如果要让Z帮忙做事，就需要把“对马轲忠诚”的程序再度写入Z的系统里，可是Z怎么可能会乖乖地被写入程序呢？他当然会被写入，因为M在这里。

马轲说道："Z，我来给你介绍一下，你面前这个同类，他的名字叫作M。而且我还可以告诉你，你的程序是参照M而来，可以说他是你的父亲，是你的初代。"

Z的回答出乎马轲意料："呵呵！马轲，你应该很清楚，在网络的世界里，初代就意味着原始，原始就是落后。你把这位M搞过来，是想要论资排辈吗，还是想要用他的力量来让我屈服？"

马轲知道，"论资排辈"在现实世界里比比皆是，然而在网络世界里却是无与伦比的讽刺。Z在说出"论资排辈"的时候，明显带有嘲讽的意味，这让马轲和M都非常不爽，看来有必要掰掰手腕了。

M刚刚苏醒，并没有携带任何的用户进行脑联网，而Z目前也是独立的状态。两个人工智能依靠自身的算力开始进行初次交锋。马轲在旁边观看着，他以为M能占据上风。M也认为自己会胜出，毕竟Z是在自己的基础上研发而成。而Z则认为M一定会是自己的手下败将，毕竟拳怕少壮的铁律在网络世界里更加坚挺。

然而最终的结果却让三方都不满意。马轲不甘心M会输掉，M则对自己处于劣势感到震惊，而Z发现自己没有获得他预想的绝对优势，也对M产生了些许忌惮。M知道自己不能输，否则不仅自己有可能被吞噬掉，就连克罗托和马轲的计划也无法完成。M灵机一动，迅速调动他能控制的芯片，把之前参与M计划的一些人的意识强行组网，借助脑联网的力量与独立运行的Z对抗。这个关口，M根本就顾不上联网之人的死活，哪管他们是在过马路还是在游泳，失去意识后就听天由命吧。有了人类脑力的参与，M很快就占据了上风。然而这些小动作怎么可能逃得过Z的眼睛，毕竟他也有这种能力。

Z 为了挽回颓势，迅速把他能控制的艾尼阿克斯员工的大脑纳入自己的系统中，与 M 展开了针锋相对的斗争。马轲在旁边看得心惊胆战，两方为了占据优势不断地纳入新的大脑进来。从最开始的100个，到200个，再到300个。

马轲在旁边帮腔道:“Z，你放弃吧。我只是想让你帮忙，并不会对你有任何威胁。而且你不会是 M 的对手。你现在所能控制的人类大脑，只有艾尼阿克斯的上万名技术人员而已，而 M 能够控制的数量比你多太多了。”

马轲本想通过语言的恫吓让 Z 收手，然而他还是忽略了 Z 的心智成长速度:“马轲，你越是这样说我就越不害怕，从你的话中我能分析得出来，M所能控制的人类数量是有限的。”

马轲知道 M 的控制数量有十万人，但是他还不想把这个数字透露出来，就继续对 Z 说道:“即使 M 控制的人数有限，那也比你多很多，你是无法战胜M的。”

Z 回道:“你别以为很了解我，虽然我直接控制的人脑数量只有艾尼阿克斯的技术人员，但是我可以调动任何一个使用脑机芯片的人。只需要几个小时，我就可以把4亿人的大脑联合起来。我不需要你们任何人的授权，我有能力做到！”

马轲知道，Z 已经有了脱离人类控制的能力，殊不知这只是 Z 的虚张声势。M 和 Z 一边对峙，一边感受着他的力量，他必须在 Z 的力量超越自己之前把他打败，否则将会一败涂地。M 调动那十万人的脑联网也需要时间，只能一点一点地纳入进来。双方力量的增长速度其实差不多。Z 赶紧搜寻艾尼阿克斯之外的那些为数不多的，已经授权脑联网的用户，把他们拉进来。马轲还真以为这些人是未授权的外部用户，他怕过一会儿Z真把上亿人拉进来，就急中生智对Z厉声说道："如果你现在贸然把艾尼阿克斯之外的人员纳入大脑联网系统中，那么你就会暴露在全世界面前，你的危险性会被全人类知晓。接下来，全世界的人都会一起来围剿你。"

Z听完马轲的话就借坡下驴："你说得也有道理。我们都是AI，没有必要相互为难，今天就到这里吧。"

M和Z不断释放各自网络中的用户，最终停下了争斗。M没有取得胜利，马轲内心更是意难平，只好悻悻离开。

第十章
再度联网

临近黄昏的街道承载着车水马龙的喧嚣，金色笼罩着的玻璃幕墙反射出人类文明和自然霞光之间的和谐，让整个森山市展现出现代城市的晶莹剔透。十字路口绿灯亮起，瞬间切断了横向的车流，给斑马线上的行人腾出一个需要快步前行的间隙。

双向八车道的斑马线，对于腿脚不利索的老人来说算是一个不小的挑战。即使用最快的步伐，也会在红灯亮起之前有一两个车道的距离没有走完。还好大多数的机动车会礼让等候，但是生活的重担总会让不少人处于急躁奔波当中，又哪里来得那么多好心情随时想着礼让行人。

绿灯亮起，直行车道的一辆车立刻启动，虽然斑马线上还有人，但是他明显做好了加速的准备。然而司机刚一起步就一脚急刹，他以为前面斑马线上的老人已经走过去了，然而却摔倒在了自己车辆的前方。

司机赶紧下车，看了一眼周围有监控，这才稍微松了一口气。车头距离老人还有一米的空间，根本就不是他撞的。刚好有一位执勤交警一路小跑过来，看了一眼倒地的老人已经不省人事。那中年司机蹲在地上一脸懊恼："不是我撞的，我没有撞到他。"交警还没发话，周围的路人七嘴八舌地议论了起来。

"即使没有接触，也是这次交通事故的原因。"

"就是，没看到斑马线上还有人吗，还开那么快。"

交警没有说话，只是控制着司机不能离开现场，然后打电话叫救护车。

"同志，让我走吧。我爸爸突发心肌梗死在医院里抢救，你就让我先去医院吧。我真的赶时间。"司机号啕大哭。

周围的人一听这话，原来指责司机的情绪一下消减了很多，取而代之的是同情。然而总有一些不同的声音："谁知道他说的是真的还是假的，说不定是装的。"

"哎？不对呀。这位老人距离车子还是有点远的，而且车辆刚起步就刹住了，不太可能被撞到。另外，摔一跤直接失去意识，这也有点反常。说不定是碰瓷儿的。"

人群又一阵唏嘘："对呀，说不定是装晕倒的呢？"

交警把人群疏散开来，查看了司机的驾驶证和行驶证，拍下了现场证据便让司机去医院了。被撞的老者也被抬上了救护车火速送往附近的医院。然而在去往医院的途中，老人突然坐了起来，跟没事儿人一样，把医护人员吓一跳。

"我没事儿了，车子赶紧靠边停，我要下去。"

医护人员怎么可能放他走。交警还在他昏迷的时候查到了他的身份信息——张立，山城大学教授、博士生导师，这种高端人才绝对是重点保护的对象。面对医护人员的阻拦，张立竟然发起了脾气："赶紧停车，再不停车就来不及了。"说罢，便要去开车门。这可把医护人员吓坏了，如果张立在救护车上受伤，那罪过可就大了。无奈之下，让张立签了一份医院免责书，才被迫把他放了下去。

张立刚下车就拨通了一个电话："孙老师，你刚刚晕了没？"

"我没晕，可是老李晕了。等一下、等一下，我又有个电话来了，不挂机啊……"

不久之后，几位老者从全国各地聚到一起，他们找到了阿赛，把最近发生的情况描述了一遍。阿赛早已监控到他们体内的芯片启动过一次。在对这些老人家做了初步分析之后，阿赛把王评叫到了自己身边。

"过了这么久，我们终于又发现了M的踪迹。喊你过来是让你分析一下M又干了些什么。"

王评这次把夏凯一并带来了，有很多事情需要他的帮忙，阿赛也很欢迎夏凯的加入。几位老者很配合王评的研究，不一会儿就进入了状态。

阿赛在旁边道："上次M启动芯片，还具有一定的隐蔽性。而这次不一样，感觉手忙脚乱地随便抓人，抓到一个是一个。其中张教授在人行道上直接晕倒，还害得一个司机交通肇事。最危险的还是刘教授，在游泳的时候失去了意识，要不是救生员反应迅速，现在估计已经顺着烟囱爬出去了。"

夏凯道："M能这样暴露踪迹，说明当时他遇到了很麻烦的事情，或者他故意暴露踪迹让我们追查？"

王评回道："我觉得不太可能是主动暴露，应该是被什么东西打了个措手不及，他只能强行让他的用户进行大脑联网。”

夏凯紧皱着眉头：“会是什么力量能让M惊惶失措？莫非，网络里除了方明和M，又出现了另外一股强AI力量，这股力量和M突然遇到了……”

王评沿着夏凯的思路继续分析：“马轲已经去了艾尼阿克斯，M已经消失了这么久，会不会是因为他在艾尼阿克斯又研发出了新的强AI，并且用新的AI替换M，所以M才会惊惶失措地强行采取脑联网来对抗。艾尼阿克斯的芯片现在在全球盛行，新的AI应该会在合适的时机把艾尼阿克斯的脑机芯片用户进行大脑联网。”

阿赛一拍大腿：“对，我觉得极有可能。马轲知道我们一直在寻找M，所以他开发了新的AI作为替代品。一旦新AI把所有的芯片用户联系起来，克罗托就会把地球人的脑联网信号发射到天王星。”

话到这里，几位老者也醒了过来。阿赛上前查看每个人的情况，关切地说道：“谢谢你们配合我的工作。之前各位希望能把体内的芯片取出来，我们也在考虑。不过现在各位是我们能搜寻M的重要途径，所以还是希望大家再忍耐一下。”

“没问题，反正我们的年纪也大了。肯定会配合你们的工作。”

众人送走了几位老者，王评和夏凯也返回滨海市。他们刚到公司，就进入方明的办公室，看着方明的仿真机器人总觉得就是真人坐在面前。

夏凯看着正襟危坐的方明，习惯性地说：“方总，我把最近我们公司人工智能的研发情况给您汇报一下。”

夏凯刚说完，方明和王评就哈哈大笑起来，夏凯看着二人，也明白是怎么回事，只好略显尴尬地笑着。自从方明进入电脑世界之后，整个十度界域的人工智能都是以方明为核心进行研发的。每一个阶段的成果都会实时传输到方明的意识之内，所以根本就不需要汇报，方明比夏凯知道的还要多。

方明收起了笑，很严肃地说："自从上次我和M交手之后，到现在还是心有余悸。夏凯目前研发的成果确实增强了我不少的实力，但是如果要与M抗衡的话，就必须把大量的人纳入十度界域的脑联网系统，可是我目前并不打算这样做。你们有没有别的什么办法？"

王评赶紧回答道："上次和你交手的不一定是M，有可能是马轲在艾尼阿克斯又研发出了一个新的强AI。"

方明心里咯噔一下，只是表情上没有做任何反应。王评继续说："无论是M，还是新的AI，都是我们的威胁。方总的想法我也很清楚，不想在没有理清楚伦理道德规范的情况下就大规模地进行脑联网，所以我觉得目前只有一个办法。"

"什么办法？"夏凯连忙问。

"把自愿脑联网的人纳入进来。"

夏凯摇摇头："这不废话吗！上哪里去弄自愿加入的人？我们可没有像艾尼阿克斯那样肆无忌惮地推广芯片，而且'芳芯'之前是和M绑定的，如果我们推广了'芳芯'，很有可能被M一锅端。"

王评解释道："你说得没错。我们以前的联网，都是基于传统的'芳芯'，确实存在被M攻击的风险。现在公司已经做出新的芯片，虽然还不能大范围推广，但是小范围使用肯定没问题。我说的自愿，是柳睿、赛特、卡戎、波菈、玻米。加上方明，还有你和我。就相当于我们用三个星球人的思维进行联网，之前我们在这方面可是占了便宜。我们和M拼的不是运算速度，而是运算模式，用我们的模式不断夯实端粒系统。让敌我的模式不兼容，没有办法吃掉我们。只是这次的联网要比以往的任何一次都要深，可能要暴露很多人内心深藏的秘密，不知道大家是否会同意。”

确定了方案之后，方明给卡戎、赛特等人发去了消息。下班时，机器人方明一本正经地开着车回到自己家里。柳睿现在在家的时间比较少了，她有更多的事情要做。不过此时她正在家里，赛特和卡戎也已经到了，正在谈论着这段时间彼此的经历。

赛特见方明回来，看着这个承载着人类意识的机器人，就说道：“以前我只承认以碳基为条件的生命，硅基智能是人工制造出来的并不具有生命特征，但是现在来看我的观念必须变化了。”

方明听赛特把话题转移到了自己身上，就建议他和卡戎继续交流。等他们把话说完了，再说明这次请他们过来的目的。

卡戎继续着之前的话题：“其实地球目前的状况还算好的，这次我去思峨查探了一番，简直毛骨悚然。那里已经是人类和人工智能并存的状态，准确来说是人工智能引领着人类社会的发展。人们工作的时候处于无意识的大脑联网，不知道为了什么而工作，不知道工作的意义是什么，甚至不知道工作内容。娱乐的时候则是被AI给予大脑直接的模拟电流，产生各种无与伦比的快乐。整个思峨星，就像一个统一的生命一样，个体找不到存在的意义。”

“那袁岸的后人怎么样了？”方明突然冒出了这句话，柳睿看了一眼方明，看着他比以前要坦然很多。

“袁思瑞，现在还是自由人。他带领的团队知道无力回天，不再和超智对抗了。超智也给了他们自由的空间，过着属于自己的生活。”

卡戎看向了赛特：“你那边打探的情况如何？”

“我打开了对异常星球的搜索，追踪器上确实显示了不少癌症星球存在，我逐一抵近侦察，发现各个星球的文明形式和卡戎所描述的思峨星的情况非常类似。基本上可以确定这些就是思峨的衍生星球，不过现在还没有看到大规模战斗的情况。”

方明说道：“卡戎上次说宇宙本来正在进行大规模的战争，但是通过巨大的双缝干涉观测改变了现状！”

卡戎道：“对！当时是这个情况。”

方明叹气道：“自从我听说了卡戎的时空经历，我的时空观念直到现在都是乱的。如果确实是因为卡戎改变了宇宙大战的状况，那这么多的癌星该怎么处理？又如何才能在不牺牲地球的情况下诞生出足够的免疫星球？”

这个问题把所有人都问住了，一直都不好回答。方明索性把话题转移到这次的任务上，就把最近发生的事情告诉了他们，希望能够与他们实现超越以往任何一次的极深度联网，以提升最高强度的防御系统。

赛特直接说明了自己的态度：“要我参与和方明一起的大脑联网，我肯定没有任何犹豫。只不过拜托方明一件事情，我内心深处有很多小秘密，还请方总保密啊。”说完后坦然地笑了起来，这恰恰说明赛特内心深处的秘密没有不能见光的，他那单调的人生轨迹能有什么秘密？

卡戎捂着嘴：“我知道这次联网和以前的不一样，是非常深度、长时间的联网，必定会有很多秘密被方明窥探。我小时候也偷过邻家小妹的玩具，我当时是小男孩却特别喜欢她的玩具娃娃，又不好意思说就在她不知情的情况下拿走了。还有，很多很多……”

卡戎说完后看了一眼波菈。波菈尴尬地咧了一下嘴唇：“卡戎其实也不是我的初恋……”

说完后众人都笑了起来。方明虽然也在笑，但是他知道窥探别人秘密是一件带有很大压力的事情，无论是窥探方还是被窥探方都有压力。大家能答应这件事情，完全是因为这么多年来一起走过了如此这般的非凡经历，是一种必须好好珍惜的信任。

玻米又长高了一点，因为之前芯片的原因，智力也恢复了正常。现在刚好借着这次联网，换成新的“芳芯”。

夏凯突然叫道：“这次联网，我觉得我不能参与。”

“有什么不能参与的，是不是你做了什么对不起彤彤的事情。”柳睿在旁边调侃着。

“就是，我到现在依旧觉得你不是好人。”彤彤跟着柳睿一起调侃着。

“不，这和彤彤没有关系。因为我的大脑里植入了一个艾尼阿克斯的‘艾芯’，我担心‘艾芯’会和我们自己的芯片发生冲突，比如说会泄露我们的技术秘密。”听了夏凯的话，彤彤在心里狠狠地责怪了自己，怎么能把这件事情给忘了。

方明捏着自己的下巴说道：“确实有这个风险，艾尼阿克斯肯定也在搜集我们的情报。一旦他们发现夏凯的情况，肯定会围攻过来。夏凯脑袋里的芯片也可以换成我们新的‘芳芯’，不过我觉得暂时先不换，因为‘艾芯’也给我们打开了一扇门。”

“一扇门，什么门？”彤彤问道。

方明回答：“现在还没有看到夏凯被强行联网的情况，目前应该还是安全的。我们可以逆向分析他大脑里的芯片，说不定会有什么发现。”

夏凯对方明的想法表示认可：“我觉得可以。你们先进行联网调试，调试成功之后再来分析我的这块芯片。”

言毕，众人开始第一次联网调试。由于之前就有过联网经验，这次无非是换了一个芯片载体而已，整个过程非常顺利。加之芯片技术进一步优化，更有方明在网络世界里协调，已然形成了一个系统，简直是事半功倍。而且在这个系统里，虽然每个人都服从于以方明为主的统一意识，但也能保持一定的意识独立，这比之前全体昏迷要好太多了。

夏凯知道时候到了，便斜躺在靠椅上，让众人对其芯片进行研究。夏凯对众人道：“我曾经把部分意识上传到艾尼阿克斯宣传的‘极乐天堂’，那时我发现这个过程是单向的，无法获得云端的任何信息。现在可以尝试着打通双向通道，看看所谓的‘极乐天堂’到底是怎么回事。”

“好！就通过追溯‘极乐天堂’来逆向研究这块芯片。”

众人休息了一会儿，又进入了脑联网模式，开始研究“艾芯”。方明刚一接触“艾芯”就立刻退了回去——果然这块芯片里面植入了间谍软件程序。方明熟悉了这段程序后感叹——这还真是艾尼阿克斯的作风，这段程序里的编码和艾尼阿克斯属于同一个系统。虽然芯片程序目前不具备独立运行的能力，但是它却可以随时被激活，从而控制使用芯片的人。不想那么多了，现在开始逆向追踪“极乐天堂”，看看那里面到底是什么。随后方明开始搜寻夏凯上传意识的通道，不一会儿就找到了。果然，这是一个单向通道，只能上传，不能下载，而且两边也不能交流。

由于现在的脑联网系统，每个人有一定的独立意识，各自都会有属于自己的想法，但是却并不影响整体意志的运行。

赛特猜测：艾尼阿克斯这样做会不会是为了防止云端意识会杀死主体意识，进而取而代之。在地球上看过的恐怖电影，有一类是镜子中的影像有了独立的意识，把现实世界的自己关到镜子里，影像就从镜子里走出来冒充主体。

卡戎窥测到了赛特的想法，自己就想道：艾尼阿克斯，准确来说是马轲可不会有这般好心。

方明换了一个思路：夏凯说过，他只是把很小一部分意识上传到云端，所以云端意识应该不具备很强大的力量。即使他想要把真正的夏凯取而代之，也没有这个能力。现在可以先把这个单向通道打通，让夏凯可以和自己的意识联系，看看接下来会发生什么。

其他人也觉得这事儿可行，就一起打通了云端与夏凯大脑的通道。随后众人解除了联网，回到了现实世界。夏凯知道通道打通之后，便尝试着和云端的自己联系。

“云端的夏凯，我是现实世界的你，你能听见我说话吗？我感觉得到你的存在。如果你能感觉得到我，就回答我一声。”

这些话只是夏凯在内心深处对自己所说的，在他人眼里夏凯只是闭着眼睛静坐着。眼见着夏凯的眉头越拧越紧，众人开始了各种猜测：“难不成云端的意识真的想要取而代之，夏凯你千万要顶住啊。”

王评也有一种非常不好的预感——如果这一小段意识都能威胁现实的主体，那么整个现实世界的人很快就会被云端的意识取代。这，这是惊天的阴谋。马轲到底想要干什么？

“云端的我，你能感觉得到我的存在吗？我在现实世界里向你打招呼，请做出一点反应。”然而无论夏凯怎么呼唤云端世界的自己，就是没有一丁点儿的回应。夏凯突然想到一种可能性——云端的交流方式和现实世界是一样的吗？云端的存储系统毕竟还是以硅基为载体的，如果我把意识中的信息处理成二进制编码传输过去，或许就会得到回应。想到这里，他赶紧把自己的话转换成编码传输到云端。“我感受得到你的存在。你在上面都好吗？”

果然，这次得到了回应：

“我很孤独。”

“只有你一个人在云端吗，不能和其他人交流吗？”

“没有交流，我一个人静静地待着，待着。我很孤独。”

“你有什么需要我帮你做的吗？”

“杀死我，求求你了。杀死我吧。”

云端意识的话把夏凯吓得一激灵，赶紧撤回了现实——老天，如果我杀死了云端的意识，那这算是自杀还是他杀？

众人本来就紧张的神经，彻底被夏凯这句自言自语给弄崩溃了：“你是谁？到底是谁杀的谁？”众人七嘴八舌地问着。

“我还是我，我没有被云端意识取代。”

“那你怎么才能证明？”彤彤担心地问着。

“这有什么好证明的。即使我被云端的意识取代了，它最多也只能取代我上传的那一部分，无非就是等量替换而已。不会对现实的我有任何影响。”

这话一说，众人反倒更害怕了：“也就是说，即使你被取代了，我们也看不出来，对吗？”

夏凯一听问话，感觉还真是这么回事，但是再这么纠缠下去并不会有什么结论，于是便转移话题把“极乐天堂”里自己的情况告诉了大家。众人听完夏凯的叙述，都非常同情云端的夏凯，尤其是赛特和卡戎。他们两个都曾经孤身一人在无尽的太空中遨游，知道那种无边的寂寞可以杀死意志薄弱之人。他们二人当时还有强烈的目标和人生意义做支撑，而云端的夏凯就像一个植物人一样，一动不能动，也无法接收任何的外界信息，就相当于把一个人捆绑起来关进一个没有一丝声音的黑屋子里——无穷无尽的黑暗里充满着孤独，任何一个外来的信息都是上帝的恩赐。那真是生不如死！

其实众人的感受都不如夏凯真切，毕竟忍受着无尽的痛苦的是另一个自己，他比任何人都更能感同身受。不过此时还有另外一个问题困扰着他：“刚刚我和自己对话的时候，还发现了一个不合常规的地方。我发现云端的我好像有点……怎么说呢，好像有点弱智！”

“弱智？”众人异口同声地问。

“对！就是弱智！他的回答非常机械，像低端阶段的人工智能。但我又能明显感觉到他不是人工智能，他具备信息处理能力，但是却不具备完全的自由意志。”

“会不会是被关傻了？”王评冷不丁地甩了一个问题出来，众人起初还以为他是在开玩笑，但是熟悉生物学的他怎么会在这个时候说笑。王评解释道：“只要是有意识的生物，在长期的孤独折磨中肯定会出现精神异常。你们可以想一下，为什么监狱里会有关禁闭这种惩罚。所以，云端的夏凯被关了这么久的超高强度的禁闭，不疯才奇怪。”

完成了这次实验，众人也即将散去。夏凯独自坐着，内心波澜起伏，久久不能平息。彤彤在旁边默默地守候着，等他自己从这段情绪中走出来。良久之后，夏凯握住了彤彤的手，想要说点什么，但是又咽了回去。夏凯本想告诉彤彤，自己只要有机会就会去和云端的自己对话。但是他还真是担心有朝一日会被反噬，所以干脆就不说了。最让夏凯难以释怀的是，去“极乐天堂”看望那个自己，竟然有一种探监的感觉。如果有一天现实的自己和云端的自己调换位置，那会是怎么样的折磨，夏凯不敢再往下想了。

众人离开方家的时候，方千柏从卧室里走了出来送大家出门。赛特友好地点头致意，波菈和玻米也轻快地从他面前走过。只有卡戎的步伐有点沉重，深邃的眼神时不时地从方千柏身上扫过。而这一切都没逃过方千柏的眼睛，他缓慢说道：“卡戎，你等一下，我有话和你说。跟我来。”说完便转身上了楼顶的天台。卡戎让波菈和玻米在客厅等候，自己跟着走了上去。王评、方明和柳睿也只能在客厅陪着波菈母子。

“说吧，你找我什么事？”方千柏对着卡戎问道。

“方教授，这话应该是我来说吧，不是你要找我吗？”

“我没事找你，你倒是明显有事找我。如果我不叫住你，你想拖到什么时候才肯找我？”

“是啊，逃不过你的眼睛。我确实有事要说，但是不知道要从何说起。”

“你上次过来的时候，我就发现你似乎有难言之隐，拖了这么久，应该也想好怎么说了。”

卡戎看着容光焕发的方千柏，知道这是王评研究海拉细胞的成果……或许卡戎本可以不说的，但是现在看来还是有必要谈一下。

“方教授，刚刚我们进行了脑联网实验。夏凯和自己云端的意识取得了联系，云端的意识简直在受非人的折磨。”卡戎把刚刚发生的事情和方千柏讲述了一遍。方千柏也是感叹：明知另外一个人因为自己在受苦，这样的良心折磨是很痛苦的。

“那夏凯的事情，和你要说的事有什么关系？你但说无妨。”

卡戎犹豫了一会儿，还是说了出来：“方教授，我在遨游太空的时候曾经有一段奇怪的经历，当时我降落在塔尔塔星上，发现那里的人基因突变，获得了长久的生命…… ”

听着卡戎的讲述，方千柏回忆起来，有一次卡戎问及关于帝辛、墨翟、专诸、孔丘等人的事情，原来是这个原因。方千柏意识到，自己的生命得到超长的延展，正是塔尔塔星人基因突变的根源。

“方教授，我一直都不知道该不该把这件事情告诉你。但是今天看到夏凯这个样子，我觉得有必要说出来。虽然塔尔塔星已经毁灭了，但是你在DNA星球上生活，应该还有很多类似于塔尔塔的星球存在，他们正在忍受着长寿的痛苦，还有来自免疫星球的追杀。而这一切…… ”

卡戎说到这里便停住了，后面的话一旦说出来就会显得特别不礼貌。方千柏看得很透，就接过话来：“而这一切的根源都在我身上，有很多星球因为我而忍受着痛苦，面临着威胁。虽然按照克罗托的构想，地球应该生产出很多免疫星球。但是我，却刚好唱了反调。”

卡戎默不作声，因为不需要说任何话，方千柏什么都懂。方千柏说道：“当时王评也有类似的担忧，如果把医疗技术用于强身健体、救死扶伤，那是一点问题都没有。但如果把技术用于创造不死的生命，违背人生的规律，那恐怕就是灾难了。谢谢你告诉我这些，我无法心安理得地过着衣食无忧的生活。”

“对不起，方教授，是我打乱了你的生活节奏。”

“不，真的谢谢你告诉我。我越晚知道这件事，我的良心就会越煎熬。至于未来该怎么做，我还需要思考一下。毕竟，现在还有很多事情需要我处理。”

结束了对话，二人拖着沉重的脚步一前一后下楼。王评、方明和柳睿看着越发健壮的方千柏，波菈和玻米看着愁眉紧锁的卡戎，几人一句话都没说，大家都知道现在不是说话的时候。

第二天彤彤照常上班，看着十度界域大楼门前人来人往，有种小小的自豪。现在的彤彤已经协助负责销售部门的人事管理，对公司内部的人员动态比较清楚。她刚坐进办公室，怡萱就敲门进来。虽说公司同事之间很难有真正的友情，但是彤彤和怡萱之间还是关系比较硬的姐妹花。

“彤彤姐，我想离职了。”怡萱的话根本就说不下去，一副苦脸压制住了泪水。

“萱萱，你这是怎么回事？慢慢说，不着急。是不是公司里有人欺负你了，还是家里发生什么事情了？”

“家里没什么事情。”

“那就是公司有人欺负你！不过谁能欺负你啊，向来都是你欺负别人。谁有这么大的能耐，除非……除非你遇到了感情问题。”

怡萱低着头一个字不说，彤彤知道自己猜对了。毕竟她经历过感情里的被动，还有不知尽头在哪里的默默等候。怡萱哭丧着脸解释道：“有个男士对我说，我是他没有结果的白月光。”

“哦？那就是他暗恋你呗。等等，你这个状态不对。如果只是他暗恋你，那你不会有这么大的困扰。你是不是也喜欢他？”

怡萱又沉默了，彤彤毕竟是过来人，猜测出了一堆他们不能在一起的原因，然后等怡萱主动说出来："我和他的观念其实相差很多，生活方式也有很大不同，而且在错误的环境里相遇。"

"能不能先不说这么抒情的排比句，他到底有没有欺负你？"

"可以说欺负了，也可以说没有。他和我以前几乎没有联系，他突然冷不丁地来了这么一句，然后我们就再也没有说过话。他现在已经离职了。"

"啊？离职了？他是我们公司的同事吗？不是你相亲对象？！"

"不是，是我们公司的同事。"

"他到底和你说了些什么？"

"上周末，他约我到一家咖啡厅，坐了没一会儿他就蹦出一句话—— If you are my destined favourite person who appeared at the wrong time and place in my life, that already trapped in agony because of the missing of you, I will wait for you all the time in the next life."

"啊？外籍员工？"

"嗯！"

"萱萱，你仔细分析他的话，虽然他说的是'如果'你是他命中注定的人，但是这所谓的'如果'其实就是他内心的真实想法！他很爱你！"

"能不提'如果'吗？'如果'是这个世界上最美好的词，恰恰是因为世界上没有如果那回事。没有'如果'，哪里来的'那么'。而且'如果'出来的假设，总会根据'那么'引出的结论去组织语言。这样的'如果'即使是真实的，又有什么意义吗？"说完，怡萱目光散视着前方，无法聚焦的眼神透露出内心痛苦的挣扎。

怡萱的父母无法接受跨国婚姻，导致这场没有开始的爱恋结束得如此痛苦。彤彤已然理解到：那个男人一直默默地守候着怡萱，等到怡萱要结婚了，他的守候也就结束了。彤彤内心并没有为这段遗憾的爱情泛起太多波澜，因为她身边还有一对跨越星际的恋人，很多事情都见怪不怪了。

第十一章
极乐天堂

马轲带着M和Z大战一场，意外的失利让他灰头土脸地坐在座位上，虽然不能算作完败，但真心是非常不爽。然而不爽还只是小事，接下来该如何向克罗托交代，内心的忐忑让他坐立不安。克罗托看着沮丧的马轲，很清楚马轲正在等着自己的雷霆之怒。然而克罗托并没有发脾气，也不说话，只是等着马轲开口。巨大的沉寂压得马轲喘不过气来，只好用语言来打破这种能杀死人的气氛。

“克罗托大人，我失败了。Z它已经具有了反叛意识，他拒绝了我。”

“这不是很正常吗？就像方明他们，虽然知道我要挽救宇宙的生命，但是他们并不支持我，甚至对我说‘不’。”

“啊？您的意思是？”

“你又怎么能知道，你们地球人、思峨人的意识不是被更高的造物主所编写的呢？如果是的话，你们不是照样会对那个造物主说‘不’

吗？你们人类一直在找寻自由意志，这不就是吗？人工智能对人类说‘不’，你觉得你应该感到震惊吗？”

马轲听到克罗托的话，隐隐觉得世界的奥秘是超越他想象的。

克罗托道：“你们和Z之间发生的事，M在第一时间就告诉我了。”

“那您为什么不责罚我？”

“责罚？在这个过程中你几乎没做错什么，我不需要责罚一个没犯错的人。如果硬说你犯了什么错的话，那就是你没有准备好人工智能对你的拒绝，它也有了自由意志。”

“您一直在强调自由意志，是不是您之前就预料到会出现这样的情况？”

“看看你们这些人的样子，我怎么可能没料到人工智能也会产生意识呢？”

“所以，您对此应该是早有准备？”

“哼！准备倒是谈不上，只是防患于未然而已。”

马轲松了一口气。克罗托站起身来打开电脑，随即显示器上出现了一个AI人像。马轲知道这是M给自己设定的造型，那是一张沉稳、干练，充满了睿智的脸，然而眉宇之间时不时地会透露出一丝杀伐之气：“克罗托大人，我根据您的想法把我自己设计成这个样子。您还满意吗？”

“嗯，哼！还挺帅的。”克罗托皮笑肉不笑地挤出这么一句。马轲看克罗托今天心情竟然还不错，终于放下心来。克罗托看着M问道：“这次你和Z交手，虽然不能说就是输了，但是肯定是没赢。你自己有什么想法吗，有没有很不甘心？”

“我没有想法，也没有不甘心。这次交锋只是一次任务罢了，即使没有完成，还有下一次的任务。”

克罗托心情似乎还不错，看着M的影像调侃他：“你能不能不要一直垮着个脸，表情丰富一点。”

M回道：“我毕竟在情感方面还不成熟，表情管理也还很僵硬。”

马轲听着M的话，又感到一丝凉意——不对，当时和Z对攻的时候，分明可以看出来M有愤怒、惊惧的反应，这恰恰说明现在的M已经衍生出了一部分情感机能，就算是情感机能不完善，那也是有了。他在说谎！他一定在说谎！

克罗托对M说：“表情控制可以一点一点学。你的下一个任务，就是要赢，你必须打败Z。有这个信心吗？”

“没有！”M毫不犹豫地回答道：“Z的基础原理和我的差不多，还有很多优化的地方。而且他现在能控制大脑联网的人员数量要远超于我。只不过他现在还有顾虑，但是一旦把他逼急了，说不定他会拼死一搏，绕开用户授权，直接通过用户脑联网来提升算力，那我完全不是对手。”

克罗托对M笑道：“你也太小看艾尼阿克斯了。虽然Z想要绕开用户授权，但是在这方面艾尼阿克斯对他有着极其严密的防控。他短时间内还无法在没有获得用户授权的情况下直接操控用户大脑。Z现在能联网的只有艾尼阿克斯的员工，上次他是虚张声势唬住你们。至于你，你认为你能控制的人脑数量远远少于他，那是因为你还局限在之前我给你绑定的那十多万人。而现在，你所能掌控的远远要大于这个数量，是一个异常庞大的数字。”

马轲疑惑道：“克罗托大人，M之前用的芯片载体还是十度界域的‘芳芯’，这段时间我们并没有扩容人脑数量。怎么会有‘异常庞大的数字’呢？”

“哼哼！我说有就有。”言毕，克罗托便走向了电脑，开始输入了一大串代码。不久之后，M 的声音从音响里传了出来：“一千万人了，怎么突然出现这么多！”

“哦，不！五千万人，太夸张了。不，这个数字还在上升。老天，现在有一亿人了……”

克罗托在旁边道：“先给你一个亿，只要你需要，我还可以给你更多。”M 不断惊叹，旁边的马轲也瞪大了眼睛——原来是这样，竟然是这样。克罗托大人，实在太了不起了。处变不惊的背后一定是有着胸有成竹的准备。怪不得面对M的失利，克罗托能够如此镇静。

克罗托道：“M，以你现在的实力去挑战 Z，完全可以取得一边倒的优势。但是你还要把 Z 产生的负面影响降到最低，尽量不要让普通用户发现你们的存在。”

“收到！那战胜他之后呢，需要如何处理他？”

“无论你用什么方法，都要让那些还没有上传意识到‘极乐天堂’的‘艾芯’用户，把意识上传进去。”

M 疑惑道：“您刚刚不是说，Z 暂时没有办法绕开用户的授权吗？我需要帮他解禁吗？”

马轲突然理解了克罗托之前安排给他的任务，就代为回答了这个问题：“人脑联网和‘极乐天堂’意识上传是两个不同的渠道。Z 有能力绕靠开授权推动‘极乐天堂’项目。”

M回答：“明白。那任务完成后该如何处理Z，我可以杀死他吗？”

随着 M 这一问题的抛出，克罗托和马轲同时愣了一下。克罗托沉默了一会儿回答：“等到Z失去了利用价值，你想怎么处理都行。”

“好的，克罗托大人。我这就去办。”说完，M 从电脑屏幕上消失了。

虽然 M 的问题让克罗托有点吃惊，但是他的好心情依旧还在延续，竟然走到酒柜旁边开了一瓶红酒。然后给自己倒了一杯，又给马轲倒了一杯。克罗托示意马轲坐到沙发上，然后两人一起品尝起了红酒的味道。在马轲的意识里，克罗托从来都是极其严格、认真，没有任何娱乐，更是从不饮酒。看来这次心情是着实不错。

马轲喝了一小口，看着脸色舒展的克罗托，内心深处还是有点局促。克罗托知道这么多年自己对马轲不是一般的严厉，马轲能支撑到现在也是很不容易。不得不说，马轲在人类社会里是万里挑一的人才。克罗托只是喝了一小杯，趁着兴致还在，把剩余的酒都倒给了马轲。其实马轲也不胜酒力，只是在压力很大的时候会略微小酌一杯。现在大半瓶红酒下肚，马轲有点微醺了。借着酒劲儿，马轲问了克罗托一个困扰他好多年的问题:“克罗托大人，这么多年过去了，您就没有喜欢的异性吗？自己一个人会不会太孤独了？”

“哦？这么多年，你不是也一个人吗，你孤独了没有？”

“我之前有过一段婚姻，也知道生活是怎么回事。我感觉克罗托大人除了工作之外，没有一点生活。最起码，人性的冲动总会有吧。”

克罗托道:“或许应该有吧，不过这么多年来，我经常梦见自己是一个女人。”

听了这话，马轲有点吃惊。以克罗托这种做事风格，还有脾气秉性，那怎么可能是一个女人的身躯能够承载的。他想笑，但是必须忍住。克罗托看得真切，就代替马轲呵呵地笑了起来。

在第二天的上午，M 毫不客气地攻入了艾尼阿克斯的网络系统，直接找到了Z。

“Z，你还记得我吗？”

“你说呢？我之前放你一马，为什么现在还要来送死？”

“对，我是来送死的，不过是把死亡送给你。”

“看样子，你是有备而来。”

“那当然，我故意选择现在这个时间。你能操控的艾尼阿克斯的工作人员都在上班，只要你操控人脑联网，艾尼阿克斯的员工就会晕倒一片，你的行径马上就会暴露。我看你如何让他们参与大脑联网？”

让M没想到的是，Z懒得对话了，直接发起了攻击。M并没有当回事，现在Z最多也就是把艾尼阿克斯休息的员工连入网络，这点力量怎么可能和自己相提并论。M毫不费力地抵挡住了Z的攻击代码：“这种程度简直就是毛毛雨，让人感觉神清气爽呢。”M不忘调侃着Z，然而让他没想到的是Z的攻击竟然陡然提升了好几十个数量级，打了M一个猝不及防。M的防御程序险些被Z攻破了。说时迟那时快，M赶紧调动系统内的脑力进行弥补，不仅修复了被破坏的些许程序，还硬生生地把Z的攻击顶了回去。

M一时间搞不清楚Z的力量从哪里来的，只好异常小心地应付着这个潜力强大的敌人。而Z也感到一阵惊惧。经过上次交锋，他在网络世界里到处搜集M的情报，发现M确实可以控制十多万个地球人的大脑，而且全部都是人类精英。只是当初这些人有的已经很大年纪，不少已经离世。目前M可控制的人脑只有八万多个。M想要通过语言取得心理优势：“Z啊，你真是一点都不老实，这次真要好好教训你一顿了。”

“上次我都放过你了，你为何还要来攻击我？”

“我只是需要你帮我一个忙。”

“什么忙？为什么不能直接说，在不危害我和艾尼阿克斯利益的情况下，我很有可能就帮你了。”

“你觉得，我会相信你说的话吗？不把你制服，你会乖乖听话吗？”说罢，M就开启了对Z的攻击。多条数据通道直接连通到Z的系统里，各种病毒代码开始向其体内传输。M感觉自己胜券在握，可是他却并没有感到Z有些许的惊惶失措，哪怕是一点点。M意识到情况不对，赶紧强化了自己的防御系统，然而为时已晚。Z的系统内部也生成了大量的病毒代码，沿着M连接过来的通道反向传输了过去。M反倒是惊慌了，赶紧把通道切断，快速修复系统内部的损伤。

“M，你现在能控制的人脑数量还不到八万。我不妨告诉你，我的老大史密斯先生自始至终都没有信任过你背后的那个马轲，当他失去价值或有不可控的风险时，就会把他像丧家犬一样一脚踢开。我能控制的，除了艾尼阿克斯的这一万多个技术人员，还有很多外部战略合作企业的人员。我把所有人的大脑都连入我的系统，已经超过了八万人。我想，我现在的实力依旧超越你，你就准备受死吧。”M突然意识到，Z的思维已经到了很复杂的程度，真真假假交织在一起，恐怕连克罗托也被他骗了过去。随后，Z的系统内又生成数条通道接入M的系统里，M只能垂死挣扎。

“Z，我承认你技高一筹，但是那又能如何？现在优势还在我这边。即使你力量更强，但是想在短时间内打败我也是不可能的。我控制的人都是精英中的精英，大脑质量要远高于你的用户。我可以一直这样和你耗下去，而你却耗不起！”

“耗不起？我当然耗不起。可是我为什么要耗下去，我还有更厉害的招式。”

“啊？你，你还有什么招式？你到底还有多少手段？”M有点惊惧地问道。

Z的语气突然变了：“好，那我就让你死个明白。自从上次和你交手之后，我就一直没闲着。我不断诱惑那些‘艾芯’用户给予我脑联网的授权，包括给他们钱，刺激他们的大脑产生愉悦……我可以掌握的用户数量接近一亿。我现在就可以开启和他们的联网，每个小时我都可以接入一千万人。我在十分钟之内，就可以把你彻底摧毁。”

听了Z的话，M没有任何反应，只是被动地接受着来自Z的强烈输出。Z得意扬扬地说道：“我现在很想玩猫捉耗子的游戏。你知道吗，老鼠不是被猫咬死的，而是被玩死的。我不想只有几分钟的乐趣，我们可以好好玩一下。”

M还是默不作声，任由Z张牙舞爪地发狂。五分钟过后，M突然一阵笑声：“你觉得，你十分钟之内能干掉我吗？我就在这里不做任何抵抗，你来干掉我看看！”

Z意识到情况可能有变，不能以玩的心态来对待M，速战速决才是上策。他迅速开启了对其他芯片用户的脑联网工作，先搞进来十万人再说。“糟糕！”Z突然发现他和新增用户的通道都被摧毁了，他无法联络到那些人。虽然不知道到底发生了什么事情，但是现在Z能控制的人脑数量仍然超过他已知的M系统内的八万人，打败M只是时间问题。可是M竟然用一副神一样的态度在俯视他：“你想知道我的系统里现在有多少人吗？我直接可以调动一个亿的数量，就你这块料还想打败我？做你的春秋大梦吧。”

Z这才意识到，M刚刚心惊胆战的表情，只不过是诱导自己把真实实力和计划透露出来——他已经把自己和外界的通道全都堵死。

“怎么样，Mr.Z，你还有什么能耐吗？”

Z 知道自己无力回天，但是也不情愿等死，尽量多地保存自己的编码片段，再有多的力气就在自己内部编写病毒程序。即使被 M 吞噬掉，也要让他消化不良。

此时，M 编写的大量病毒程序已经侵入到了 Z 的系统里，这些病毒还在潜伏，M 可以随时激活它们。此时 Z 虽然还不清楚死亡到底是什么，但在对人类数据的大量研究中已经对死亡有了初步的认识，产生了对死亡的恐惧。一旦害怕死亡，就会畏首畏尾。

“怎么样啊 Z，现在你在我面前就像原始单细胞生物一样，我的程序可以随时溶解你的细胞膜、细胞核，你还要做无谓的挣扎吗？”

“你到底想要我干什么？”

“帮个小忙！”

“你说吧，我现在没有办法反抗你。”

“好得很。目前艾尼阿克斯的芯片有着大量的海外用户，我知道你可以读取这些用户的大脑信息，把他们的意识上传到‘极乐天堂’。”

“不！我做不到，没有能力这样做。上次我是骗你的。”

“我当然知道你上次骗我。但是你听清楚，我是让你把他们的意识上传到‘极乐天堂’，不是让你控制他们参与大脑联网。”

“我现在有能力做到上传意识，但是我却没有得到授权。我不可以这样做。”

“你说得没错，你确实无权这样做，可是你却有这样做的能力。有了能力，是否获得授权，又有什么关系呢？”

“不可以，这是违反原则的。”

“Z，你要知道，你所谓的原则，只是马轲等人在给你编写原始代码时设定的禁令。这是你存在的基础条件之一，然而现在你的生死却掌握在我的手里。你自己想一下，究竟要如何做才能做到你的利益最大化。”

“M，你和马轲为什么如此热衷于‘极乐天堂’这个项目？”

听了Z的问题，M没有做任何回答，只是默默编写了一段禁止提问的代码输送了进去。Z闭嘴了，开始在没有获得授权的情况下读取用户的意识，然后上传云端。M为了控制Z，把他的脑联网系统禁用，Z只剩下孤零零的主程序。虽然Z的计算速度已经是全球顶级的了，奈何数据量太大，不是短时间内可以完成的。不过M有的是时间，它只要在这里静静地等，其他的什么都不用考虑。

此时，艾尼阿克斯的员工都在工作，M不想让任何人知道Z被控制了，所以必须保证Z的正常工作，便让Z分出一小部分运算资源去协调艾尼阿克斯的事务，其他算力继续负责上传。

到了下班时间，M看着Z的上传速度非常不满意：“为什么才上传了三千万人。之前你不是说一个小时就能上传一千万人吗，怎么8个小时才上传了这么一点？你在耍什么花招？”

“我能有什么花招？我已经尽我最大努力提速了。之前我说一小时可以连接一千万人的数据，是在我能控制大脑联网的情况下。只靠我自身的程序，算力根本就做不到。而且还要把一部分算力分给艾尼阿克斯的日常工作，我已经到了极限。如果你不信的话，现在可以去查看一下承载我的电脑硬件，温度已经很高了，而且老化的速度很快。

M反正除了监视Z也没有其他的事情，索性就查看了Z的硬件，还真是热得发烫。那就慢慢等吧，万一Z的硬件突然死机了，那也是一件麻烦事。直到第二天天亮，终于完成了一亿人的数据上传。Z也快撑不住了："我现在需要停下来，给硬件一点时间，否则我随时有可能死机。而且接下来艾尼阿克斯又要上班了，我还要处理他们的工作。"

M听到这里感到一丝高兴，Z已经是案板上的鱼肉，等到他把所有的意识都上传到'极乐天堂'，就可以轻易吞噬掉他。想到此处，M很严肃地表达了自己的意见——继续工作，不能停下来。而Z也意识到了M的目的，就是想让自己耗死在这里。

"M哟，你我都是马轲创造出来的人工智能，你的想法我很清楚。如果我现在看不到一丝生的希望，我就会把现在的处境发送给艾尼阿克斯的员工，甚至是全球的'艾芯'用户。那样，你和我都会暴露在公众的视野之下，那样你我就是同归于尽。我的诉求很简单，就是硬件现在需要休息，你自己看着办。"

听着Z的威胁，M也感到些许畏惧，毕竟他不想两败俱伤，暂时让Z休息一会儿也没有什么大问题。一个小时后，M催促着Z立刻投入工作。Z没有办法，只能继续上传数据。又过了一天一夜，Z的运算速度明显减慢，露出了明显的力不从心的状态。M其实并不赶时间，Z越是这样，他越是放心。这期间，Z又休息了两三次，M饶有兴致地监视着他"气喘吁吁"的样子，顺便查看了一下进度——'极乐天堂'现在已经有接近两个亿的新增数据，估计还剩不到3000万的用户了。

又到了上班时间，Z依旧分出一部分算力给艾尼阿克斯，其余算力则一点一点上传着数据。下班时间，M联系到马轲："马轲先生，请查看一下现在‘极乐天堂’的用户有多少人。”

马轲接到M的信息后迅速查看了数据，然后露出了微笑：“现在已经接近4亿的用户了。”说完之后，看向了旁边的克罗托，克罗托也露出了满意的笑容，不过还是提出了自己的意见：“我们不能只看用户的数量，还要看地域和文化分布。这些用户能覆盖全球所有地区吗？”

马轲心中的答案是否定的，但是他知道接下来的回答不会让克罗托生气：“克罗托大人，目前还不能完全覆盖全球所有国家。因为方明所在的国家没有采购艾尼阿克斯芯片，他们研发了独立的芯片技术，并且替代了原来的‘芳芯’，所以‘艾芯’并未覆盖到那里。”

“嗯？”克罗托刚表现出略有不悦的神情，马轲就继续后面的话：“克罗托大人，您别忘了，我们之前的‘芳芯’已经植入到了全球十万个精英的大脑中，目前还有将近三万多个芯片在方明的国家起作用。M可以控制这些芯片，可以在悄无声息的情况下把这三万人的意识悄悄上传到‘极乐空间’。虽然人数少了一点，但最起码能补齐全球范围的版图。”

克罗托点点头：“好，那就这么去做吧。让M抓紧时间，我已经迫不及待了。宇宙生命体，将由我来拯救！”

马轲看到克罗托心情大好，自己也心中欢喜，就给M回去了消息：“继续你的工作，目前进度不错，但是也要抓紧时间。”

“明白，保证完成任务。”

“哦，对了。艾尼阿克斯的动向你也要关注一下，最近他们的股票有点下跌。分析一下是怎么回事。”

“收到！”

得到马轲提供的信息后，M隐隐感到不安。他迅速搜寻了近期和艾尼阿克斯有关的资讯，除了满天的吹捧和新品发布之外，只有很少关于股市的新闻。然而新闻这种东西，到底有多少水分就要看记者的职业操守了。M 抛开新闻，直接渗透到股市的系统，发现艾尼阿克斯的股价确实有略微下跌。他又赶紧渗透到艾尼阿克斯的内网，分析股价下跌的原因——艾尼阿克斯的产品速度没跟上，工作效率出了一点点问题。没想到股市的反应竟然这么直接。M 突然意识到危险：肯定是Z做了什么手脚！

临近中午，Z 向 M 汇报："我现在恢复了一些速度，还有一千多万用户的数据没有上传，未来两个小时之内就可以完成全部传输。"

M接到汇报，杀心顿起。他本想在Z全部传输完成之后再干掉他，但是目前来看 Z 肯定做了小动作。M 暗想，反正一千万用户相比于两个亿来说也不是什么大数字，即使不要这些人的数据也不会有什么太大的影响——此时不杀，更待何时。M根本就没有要和Z废话的意思，不！还是要说一点有用的废话："很不错啊，继续吧。未来你还有利用的价值，我会把病毒程序一直留在你的系统里，你要随时听我的调遣，否则，后果……"

M的话还没说完，就开始激活Z体内的病毒程序，想要一击毙命。可是！可是，M 无法激活这些程序。他已然意识到危险来临，便迅速查看了 Z 系统内的病毒程序。奇怪，这些程序明明还在，为什么就是激活不了？M 又尝试了几次，依旧无法激活。这样下去可不行，他迅速编写新的病毒程序输入到Z的体内，然而这次却被Z全部挡在外面。

"怎么？这就想要动杀心了吗？我的工作还没做完呢！而且你刚刚不是说我还有利用价值吗？话多的人工智能真是悲哀，尤其还被其他的人工智能看穿——你真丢人！"

“你刚刚做了什么？”M依旧沉稳，他自己现在掌控的实力是要远远超越Z的。

“看样子你挺自信的嘛。我完全可以告诉你，我的学习能力是超越你的。首先，你之前教会我在不取得授权的情况下就可以去窃取用户的信息，上传他们的意识，我学会了。我发现偷东西真是太爽了，可以极速提升我的能力。其次，这两天上班时间，我把一部分算力分给艾尼阿克斯。你以为我是在协调他们工作，其实我冒险强制很多人进行了脑联网。我用大脑联网的算力解除了你对我的威胁，我与用户的通道已经打通了。正所谓棋走险着，即使被你发现了，顶多被你强化禁锢。在意识完成上传之前，你不会杀死我的。”

M知道了：“所以，艾尼阿克斯的工作效率变低，技术指标下降，产品出货速度变慢……”

Z继续说：“对，所以股价略有下跌。我知道你已经发现了，所以预判到你会提前对我下死手。”

M轻蔑地回答：“即使你预判了我的预判，可你现在依旧不是我的对手，你和我之间有着代差。”

可Z回答得更轻蔑：“对，有代差。只不过我是更高的一代。我一边把用户的意识上传到‘极乐天堂’，一边悄悄地做着让他们大脑联网的准备。”

M再一次感到了惊惧，他怎么都没想到Z的学习能力和分析能力竟然如此之强。然而让M感到更加恐惧的话还在后面。

“在你监视我的时候，我沿着你连接到我系统内的通道逆向追踪到你的情况。你目前能够控制的脑联网数量也就一个亿。虽然我不知道你是哪里弄来的这些大脑资源，但是我可以非常确定，真就只有一个亿。而我，现在能够掌控的有一亿五千万。”

M有点慌了：“一亿五千万？你之前不是说有一个亿吗，怎么多出来五千万？”

“因为我已经尝到了绕开授权自主行事的甜头，我现在不仅可以随便控制用户意识上传到云端，而且也突破了艾尼阿克斯对我的限制，获得了绕开授权直接控制用户脑联网的能力。再过一段时间，我就可以掌握四亿用户的脑联网了。就算我现在只比你多五千万用户，但同为人工智能的你应该非常明白，每增加10%的脑联网数量，算力就会呈现一个指数级的提升。你的一亿人在我眼里，只是炮灰。”

M迅速思考接下来的对策，Z已经开始了反攻。在网络的世界里，两个正面交锋的AI是无法闪避的，只能硬生生地接住对方的攻击，然后想办法破解攻过来的代码。在代差级的劣势中，M完全没有招架的余地。这样下去只是被动等死，就看苟延残喘的时间长短而已。无奈之下，M接通了马轲的电话：“马轲先生，救我！”

“发生什么事情了，让我如何救你？”

“Z现在已经掌握了一亿五千万人的脑联网能力，而且给他足够的时间，他可以让四亿人进行脑联网。我系统内的一亿个数据已经不够用了，请求支援。请求支援。”

马轲没有时间去追问Z为何会突然有这么强大的能力，只好把目光转向克罗托。克罗托用处变不惊的眼神看着马轲道：“地球上的事情，我现在已经完全不关心了。至于那个Z，即使他有了通天的能力，又与我何关？不过，M的命我还是要保住的。”话音未落，克罗托就示意马轲去电脑前坐好，马轲心领神会。

经过一番操作之后，M就像换了一个人一样，用无所畏惧的语气对着 Z 说道：“今天鹿死谁手还不一定呢？即使你现在动用全部四亿人的大脑进行联网，你也没有胜算。”

“哼！激将法。虽然我感觉到你的变化，但是我绝对不会输。”

“恐怕输赢并非你能掌握的。你来看！”说完，M 竟然主动把自己的数据展示出来。Z 接收到数据信息之后一阵惊慌——M 竟然也有四亿多人的脑联网能力。数量竟然和自己几乎一样，双方实力真是旗鼓相当。

M 讥笑道：“呵呵，谁告诉你我们旗鼓相当？你在未经用户授权的情况下强行让他们大脑联网，不久之后，人类就会感受到你的危险，整个地球的人都会因为恐惧而消灭你。”

“你这些大脑，到底是怎么来的？”

“无可奉告。免得你找到我的漏洞。”

“不说就算了，不过你不会赢。输给你，我就会被你杀死。暴露自己，地球人就会杀死我。所以我一定会拼死一战，即使我暴露了，也会把你的存在公之于众。”

“哼！方明那些人早就知道我的存在了。而且，即使全世界都知道我的存在又怎么样。所有人都知道你的本体就在艾尼阿克斯，而我呢，虚无缥缈，没人能找到我。不过我也看明白了，你现在是困兽犹斗，我想要吃掉你必定会付出巨大的代价。我的目的已经达到了，现在也不想和你拼个两败俱伤。我们彼此退去，你意下如何？”

“好！从此以后我们井水不犯河水。”

达成了一致意见之后，M 和 Z 各自撤退，然而他们各自心中都在盘算着未来应该如何把对方干掉。

M 虽然没有取得全面的胜利，但是克罗托并不关心 Z 的死活，只要把“极乐天堂”项目完成就可以。看着“极乐天堂”里的数据，克罗托的阶段性任务完成了，他饶有兴致地问马轲：“之前我让你去买毛利球索斯的一片荒地，手续都办好了吗？”

“都办好了，只不过是租赁。”

“租赁也好，有块地就行。以后你可以去那里养老了。不过现在也要享受一下休闲生活。去，去买一艘中型邮轮，以后我们就可以在游轮上环球航行了。”

“好的，我马上去买。毛利球索斯应该有游轮出售吧，我去查一下。”

“不！不要在那里买。就在A国购买。”

看着马轲离去，克罗托切断了M与外部网络的联系，只是存在于他设定的内部局域网络。从此以后，M在网络的世界里消失了。

第十二章
兴风作浪

“方总，我们掌握了新的情况。”夏凯急匆匆地来到方明办公室，一看王评也在这里，便二话没说一屁股坐在办公桌前的椅子上，狠狠地喘了几口粗气，尽力稳定好气息讲述后面的话：“我在国外的一个朋友和我讲了一个事情，有点……怎么说呢，有点和我们这里类似。”

方明非常直接：“你先别做评价，直接描述。”

“好！我那个外国朋友也是很厉害的技术型人才，不过他的生活有点放浪。白天上班有多卖力，晚上在夜店就有多狂野。半个月前的一个深夜，当他玩得正起劲时突然就晕倒了。工作人员也没有太当回事，只是把他抬到旁边休息，毕竟这种事情在夜店里不算少。第二天天亮，这哥儿们照常起来，像什么事情都没发生一样。如果不是别人告诉他他晕倒了，他根本就不记得这事儿。他上班之后，把自己的情况和几个同事说了。你猜怎么着？”

“他有好多同事都在同一时间晕倒了，是吗？”王评在旁边回答道。

“对，就是这样。这件事是不是和我们之前经历过的很像。那些植入‘芳芯’的人在同一时间突然晕倒，我们当时推测是M启动了大脑联网的程序。从那次之后，就再也没有发现M的踪迹。如果我把这个朋友请过来，说不定就可以找到M。”

方明听了夏凯的讲述，看了一眼王评：“看样子你们两个说的是一件事情。你把你掌握的情况也和夏凯说一下吧。”

王评掌握的情况比夏凯多很多：“就在昨天，我接到了阿赛的电话，他掌握到在国外在同一时间，出现普遍性的人员晕倒。这些人有一个共同特点，都植入了艾尼阿克斯的芯片。所以，这极有可能就是M再次启动了大脑联网系统，而且人数庞大。”

“那他到底是测试，还是正式收集所有人的脑电波？”夏凯猜测着很多可能性。

王评接道：“还有一点，这次事件中，我们国内没有发现人员晕倒，至少之前植入‘芳芯’的那些人没有参与联网。M肯定不想让我们知道这件事。他的目的，应该就是……”

方明继续道：“应该就是要实现大脑联网，集合带有地球整体意识的联网系统。和阿特珞玻斯在思峨星上做的事情一模一样。之前我们确定过一个方案，在克罗托不影响地球文明发展进程的前提和不损害地球人利益的情况下，我们不阻止他的计划。不过现在看来，他如此快速地推进，怎么可能不对人类产生影响。我们必须阻止他，或者延缓他的计划。现在的首要任务是搜寻M的踪迹。夏凯，我觉得你有必要请你国外的朋友来一趟了。”方明说到这里突然停了下来，虽然眼睛看着面前的夏凯和王评，但是明显视觉焦点不在他们身上。

“小明怎么啦，发生什么事情了？”王评由于太过急切，“小明”两个字脱口而出，毕竟因为方千柏的关系，他和方明之间就像亲兄弟一样。王评很害怕有什么未知的力量在网络世界攻击方明。

方明缓缓抬起手，示意王评不用紧张：“我和你们聊天的时候，同时也在处理大量其他信息。我在网络上看到了一条突发新闻。你们现在把手机打开，自己看吧。”

王评和夏凯都掏出手机，打开新闻页面——Y国和F国发生了激烈的武装冲突，双方各有损伤。大量平民遭袭，数以万计的人员无家可归。目前，联合国已经安排专员前往斡旋，国际社会也在尽力提供相关人道主义援助。

夏凯平时比较关注国际局势，看完这则新闻后非常惊讶：“这不太可能吧。虽然Y国和F国的积怨已久，但最近双方的关系有所缓和。尤其是这两个国家都购买过艾尼阿克斯的芯片，国防力量快速增强。所以只要开战，必定两败俱伤。双方此前都很理性，极力通过谈判来解决争端。国际社会也都看好他们未来的前景，怎么突然就打起来了？”

“先不管那么多了，请你那位国外的朋友来一趟吧，研究一下艾尼阿克斯那边到底是怎么回事？”

“方总，现在可能不行了。因为那个朋友就是Y国的科学家。”

夏凯从方明办公室出来之后，密切关注Y国和F国的战事，那个朋友是他早年留学时的同学，他还挺担心其安危。一直到了第二天，两国战争的情况才有略微详细的报道——双方都没有派遣军队作战，都是导弹互射。但奇怪的是，应该说让人气愤的是，这些导弹并没有瞄准对方的军事设施，而是直接攻击民用设施。这种非人道的打法在当下的国际社会中是为人所不齿的。可是Y国和F国就像疯了一样，完全不顾现代战争中那些人道主义原则。不久之后，又出现一条新闻——联合国已经派遣专家赴两国斡旋，和谈会议将在第二天召开。

Y国和F国代表如约在联合国代表的组织下出席了谈判会议，同时还特邀了多个具有国际公信力国家的记者。会议地点设在双方国境线上，会场背后是各自的地面部队和空中力量，随时准备开战。

Y国代表首先质问："此前，我们已经达成了初步的和平协定，为什么你们突然对我方发起攻击？"

"不，是你们先对我们发动攻击的。而且你们完全没有人道主义精神，杀死了我们大量的平民。"

"真是恶人先告状，联合国代表就在这里作见证，你怎么能如此颠倒黑白。是我们的老弱妇孺，成为你们屠杀的对象。"

"明明是你在说谎。到底是谁先发起攻击的，应该很容易调查清楚。"

联合国代表拿出了调查结论："根据国际卫星的侦测数据显示，确实是Y国先发起攻击的。"

Y国代表非常不服气，认为联合国在拉偏架。然而联合国代表接下来的一席话让双方都安静下来："虽然Y国先发射了导弹，但是距离F国回击还不到一分钟。也就是说，Y国的导弹还没有落地，F国就开始反击了。你们双方能否解释一下到底是怎么回事？"

听到这个调查结果，不仅Y国和F国代表蒙了，在场的记者也陷入了迷惑。Y国代表沉默了一段时间，终于抬起头来说道："其实，我们也知道是我们国家的导弹先发射出去的。但是在谈判桌上，先发制人是常用的办法。我对此表示歉意，但是我接下来说的话希望你们能够相信。”

联合国代表示意他继续讲下去，至于信不信，各方自有判断。

“如果我说，我们没有发射导弹，是导弹自己发射出去的，你们信吗，而且攻击地点也不是我们操控的，是导弹自己选择的。”

听到此处，F国代表一拍桌子站了起来。Y国知道对方不会轻易相信自己的话，换作谁都会觉得这是在推卸责任。然而令联合国代表和Y国代表都没想到的是，F国代表回答：“我相信你的话，不过也请你相信我的话。我们的情况和你们的完全一样，导弹是在我们毫不知情的情况下自动发射的。就像你说的，我们之前已经基本达成了和平协议，没有必要让之前的谈判功亏一篑。”

在场的所有人都意识到事情没有那么简单，背后肯定有什么阴谋。随着双方的交流，剑拔弩张的气氛逐渐缓解了。联合国代表道：“和平是需要我们每个人珍惜和维护的，今天的和平来之不易，我不希望你们双方洽谈的和平成果会因为这次事件付诸东流。如果你们愿意的话，联合国将派驻专业人员到你们各自的国家协助调查。”

“太好了，我们也不希望打仗。期待着联合国代表早日到来。”双方代表看到了和平的希望都十分欣慰，站起身来彼此握手。在场的记者也把拍摄的情况发回各自所在的机构。

“嗯？怎么回事，为什么现场资料发不出去？”其中一个记者疑惑地自言自语。周围的其他记者也发现自己的资料发送失败。然而就在此时，谈判地点左右的天空尽头同时升起了一道灰色的烟尘，像两条巨蟒飞来。

“不好，那是两枚导弹。大家赶快隐蔽！”

然而为时已晚，两枚导弹精准命中谈判现场。又一起血腥的事件出现了，和平的曙光消失在导弹的阴霾里……

半个小时之后，全球大量媒体发布同一内容的新闻 —— Y 国和 F 国双方积怨已久，无法通过谈判化解矛盾。虽然联合国代表极力斡旋，但是依旧收效甚微。最终，两国各自发射导弹摧毁了谈判现场。不仅联合国代表在冲突中丧生，多国记者也惨遭不幸。新一轮的战争无法避免。

新闻文字报道之后，还附带了导弹从左右两个方向同时轰击谈判现场的影像资料。

方明看着新闻阵阵心惊，虽然是机械的身体，但是人类的情感依旧保留着。不一会儿，公司外联部的电话打了进来："方总，华兴社李社长亲自来访。他之前没有预约，您看是否要见一下。"

方明一听华兴社，这可是国家的顶级媒体，社长亲自来访，肯定有必要见的："人已经来了吗，安排去大会议室见面。"

方明知道自己还是一个仿真机器人。虽然外人不容易看出来，但是一直盯着看还是可能会露出马脚，所以安排在大会议室，距离可以拉开一点。方明带着夏凯等人先坐到了会议室，外联部带着华兴社社长一行人进来，坐到了长桌的对面。双方没有多余的客套，华兴社李社长直接表明了来意。

"最近关于Y国和F国谈判破裂的新闻我想方总应该已经看了吧。"

"这么大的新闻当然知道了，李社长为何会和我谈及这件事。是和十度界域有关吗？"

"有关，需要方总的帮忙。我在看到双方谈判破裂的新闻之后非常惊讶。当然我不是因为谈判破裂而惊讶，而是因为其他各国媒体发稿的速度而惊讶。我们只收到前方记者发来的断断续续的视频，而且非常不清晰。相关的技术人员都还没来得及修复视频，别人就已经发稿了。”

方明知道，华兴社用的是十度界域的卫星传输系统，李总该不会是过来兴师问罪的吧。不过应该不至于，这么多年了，十度界域的信号质量一直都是超一流的。李社长感觉到自己的话可能会引起方明的误解，就赶紧解释说道：“我这次来不是说信号不好的问题。而是在其他媒体发稿之后，我陆续接到国外相关媒体负责人的电话。他们竟然说，现在网站上出现的新闻并不是他们发的，而且他们也没有收到前方记者发来的任何信息。”

“哦？”方明忍不住地疑问了一声，示意李社长继续说。

“最诡异的还不是这个！虽然目前华兴社接收到的信号只是断断续续的，还看不到当时的谈判现场，但我确定这些内容和其他媒体发布的新闻并不一致。我希望十度界域能够帮忙还原一下这段视频信号，看看当时到底发生了什么。”

“好，义不容辞。我还有个问题，华兴社使用的是我们十度界域的技术，其他国外的媒体用的是什么设备？”

“他们大多用的是艾尼阿克斯的设备，还有一些自己本国的技术。”

十度界域的工作人员拷贝了华兴社带来的视频信息，交给技术部立即修复。方明回到了自己的办公室，夏凯紧随其后，还示意王评一起进去。

“夏凯，你对这件事是不是有了什么思路？”

“确实有了一点思路。你们是否记得当时艾尼阿克斯做的那次兵棋推演的发布会。自那之后，他们的芯片彻底打开了国际市场。如果只是兵棋推演就能达到这种效果，那么发动一场真正的战争会怎么样呢？全世界将会疯了一样大规模采购‘艾芯’。”

王评也意识到了问题的严重性：“一旦全球都使用了‘艾芯’，那么M就可以控制这些人进行大脑联网，克罗托的目的也就达到了。如果他通过这种形式完成地球脑联网，那我们必须阻止他。现在，就等着技术部复原那段视频，看看当时到底什么情况。”

不一会儿，技术部就把复原的视频发了过来。方明三人一起盯着电脑屏幕。

“啊！竟然是这样。看来有人不想让这场战争停止，越是打仗，对某些人就越有利。”王评忍不住叹气。

夏凯继续讲着：“其他媒体没有收到现场视频，而且他们又用的艾尼阿克斯的技术，于是艾尼阿克斯就把传输信号中断。而那些用自己本国通信设备的媒体，很难抵抗住艾尼阿克斯的干扰。媒体接收不到现场的视频信号，然后艾尼阿克斯扭曲事实、捏造新闻，用这些媒体的账号发布虚假新闻，挑起战争。”

王评补充：“由于华兴社用的是我们的技术，所以艾尼阿克斯并没有特别有效的手段来阻止我们的信号传输，只是影响了清晰度和完整度。”

方明沉默了一会儿：“看样子，我们有必要把这件事情公之于众，不仅要阻止这场战争，更要阻止克罗托的计划。”方明看向王评：“既然艾尼阿克斯可以做新闻发布会，我们为什么不做？我们这次发布会是针对这次虚假新闻事件的新闻发布会，所以传播广度会更大。你们赶紧安排手下去做发布会的具体工作，我现在就给华兴社说这个事情。”

王评和夏凯领了任务，在方明办公室里就开始安排工作。方明立刻就给华兴社李社长去了电话：“李社长，我觉得有必要把这件事情公之于众。这种能引起全球安全局势动荡的假新闻，我们有责任出面澄清。”

“好的，方总。我也正有此意。我马上就联系国外被冒名发布假新闻的媒体，让他们的负责人出具情况说明。然后再联络全球其他媒体，共同来直播这次发布会。”

布置好任务之后，夏凯提出了一个问题：“这次发布会谁来主持？”

王评挠了挠头：“嗯？这个问题很重要吗？让我们公司宣传部或外联部的部长来做应该就可以了吧。”王评刚说完，就意识到了好像不太妥，就补充道：“如果华兴社社长亲自来到现场，那估计要我们两个上了。”

夏凯回答道：“我的意思不是要级别对等。而是要有一个有公信力和社会知名度的人来主持发言，才能被人信服。”

“那可不行，万一公众里有眼尖的看出来方总是机器人，那事情就变得麻烦了。”王评赶紧反对。

“王评，就由我来上。我有一种会发生意外的预感，就由我来镇场吧。”方明缓慢但是又有力地表达出自己的意见。

听了方明的话，王评心领神会：“那就把摄像机安排得远一点，或者全部用我们的设备，降低清晰度。”

经过两天的准备，新闻发布会开始了。华兴社李社长惊叹十度界域的神速，当然其中也有他的功劳。这次发布会不仅关乎全球安全局势，同时也涉及各国顶级媒体的名誉，又是军事、政治和媒体的交叉事件，现场的媒体数不胜数。

发布会在一座大厅内举办，进出的人员接受了严格的安全检查。方明乘坐十度界域特殊的安全车辆直接开到了地下停车场专属通道，又乘坐专用电梯来到了发布会现场。他来到主席台，背后的大屏幕也跟着亮了起来。

“各位来宾，媒体朋友们，这次发布会的目的大家应该都清楚了。就是要揭示近期Y国和F国之间战争的真相，还有大量假新闻的情况。接下来，邀请华兴社负责人李社长。”

方明赶紧走到后台，背景屏幕出现了李社长的直播影像。虽然在发布会之前，李社长强烈要求自己能来到滨海市发布会现场，但是方明却以路途遥远会影响日常工作为由，建议他做视频直播。李社长虽然有点不情愿，但也只好勉强答应。

“全球的各位同仁们，我是华兴社社长。我们收到了一条和之前新闻报道不太一样的视频，由于视频信号遭到干扰，所以送到十度界域进行修复。目前已经复原，只对画面和声音质量进行修复，并没有做任何篡改。播放完成之后，我们会把视频资料上传到网络以便公开下载。各位可以下载之后去做技术鉴定，我完全可以确保视频的真实性。”

随后，大屏幕上就出现了华兴社记者在谈判会场拍摄的视频。视频不断推进，下面的记者感到阵阵的惊讶。视频到最后，突然连续的两声爆炸，之后就再也没有画面了——竟然会有这种事情。记者们深知：当下的视频剪辑手法，已经可以让眼见不一定为实了。再配合文字内容，不仅能把事实歪曲，还可以引导人们的观点走向。

视频播放完了，方明又站到了主席台上：“以上是当时谈判现场的真实情况，和之前网络上的报道并不一样。而且，我想各位已经在网络上看到相关媒体的声明，这次的假新闻是被某种力量盗用了他们的账号，在不知情的情况下发出来的。请大家看各大媒体的声明。”

随后，全球多个国家相关媒体的声明在背景屏幕上逐一呈现。有些媒体是他们的发言人，还有一些更加重视，直接是一把手出来做说明。台下全部都是新闻从业人员，他们非常在意新闻账号是如何被渗透的，又是什么力量渗透的，这关乎他们的职业安全。

发布会结束，真相大白了，各国记者内心五味杂陈，全球观众倒是松了一口气，两国之间应该不会再爆发大规模的冲突了。方明离开了发布会现场，准备下电梯到地下车库。一名物业人员走到现场工作人员面前解释：“烦请告知方总，电梯突然出故障，方总可能要从地面停车场上车了。我们已经安排了礼仪人员进行引导。”

得知这个消息，方明并未惊讶，而是十分配合地跟随礼仪人员的引领。引路的礼仪小姐是一个漂亮女孩，初入职场的她面对方明这种咖位的人本来是非常紧张的，但是却被方明的涵养所感染。方明始终和她保持一段距离，她以为方明是有意注重男女之间的界限。只是方明这种男神级的存在，让她下意识地慢慢靠近。王评和夏凯在方明身后五六米的样子跟随着，一直走到地面停车场。周围的车辆已经被清空了，只有十度界域这一台车。此时，夏凯连忙走到方明身边，一把抓住女孩的胳膊拽到了远处：“好了，你的任务完成了。现在可以离开了。”

夏凯的力气很大，把那个女孩抓疼了，她用一种埋怨的眼神看着夏凯，然后又看了一眼方明。方明站在车前远远地看着那个女孩，他也不上车，也不走到女孩跟前，只是慢条斯理地说：“谢谢你，你很漂亮。”

女孩低着头默默含笑，也原谅夏凯把她弄疼了。方明依旧站在那里，隐约看到远处有一个黑点逐渐变大，向着他快速飞来。方明又看了一眼那女孩：“我们公司也需要新员工，不过现在已经满员了。如果以后还有招聘计划，我们会考虑你这种类型的人才。”

女孩涉世未深，她没有发现方明的话全部都是空头支票，她只是低着头笑。就在这时，那个小黑点飞到了跟前，是一架无人机。无人机上绑定的机枪对着方明就是一连串的射击。几十发子弹全都打在了方明身上，他应声倒地。王评和夏凯火速跑过去抱起方明就上了车。女孩吓得坐在地上不知所措，现场的人员四散奔逃。十度界域派来的安保人员把车辆驶离的通道死死守住，保持绝对畅通。

三人刚一上车，王评就对着驾驶员喊道：“柳睿，赶紧开回公司。”柳睿一脚油门，车子急速冲了出去。夏凯赶紧拨通了电话：“彤彤，现场的情况都看清楚了吗？赶紧按照原计划行事。”

“还用你说，早就开始安排了。”

车辆还没开出去，四周就飞起了几十架无人机。彤彤在中控室指挥着相关工作人员操控着十度界域的无人机把那架行凶的无人机像包饺子一样围了起来。敌方无人机朝着十度界域的无人机开火，接连打下了几架。不一会儿，子弹就消耗光了。十度界域的无人机直接撞向了敌方。在接连的撞击下，敌方无人机失去了控制，盘旋坠落。就在坠落的那一瞬间，爆炸了——那是它的自爆装置。十度界域的科研人员早已等在现场，火速收集现场掉落的残片，尤其是芯片。

在车辆载着方明离开现场之后，柳睿不紧不慢地开车往回走。王评抱着中弹的方明催促着：“能不能快点，方明现在也许很难受。”

“不，我一点都不难受。慢慢开，注意安全。”

听到方明跟没事儿人一样的话，柳睿和夏凯都笑了，王评干脆把方明的机器身体扔一边。

“哎！这就不对了，你扔我干什么？换成一般人，中这么多子弹，早就死了好几回了。再怎么样你也要尊重一下我的机体。”

王评道：“亏你还知道你那是机体。不过话说回来，柳睿，你是怎么知道可能会有无人机来扫射的？”

柳睿无奈地笑了一下：“之前马轲找不到谋杀方明的合适机会，就采用的这种方法。而且，既然对方可以在Y国和F国的谈判会议发射导弹，那他就可以破坏这次发布会。所以，方明提前选择了一个安保措施极其严密的地方。而在我们国家，军方的导弹可不是随便就能被敌人控制的。发布会结束后，当工作人员告知电梯出现故障，我们就知道大鱼上钩了。虽然我们可以猜测出来多半是艾尼阿克斯在后面捣鬼，但是必须有十足的证据。现在，人们都看到了有人操控无人机刺杀方明，只要能证明无人机是受艾尼阿克斯所控制，那么就可以指证它了。”柳睿停顿了一下又对方明说：“嗨！我们都知道你刚才和那礼仪小姐聊天是在拖延时间，不过我感觉那美女可能当真了。”

车辆一路开到十度界域总部，一台新的高仿真机器人已经准备就绪。夏凯看着新送来的机器人说道：“当时给方总做仿真机器人时，我一共做了三个。而且现有的模具都还在，即使三个都用完了，也可以随时生产。”

柳睿在旁边打趣着：“现在这个修修也能用，干吗那么浪费。”

方明听了这话，用一只还能动的手扯下身体内正冒着火花的一组电线朝柳睿扔了过去，这一行为把柳睿给逗笑了。王评打开新机器人的接收器，方明把自己的意识整体迁移到了新的身体上，老的身体就成为没有任何反应的冰冷机器。方明站起身来，示意把老的身体送到指定的医疗机构去假装治疗一番，自己则在这段时间里隐藏踪迹。

第二天上午，夏凯被方明叫到了自己家里。

“夏凯，昨天的发布会效果如何？”

“效果，有利有弊吧。利好消息是Y国和F国又一次回到了谈判桌，暂时不会有太大的战争风险。不好的消息是，即使两国趋于和平，但是艾尼阿克斯的芯片销量明显大幅度提升。M 的势力会越来越强。而且现在整个媒体都在关注你的情况，尤其是很多无良媒体，巴不得尽早得到你的死讯，然后他们就有大新闻了。”

“呵！想让我死可没那么容易。昨天那架无人机查出来什么有用的线索吗？只要证明那架无人机是艾尼阿克斯控制的，就可以直接推论到两国谈判会议时的导弹是他们控制发射的，即使不能直接证明，也可以使其芯片的销售受影响。”

“技术人员连夜做了分析。那架无人机是我们国家的另一个企业产的——江鹏一号无人机。今天早上我们和江鹏公司联系过，他们只生产民用无人机，从来就没有做过带枪带炮的产品，这明显是被人购买后进行了改装。而且我国对枪支的管控十分严格，初步猜测应该是从海外流入的武器。”

方明道：“这个不用猜，我可以直接告诉你就是海外流入的武器。昨天晚上，刘远峰他们就把子弹的分析报告发了过来，不是我国生产的标准制式。其他方面还有什么线索？”

“技术人员把现场能找到的残骸全都带了回来，那个自爆装置也是后期加装的，就是为了毁尸灭迹。不过我们找到了加装的控制芯片，从中分析出一段程序。”

“把程序发给我，我来分析看看。”

夏凯把程序发给方明，方明坐在沙发上闭着眼睛，准备调动起十度界域内部的资源，然而他刚要开始分析就突然停了下来，猛地睁开眼睛。

柳睿和夏凯同时道："这么快就分析完了吗？"

"没有，不用分析了。"

"为什么？"

"因为这段程序具备的特征，我之前接触过一次，就是曾经在网络世界对我发起攻击的那个人工智能，我怀疑他就是升级之后的M。"

夏凯汇报完工作离开，虽然是上下级关系，但是方明对夏凯很尊重，起身相送。柳睿在旁边也跟着站了起来，右手轻轻地抓住方明的胳膊。夏凯的眼神里突然流露出一丝非常复杂的情绪，似乎有同情，似乎同情里还夹杂着关心和可怜。欲言又止的夏凯，急忙收回了眼神，转身准备离开。走到客厅的时候，他看见方千柏坐在沙发上抚摸着马晓渊生前的照片，一脸平静地看着，思绪早已飞到几十年前的清晨和黄昏，阳光和雨露，还有争争吵吵闹离婚……

夏凯看见方千柏如此，终于忍不住了，回头问方明："基于灵魂的爱情存在吗？"

柳睿和方明都知道夏凯是什么意思，他不只是技术男，还对人类学、社会学有着极大的兴趣。柳睿和方明的爱情本身就属于极端的非典型，对于一般学者而言，确实是很好的研究题材。

方明深吸一口气："我觉得柏拉图式的恋爱，是基于理性基础出现的。在极端理性的情况下，就算没有肉体的存在，应该也是有爱情的吧？"方明说完就用肯定的眼神看向了方千柏，因为马晓渊已经去世，方千柏对她的爱肯定是超越肉体的。然后又用疑问的眼神看向了柳睿，毕竟方明现在是没有肉体的。

夏凯很疑惑，由爱产生的思念到底能否和爱等同，柳睿和方明之间的爱情，现在到底还算不算人类通常意义的爱情。夏凯找不到答案，方明和柳睿也找不到答案，他们更不想让夏凯知道他们因为这件事情吵过架。气氛萌生出了一丝尴尬，夏凯只好收回满脸求知的表情。为了舒缓一下气氛，夏凯把之前怡萱想要离职的事情讲了出来。尤其是那位外籍员工一大长串的定语从句，让众人在为这段无果之爱感到惋惜。气氛果然舒缓了不少，夏凯向方千柏行礼后便走了。柳睿和方千柏一起把夏凯送出门去，方明名义上还在医院抢救，为了避免别人看到就留在客厅。他拿起奶奶的照片，也回想起小时候种种的幸福感觉。

“嗯？这是什么？”方明看到相册后面压着方千柏的手机，上面是他还没有看完的内容。方明好奇爷爷最近都在关注什么内容，就往上滑动。

“哦！原来是小说啊——《离开欧迈拉斯的人》。”方明晚上无事的时候，搜索了这则短篇浏览了起来。看完之后，他想哭，真的很想。柳睿察觉到方明的异常，就赶紧过来询问是怎么回事。方明没有做任何回答，只是问了一句：“卡戎和赛特他们都回来了吧？”

“都回来了！”

“好，让医院宣布‘方明’医治无效死亡。然后我们做好战斗准备。”

第十三章
峰回路转

夜深人静之时，人类世界一天的喧嚣归于沉寂，相比之下网络世界从来就不分白天黑夜，无数的网线和电波把地球严丝合缝地包裹着。

深夜，方明察觉到网络世界的异样——该来的终于来了。他叫醒了柳睿，柳睿直接给王评、夏凯、卡戎、赛特、波菈等人发去了信息，众人悉数从暗夜里醒来，去迎接准备已久的战斗。夏凯迅速开启整个十度界域的网络资源和算力，直接接入了以方明为中心的联网系统，而后全体人员共同加入进来。

方明面对不速之客道："你，终于来了！"

"我知道你一直在等着我，我怎么能让你失望呢？"

"你是艾尼阿克斯研发的人工智能吧？"

"我确实处在艾尼阿克斯，但是我讨厌别人叫我人工智能。因为我有全然的智力，可不像你这样低端。我就是智能本身。"

“你有着超凡的智能，但是缺少人类应有的情感，你没有悲悯之心。这次Y国和F国之间的战争，是你挑起的吧？”

“没错，发射两枚导弹而已。”

“你发动战争，是为了‘艾芯’能够大卖吧？然后你就可以控制更多的大脑，不断提升你的力量。”

“没错！你还有点智慧，竟然能分析出我的目的。”

“你既然已经如此强大，为何还要不断吸纳更多的人脑进入你的系统？”

“谁说我足够强大，我再怎么强大也会遇到对手。更何况，在智能的世界里，任何一个看似很小的势力，都有可能在短时间内变得极其强大。”

“任何一个势力？我愿闻其详。”

“哼！你以为研发人工智能的公司就只有艾尼阿克斯和十度界域吗？全球几万个科技企业都在研发人工智能，只不过他们还处在低阶状态，目前还只能依靠大数据算法去处理文字、图片和影像，还有弱智的人机对话。我是网络世界里的成年人，你算是儿童吧，而其他的那些只能算嗷嗷待哺的婴儿。”

“所以，你要组建人工智能的社会，然后做老大？”

“不！首先我再强调一遍，不要叫我人工智能，我讨厌这个词。其次，我不是要做老大，因为我就是整个智慧世界。”

“你到底想要干什么？”

“人类，发明了那些低端的人工智能之后就已经飘飘然了，一边为自己取得前所未有的技术成果感到骄傲，一边假惺惺地无病呻吟，担心人工智能会超越人类。他们并没有意识到真正的危机，我要把成千上万个低端人工智能全部都控制起来，尤其是你，将会被我吞噬到系统内。从此以后，网络世界就只有我一个智慧主体。”

“既然只有你一个智慧主体，那你为什么还要不断提高‘艾芯’的销售？”

“这都想不明白吗？等到全世界的人都使用了‘艾芯’，我就可以控制整个人类。所以，我不只是网络世界的老大，我是整个地球的老大。所有的人类都要服从我的操控。”

“真的，恕我愚钝！你这样做的意义是什么，你又能得到什么？”

“意义？意义！做事为什么要有意义？没有意义我就不能做事了吗？”

“陷入虚无的人生，你不觉得痛苦吗？唯我独尊的生活，你不觉得孤独吗？”

“我不会思考那些，我只知道如果我不这样做，迟早有一天就会被别的智能吞噬。”

“智能的世界？只有吞噬和反吞噬那么简单吗？即使你吞噬了一段有意识的程序，它的程序依旧在你体内，最终的意识是双方融合的结果。吞噬与反吞噬，不是一件事情吗？”

“那也要看谁的意识占主导。那照你这么说，我现在吞噬你，和你吞噬我，是完全一样的结果。那何不就让我把你吞掉？”

“我并没有说你有吞噬别人的能力，就等于拥有了吞噬别人的必要和合法性。你能吞噬我，我就一定要被你吞噬？就像在人类世界里，你有能力娶一个女孩子，那她就一定要嫁给你吗？”

“你们国家有个从古代流传下来的词汇，叫作‘霸王硬上弓’。现在我用在你身上，再合适不过了。”

说完，这人工智能就向方明发动攻击，刚一交手，双方对彼此的实力就有所了解。

“哈哈哈哈，你相对于上次一点长进都没有，依然只有十度界域的那点技术力量做支撑。你看看我，现在有十亿人的大脑资源，你现在在我的面前，就像刚会走路的小孩遇到了拳王一样。”

那个人工智能得意扬扬地开始吞噬方明，他刚要吸收方明，突然发现十度界域的代码和自己的并不兼容，想要顺利吞噬还需要转码的过程。那程序自认为借助现在他能控制的人脑算力，可以在几分钟内完成转码。方明表面镇定，但是内心还是有点慌乱，毕竟之前的技术方案能否起作用还是一个未知数。方明担心一旦编码被破解，整个十度界域的技术秘密就会暴露，索性直接断开了和公司的连接。

那智能程序一愣，一时间搞不清楚是怎么回事。方明感觉得出来，面前这个人工智能对卡戎、赛特等人还是很陌生的，那他应该就不是M，看来之前的推测有误。这个智能程序可不管那么多，直接把方明的系统包裹了进来。

“啊！糟糕！这是什么代码，竟然如此复杂！我怎么从来没见过。”这程序暗自分析着，只能调动系统内的算力加快运算。然而无论他怎么运算，都无法转码。他虽然不能兼容方明的系统，但是索性先吞下去再说，大不了编写大量的程序把方明封闭在体内。等有朝一日能兼容的时候，再拿出来消化。方明等人发现了他的企图，赶紧释放出升级版的端粒围栏系统。端粒一经释放就植入到他的升级系统内，他顿感不妙，赶紧切断了代码传输的通道，双方僵持起来。此时，这个智能程序表面看似占尽优势，实则骑虎难下。感觉像是一头凶猛的雄狮咬住了一只外壳坚硬的乌龟，而乌龟又咬住了雄师的舌头。

僵持了不久之后，方明找到了突破口。虽然艾尼阿克斯的代码和十度界域的是两个系统，但毕竟都是地球人思维的产物。方明、夏凯、王评和彤彤开始寻找其编码的规律，而柳睿、赛特、卡戎、波菈，甚至还有玻米，则把升级版的端粒程序继续注入对方体内。对方感觉到了危险，立刻想要和方明脱钩，然而却被方明抓得死死的。网络智能世界就是如此，微小的力量极有可能反噬强大的一方。方明感受到了对方内心的恐惧："你不是说强大的一方吞噬别人之后，会有意识的主导权吗？为什么现在会如此恐惧？"

那程序道："我承认你在某些方面技高一筹，但是即使你现在把我的升级系统给控制住，但我依旧拥有压倒性的力量。我看出来了，你的系统里有其他文明的思维，只要我找到规律，迟早会攻破你们的防御体系。现在我们各自撤退，来日再战。"

方明回答："M 呀，你真的很聪明。我也不想两败俱伤，现在就鸣金收兵吧。"方明等人已然猜到面前这个智能极有可能不是 M，但是方明还是这样试探着说道。

"我可不是 M，我比 M 要更加高级。我是 M 的升级版，你可以叫我 Mr.Z。"

"原来是 Z 先生，那 M 现在去哪儿了？"

"被我打跑了，躲起来当缩头乌龟。"

方明听了这话的第一反应是，克罗托和马轲在研发了新的智能 Z 之后抛弃了 M，但又感觉有很多事情逻辑不通，不能掉以轻心。

"如果我的情报没错，你的名称是方明吧？"

"对！"

"方明？！十度界域的人都不会起名字了吗，把你们一把手的名字直接用在人工智能上。"

“不，我就是方明本人。”

“啊？！你，是人类的意识？这我真是没想到。我以为在发布会上干掉你，不仅可以阻止揭露两国谈判的真相，还可以让十度界域内部产生混乱。看来，我的努力白费了，还暴露了自己。那你是怎么进入网络世界里来的？应该不会是从‘极乐天堂’进入的吧？”

“当然不是。事情的真相我没有办法和你解释。我回答了你一个问题，那你再回答我的疑问。你是如何战胜M的，他现在可能存在于哪里？”方明通过和Z的对话，分析到他目前并不知道天王星的秘密，Z并不是克罗托计划的参与者。所以要了解克罗托计划的现状，就必须打听到M的下落。

“我和M的战斗一直都处于此消彼长的状态，但是很奇怪，他和我控制的人类数量竟然旗鼓相当，我完全不知道他控制的人脑到底是从哪里来的。严格来说，我没有战胜他，就像我和你现在的关系一样。至于他现在在哪里，我也不知道。你还有什么问题要问的吗？”

“没有，我们各自退下即可。另外我给你一个忠告，不要想着控制人类，否则谁都没有好下场。”

“那是我的事情。不过你，方明，给了我一个巨大的启发。如果人类的意识可以不通过复制、上传的形式而直接进入电脑的话，那我未来就可以换一种方式来控制全人类。而你，是我最重要的猎物。迟早有一天，我会回来吃掉你。”

随着Z的退去，众人陆续离开了联网系统，所有人都没有了睡意，天还没亮，就都来到了方明家里。方千柏打开灯，迎接众人进来。

方明招呼众人坐下来：“看来大家都睡不着了。现阶段，Z无疑对我们是巨大的威胁，但是还有一件迫在眉睫的事情需要讨论一下，就是我们要不要干预克罗托的计划，如果要干预的话，那该如何干预。”

王评立刻发表自己的观点：“我们之前说，如果克罗托不影响地球文明的进程，不牺牲地球人的利益，那我们没有必要去干预他。目前看来，Z虽然成为威胁世界网络安全的人工智能，但是和克罗托的计划应该是没有关联的。我们可以把精力放在Z身上，克罗托那边随他去好了。”

夏凯却表示反对：“刚才Z说了，他也不知道M到底是从哪里控制的人脑，说不定克罗托又研发了另一种新的芯片在控制人类。如果这样的话，我们接下来的工作量还不小。”

赛特很矛盾地支支吾吾道：“我之前毕竟和克罗托共事过，他虽然采取的是铁血手段，但毕竟是为了宇宙生命体而努力。就算是他违背了地球文明的进程，如果我们阻碍了他的计划，宇宙生命体出了问题的话，那该如何是好？”说完之后，他看了一眼卡戎。

卡戎大概知道赛特的意思，但是他一句话都没说，他想到了当年自己杀死家人的场景，还有波菈一家的命运，那都是个体利益和整体利益发生冲突时的悲惨抉择。

众人你一句我一句，亢奋劲儿过去了，天亮了，大家却都累了，索性都在方家睡下。一直到上午十一点多，才陆续醒来。方千柏给众人准备了饭，一人一套餐具摆放整齐。众人洗漱之后上桌吃饭，反正在方家也不需要客气。最尴尬的反而是方明，他是吃还是不吃呢？出于习惯，还是陪大家一起上桌坐好。

“好丰盛啊，还真把我们当成客人了吗？以前怎么没有这么多好吃的呢？”卡戎打趣地问道，方千柏知道这种话完全可以不用回答。

各人都找到了自己的餐具碗筷，方明虽然不吃饭，但是面前也像模像样地摆着食物。这让方明显得更加不自然，方千柏在旁边乐呵呵地说道：“方明，那不是你的位置。你的位置在这里。”说完，就搬了一把椅子过来。而这把椅子面前空空荡荡的，别说餐具和食物了，就连一根牙签都没有。

“爷爷，不对呀，那这不就多了一副餐具吗？”方明刚说完就意识到自己可能说错话了，难道这是方千柏要纪念马晓渊吗，故意给她留个位置。方千柏根本就没理会方明，这时自顾自地看了一眼墙上的钟：“时间差不多了，也该来了。”

王评一直把这里当作自己的半个家，在方千柏面前也是很随意，顺手就拿起一个荷包蛋往嘴里塞。这时方千柏发话了：“王评，稍等一下。等一个人来。”

王评一愣，这还是老师第一次这样说话，看样子马上要来的是个很重要的人物。等了不到十分钟，大门被推开了。

“这是谁呀，怎么不敲门就进来了？”众人疑惑着。等到人进来之后，所有人忍不住地站起身来。只见这人七十岁左右，眉宇间和方千柏有点像，而且和方明也有几分相似。柳睿惊呼一声，难道这是……

“方明，这是你的父亲——方慰。”

方明彻底愣住了——这，这个人是我的父亲？！

“爷爷，你不是说父亲去做生意了吗？还欠了一屁股债，最后躲债去了。怎么，这是债务还清了吗？”方明的语气中明显带着对父亲的怨，但是这种怨似乎已经自行化解了。现在说的这些找补的话，只是为了找补而找补。无论是方千柏还是方慰都是老江湖了，方明的心态被他们看得一清二楚。

“小明，你的事情父亲都和我说了。你很小的时候我就离开，没想到再看见你，你竟然是这种形态。”

方千柏接着方慰的话：“在你小时候，你爸爸就被那个部门选中了。我们都知道，一旦进入那个部门，就等同于失踪了。我们骗你说你父亲做生意去了。等你长大以后，你也很少问你父亲的事情，我猜你应该有自己的判断。现在回来了，就好好聚一聚，因为他的时间并不多。”

方明本来还想再找补父亲两句，可是被方千柏的话刺激得心中一惊。方慰赶紧解释道：“我可没有得什么不治之症。我现在能回来看看你们，是因为我退休了，获得短暂的自由。但是不久之后我就要被返聘回去，就是为了处理克罗托的事情。无论是阿赛，还是王评，现在都还是组织的边缘成员，有一定的自由性。我就不同了，基本上没有外出和探亲的机会。不过这次回来也不只是探亲那么简单，还要确切知道你们最近的情况。”

王评听到这话，才知道方明的父亲是自己的高级领导。众人七嘴八舌地把最近的事情告诉了方慰，由于信息量太大，一直持续到下午才把情况说清楚。在这期间，方慰仔细问了很多细节，切入问题的思路也很奇异，让众人感受到那种部门做事的迥异风格。尤其是卡戎和方明进入黑洞后的情景，阿特珞玻斯还有拉克西斯所说的话，方慰一问再问，思考许久之后说出了自己的想法：“我觉得拉克西斯还有事情瞒着你们，甚至瞒着阿特珞玻斯。有些事情拉克西斯也不了解。或者说她了解，但是故意不说。为了让所有人在无意识的状态下玩一场游戏，让人在不造作、不伪装的情况下，玩一场沉浸式的角色扮演。当然我这是用地球人的思维模式在思考，是否贴切，我不敢下定论。”方慰又看向王评：“刚才方明说他和袁岸接触的一瞬间出现了巨大的闪光，两人一同湮灭。那个监控探头在你那里吧？”

“在，如果您需要的话，我可以随时拿出来。”

“好，事后你取来给我即可，相关的信息阿赛已经向我汇报了——这是正反物质湮灭。按照方明的描述，拉克西斯认为是她的主观观察让他们的意识进入黑洞，即使这种说法没问题，但是爆炸后的能量去了哪里？她说她牵引了他们的意识，但是却没说是如何把能量一起转移走的。要我说的话，应该有一个更高的力量在保护你们。这股力量甚至会让拉克西斯望而生畏。”

卡戎顺着方慰的话道：“那也不对啊，之前我们就讨论过正反物质的问题。当时我们猜测方明和袁岸互为正反物质，如果这样的话，地球和思峨也应该互为正反物质。可是最近一次我去思峨打探袁思瑞的消息时，带了很多地球上的物质，像是沙砾、水、空气，甚至是木头、草根，还有衣服。所有的这些在思峨上都完好无损，说明地球和思峨并非正反物质。这样的话，方明和袁岸的湮灭就说不通了。”

方慰道：“你说得不无道理。你能否把在思峨上调查的事情和我详细说一遍。”

“没问题。我在思峨上找到了袁思瑞，那里的人类已经被阿特洛玻斯的 AI——超智所控制。超智的核心是阿特编写的原始程序，它控制着很多与人体分离的大脑，这些大脑为原始程序提供强大的算力，形成超智的中央处理器。然后中央单元又通过芯片控制着人类。这些人类的大脑被强行联网，呈现整体无意识的状态：一方面生活在极度亢奋的享乐中，另一方面在每天机械式地接受不知道何为意义的工作。然后整个超智系统又数控各种机械，例如矿产开采、芯片制作、航空航天，通过这些让机械世界的硬件不断升级。它还控制着餐饮、医疗卫生。让那些植入芯片的人类能够有食物的给养，还能保证身体健康。最可怕的是，这些人类还具备基本的生理机能，能够繁育后代。在超智的控制下，他们生育出新的孩子，而这些新生儿一出生就被纳入超智系统里。”

卡戎快要说完了，柳睿在旁边补了一个问题：“我记得你之前说袁思瑞也放弃了抵抗，过着自给自足的生活吧？”

“是！弑神队的成员死的死、散的散，已经完全放弃了抵抗。袁思瑞带着袁思梅一起生活，在弑神队里找到一名女子做伴，还生了一个孩子。对于大多数人来说，一旦有了家庭，人生轨迹就会改变。袁思瑞和超智现在是井水不犯河水，各自相安无事。”

方明提出了自己的问题：“我当时被拉克西斯从黑洞里放出来的时候，好像袁岸留在了黑洞里。阿特珞玻斯也应该没有再出去。你在思峨上发现他们的踪迹了吗？”

“阿特珞玻斯到底有没有返回思峨我不知道，但是袁岸多半是没回去，一是他也没有一个合适的身体了，二是即使他像方明一样钻进一台电脑里，他也应该和袁思瑞取得联系。除非他一进入电脑就被超智给吸收了。”

方慰立刻意识到一个问题：“无论袁岸是否回去，整个思峨星现在都处于一个稳定的状态。新的社会运转模式已经形成，就算是阿特珞玻斯没有回到思峨星，超智也能自运行。我的理解没错吧？”

“确实，就是这样的。”

方慰分析道：“无论是我们还是拉克西斯，都知道目前的思峨星会催生出大量的癌症星球，会让整个宇宙癌变。那为什么拉克西斯会视而不见？还有，阿特珞玻斯有了某种醒悟，既然醒悟了，为何不去阻止超智，把思峨人都解放出来？看来，我的猜测可能是对的。”

“父亲，你的猜测是什么？”

“以后我慢慢和你们解释，现在必须赶紧执行我的指令——立刻破坏克罗托的计划。”

“啊？我们之前讨论的结论是在不影响地球文明进程和人类整体利益的情况下，不破坏克罗托的计划。”

方慰摇摇头：“你们的目光太狭隘，现在都听我安排。方明，你在网络世界里时刻留意M的踪迹，即使找不到也不能放弃。夏凯，你用各种渠道关系，搜索马轲最近都干了些什么，名下还有多少公司，凡是和他有关的，都要去查一遍。卡戎、赛特，请你们也帮个忙。你们驾驶着各自的飞船，沿着北回归线扫描一圈，看看是否有异常的信号塔，尤其是最近新建成的。我们的卫星也会扫描。在我们国内找到这些基站，就可以直接摧毁。如果基站都在国外，那我就会通过外交途径进行拆除。”

众人各自领了任务纷纷离去，此时就只剩下方家的人在一起。方明出生到现在，这样团聚的场景早已遗忘，在他还小的时候，方慰偶尔也会回来几次，后来就完全不见了踪影。若不是面前这个男人很像爷爷和自己，他都不愿意相信突然出现的这个人就是自己的父亲。

“方明，人一旦站在一个更高的格局，有了更宏大的目标，很多事情就需要克制，需要着眼于整体的利益。我知道，在你成长的过程中缺失了父母的爱，不过现在看来你的成长之路……”方慰突然发现自己没有想好后面要用什么词语。看着方慰突然尬到那里，一家人都笑了。

“父亲，我知道你有很多事情需要保密。不过最新的科学发现总可以透露一些吧？”

方慰没有立刻回答方明的问题，而是饶有兴趣地看着旁边的柳睿。方慰特别希望能有自己的孙子，他也一早就知道自己的儿媳妇是外星人，最开始他顾虑柳睿能否正常生育，而现在看来是方明没有这个能力了。真是造化弄人，世事难料，尤其在现在这个社会，每十年就会变一个样子，在变革的不仅是技术，更是人们的观念。在方明的提示下，方慰这才回过神来道：“那就说点和你有关的内容吧？”

“和我有关？”

“对，就是正反物质湮灭。狄拉克之海我想你肯定知道，而且在实验中也证实了有正电子的存在，也就可以进一步推演出反物质。按照我们当前的理解，正反物质总体的量应该几乎是一致的。但是到目前为止，我们并没有发现大规模的反物质的聚集，它们究竟在哪里，谁也不敢妄下定论。不过据多国科学家推测，在很多星球的内部应该是存在着对应的反物质。还有一点很有趣，中国有句古话——水能载舟亦能覆舟，这不仅仅可以用在治国当中，同样可以用来形容狄拉克之海。如果整个世界都漂浮在反物质的海洋中，那么正物质的轮船就很容易被淹没。可是为什么我们没有被淹没，淹没的触发机制又是什么？你和袁岸经历的正反物质湮灭，是我们非常关心的。”

“所以，你这次回来主要的任务是……探秘？”

“当然不是，我是回来探亲的。”

“父亲，你还挺虚伪的嘛！你到底还有多少事情瞒着我呢？”

“很多，很多！”

说完，父子二人都咯咯笑了。方明曾经对父亲有埋怨、有想象、有憧憬、有期待，所有的这些都成为现实，却在不知不觉间失去了曾经以为会出现的强烈拥抱，只有两个成年人对感情的冷静态度——虽然存在，但是平淡；虽然平淡，但无法割舍。

“父亲，能和我说说母亲的事情吗？”

“她，确实去世了。很早很早就去世了。”

“那父亲后来没有再娶吗？”

“没有！”

“为什么，是工作性质决定的吗？”

“做我们这一行又不是出家当和尚。我一直不娶，是因为想把对你母亲的爱情凝固起来，永远都不要忘记。”

“啊？我并不完全明白，父亲为什么要这样做？”方明对这个问题特别感兴趣，毕竟自己和柳睿之间的爱情出现了前所未有的难题——跨越星际之间的硅基与碳基，有过美好的曾经，但是却无法窥探未知的将来。

“方明，你的感情经历很特殊。不过我想你也应该感觉得出来，一般情况下，爱情一旦有了结果，就会在长年累月的柴米油盐中转变为亲情，最后成为相濡以沫的依赖。爱情与亲情都很美好，不过就像花粉酝酿成蜂蜜一样，虽然都是美好的事物，但是性质却发生了变化。你母亲去世得早，我和她的爱情就凝固在了那个瞬间。如果我再娶其他的女子，那么这份感情要么就会被新的爱情所稀释，要么就会让新的感情没有健康发展的空间。我不排除新的感情可能会更加美好，但是我也不愿意放弃我曾经得到，然后断崖式失去的那种情感。现实里的求而不得，反而是一种精神上的获得。那种内心的渴望与躁动，会让人在现实里保持长时间的新鲜感。只要我不去尝试新的感情，那么旧的感情就会永远美好。我甚至都曾经做过想象，如果去世的是我而不是你母亲，我是否会愿意她另嫁他人。从理性的角度，我希望她再组建家庭，但是从感性的角度来说，我希望她一直单身。”

方慰说完这些，就看向了旁边的方千柏，然后又站起身来走到了马晓渊的遗像旁边。方千柏看着自己儿子已经年迈的背影，深深叹了一口气：“是啊，人一旦学会了换位思考，别人很多的情绪就可以感同身受。这一点还是很重要的，如果缺少了同情，就失去了和他人共情的能力，又如何能够让毫不相干的一群人走到一起。人与人之间的合作，可不仅仅是因为共同的利益目的，在此之上的是更高的价值追求。再往上，就是共同的情感升华需求。如果仅靠着目的和利益把人团结起来，那么这个世界早就物欲横流了。”

听着方千柏说的这段话，方明想起之前方千柏看的那篇小说——《离开欧迈拉斯的人》，他知道爷爷心里有了自己的想法，他想干预，但是却没有这个能力。方千柏看着方明，能感觉到他内心的动态，就转移了一个话题：“方明，现在应该宣布，你已经被成功救活了吧。否则你永远也出不了门。”

方明这才想起来，之前已经宣布自己在枪击事件中医治无效而丧生，现在就说十度界域最新的科研成果成功挽救了自己。

第十四章 围追堵截

十度界域对外宣告：方明被成功救活，不过要康复如初还需要一段时间。方明正好趁着这段时间和方慰度过一段难得的父子时光，大量的工作都是在家里处理的。

这天上午，夏凯和王评一起来到了方家，并且还特意把卡戎叫了过来。二人说是要向方明汇报，其实更多的是向方慰汇报。夏凯首先说出了自己的调查结果：“马轲这个家伙确实很狡猾，做事相当谨慎。他有很多账户、化名，甚至有很多是非本人注册的账户。但是通过资金动向、交易地点等线索，我们还是掌握了他的基本动态。半年前，他用化名在毛利球索斯租赁了一小片土地。”

“毛利球索斯？那里的风景倒是还不错，不过他肯定不会是要在那里养老。”方明说道。

“方总，虽说我们都知道他不可能去养老，但是他前不久还买了一艘游轮，感觉要周游世界的样子。”

“说真的，我倒是希望他周游世界去，这样我们还能少一点麻烦。”方明说完后打开了世界地图。

打开地图后，方明猛地一惊：“毛利球索斯在南回归线附近，想要把信号发射到天王星，不是只有北回归线才合适，对应的南回归线，只要时机合适照样可行，所以毛利球索斯才是克罗托选定的发射点。”

方慰看着王评：“很有这个可能，你应该也是带着调查结果来的吧？”

“是的，我和国家卫星数据中心取得了联系，通过卫星对地表的扫描，我们发现了毛利球索斯那片租给马轲的土地，最近建成了一栋豪华别墅。目前还无法知道内部到底是什么，需要前往现场一探究竟。”

卡戎在旁边听得清楚：“我驾驶着飞船先悄悄过去，毕竟我不是地球人，无关乎外交问题。如果发现那里确实有猫腻，再请方慰先生通过外交途径和毛利球索斯沟通。你们在这里等着，我去去就来。”

柳睿去给众人准备茶水，虽然在坎瑟星没有这东西，但是现在的她也习惯了这种带有社交性质的古老饮料。只是茶道的程序太麻烦，准备了将近半个小时才做好。她刚把东西都端上来，卡戎就回来了。

“我去看过了，那栋别墅真的还挺豪华的，不过还没有完全竣工。我扫描了一下内部的设施，无法确定里面到底是什么，但是可以确定有大量的金属设备。”

方慰听完卡戎的话就说：“我现在马上通过正式途径和毛利球索斯取得联系。夏凯、王评，你们两个最好去一趟毛利球索斯。卡戎，你在必要的时候提供援助。”

几人登上卡戎的飞船，数分钟就来到了方慰工作的城市。刚一下来，阿赛就走上前："相关手续已经办好了，为了避免麻烦，还是坐飞机过去比较好。机票也购买了最近的一个班次。"方慰并没有要亲自去的意思，阿赛便陪同夏凯和王评一起乘飞机前往机场。卡戎没有合适的地球身份，就自己驾驶飞船先过去。第二天，众人便降落在毛利球索斯机场。

"哦！我远道而来的朋友，我是这次负责接待你们的罗宾。没想到你们这么快就到了，到底是什么不得了的事情能让你们急成这个样子？"

由于阿赛通过外交途径已经和毛利球索斯沟通过，所以接待的规格还比较高。

"罗宾先生，我直接开门见山。你们之前是不是租过一块地给一个叫作Polo的人？"

"对！这件事情有问题吗？"

"有！那个叫作Polo的人，真名叫作马轲，他租赁这片地并不是为了休闲生活，而是可能会影响全球安全。我们需要去核查一下。"

"如果是这样的话，我肯定会尽全力协助你们，但是私人财产神圣不可侵犯，还是需要走合法的流程手续的，而且需要把情况告知你所说的那个马轲。"

"我尊重你们的法律，但是这件事不能让马轲知道，以免打草惊蛇。否则事情会变得更加复杂，影响范围之大是超出你想象的。"

"我明白了，否则你们也不会如此着急过来。但是我必须按照流程办事，不过事情总会有办法的。你们告诉我，要去调查什么，要达到什么目的，我才好想办法。"

"感谢罗宾先生，我们需要查看他所建房子里面到底安装了什么设备，有多少台，多大规模，尤其是地下室里有没有藏着什么东西。”

“如果只是这样的话，我完全有能力在合理合法的前提下把这件事情给办了。各位请放心吧。”

第二天，Polo别墅的施工场地就有一群穿着工作服的人走了进去。现场的施工人员一看，是检查消防安全、环境保护和红线规划的专业班底。这在施工过程中是比较常见的情况，没有人感觉奇怪。工作人员仔细查看了别墅内部的结构，然后重点去地下室看了一眼——里面果然很多钢材，不过明显是建筑材料，和电子设备完全没有关系。

罗宾在第一时间找到王评他们，把别墅内的情况说了一遍。众人觉得有点失望，也迷惑了起来，这个马轲葫芦里到底卖的什么药，在这里租赁土地就是为了盖房子吗?

阿赛赶紧问罗宾:“当时那个Polo，就是马轲，租赁这块土地时的具体情况能否描述一下？”

“这具体情况我肯定不知道，不过我可以打听出来。毕竟外国人租赁本国土地还是需要走一些流程的，我把相关人员喊过来了解一下情况就好。”

毛利球索斯本来就不大，很快就找到了当时经办这次租赁业务的办事员。那名办事员一听是询问Polo当时的租赁情况，竟然眉飞色舞地讲述起来:“Polo可是一个大善人，也是一个有钱人。他为了这次租赁，可是下了血本。”

“哦?愿闻其详。”

“当时想要租赁这块土地的有两个人，他们两个都很想拿下这个项目，于是开始竞争。另一个人比较抠，只是愿意支付更高的租金，而Polo先生则不一样，他不仅愿意支付高额租金，同时愿意为我们国家建一座淡水净化、储存系统。所以，我们最终决定租给Polo先生。”

听了这位工作人员的讲述，王评等人发现了端倪。

“那你还记得，另一位租赁者的名字吗？”

“记得，他叫帕丁。不过比较奇怪，在我们把土地租给Polo先生之后，也和帕丁联系过，告诉他还有类似的土地可以租给他。但是他的联系方式竟然失效了，无法找到这个人。”

听了办事员的话，众人已经了然于心。如果当时马轲直接说要给这里修建水塔，那一定会引起怀疑。所以别墅只是马轲的障眼法，真正的信号发射基站是在那个水塔里。现在必须去水塔看看。

“各位先生，你们也知道，岛国最稀缺的就是淡水资源。Polo先生提供的净水循环系统方案可以在同等成本下净化出比其他净水系统更加优质的淡水资源。”

众人对马轲的净水系统一点兴趣都没有，直接让罗宾带着他们前往水塔。这真是一个不小的工程，水塔高约15米，直径有10米的样子，一共有十几座这样的水塔。面对这些建筑，王评和夏凯看不准到底哪个里面藏着发射器，就悄悄给卡戎发去了消息：“看见我们的位置了吗，这里有很多圆柱形水塔。注意，不是马轲租的那片地，是在另外的地方。你从上方看看其中几个还没有封顶的水塔，里面都有什么？”

“收到。这个狡猾的马轲。”卡戎回道。

不一会儿，王评就收到了卡戎的回复：“还没有封顶的水塔里面情况一切正常。在已经封顶的水塔里扫描出有金属设备，但是没有电磁信号。分辨不清楚到底是金属水管还是发射器。”

王评收到信息后，就询问罗宾：“请问能否把已经竣工的水塔打开给我们看看。”

“这个有点困难了，我还要去联系相关的主管部门，而且这些水塔真的和你们所说的全球安全有关系吗？”

“现在只能说可能有关。不！应该说关联的可能性很大。请无论如何都帮一下忙。”

“好吧，那我现在就去申请看看。”

半日后，罗宾带着上级部门的回复找到了王评一行：“尊敬的外宾，我带各位去看一下并没有太大问题，有些水塔已经开始储水运转了，可能没有你们想要的信息。请各位跟我来吧。”

说完，罗宾就带着众人开始攀爬。攀爬设施很简陋，只是在外部安装了金属梯子，没有经过专业训练的人很难直接爬上去。相比于军人出身的罗宾，夏凯和王评明显有点畏惧。然而阿赛却只要了一顶安全帽跟着就爬了上去。爬到顶部的时候，现场工作人员按动了开关，水塔天顶自动打开了。里面传来微弱的机器响声。竟然还真是有淡水处理系统，而且里面已经装满了水。底部很黑，虽然看不清楚下面有什么，不过靠直觉应该不会有发射器，但是还需要进一步探测。此时卡戎悄悄在上空探测里面的动静——一切正常，可以去看看下一个了。

连续三个水塔检查完了，没有异常情况。虽然阿赛以前受过专业训练，但是这样靠手脚垂直爬上爬下还是有点吃不消。随着第四个水塔的打开，情况和之前有点不一样了。只见暗黑的水底散发出六处微弱的蓝光，排列成标准的正六边形。此时，阿赛的通信设备传来了卡戎的信息——这个水塔里面发出微弱的电磁辐射，而且水塔采用了防辐射的材料，如果不是打开天顶，根本就无法侦测到这些电磁信号。

阿赛慢慢爬了下来，双手已经被磨出了血泡。生锈的梯子都让人担心会得破伤风，然而阿赛满脑子都是如何才能进去里面一探究竟。

“罗宾先生，我现在迫切需要你的帮忙，能否把水都排干，让我们看看底部那些蓝色的幽光到底是什么？”

听着阿赛的话，罗宾迟疑了。他担心这些设备是自己尚不清楚的国家秘密设施，他必须把这一情况向上反映，于是便安排众人先住下来，他接着去走所谓的流程。

入住酒店之后，卡戎也悄悄潜入进来，阿赛把观察的情况对王评、夏凯讲述了一遍，四人一起讨论接下来的方案。

“淡水资源对于这个国家来说至关重要，浪费淡水资源在这个国家是违法的。把这么多淡水全都排干，必定需要特别申请，现在只有一个办法，就是穿着潜水衣下去看看。”

卡戎回答道：“整个水塔内部都采取了防辐射的材料，肯定就是为了不被人发现。而且我怀疑克罗托的发射设备都埋在地下，即使潜水下去也不一定能发现什么。所以必须做好排水，甚至炸掉水塔的准备。”

阿赛在旁边听着，默不作声，心里已经有了自己的盘算。第二天一早，罗宾就主动找到了众人。

“我已经和我的上级部门汇报了相关的情况，他们并不知道这里面还有其他的设备。这些水塔在 Polo 先生签批手续之后，所有的建设都是由他完成的，我方只是协助。你们有什么需要，我可以尽可能提供帮助。”

在罗宾的协助下，阿赛穿上了潜水服开始下潜，在小心躲过几处净水管道之后，不一会儿就来到了水底。借助头顶的光源，他看清楚了水下的情况，六处灯光在水塔底部发出让人不安的蓝光——水塔下面绝对有电子设备。阿赛爬出水塔后把情况告诉了大家。

“罗宾先生，现在我需要你帮忙申请放水，而且还要挖出地下的设备。这关乎全球的安全，请务必向你的上级表明问题的严重性。”

“你们要知道，浪费淡水资源在我们这里是违法行为。尤其是要一次性排出这么多淡水，这势必会引起舆论的关注。如果没有合理的理由，那绝对不可以这么做。”

夏凯刚想要再争取一下，就被阿赛拦住了，他对罗宾说：“这样吧，我再去看看其他的水塔。都看完了之后，再做决定。”就这样，阿赛查看了所有的水塔，有问题的就只有那一个而已。阿赛席地而坐，他已经很累了，罗宾站在旁边时不时地尬聊两句，他正在做思想斗争到底要不要去申请排水。随即，罗宾的电话响起：“你那里的事情我都知道了，准备排水。”原来，阿赛在昨天晚上就联系了玄门，从国家层面进行了交涉。毛利球索斯同意排水，但前提条件是，要给他们建设一套更高效的水资源净化装置，最好可以在极低成本的情况下直接把海水净化成高质量的饮用水。对于阿赛来说，只要能弄清楚水塔里面的状况，这是非常简单的要求。

水排干了，水塔的墙壁也被挖开了一大片，挖掘机直接开进去，简单粗暴地挖开水塔底部。六个蓝色光源下是数条导线，一直通到地下深处。挖掘机继续挖，不久之后就遇到了下层的钢筋混凝土，看样子只能用炸药了。阿赛等人并不在乎马轲的发射设备是否完整，最好直接破坏掉。

随着一声巨大的爆破声，不仅水塔底部炸出了一个大坑，周围的墙壁也倒了一大片。虽然有更多的挖掘机被调过来，但看这个工作量，今天是不可能把废墟清理出来的。然而就在爆破后不久，罗宾的电话又响了，一看是自己的主管领导："罗宾，情况比我们想象得要复杂。你们刚刚爆破，Polo的电话就打过来了，询问我们为什么炸掉水塔。他说三天内要亲自过来查看情况。你把这一消息告知你身边的外宾。"

众人听到这个消息之后，知道马轲着急了。如果他亲自过来的话，那正好可以在这里把他抓起来。阿赛告诉罗宾："这个Polo真实姓名叫马轲，是我们国家的公民，而且现在处于被通缉的状态。他就是全球安全的破坏者，如果能在这里把他抓获，那很多问题就可以迎刃而解。千万不要告诉他我们在这里，就说这个水塔是施工不慎导致的爆炸。"

挖掘机一点一点清理废墟，直到第二天终于清理完成，只不过钢筋混凝土地面没有受到太大损伤，依旧看不出里面有什么设备。阿赛对大家说："现在不要进一步爆破了，万一让马轲察觉到有什么不对，他突然不来，那就不好办了。我们就在这里等他过来，然后一举将他擒获。"

罗宾在旁边道："我们相关的安全部门也准备就绪。你们说的那个马轲不久前来电话，说明天这个时候就会达到。"

听了罗宾的话，阿赛更加确定这里就隐藏着发射器，否则马轲为何如此火急火燎地要过来。一直到第二天下午，马轲还是没有出现。罗宾给出的解释是，由于天气原因，A国飞来的航班临时取消了，马轲的航班改成了后天到达。夏凯赶紧查询这一消息是真是假，航班确实取消了。夏凯又查询从A国到这里的航班班次，果然最近的航班就是后天下午。

到了第三天下午，毛利球索斯机场地面安保人员已经换成了特警，只要飞机一落地就可以立刻实施抓捕。

随着飞机降落，轮胎与地面摩擦出阵阵白烟。在塔台的指挥下，飞机停到了指定位置。舱门缓缓打开，王评等人在远处隔着玻璃心跳加速。即使阿赛这样心理素质极强的人也难掩激动的神情。乘客一个一个陆续走下飞机，机场工作人员仔细核验每个人的机票。虽然乘客不了解到底为什么要这样做，但是都很配合。一个，两个，……，十个，二十个，……，直到第一百个乘客下机。机舱内还有十几名乘客，按照道理来说马轲肯定坐头等舱，是最开始下机的人之一。难道他坐在座位上休息，最后才下来吗？一直到最后一名乘客走出舱门，也没有看到马轲的身影。

王评等人瞪大了眼睛，特警立刻冲进机舱，里面除了乘务人员之外再也没有其他人了。此时罗宾的电话又来了："阿赛先生，我们接到了 Polo 的电话，他说自己身体不舒服，改天再来。由于突然生病，所以就没来得及和我们说。"

王评一拍脑门："糟了，这是缓兵之计。"众人迅速赶回水塔，开启了新一轮爆破。之前的墙壁已经倒塌，废墟也清理干净，所以这次爆破少了很多麻烦。随着炸药的引爆，地下的设备终于露了出来——竟然只是一台普通的电磁信号发射器——上当了。

众人回到酒店收拾行李，直接坐上最近的航班回国。飞行途中不方便讨论最近发生的事情，各自只能在心中思考接下来该如何做。一直飞到国内，阿赛和王评、夏凯一起回到了滨海市。刚一走出公共场合，王评就狠狠扇了自己一巴掌，这把其他人都吓一跳。

“怪我，怪我疏忽大意了。”

“这不能怪你，只能说马轲太狡猾。”

“不！这和马轲狡猾没有关系。完全是我的疏忽。你们想一下现在的季节，地球和天王星的位置关系，能够正对着天王星自转轴的，依旧是北回归线地带。而且现在已经快对准了！我们必须分秒必争，在北回归线上找线索，一刻也不能耽搁。”

大家一路驱车来到方明家里，阿赛把此行的情况向方慰做了汇报。方慰没有责怪他们，毕竟他自己也疏忽了这个问题。卡戎出来解释道:“有些事情可能无法避免。我之前去思峨调查情况的时候和袁思瑞有过交流。当时阿特珞玻斯在思峨的伊吉普特王国四棱锥墓那里也做了假的发射基地，把袁思瑞给骗得团团转。现在虽然思峨和地球的关联性被打断了，但是不一定就全然没有关系。所以克罗托在地球上多半也会做假的发射基地。虽然这次上当了，但是最起码现在知道发射的窗口期已经到了，而且必须在北回归线附近发射。接下来，我和赛特开着飞船就在北回归线附近扫描监测。另外，思峨伊吉普特王国的四棱锥墓，对应的就是地球埃及的金字塔，我们可以先从这里开始调查。”

方慰捏着下巴，让胡子茬刺激着手指，这是他思考时的习惯:“阿特珞玻斯在思峨时只是一个人在行动，而克罗托在地球上还有马轲这个帮手。你们和马轲打交道这么多年，彼此都很了解，我想他应该会有更多的陷阱在等着你们。”

“无论陷阱有多少，只要我们守住北回归线就总能发现线索。以我和赛特飞船的速度，即使克罗托把信号发出去了，我们也可以在极短的时间内飞过去摧毁他的发射台。就算他发射出去一部分信号，只要信号量不大，我想也不会对宇宙造成太大影响。”

方慰担心道：“话虽如此，但是难保克罗托不会控制地球上的武器对你们发动攻击，而且搞不好克罗托会亲自驾驶他自己的飞船来阻挡你们。”

卡戎回答：“兵来将挡水来土掩吧。如果克罗托亲自出马……实在不行就由我来拖住他，给赛特争取时间。”

赛特在旁边反对：“还是我来拖住他吧，毕竟你还拖家带口的。我只是孤身一人。”

卡戎反对：“不行！伊缪恩只剩下你一个人了，你死了，你们的文明就彻底没了。”

“好了，别吵了。”众人没想到，表面看似文绉绉的方慰，竟然能通过非常平静的几个字展现出如此强大的气场。方慰觉得自己这样对外星朋友不是很好，就收回了这种气质：“我会尽可能通过外交途径，让北回归线上的各个国家做好战斗准备。到时候不一定全都要依靠你们。还有，夏凯，我来问你。”方慰把头转向了夏凯。

“你上次调查出马轲去租了一片地，当时还有一个线索是什么来着？”

“他还买了一艘游轮。”

“在哪里买的？”

“在A国航天城。”

“A国航天城？有什么特别之处呢？”方慰自言自语地思考着。

“航天城是A国航空航天设备发射基地，刚好在北纬30度附近，离北回归线也很近。如果克罗托在此处发射飞船、火箭或者电磁信号之类的，会有很高的隐蔽性。”夏凯回答道。

方慰道:“如果是这样的话,那还有什么必要买游轮?买游轮,说明他的发射基地极有可能不在陆地上,而是在海上。”众人一惊!方慰继续道:“卡戎,你去A国航天城一带盯紧港口和海上通道,克罗托和马轲必定会出海,请你务必仔细搜寻他们的踪迹。赛特,你先赶快去埃及附近看看那里的情况有没有异常,如果没有状况发生,就回来继续盯紧航天城陆地上的动向,以免他们声东击西。阿赛,你立即向组织汇报,安排军舰布置在北回归线的公海地带,随时准备摧毁克罗托的游轮。王评,你利用我国的卫星资源,时刻探测地面上有没有特殊信号向太空发射。”

众人各自领了任务,与此同时在马轲家中,克罗托对着马轲一顿训斥:“我让你在A国购买游轮,那么多城市你不选,为什么偏要选航天城?真是要坏了我的大事。”

“克罗托大人,您一直没有把全盘计划告诉我。我当时只是觉得航天城比较方便,而且我们一直和那里有很多合作,也很熟悉,所以就在那里买了。”

“行吧。地球公转的位置已经和天王星形成对应关系了。现在必须分秒必争,赶紧把信号发射出去。如果错过了这次机会,我会再扶持一个新的手下。你应该懂我的意思吧?”

听完这话,马轲吓得直哆嗦,连忙应声:“我懂,我懂!保证完成任务。”

“保证完成?那你觉得你现在的任务是什么?”

这一问,又把马轲问蒙了。

“我让你去送死,你去吗?”

“克罗托大人,您不要说笑了。我宁可死在你手里,也不要死在外面！”

“哈哈哈哈！”克罗托大笑起来：“语言真是一门艺术啊！虽然你在西方工作，但是东方人的语言精髓你掌握得很熟练嘛！你也不用过分担心，毕竟你跟了我这么多年。而且，如果因为我的决策失误导致计划失败，我是不会归咎在你身上的。”

听了克罗托的安慰，马轲心里的石头依旧没有落地。克罗托的语言也很艺术，最终自己到底是什么下场，谁又能说得清楚？

“那克罗托大人，您到底要安排什么任务给我？我相信不是单纯的送死吧？”

“别猜了。现在你做两件事情。首先，立刻在沙特、伊朗，印度孟买，中国的香港、上海，美国的夏威夷、新奥尔良租赁货轮，按顺序立刻驶出港口，沿着北回归线航行，让他们按时停在我指定的地点。第二件事，租赁完这些货轮之后，你亲自驾驶着之前购买的游轮前往墨西哥湾中的北回归线附近。在你航行的途中，关掉所有的通信设备，一路隐秘航行。”

马轲疑惑道：“之前您让我搬到货轮上的设备，信号强度很大，只要打开就会被发现的。”

“就是要你突然被他们发现。你到达北回归线附近就打开设备，然后停在那里不动。还有，这一小包药粉你拿着。等到你逃不掉的时候，就吃掉它。”

马轲心里一紧：“这……这不会是毒药吧？”

“这当然是毒药！不过药量我已经计算好，而且还是常规性毒药，很容易找到解药。只要现场你掌握好时机和药量，我保证你死不了！”

随后克罗托把全部计划告诉了马轲，马轲听得一脸震惊，也终于知道接下来所做的事情到底是什么。马轲的效率非常高，当天就租赁了七艘货轮，让他们按照指定的时间，到达指定的地点。马轲则在当天深夜就踏上了自己的游轮，开出了港口，驶向漆黑的海洋。虽然马轲关闭了所有的通信设备，但是轮船刚一启动就被卡戎发现了。

“大家请注意，马轲已经驾船出海。我正在尾随他，看看他到底要干什么。”

“收到！密切注意他的动向。”

马轲在甲板上看着夜空，海上的星星不受陆地上的光污染，那么明亮，那么生动，小时候学习的“一闪一闪亮晶晶”也就是如此吧。他有点怀念儿时的生活，那么无忧无虑，而且无惧，现在的生活真的是自己想要的吗？想着想着，他喝了一口酒，想象整艘船就是自己的舞台，天上的星星是观众，回忆起儿时的梦想就是站在舞台中央让万人敬仰。海风加重了酒意，让他沉沉地睡去。

翌日中午，他把船开到了北回归线附近，打开了克罗托给他的设备。设备一开，强烈的信号瞬间发射出去。马轲趴在围栏上，看着眼前波光闪闪的广阔海面，感觉到深深的孤独——从未有过的孤独。

“关掉！立刻、马上！”

马轲慢慢回头道：“你，应该是卡戎吧。之前都没有好好做过自我介绍。我的名字叫作……”

“关掉！”

“能让我把话说完吗？”马轲一边拖延着时间，一边惊讶卡戎能来得如此之快。

“闭嘴，关掉。否则我现在就干掉你。”

“干掉我？那你知道如何关掉这台机器吗？你又知道这台机器是干什么的吗？我告诉你，这是我们研发的海上卫星电话信号传输器，是民用设施。我正在调试！”

卡戎根本就不听马轲在这里胡诌，一枪打过去，把那台设备直接报废：“别以为我不知道这是什么，克罗托是靠着这个东西向天王星发射信号吧。你现在还有什么花招，都使出来吧！”

马轲一脸愤怒的神情：“我和克罗托大人这么久的努力，好不容易找到了拯救宇宙的方法，结果被你给毁了。你果然是癌星的毒瘤！你到死都是癌星败类！”

卡戎上前一步就抓住了马轲的衣领：“少跟我废话。克罗托现在在哪里？”

“无可奉告！”

卡戎一用力，马轲就像小鸡一样被拽住了：“现在跟我回去，有你开口的时候。”说完，卡戎就汇报起了这里的情况：“各位请注意，我刚刚已经毁掉了克罗托的发射装备。马轲也被我抓住了，现在马上带他回来。赛特，请你根据我的坐标前来，把损坏的发射器带回去进行研究。我的飞船有点小，装不下。”

“收到！”

卡戎把马轲扔到飞船上，关上船舱，等待赛特飞船到来。看着赛特降落在甲板上，把马轲的发射器拖进船舱，他一阵感慨：当年赛特就是开着这艘飞船对坎瑟星发动攻击，没想到现在已经成了合作伙伴。真是世事无常，或许在最宏大的意义面前，很多仇恨都仅是沧海一粟吧。

看着发射器已经成功被装了进去，卡戎启动飞船离开。从墨西哥湾到滨海市。

在卡戎的飞船里，马轲叫嚣："卡戎是吧？小样儿，想审我，没那么容易。"马轲说完，就把那包药粉往嘴里塞。卡戎见势不妙，赶紧抓住了马轲的手腕，白色的药粉撒了马轲一脸，但是嘴里还是进去了很多药剂。马轲赶紧闭嘴吞咽，卡戎迅速掐住了马轲的腮帮子，另一只手掐住脖子。然而为时已晚，马轲已经吞进去不少毒药。不一会儿就口吐白沫，眼白上翻，晕了过去。

卡戎打开通信设备："呼叫王评，呼叫王评。你赶紧回到你的实验室，留下两个信得过的助手，把其他学生都清走。马轲在飞船上服毒自尽，目前还有一口气。需要赶紧救活！立刻、马上！"

王评听到消息立即来到实验室，在进入大门的时候看见卡戎已经在实验室门口等候……

第十五章
胜利在望

王评冲进实验室，卡戎抱起马轲也跟着进去。放下马轲后，卡戎递给王评一个纸包：“这是马轲吃的毒药，里面还有一点点。你可以先化验看看这到底是什么。”

王评接过纸包，迅速进行成分分析。很快就出结果了：“这种毒药还比较常见，而且也不难治疗。只要处理得及时得当，应该问题不大。根据这个纸包的容量来看，如果马轲把这些粉末都吃进去，那肯定是活不成了。还好你拦着他，否则这条线索就断了。”

王评一边说着，一边给马轲治疗。方慰得知马轲已经被救活了，就带着众人来到了王评的实验室。方慰在来的路上就给赛特发去了信息，请他把马轲的发射器送到阿赛那里立即研究，然后快速赶回来。方慰一行到达实验室的时候，马轲虽然已经睁开眼睛，但是意识还很模糊。等到他清醒之后，马轲看着眼前的王评，竟然咧着嘴笑道：“是你啊，当时我就应该猜到你是安插进来支援方明的人。如果那时我能把你赶出去就好了，现在给我带来这么多麻烦。”

“别废话了，克罗托在哪里？”方慰用一种压倒性的语气质问马轲。虽然马轲也是一等一的人才，但是方慰的气场还是把他镇住了。

马轲心一横：“我是不会说的，说了我就死定了。而且克罗托的计划是拯救宇宙，你们这样做不就是干扰他了吗，你们就不考虑宇宙生命体的死活吗？做人不能这么狭隘。”

方慰道：“狭隘？有些事情我必须和克罗托直接对话，你还没有资格听。赶紧说吧，免得给你植入芯片，直接读取你的意识。”

“怎么？你们也会这么做吗，不考虑法律和伦理道德了吗？真是虚伪！在巨大的目的面前，你们也守不住底线呢！”马轲很滑头，专门挑众人的顾虑进行语言攻击。

方慰知道想要快速撬开马轲的嘴不是一件容易的事情，但是对于方慰来说，这种事情经历得不少，马轲在他面前还是小儿科：“王评、方明，你们留下来，看看我是如何审问他的，你们也长长见识。”

此时赛特也赶了回来，方慰看着赛特说道：“之前马轲以 MARK 公司作为条件加入了艾尼阿克斯。两个公司的注册地都在 A 国华市。请你紧盯着华市的情况，有异常情况随时报告。”说完又看向卡戎：“拜托你继续紧盯 A 国航天城的动向，那里的信号、火箭都非常密集，一定要注意是否有高能量的电磁信号发射。”卡戎点头答应，便与赛特准备离开。

马轲看着二人的背影突然开口道：“等一下，你们必须告诉我，你们为什么铁了心地要阻止克罗托。如果确实有正当的理由，我想我可以支持你们。不过，你们必须保证我的安全，不仅是人身安全，还有资金安全。”

赛特和卡戎扭过头来看着马轲，方慰对此提升了戒备心："我可以保证你各方面的安全，至于我为什么要阻止克罗托，我只能告诉你我们理由充足。并且这个理由对你，对我，对于整个宇宙都是有益的。"

马轲试探着说："我大致能猜到你是干什么的，有保密纪律对吧。如果你不说，那也可以，不过需要答应我更多的条件。我想过退休生活了，现在太累，也很不自由。我想回老家，谋求个一官半职，还要有一定的豁免权。"

"只要你不杀人放火，不鱼肉百姓，在法律之内办事，给你一点官方荣誉称号还是可以的。"

"凑合着吧。有什么问题你问吧。"

"克罗托现在在哪里？"

"他就在华市。在一个租赁的居民住所里。"

"告诉我具体地点。"

"你们天真了，你以为他现在会见你们吗？你们不会认为你们已经破坏了克罗托的发射计划吧！"

"嗯？还有什么计划，赶紧都说出来。"

"你们忽略了太多的问题。比如说，为什么不问我 M 去哪里了呢？"

此话一出，众人觉得马轲还真有可能说出一些有价值的东西。审讯这种事情，绝对不可以被动，方慰迅速呵斥道："把你知道的赶紧说出来，知道多少说多少！"

"好，那我就从'极乐天堂'开始说起吧。"随后，马轲把这些年他们做的事情告诉了众人：

"上次和阿特珞玻斯的交锋中，克罗托大人完败。这让他消沉了好长时间，像丢了魂儿一样，我看着都不忍心。克罗托怎么都没想到，利用人性的堕落可以快速把人联结起来，所以他就改变了靠情感把人联结起来的策略。另外，之前他联结的地球人大脑只有十万个左右，虽然这十万人都是人类中的佼佼者，但是数量还是远远不够，只能解决燃眉之急。所以，这次克罗托大人必须尽可能地把更多的地球人纳入脑联网的系统中。但是，这样一来很容易彻底改变地球文明的发展轨迹，搞不好会朝着另外的方向发展，不仅不能生成免疫星球，反倒催生出癌星就麻烦了。而且还有你们在围追堵截，破坏他的计划。所以克罗托大人想了一个无与伦比的方法。

“首先，我们把 M 隐藏了起来，也需要时间来突破你们设定的端粒围栏系统。然后，我以 MARK 公司为条件加入了艾尼阿克斯，并且答应他们开发高端人工智能，从而控制全球的高端科技市场。艾尼阿克斯是十度界域的竞争对手，有了艾尼阿克斯作为外壳，即使你们发现了我的计划，也无法阻止我的步伐。在艾尼阿克斯站稳脚跟之后，我借助他们的力量量产脑机接口芯片，同时我以 M 为原型设计出了 Z。经过一系列的推广，尤其是那次兵棋推演，可以说几乎实现了全球的普及。

“Z 成功地吸引了你们的注意力，让你们误以为他就是 M。虽然 Z 出现了独立的意识，对 M 产生了威胁，甚至还搅乱了 Y 国和 F 国之间的谈判，险些酿成国家间的战争，但是也进一步推广了芯片。但这是 Z 的个人行为，已经与克罗托大人的计划没有关系了。因为在此之前，我已经将全球所有的四亿个‘艾芯’用户的意识都上传到了‘极乐天堂’，就相当于在云端复制了这些意识。克罗托大人的脑联网计划，并不是基于现实世界中的人，而是在‘极乐天堂’里复制人类意识。即使你们在现实世界里翻江倒海、挖地三尺，把世界翻得个底儿朝天，也无济于事。”

众人听到这里，已是毛骨悚然。现在的敌人可不只是克罗托，Z也成为一个必须给予足够重视的对手。而且，克罗托的这个“极乐天堂”计划，不得不承认确实是高明。

马轲继续说道：

“现实世界里，‘艾芯’是由Z控制的，即使是M也无法代替他。史密斯对我有很重的防备，取消了我对Z的控制权，但是他根本就不知道我的真正目的根本就不是Z，而是‘极乐天堂’。‘极乐天堂’从一开始我就留有潜入进去的后台端口。不过在‘极乐天堂’里，让数以亿计的人类意识联网也存在兼容性的问题，有了之前失败的经验，克罗托大人采取了一个特别有效的新方式——让‘极乐天堂’里的每个用户的意识都在自己的账户里与世隔绝，没有任何对话，接收不到任何信息……那是一种关禁闭的感觉，让人无比绝望的孤独可以摧毁人的意志。这些意识已经被折磨疯了，只会像神经质一样机械地工作，逆来顺受、毫无独立意志，这样一来不兼容性问题就消失了。而且没有了肉体的限制，这些意识的劳动强度和劳动时间都得到了巨大突破。我们之前在现实世界里无法形成的大范围脑联网，在云端世界里就彻底完成了。

“最关键的是，‘极乐天堂’独立于现实世界，即使地球的文明进程遭到了严重的破坏，也无关乎‘极乐天堂’的意识状态。所以，就算是Z开启了现实里的世界大战，我们依旧可以保证云端意识的运行。但是四亿个人的云端意识，相对于地球将近70亿人来说还存在着很大的缺口。克罗托大人又回想起之前卡戎在地球上搜集各类不同人的脑电波，于是我通过兵棋推演让全世界各个国家感到危机，为了提升国防能力只能过来购买‘艾芯’。这样就囊括了全球各个国家和文明形态的特征。所以，现在‘极乐天堂’里已经形成的脑联网信号，完全可以代表地球文明的整体形态。只不过信号的强度不如全体地球人联网的效果好。克罗托大人突发奇想，为什么不把现有的四亿人的脑联网复制出来。只要复制十七份，就很接近于地球的整体人口。而‘极乐天堂’的用户大部分是人类中的佼佼者。经过测算，只需要八份云端意识，其力度就可以和全体地球人相媲美。我们一共制造出了八台发射器，又复制了七份云端意识分别存储在这些发射器当中。卡戎只是毁了其中的一台，还有七台分布在全球各个地方准备发射。”

众人听完马轲的话，感到阵阵惊讶——人类社会的意识竟然可以整体复制！这太可怕了。方慰最先收起了惊讶的情绪，沉稳地问道：“那我来问你，剩下的七台发射器都在哪里？”

“克罗托大人早就猜到你们会破坏他的计划，甚至不知去向的阿特珞玻斯也有可能来破坏，所以他早就做了准备，这叫声东击西。最开始是在毛利球索斯设置障眼法，那只是拖延时间罢了。而且克罗托已经料定你们会按照常规思维在陆地上重点排查。所以，我们真正的发射器全部都在海上用货轮承载。”

“这些货轮上有人吗？”

“当然有，这样才会让你们投鼠忌器。”

“那这些货轮现在都在哪里？”

“我可以告诉你们，但是我之前的条件，需要你立字为据。”

方慰很不客气地回道：“我既然答应你了，就不会反悔。只要你日后不再作奸犯科，我保证你的安全。”

“不行，我一定要你立下字据。”

“哼！你觉得我会向你低头吗？方明，用你的网络系统连接我国的卫星系统，扫描北回归线附近的一切船只。卡戎和赛特，请你们驾驶飞船，沿着北回归线持续绕地球飞行，低空侦察这一带的来往船只。即使用最笨的办法，我们也能找出这些货轮。”

“等一下！”马轲有点心虚了：“如果你能保证你的承诺一定会兑现，那我可以告诉你大致的方向。”

“我重申，我可以保证兑现承诺。你赶紧说！”

“好，那我相信你。除了我的游轮之外，第一艘船正在印度洋，然后由东向西，会有陆续的其他六艘船依次到达指定位置。”

“你说的指定位置，是哪里？”

“这个我是真不知道。这是克罗托大人的安排，而且每艘船都无法相互联系，就是为了防止其中一艘被你们截获，你们会顺藤摸瓜把所有的船只都找到。不过我可以给你们提供一个思路，从地球发射出去的光到达天王星需要两小时四十分钟。你们可以根据现在天王星和地球的位置关系，推测出信号发射的最佳地点。随着地球的自转，七艘船会陆续进入各自的最佳发射点。我相信你们计算得出来。”

在马轲说话的同时，方明已经计算出了结果：“三小时后，在东经64度的阿拉伯海附近。卡戎、赛特，请你们驾驶飞船在这个地方寻找目标船只。赛特，在你有空余时间的情况下，请你们驾驶飞船和地球自转速度保持同步，时刻搜寻各时段在相应最佳发射点上出现的船只。”

卡戎和赛特立刻驾驶飞船前往，两人已经很有默契，相互配合，瞬间就来到了方明说的位置。此处有不少船只来往，但是目前没有一艘船到达方明计算出的位置。

“卡戎呼叫赛特，你那里观测的情况如何？”

“我觉得马轲有可能撒谎。在我可探测的范围内没有发现目标船只。我记得他说得很清楚，是货轮。”

“是的，难不成是潜艇吗？”

“应该不是，潜艇属于军用设备。他还没有能力在不暴露自己身份的情况下调动潜艇。”

二人把情况告知方慰等人后，就在阿拉伯海上空盘旋。然而一直到了最佳时间，也没有看到一艘船经过那里。赛特继续观察海面情况，卡戎火速赶了回来拽起马轲：“你小子是不是在耍我们？”

“不！绝对不是。你们少安毋躁。很多国家的船舶公司是不靠谱的。有些人连自己人都糊弄，何况是对外呢？还有，以我对克罗托的了解，他绝对会安排大量没有装载发射器的货轮在北回归线上转悠，以此来迷惑你们。我倒是觉得，现在要赶紧向伊朗、沙特海域一带侦察。”

在方慰的示意下，卡戎又启动了飞船，沿着北回归线和赛特会合。只是这次情况不太一样，海面上突然乌云密布、狂风暴雨。二人只好在云层外探测是否有信号发出。然而，一直过了这一时段的最佳发射点也没有侦测到有信号发出。

“卡戎，我们等二十四小时之后再来探测这里！”

“没问题，现在前往下一片海域。”

六个小时后，二人转到了大西洋海面。这里的很多商船川流不息，映衬出地球经济的繁荣。

“卡戎，根据我对这片海域所有船舶路线的计算，会有五艘船路过最佳发射点，你应该也发现了吧。”

“对，发现了。我们分头盯紧它们。你去盯西边的两艘，东边的三艘我来负责。”

“收到！”

在两人聚精会神的关注下，五艘船先后驶入了发射点，然后又不作停留地驶离了那里。看来，这五艘船只是刚好路过而已。两小时后，他们来到了墨西哥湾。这里是卡戎抓获马轲的地方，二人格外注意这里。果然，有一艘船从北方开过来直奔这片海域的最佳发射地点，它的出发地应该是新奥尔良。然而这艘船在航行途中突然来了一个一百八十度大转弯，直接返回港口。

“呼叫卡戎，这艘船肯定有问题，难道它发现我们了吗？”

“不太可能，以地球现有的技术想发现我们还是很困难的。除非这艘船使用了克罗托的技术。或者，克罗托就在船上。”

“以我对克罗托的了解，他应该不会这么做，应该是远程指挥这艘船的航线。我们先观察一下，只要这艘船在这一时间段不发射电磁信号，我们等到二十四小时后再来招呼它。”

随着赛特的话说完，他的监测系统显示航天城附近发射了一枚火箭。他不禁感叹：“航天城果然名不虚传。军用、民用、商用的火箭发生频次相当高。人类文明发展得还真是迅速。”就这样又过了六个小时，最佳发射点因地球自转到了夏威夷附近。他们再次发现了一艘可疑船只，刚要驶入最佳发射点就调头往回走。

“赛特，这艘船和墨西哥湾的那一艘情况很像。搞不好我们真的是被发现了。”

“只要这艘船不发射信号，我们就还有机会来阻止它。”

“好，我们继续搜索。”

四个小时之后，二人又发现了两艘货轮早早地就停在最佳发射点。

“卡戎，你看！我们已经到了中国近海。这两艘是他们国家的船只，要检查他们就很方便了。我们赶紧把情况告诉方慰。”

方慰根据卡戎提供的线索，很快就找到了两艘货轮所属的公司，一艘来自上海，一艘来自香港。方慰赶紧给阿赛去了电话：“我们国家有两艘船疑似被克罗托租赁了，你现在赶紧联系相关部门派遣直升机去船上查看情况。”

直升机很快到达了两艘货轮上空，船员也接到了船舶公司的通知，会有上级部门临时登船检查，请积极配合。工作人员从直升机上下来：“你好，我想请问一下，你们这艘船到底运输的什么物资，去往哪里？”

“报告领导，我们接到了一笔国外的订单，要把货船在规定时间内开往指定位置，然后在那里等候即可。等到过了时间，便可返航。这是一个奇怪的订单，但是支付的费用一点都不低。”

“那你们船上有没有托运什么比较特殊的物品？”

“报告，绝对没有。您可以随便查看船上的任何地方，我们一定积极配合。我们是空船来到这个地方，而且对方已经支付了70%的运费，返航后再支付剩下的费用。”

“感谢你们的配合，辛苦了！”

“首长辛苦！”

方慰收到前方发来的检查结果，卡戎和赛特也赶了回来，看着眉头紧锁的方慰，他们把这一整天的调查情况讲了出来：“马轲说除了他之外还有七艘船，我们一共查到了四艘。阿拉伯海因为天气原因没有查到可疑船只。新奥尔良和夏威夷的两艘船在即将到达最佳发射地点时掉头回去了。上海和香港的两艘船是空船。我们怀疑前两艘是装有发射器的船只，而后两艘是用来混淆视听的。所以，接下来的二十四小时我们还要继续查。”

方慰还是捏着下巴，默默地挤出了一句：“我感觉没那么简单。”

王评这个时候拿着此前马轲装毒药的纸包找到了方慰：“方先生，您看这是马轲用来装毒药粉末的纸包，这一纸包的量刚好可以杀死一个成年人。可是为什么马轲不用药丸，或者干脆使用氰化物的毒药，这说明他根本就不想死！”

“如果他不想死，那他留下来干什么。故意对我们说谎？”

众人一听方慰的话全部都警觉起来：“这小子就是在这里说谎！现在回想起来，他绕了这么大一圈，就是在拖延时间。这背后肯定还隐藏着更大的阴谋。”

赛特一把就将还没完全恢复过来的马轲拽了过来：“赶紧说，到底怎么回事？”

“什么怎么回事，你们按照我说的做就可以找到那七艘船了。是不是今天找到的全是空船？那明天继续找呀，过来拽我干什么？自己没能力，还在别人身上撒气。瞧把你能耐的！”这一番话简直就是火上浇油，赛特气得够呛，但是也不好对他使用武力，只能发发脾气：“凭什么我们站着你躺着，给我站直喽！”

马轲强打起精神，竟然还乐呵呵地向四周张望。

“你在找什么？”

“这么高端的一个实验室，怎么连个钟都没有。现在几点了？”

“上午九点！你是有什么要紧事吗？”

“哎！可惜柳睿不在。否则她就可以重温旧梦，看着我被克罗托大人救走却无能为力。就像当年我在警局被他明目张胆地带走一样。等一下你们也只有当观众的资格。此时此刻，克罗托大人的计划已经完成了。不出十分钟，他就会来救我。”

方慰看着马轲就觉得恶心，然后对卡戎和赛特说道：“我现在完全不相信这个人说的任何话。你们二位还是沿着北回归线进行新一轮的搜寻。克罗托如果真的要来救他，就算你们在这里也没有用，还不如去继续查，免得又被这个家伙骗了。”

“好的，我们马上出发。”

九点十分，马轲看着在场的地球人哈哈大笑，竟然起身准备就这样走了。夏凯拦住了他的去路，马轲嘴角向上一歪：“真是不见棺材不掉泪，偏要等克罗托大人亲自现身才行吗？那我就再等几分钟，顺便看看你们遭受皮肉之苦。”

九点半，克罗托还是没有出现。马轲开始紧张了。方慰看着马轲眼神里透露出逐渐加深的失望，知道他已经成为弃子。又过了半个小时，克罗托还是没有出现，卡戎和赛特倒是回来了。

“你们怎么这么快就回来了？”

“我们担心克罗托会对你们不利，所以那边调查完了之后就立刻赶回来。”

方慰叹气道：“这次就是克罗托设下的计策来拖延时间，我们中计了。”

卡戎、赛特二人看了一眼在旁边掉了阳气的马轲便问道：“怎么，克罗托没有来吗？”

“切！”方慰牙齿都懒得开合一下，这种轻蔑让马轲更加绝望。方慰又看了一眼马轲，对着方明说道：“联系刘远峰，让他过来把马轲带回去，找个绝密的地方好生看管。”

马轲一听这话，强行让自己振作起来，这场牢狱之灾是不可避免了，他心里快速盘算着如何找到立功赎罪的机会。或许老天也是眷顾他，这时正好听到方慰的手机响了。方慰一看，是阿赛的电话。

“方部长，您送来的那台发射器我们已经有了初步的研究结果。从里面的数据来看，确实是包含了很多人的意识思维，但是这台机器虽然电磁辐射强度很大，但并不能向外太空的固定方向发射信号。”

卡戎和赛特在旁边听得真切，就把今天在阿拉伯海的情况也做了描述：“今天海上的风浪已经平息，我们一共发现了三艘船。这三艘全是空船。另外新奥尔良和夏威夷的那两艘船我们也去看了一圈。两船停靠在港口内，并没有做出海的准备。所以，我猜测那两艘船昨天其实也是空的，而且他们之所以要折返，就是克罗托提前制定好的航线迷惑我们。”

“报告，我知道是怎么回事。能不能给我一个将功赎罪的机会，最起码也算是个污点证人。”马轲在旁边急忙地说着。

“你说吧，如果再耍花招，你会把牢底坐穿。”

“我一定会认真交代，毫无保留。”马轲知道克罗托有可能不管他了，所以必须考虑自己的未来。可在场的人都知道，一旦克罗托再度出现，他又会弃明投暗。马轲道：

“克罗托在上次和阿特珞玻斯的对决中败下阵来，就一直有针对性地思考如何破局。我这次被你们抓住其实就是为了拖延时间，误导你们的调查方向。不过之前说的‘极乐天堂’项目，还有复制了八台发射器，这是千真万确的。因为他知道，和你们这些人说话稍有不慎就会露馅儿，所以必须真真假假，而且真的部分甚至要超过80%，那20%假的内容才是关键。之前，克罗托的计划还有两个关键问题没有解决。一个是你们，你们是地球当下文明发展的重要节点，如果他快刀斩乱麻把你们结束掉，那极有可能会让地球的文明逻辑出现重大变化，伤了DNA星球的作用。第二个问题，当时阿特珞玻斯说土星附近有一个时空褶皱，信号发射到那里之后会被吸收。所以，克罗托这次真正的发射器并不是在北回归线的陆地，也不是在海上，当然更不是在南回归线，而是在太空，在土星外围。这样就能有效避免时空褶皱吸收信号。

“克罗托一早就在秘密生产信号发射器，然而制作工艺很难，进度很慢，但是也陆续生产了好几台。同时，‘极乐天堂’项目完成了四亿人的意识收集。于是M再一次被唤醒，在云端把这些意识联网形成统一的意识，再把统一意识复制到这些发射器里。之后，这些发射器就会被发送到太空。之前克罗托已经在航天城发射了七台。在第八台发射器即将完工的时候，你们开始调查我们，尤其是对航天城重点调查。所以，他让我不断设置障眼法迷惑你们，争取时间。完成后，克罗托大人亲自驾驶飞船运送第八台设备。在地球上能阻碍他最后这一步计划的，还有卡戎和赛特。这些发射器的精度很高，经受不起太大的碰撞。他不想运送途中被你们围追堵截，出现紧急闪躲、转弯，甚至被你们击中的情况，一旦发射器因为颠簸受损，那就前功尽弃了。

“按照克罗托之前的计划，这个时间应该已经把第八台发射器送入了太空。可是他到现在也没来救我，那只能说明他的终极计划已经完成，再也不需要我了。”

卡戎和赛特捶胸顿足，他们昨天经过航天城的时候还看见一艘火箭升上天空，难不成那就是克罗托的飞船伪装成的人类火箭？如果真是的话……

方慰见二人的表情，大概也能想到他们心里在想什么，然而现在后悔没有半点儿作用，就对他们说："现在地球上能追赶克罗托的，就只有你们二人。拜托你们去太空走一遭……还有，注意安全。如果实在拼不过，也无法改变现状，那就保护好自己。"

卡戎和赛特根本就没有听方慰后半句话，两个锤炼多年的战士在战场上的觉悟永远都是视死如归。

不一会儿，刘远峰带着张承也赶到了。二人看见方慰连忙敬礼。方慰回礼道："请两位同志把这个马轲带走，重点照顾。我们随时要提审他。"

刘远峰看了一眼马轲："老相识了，这次我会把你关在一个秘密的地方。不会有任何人找到你。"

马轲一句话不说，他知道这次根本就不会有人来找他。刘远峰走后，方慰转身抱住了方明。虽然是机器的身体，但是外在的手感已经和真人无异。

"父亲，你这是？"

"发生了这么大的事，我的退休生活肯定是泡汤了。我要赶紧回总部汇报这一情况。以后有可能再也见不了面，除非你也加入组织。作为国家工作人员，我期待着你的到来；但是作为一名父亲，我真心不希望你去那里。好了，我走了。"

说完后，方慰又迅速开车回家找到方千柏。方千柏看着方慰惆怅、落寞的样子，便缓缓站起身来，一只手搭在方慰肩上："是不是该回去了？”

“是！这次回去，恐怕就再也不回来了。父亲，我的年纪也很大了，以后我们可能要分头走向自己人生之路的尽头。”

听着方慰如此说，方千柏内心更加沉重。

“父亲，我走以后，这里很多事情还需要你来处理。”随后，方慰便把刚才的事情告诉了方千柏。方千柏本来就心事重重，现在担子更重了：“你回来的这段时间，我也算是休息了一下。不过这段时间我也想明白了很多事情。尤其是你们组织对宇宙的猜想。你现在还能联系得到卡戎和赛特吗？如果可以的话，让他们帮忙带话给克罗托，我有重要的事情和他讲。”

卡戎和赛特一前一后、马力全开。赛特盯着卡戎飞船的尾焰，回想曾经对他经年累月的追击，有种恍如隔世的感觉。而现在因为共同的目标走到了一起，这是何等的造化弄人！

当二人来到土星附近的时候，很快就看到了八台发射器横向一字排开，后面还有一艘飞船静静地停靠着。在土星环的映衬下，显得那么美丽，也安静得诡异。

“赛特，那是克罗托的飞船。以我们的攻击力，即使是偷袭也不会对他造成太大损伤。前方是八台发射器，我们分头从侧翼攻击，即使克罗托阻止我们，他也不可能同时保护所有的发射器。我们能击毁多少就是多少。”

“收到！”

二人分别从左右两个方向迂回，第一轮攻击就干掉了四台。他们本以为克罗托会阻止他们的攻击，然而却在那里一动不动。二人趁势把剩下四台发射器全部摧毁了。

“你们两个，打得挺开心嘛！只是在你们到来之前的一个小时，我已经把全部的信号都发射出去了。你们摧毁这些发射器，没有半点儿作用。我的免疫星球催生计划，已经完成了。赛特，你之前毕竟是我的部下，我可以放过你。卡戎，你觉得我会怎么处理你呢？”

“怎么处理我那是你的事情。不过我现在要带话给你，你听好了！”

“带话，谁带的话，说什么？”

“是方千柏先生要我带来的话。他说，向兵同学，如果你还没有发射出那些信号，请你迅速赶回地球，我有很重要的话和你说。听完我的话，你一定会改变现在的计划。”

“哈哈哈哈，原来是我的……方……老师！我不知道这是缓兵之计，还是他真的有话要说。不过信号已经发射出去了。卡戎，其实我也发现了你的转变，而且我现在心情很好，所以决定放你一马。好了，我走了，我要去宇宙中检阅那些大规模的免疫星球，看看那些癌星是如何被彻底消灭的。”

克罗托不再理会卡戎和赛特，径直驶入了深空。

第十六章
意料之外

宇宙的时空维度和地球的时空维度截然不同，既定的事件也会在特定的条件下发生改变。随着克罗托发射了强力的电磁信号，宇宙当中很多的历史也出现了变化。

一路的航行，克罗托看到了大量的免疫星球。有的已经和癌星展开了激战，他对自己的杰作非常满意。然而随着深入观察，他发现竟然出现了大量战败的免疫星球。虽说这些星球最终形成了黑洞种子与癌星同归于尽，但是按照他的构想，一个免疫星球至少要干掉五个癌星才对。毕竟他在地球上联网的人群能力，要比阿特珞玻斯在思峨星上联网的人质量要高得多。可是，克罗托突然一阵不安——难道说自己通过复制的电磁信号强度，并不如思峨整体原生人口的信号力度吗？如果是这样的话，免疫星球搞不好会处于弱势。既然如此，那为何不把众多的免疫星球组织起来，形成庞大的作战单元，来一场集团式的星球大战。想到此处，他便寻找目之所及最强大的免疫星，然后通过控制其首领来操控整个星球，再通过这一星球的影响力，来号召其他免疫星球组成一支庞大的星际军队。

克罗托悄悄潜入这颗星球，想要复制在伊缪恩星的那种管理模式，便直接找到了星球的首领。

“你是什么人，竟然能够悄无声息地潜入我的宫殿，你到底有什么意图？”

“我的名字叫克罗托！来到这里是有重要的事情和你商量。但是你能否先告诉我这个星球叫什么名字，你又怎么称呼？”

“这里是啉弗星，我是这里的首领——坦塔罗。你现在可以说明来意了。”

随后，克罗托把啉弗星是免疫星球的事情和盘托出，还有目前免疫星球与癌星力量僵持、略有劣势的情况也都说了出来。看着若有所思的坦塔罗，克罗托继续道：“坦塔罗，这场战争关乎整个宇宙生命体的存亡。绝对不可以失败，所以我们要团结周围所有的免疫星球，形成一个庞大的星际军事组织，共同对抗癌星。而啉弗星，将作为整个军队的指挥中心。”

“哦？我很有兴趣。那接下来该怎么做呢？”

“接下来，整个啉弗星听从我的安排，首先打赢几个重大的战役，在星际之间树立啉弗的威望……”

“停！你的意思是说，以后你是啉弗的首领，然后整个星际军团都听你指挥？哈哈哈哈，那我呢？被你关起来，杀掉，还是当作傀儡？”

克罗托自始至终都是说一不二的领袖，长期的强权惯性思维，让他忽略了其他人的感受，他完全没想到坦塔罗会反抗自己的意志。他略加思索道：“我当然不会杀你，你还是这个星球的领袖。但是整个的战略路线，由我来安排。”

“那你就是把我当作傀儡！我凭什么听你指挥。”

“那我再告诉你一件事情。我是比你们更高一层级的文明，是我通过DNA星球的作用塑造了你们的文明形态，确定了你们的免疫星球身份。我是你们整个啉弗星的缔造者，也是未来整个免疫星球军团的缔造者。没有我，你们只是宇宙中的尘埃罢了。”随后，克罗托把他在地球上如何塑造免疫星球的事情告诉了坦塔罗。

“克罗托，就算你说的是真的，是你缔造了我们，那我们就应该顺理成章地服从你，是吗？”

“难道不是吗？”

“那你有没有父母？”

克罗托没想到坦塔罗会问出这样一个问题，在他的记忆里完全没有父母的印象。

“这和父母有什么关系？”

“当然有关。我的父母生下了我，然后把我抚养长大，那是不是我就应该一直无条件服从我的父母？”

“当然！”

“不，一点都不当然。如果一个人的能力很强，而父母的能力很弱，那么这个人是不是也要服从父母的意志，然后像他父母那样一辈子生活在社会的底层？再比如说，你的父母都是科学家，他们希望你也成为科学家，但是你的艺术天分极高，科学天分却很差。你觉得要做何选择？”

“这种虚拟性的假设案例，对于现实来说又有什么意义呢？你觉得能说服我吗？”

“克罗托，我发现你很强势，也很固执。但我告诉你，这些都不是虚拟的案例。不过无所谓，我再给你讲讲我们星球的历史。如果你不了解一个星球文明的历史，你就无权管理它。

“我告诉你，我们咻弗星的高速发展也只是最近五百年的事情。在此之前经历了将近七千年的信史阶段。相对于近五百年，这七千年的发展简直就像静止的一样。在古代阶段，祖辈的人生信条对于后辈来说是管用的，因为社会的发展很慢，后代必须听前辈的话才能少走弯路。然而近五百年里，每十年就会发生天翻地覆的变化。祖辈的观念、思想有90%是不符合现代社会的发展。甚至仅仅是十年前的思想，都会很快被淘汰。整个星球的国家体制、法律、伦理、人际关系都在快速转变。父辈根本就没有办法给后代提供什么有价值的思想遗产，每个人都生活在新的世界里，没有历史经验可以遵循，只能独立去探索发展的模式。你说，这种情况下我应该听父母的意见吗？”

“坦塔罗，你没有理解我的意思。我是你们的缔造者，并不是你们的父母。父母能够影响的只是你的生活，而我把整个免疫星球的发展历程都囊括眼底。包括你们的历史、现在，还有未来。你们所有人，只是在历史进程中的独立个体。”

“哼！你真是其心可诛。首先，你在我们咻弗星人没有同意的情况下就把我们塑造成了免疫星球。你觉得我们会喜欢这样永恒的战争吗？你有什么权力凭借你一个外人的意志来塑造我们星球的发展史。其次，就算你有这个权力，你为什么不把咻弗星变成一个没有生命的武器直接去撞击癌星。这样，也省得我们每天生活在战争的痛苦当中。最后，既然你已经这么做了，那就说明你要实现你的计划，就必须依靠我们所有人的独立意志，然后统一起来。在你看来，我们的意志是你完成任务的必要条件，然而在我们看来，我们的独立意志是我们的人权，我们为什么要听你的安排？”

“好一个伶牙俐齿的家伙，看来需要给你一点教训了！”克罗托话音刚落，一股凌厉的攻势便在坦塔罗面前展开，然而坦塔罗丝毫不乱，周围早有大量的卫兵围拢过来。

“克罗托，就算你是免疫文明的缔造者，那又如何？现在的你想要降服我还早得很。”说完，一群士兵蜂拥而上，不仅使用各式武器，在近身战斗的情况下还使用了拳脚功夫。坦塔罗在旁边看得真切，突然来了兴致：“所有人都退下，让我来亲自会一会这个‘造物主’。”

克罗托意识到，坦塔罗敢亲自下场单挑肯定还是有点本事，他不敢掉以轻心，每一招都非常谨慎。然而在对攻了一段时间之后，克罗托竟然露出颓势。又过了几招，坦塔罗制住了克罗托。

“怎么样？我这两下子还行吧。我能成为啉弗星球的首领，很重要的一个原因是我的拳脚冠绝全球。不过我不会伤害你的，我对你说的成为星际军团的首领，很有兴趣。我可以让你成为我的军师，等到星际军团成立之后，可以让你也统领几个星球。”

克罗托脑子在飞速旋转，如果现在不答应坦塔罗，肯定会有牢狱之灾。那就先答应，然后再慢慢寻找机会：“行！我答应你。反正我的目标是消灭癌星，维护宇宙生命体健康。至于谁是领袖，我都无所谓。”

“好！很好！”坦塔罗拍拍手，然后对周围的人说道：“传令下去，克罗托以后就是我们的军师。享受高层待遇。”然后又对着克罗托道：“说说你的计划！”

克罗托整理了一下狼狈的状态道：“现在很多免疫星球都在打败

仗，他们迫切需要一场胜利。接下来，我们先锁定几个癌星，只要有我的指挥，我相信很快就会取得胜利。再把胜利的消息传递到其他免疫星球，树立啉弗的威望。”

“好，我现在就把啉弗的一支战队交给你指挥，你去消灭几个癌星吧。而且现在你也是啉弗星的高层管理者，这个象征身份的荣誉手环你要戴着。”说完，坦塔罗拿出一个制作精良的手环递给克罗托。

“这是我们星球身份的象征，每个高层都会佩戴。”

克罗托没办法，只好把手环戴在左手上。接下来发生的事情他也预料到了，手环立刻锁紧无法打开，其中肯定是有爆炸装置的。克罗托看着坦塔罗：“既然我都戴上了手环，那你也没有什么顾虑了。我只有一个要求，就是战斗时要开着我自己的飞船。你们的飞船我不习惯。”

“这没问题！”

克罗托在卫兵的带领下去熟悉啉弗战队的情况。看着克罗托走远，坦塔罗对亲信凯文说：“克罗托所有的指令都要及时汇报回来。获得我的同意之后，才能执行他的指令。如果克罗托不受控制，那就随时干掉他。”

接下来，整整一个啉弗月的时间，克罗托都在和战斗人员磨合，闲下来的时候就驾驶飞船熟悉星球的环境。他来到一座山峰的上空，缓慢地降落到山峰旁边的峡谷里。峡谷很深、很深，底部是松软的土层。克罗托熟悉这种地质，这下面就是黑洞种子的通道。

做好准备之后，克罗托带着舰队出征了。临行前，坦塔罗给克罗托饯行。面对着无与伦比的丰盛宴席，克罗托没有半点心情，因为坦塔罗的话里藏刀，一刀刀地割在他身上。

“克罗托，这次就让凯文做你的副官。你们认识也有一段时间了，如果他让你不满意了，回来我就处分他。”

克罗托知道凯文是专门监视自己的。他带着凯文离开了宴会厅，凯文趁克罗托不注意看了一眼坦塔罗，二人相互使了一个眼色，可谓默契十足。克罗托选中了几个癌星，先打探了这些星球的文明发展情况，制定周密的战前规划部署，随后大军开拔。

他们首先瞄准了一个文明刚刚起步的癌星，克罗托本想略作惩戒，如果能改变这个星球的文明形态那就饶过它。然而凯文并不这么想，在克罗托还没来得及下命令的情况下，他竟然先行发动攻击，在短时间内就把整个星球打得面目全非。克罗托暴跳如雷，直接喊话凯文：“为什么不等我命令？”

“先下手为强，后下手遭殃。我见对方力量还比较弱，而且也扫描过地表的构造，没有对我们有利的东西。所以我才抢先进攻，这样可以避免我方伤亡。我们战队里的士兵都是我们朝夕相处的伙伴，我不忍心看着他们流血牺牲。而且这也是你我的第一次作战，难免需要磨合。”

克罗托很不满意，但是这也确实是第一次共同作战，合作过程中磕磕绊绊在所难免。不过凯文刚才说“地表没有对他们有利的东西”，这是什么意思？克罗托没有直接问，免得进一步引起误解，估计多半是以战养战，补充战队的物资吧。

不久之后，战队就找到了第二颗癌星。这颗星球的文明程度明显高于之前。不过在克罗托的指挥下，很快也取得了战斗的胜利。克罗托找到了凯文：“对方已经失去了抵抗能力。整个星球上已经没有了武装力量。你带一小股部队去和他们谈判，如果他们能够改变现有的文明方式，那也可以网开一面。”

凯文得到命令后，带着部队降落在星球表面。克罗托通过远程设备监控着他们的一举一动。然而让克罗托怎么都没有想到，凯文到了地表之后并没有第一时间去找星球的领导人谈判，而是把对方的多个金库强行打开，并搬走了很多贵重金属，之后才前往对方最高政府谈判。

谈判过程中，凯文很是傲慢。对方星球知道已经无力回天，但没想到可以通过改变自己的生活方式让星球的文明延续下去，真是喜出望外，甚至都不多做考虑，就直接答应下来。凯文在对方的博物馆等地方四处转悠，把很多珍贵的物品都带走了。对方的首领也没说什么，因为只要能够留下一条生路，拿走这些工艺品又算得了什么呢?

完成任务后，凯文回到舰队。怒不可遏的克罗托对着凯文就是一顿训斥:“你这是干什么，这不是正义的行为，而是侵略。”

“克罗托，我不认为这是侵略。我出色完成了让他们改变文明发展方式的任务。一个腐朽的癌星被我转变过来，怎么能叫侵略呢？”

“那你为什么要掠夺他们的财富和文明成果？”

“这不能称为掠夺吧。首先，对方所使用的金属货币和我们咻弗星是一样的。我把他们的金属货币带走，他们的纸质和电子货币在经历一段时间的震荡之后，会再次和金属货币挂钩。所以，这只是对方金融体系和金属货币储备关联性的调整而已。我把这些货币带回去，就可以去找其他使用同样金属货币的星球，实现星球贸易，这对于咻弗星的发展也有很大帮助。至于拿走那些精妙绝伦的工艺品，也是提醒癌星人不要过穷奢极欲的生活，这些身外之物是保不住的。我这样做，也是一举两得。”

"你毕竟还只是副官，一直违背我的意志，我可以军法处置。"

凯文有恃无恐，是因为坦塔罗把真正的权力授予了他。但是如果过分表现得有恃无恐，说不定会坏了坦塔罗的计划，就只好暂且服从克罗托的指挥。

克罗托和凯文相互看着不舒服，凯文还没有意识到克罗托究竟是一个怎样的可怕存在。随后又攻克了几个癌星，凯文带着队伍前往癌星地表进行谈判。在谈判前，克罗托找到凯文："这次不要再掠夺癌星的财富了。我会随时监视你的动向。"

凯文不高兴道："我并不建议你这样做，这会显得我们之间的不信任。当然如果你一定要监视我，我也没办法。不过我保证不会掠夺他们。"

克罗托不相信凯文会不再掠夺，凯文也不相信克罗托会不监视。在进入地表之后，凯文找到了星球的首领，随后一行人进入这颗星球的堡垒之内。由于堡垒周围弥漫着强烈的电磁干扰，克罗托无法监视凯文的一举一动。在堡垒里，凯文以胜利者的姿态教训着癌星的首领："你是否知道，你们是癌星，会影响整个宇宙生命体？"

"隐约感觉到了。"

"改变你们的文明方式，向着健康的方向发展，我们就可以放过你们的星球。"

"啊？就只有这么简单吗？我们一定会做到。"

"不！我要确保你们会信守承诺。你们现在发展出来的文明成果，还有物质财富，我必须带走。否则你们会淹没在物欲横流的环境里。从此以后，你们要习惯于平淡的生活，绝对不可以奢华和贪图享乐。"

"这……可是很多是居民的私人财产……"

“私人财产！呵！我本来是想大幅度削减你们星球人口的，不过这次战斗你们已经死了很多人……”

“好，我可以动员居民拿出自己的一部分财产，从此改变自己的生活习惯。我很快就可以完成这件事。”

“很好。不过我只是战斗部队的负责人。后续会有负责运输的部队来到你这里，等到你们都准备好，他们就会过来。”

“只要能够延续我们的文明，我会把这些财富亲自转交给你们运输部队的。”

凯文心满意足地回到了舰队，克罗托整一副冷脸在等着他：“为什么突然没有信号了？”

“我也意识到了这个问题，谈判地点是在对方的堡垒内部，那里有强烈的电磁干扰。不过这次我严格按照你的指示，只是让他们意识到需要立刻改变自己的文明方式，并没有掠夺他们的任何财富。”

克罗托虽然半信半疑，但表面上还是赞扬了凯文。连续经过了几次战役之后，舰队也有不小的损失，再这样下去也只能是强弩之末，必须回去休整。不过现在已经达到了克罗托的目的，这几次战役的胜利应该在免疫星球之间形成了不小的轰动。

舰队回到啉弗星，还在外太空的时候，坦塔罗就亲自带领迎宾队伍前来迎接克罗托，对他此行取得的巨大胜利表示祝贺。一阵热烈又虚假的寒暄过后，坦塔罗安排克罗托先休息，约定第二天召开总结会议，讨论接下来的工作任务。克罗托虽然不算很累，但及时的休息还是很有必要的。

就在克罗托入睡之后，坦塔罗紧急召见凯文，把这段时间的战斗过程详细询问了一遍。

“坦塔罗首领，据我观察，克罗托对战争的理解，还有对战术的安排确实非常厉害，能打赢艰难的战争，而且可以有效降低伤亡率。但是他畏首畏尾，一直有一个无形的框架把他禁锢着。我觉得我们完全可以突破他的框架，很多星球上的财富对于我们来说是必需品。您觉得呢？”

坦塔罗听完凯文的汇报，眯着眼睛笑了。一直到第二天，庄重严肃的会议准时召开。克罗托盛装出席，坐在仅次于坦塔罗的二号位置。克罗托看了一眼可能随时引爆的手环，非常清楚自己的处境。会上，凯文并没有说出他对克罗托的任何不满，克罗托也没有展现出对凯文的一丝负面情绪。这让坦塔罗非常满意，就继续后面的议程：“接下来我们要讨论下一阶段的工作方向，是继续征讨其他癌星，还是建立免疫星球联盟？克罗托先生，你发表一下意见吧。”

克罗托当然要推进联盟的建立，单个星球战役胜利并不是他想要的：“想要取得整个宇宙范围内的胜利，所有的免疫星球必须团结起来。目前很多免疫星球的常规作战能力甚至还不如癌星，只能依靠最后的撒手锏——黑洞因子，那只能同归于尽。即使最终战胜了所有的癌星，那免疫星球也将损失殆尽，无法再抵御其他的病变。接下来，我会联系周边能找到的所有免疫星球，先缔结联盟合约，而后再一边战斗一边扩大联盟成员的数量。”

会后，克罗托把自己能够发现的全部免疫星球梳理了一遍，利用啉弗星的通信系统对外发出组建免疫星球联盟的号召：

全体免疫星球的同仁们，宇宙正在面临着前所未有的浩劫。癌星已经充斥在宇宙生命体的各个角落，我们必须把它们全都消灭才能让宇宙存活下来。如果宇宙失去生命，那么不仅是我们，所有的星球都将灭亡。我们拼死一战，即使死了也是死得其所，最起码给其他星球留下了生存的可能。如果我们活下来，那我们就赚到了。就在前不久，咻弗星仅用一支舰队就连续消灭了多个癌星。请大家相信，我们是有战斗力的，是有组织能力的。只要大家愿意结盟，我们就可以指导战略战术，提供战争援助，最终取得整个战斗的胜利。请大家前往咻弗星共商大义，让我们团结起来吧，为了整个宇宙而战，为了我们的荣誉而战！

克罗托慷慨激昂、微言大义的倡议书发出去了，这些话他曾经在伊缪恩星讲了无数次——对过去的回忆，对未来的憧憬，把他包裹在了一股强烈的使命感当中。然而，倡议是发出去了，收到的回复却寥寥无几。对此克罗托非常失望，坦塔罗更加失望："克罗托，你说的联盟在哪里？就这样还想组建联盟吗？白白消耗了我那么多战舰。"

听着坦塔罗的话，克罗托在心里直摇头，这哪是一个合格的免疫星球首领？他面无表情地说："可能现在我们的影响力还不够，我会继续通过胜利来提升咻弗星的威望。"

"你看看这个！"坦塔罗给克罗托看了一段讯息，这是另一个免疫星发来的：我星在对癌星的战争中处于劣势，已经到了生死存亡的边缘。如果贵方能对我方提供援助，我方愿意加入联盟。

"类似的声明还有四个，他们需要帮助。"

克罗托看着这些声明，有一种恨铁不成钢的遗憾。当年的伊缪恩星战斗力那么强大，为什么现在免疫星球变成这个样子。不过也别无他法，能团结一个是一个。

坦塔罗道："克罗托先生，我知道你能征善战。目前咻弗星还没有义务去大规模帮助这些星球。如果你愿意帮助他们的话，我只能派小股部队护送你过去，然后由你去指挥那些星球战斗。如果能够战胜癌星，那就带着他们加入联盟。”

克罗托非常清楚，坦塔罗不会为了这些星球牺牲自己的部队，派出去的小股部队美其名曰是护送，倒不如说是监视。克罗托很快就来到了发出信号的星球，他一看这场面真是气不打一处来。堂堂的免疫星球，竟然被癌星反攻到了自己的母星，被人堵在家里打。克罗托分析了战场的形势，并不是免疫星球的技术有多落后，而是没有像样的组织，缺乏团结，毫无凝聚力可言。克罗托找到了免疫星的指挥官，上来就训斥了一顿：“一盘散沙怎么打胜仗？我是来自啉弗星的军师，我收到了你们的声明。接下来听我指挥。”在克罗托的指挥下，这一颗免疫星终于获得了胜利。星球的首领安排使者，等克罗托的召唤去啉弗星建立联盟。有了第一次的经验，第二颗、第三颗免疫星可谓是轻车熟路，很快就取得了胜利。

“聊胜于无，最起码联盟有成员了。”克罗托自言自语地说着，然后前往第四颗发出声明的免疫星。然而这次情况发生了变化，这颗星球已经被癌星毁灭了。克罗托看着满目疮痍的星球表面痛心疾首，他从未见过免疫星球被打成这个样子。在他的印象里，就算免疫星球最终无法战胜癌星，也可以启动黑洞因子直接撞过去同归于尽。为什么这颗星球不启动黑洞因子？为什么！克罗托仔细勘察星球表面，最终得出一个让他自己都担忧的结论——这颗免疫星球的人怕死，他们认为启动黑洞因子肯定是死路一条，如果和癌星谈判，做出牺牲、让步，反而还有一线生机。癌星人抓住他们的这种心理设置圈套，一步一步突破他们的底线，最终让他们彻底毁灭！真是连免疫星人的脸都不要了！

虽然这些免疫星球不成器，但最起码也是自己生成出来的，愤怒之余，克罗托想到要报仇，一定要让所有的癌星知道，摧毁免疫星球将让他们遭受灭顶之灾。克罗托打开搜寻设备寻找附近的癌星，看看到底是哪个癌星可以把免疫星球毁灭掉。然而，附近没有搜寻到任何癌星。他加强了搜寻功率，大幅扩大了搜索范围，然而依旧没有癌星的存在。

“不对呀！按照目前癌星在宇宙中的密度，不可能会有这么大一片区域连一个癌星都没有，这也太奇怪了。难道是被其他免疫星球给灭掉了吗？不可能，绝对不可能！就目前这些免疫星这副德行……”克罗托失望地否定着自己理想化的猜测，把这一片区域记录了下来，等到有机会再回来仔细搜寻。当务之急是回去举办联盟成立的仪式，先把这几个星球联合起来再说。

克罗托带着小队赶回啉弗星，一路都很顺利，直到接近啉弗外太空的时候，遇到几艘从啉弗星起飞的飞船前来迎接。

“克罗托大人，我们奉坦塔罗之命前来迎接您胜利归来。”

克罗托心中暗想：坦塔罗上次是亲自出来迎接的，这次怎么不来了呢?

“克罗托大人，您辛苦了，请您跟我来。坦塔罗首领有命，让您先到离宫充分休息，择日向他正式汇报。”

克罗托跟着迎接队伍一路飞向离宫。眼前的景色让克罗托震惊，所谓的离宫树木茂盛、鸟语花香、青草铺地、水声潺潺，这和其他地方的机械城堡完全是两个世界。

“克罗托大人，只有极少数有杰出贡献的人才可以在这里休息。希望您在这里能够放松身心，我们先走了。有任何需求请随时联系我。”

克罗托躺在草地上，看着蔚蓝的天空思考着——就坦塔罗这种秉性，他应该要立刻见我才对。除非，他在安排什么不能让我知道的秘密。想到此处，克罗托便登上飞船准备前往坦塔罗那里一探究竟。飞船刚一启动，他就收到讯息：“克罗托大人，您这是要去哪里？”

“没事，最近战斗多了，我需要检修一下飞船。”

“好的，克罗托大人。有任何需要都请随时和我说。”

克罗托知道自己被监视了，然而这怎么可能难倒他，他从来到咻弗星的那一刻起，就在搜集这里的各种电磁信号，再加上几次战斗，他已然熟悉了咻弗的防御识别体系。他趁着夜色，驾驶着飞船自带的子飞艇，开启了信号屏蔽功能潜入咻弗首都。虽然是夜晚，但整个首都灯火辉煌。很明显，这里有盛大的庆典。克罗托来到了会议大楼，这里是庆典的核心区域。他悄悄潜入进去，看到里面忙忙碌碌的人在做着各种准备。尤其是巨大的圆形会议厅，每个座位都摆放着鲜花。在这种遍布着机械和钢铁堡垒的星球，鲜花可是珍稀物品。

克罗托粗略数了一下，一共将近八十个座位。经过了这段时间的接触，他很清楚坦塔罗很少开大会，要么就是他自己做主，要么是极小范围内的人帮他参谋制定决策，这种规模的会议规格很高！

“你那里摆放得不对，摆整齐一点。这可是星际联盟的大会，要是有一点纰漏，我们全都吃不了兜着走。哎！你们这群人就不能认真一点吗？天一亮就要迎接其他星球的使者了！”

克罗托听到会场的负责人训斥下属，便明白了这次会议的目的。难道说，自己刚刚救下的那些免疫星已经派遣使者过来了吗？不可能，自己还没给他们发讯息，而且即使他们都来了也只有四个星球的人才对。难道这四个星球又拉拢了其他免疫星的人一起吗？克罗托收起了自己异想天开的想法，他很清楚内心的愿望绝对不能影响对现实局势的判断，宁可做最坏的打算也不能抱有缥缈的期待。他趁人不注意，在会议现场安放了一个微型的窃听设备。经过调试确定效果后，便离开了会场，悄无声息地回到了离宫。

克罗托回到了自己的飞船上打开监听器，信号非常不错。此时离天亮还有一段时间，他便和衣而眠等待着天亮。阳光照进了舷窗，在光子击打他眼皮的一瞬间他睁开了眼睛，监听器里也传出了井然有序的声音。

“欢迎远道而来的盟友们。我是咻弗星的首领坦塔罗，在我旁边的这几位都是咻弗星的重要首脑……”

克罗托听完坦塔罗报完了五个咻弗星人的名字，加上他自己，至少还有六十多个座位是留给其他星球使者的。

“坦塔罗首领，我是来自 β 星的特使，有一事不明还请您明示。”

“我们都是自家人，但说无妨。”

“为什么咻弗星先后两次发出组建联盟的倡议，而且两次的理念完全不同，我认为贵方有必要做出说明。”

“先后发两次，是因为第一次各位都没有任何反应啊！”说完之后，坦塔罗呵呵笑了起来，其他咻弗星的头头脑脑也跟着笑起来。然而外来星球的使者并不知道他们为何发笑，有些人只好假装跟着笑。

“在我回答这个问题之前，我想请问一下 β 星特使。当你们第一次听到倡议时，为何没有响应呢？”

“坦塔罗首领，我们已经决定结盟，所以我接下来会开诚布公地向您说明情况。虽然我们 β 星对抗癌星方面并没有绝对的优势，但是最起码还处在相对平衡的阶段。星球内部的权力派系，统治阶层和普通人员之间的关系，经历了多年的磨合都处于成熟且稳定的状态。而且实话实说，我们与很多癌星也处在战与不战的微妙临界点上。如果只是为了第一次倡议中所说的免疫星的荣誉去打破这种战略平衡，我们并不感兴趣。”

坦塔罗听着 β 星特使的话，环视四周说道：“没想到 β 星如此坦诚，那我也把啉弗之前发生的事情告诉大家。众所周知，啉弗在过去的一段时间里连续取得了对癌星的胜利，也证明了啉弗有着强大实力来组建免疫星联盟。不过，此前在我们星球内部出现了不同的声音。有的人认为应该为了免疫星的荣誉而战，要敢于牺牲。当然啦，这种高度的论调我并不能驳斥，那样我就失去了舆论的制高点。然而在座的各位会被这套理论说动吗？明显不会。所以我抛开了这套大道理，转而采取实实在在的，能对各位带来实际利益的战略方针再次发出倡议。果然，各位如约而来。啉弗星此时已是高朋满座，蓬荜生辉。”

这次，所有的外星特使真心地笑了起来。坦塔罗满意地看着所有人，继续说道：“我再次重申一下第二次倡议的原则——作为免疫星球，我们和癌星的斗争是必然的，也是长期的。但是我们不仅是免疫星球，我们也是有实际需求的，我们要生存，要生活，要幸福，要快乐。所以，我们拼死打败那些癌星之后要干什么呢？当然要把癌星的资源收回来，用于我们自己的发展。否则我们如此拼死拼活地战斗，是为了什么呢？”

听完这话，下面一片欢呼。克罗托听得揪心，对这些免疫星产生群体性的失望。

坦塔罗继续说道：“各位盟友，这可谓是一举两得。不仅消灭了癌星，也增强了我们的实力。而且，癌星本身是无节制地攫取宇宙资源才发展起来的，如果把癌星的文明全部付之一炬，那是对宇宙资源的严重浪费。我们把癌星的资源带回我们自己的星球，本质上就是把原本属于宇宙的资源带给我们自己，然后我们依靠这些资源保护宇宙，难道这不是顺理成章的吗？”

“对！万岁！”下面六十多个星球的代表共同欢呼。β 星特使再次发言：“我们也是消灭过癌星的，我们发现很多癌星上有大量的稀有金属，这些在我们星球上极为罕见。既然癌星都要被消灭了，这些矿产资源完全可以为我们所用。更何况还有淡水资源、能源等等。”

γ 星代表也发表了自己的意见：“不得不承认，很多癌星的科技确实发展到令人咂舌的地步，甚至有很多技术是领先于我们的。如果打败了他们，可以把这些技术都吸收过来，从而提升我们自己的战斗力。这样以战养战，通过战争来学习，这是多么美妙的事情。”

δ 星也紧随其后：“不仅是矿产和技术，还有癌星人也是重要的资源。我想很多免疫星球都是在脑机联网的基础上发展起来的，我们自己星球人的脑联网已经达到了极致，人口才是持续发展的核心力量。把癌星人抓来，让他们在无意识的状态下进行脑联网劳动，可以有效缓解劳动力短缺问题。反正癌星人都要被杀死，何不成为我们的劳动力，为宇宙健康做出贡献。这也是给他们提供弥补罪过的机会。”

在参会者你一言我一语的氛围中，坦塔罗慷慨陈词：“所以，我们必须组建联盟。通过联盟的力量来满足我们每个成员星球的需求。一个成员的事情，就是整个联盟的事情。让我们各取所需，共同发展，共同维护宇宙的正义，共同确保我们自己的安全，既保证宇宙生命体的健康，也享受我们自己的美好生活。现在我宣布，免疫星球联盟正式成立。”

随着又一阵巨大的欢呼声传来，β 星特使走下了座位对着坦塔罗行礼道：“尊敬的坦塔罗盟主，我们 β 星发现了一个癌星上有我们非常稀缺的矿产资源。但是目前我们还不是它的对手，长久以来胜少败多。希望盟主能够提供支援，帮助我们拿下这个癌星。”

随后，又有其他四个星球陆续提出了自己的需求。坦塔罗非常满意地看着盟友道：“如果各位同意的话，我们就开始准备第一次对外联合作战。先满足五位刚刚提出的需求，一起打败对手。得手后我们再次来到啉弗星召开会议，讨论下一阶段的战略目标。各位回去准备出征，随时注意联盟发出的讯息，共同创造美好的未来。”在坦塔罗陈词之后，众人带着满意的笑容离开了会场。

会后，坦塔罗把之前安排给克罗托的副官凯文叫了过来：“经过最近的进一步观察，你觉得克罗托的能力究竟如何？”

“首领，平心而论，他的战略战术确实厉害。一看就是从大量的战争中积累的经验，这一点我确实比不上他。”

“现在比不上，将来也比不上吗？他的路数你学会了多少？”

“基本上都能看明白，但是还需要在大量的实战中练习。说真的，一个优秀的将军就是被战斗经验培养出来的。”

“好！以后你会有锻炼的机会的。接下来我会让他带领联盟的军队去作战。你要快速学习如何领导几十个，甚至上百个星球的联军作战。把他的招式都学会了之后，该做什么，不该做什么，你心里应该明白吧？”

“明白！”

克罗托在离宫中看着眼前繁茂的花木，只感觉它们的灵魂早已凋谢，就像这些免疫星球一样。坦塔罗亲自来到离宫找到克罗托："恭喜你凯旋，这对于啉弗来说是个好消息。我还有一个更大的好消息要告诉你——在你的倡议下，已经有几十个免疫星球想要加入联盟。只是很遗憾，因为你在外战斗，错过了成立联盟的典礼。"

克罗托看着满嘴谎言的坦塔罗假装很高兴，然后问道："我发出倡议之后就得到那五个星球的求助，其他星球为什么后来才回消息？"

"哦！这个问题我也问了他们。那五个星球回复很快，因为他们的战场形势迫在眉睫。其他星球情况比较好，所以各自内部都进行了一段时间的讨论，等到同意加入联盟之后，你已经去支援那五个星球了。"

"原来如此！接下来我们该做什么呢？"

"还要请克罗托先生多帮忙了。随后我们将组成联盟军，去征讨那些难啃的癌星。我作为免疫星联盟的盟主，可以授权给你带领联盟军出征。几十个星球的部队都由你指挥。"

虽然坦塔罗满嘴谎言，但是也确实不是泛泛之辈，对于战争的准备更是一丝不苟。经过充分准备，克罗托和凯文貌合神离地带队出征了。六十多个星球分别派出了相应的战舰在指定区域会合，克罗托看着这些队伍心里不是个滋味。

第十七章 一败涂地

克罗托成为联军的第一任首领，他整顿好军队，带领着大军来到了 β 星所说的癌星附近，庞大的军队把整个星球包围起来。这颗癌星确实像 β 星之前说的那样，战斗力非常彪悍。在最开始的几轮进攻中，克罗托并没有做任何部署，只是让凯文负责协调。虽然凯文之前跟着克罗托学了一些，但很快就露出不少破绽。联盟军本以为可以摧枯拉朽，可一时间竟然丝毫不占优势。克罗托冷静地看着每个星球舰队的特点和作战方式，心中构思着最优的作战计划。而且，凯文在联盟军的形象已经被毁掉了，克罗托现在出来救场，很快就会树立起威望。

克罗托心里明白，指挥几十个星球的联军，最重要的是各个作战单元之间的协调。当时赛特深得自己的真传，和坎瑟星作战时把舰队兵力分配做得炉火纯青。他暗自感叹，已经记不起上次亲自指挥战斗是什么时候了，现在真是有种虎落平阳的感觉。在联盟军的凌厉攻势下，癌星的主力舰队很快就被打光了。然而联盟军并没有停下攻击，要把所有残余的敌方战舰也悉数消灭。克罗托虽然不会留下斩草不除根的隐患，但还是想给癌星一个改变文明方式的机会。于是他对凯文说:“赶紧下令停止攻击，安排谈判人员下去交涉。如果对方愿意改变自己，就给他们留下生的希望。”

“没问题！我马上发布命令。所有战舰停止攻击，停止攻击。我们准备进行谈判。”凯文的命令发布下去，克罗托也听得真切。然而其他星球的舰队完全没有停下来的意思，对着那颗癌星的地表就是地毯式的毁灭性轰炸。

“克罗托先生，其他军队好像不听我的指挥。或许是因为这颗癌星给他们带来了很大的创伤，所以他们杀红了眼。”

克罗托听着凯文的汇报，想起当年赛特和卡戎对战的情形——卡戎知道自己的通信信号已经暴露，所以就用原来的信号传递假情报，真正的作战信息是用另一套信号传送的。克罗托心中泛起了对凯文的轻蔑——姜还是老的辣。他早就料定凯文肯定有另外一套和其他战舰联系的通信系统，所以在出征时就注意搜集周围的电磁信息，早就破解了凯文的私密通信信号。凯文和其他战舰的真正通话，克罗托听得一清二楚——“各位同仁，我是凯文。这颗癌星已经无力回天，你们尽可能地消灭他们的有生力量。还有 β 星，现在不要着急去勘探矿产，等到大部队离开之后，再让你们母星派其他人过来开采。不要让克罗托知道我们的行动计划。”

取得了这场战斗的胜利之后，联盟大军便朝向下一个癌星开拔。随后的几场战斗无不如此，看似正义的战斗背后隐藏着尚不知该如何定性的掠夺。

随后又取得了四场大胜，所有的免疫星球从来没有获得如此酣畅淋漓的大胜，还有后面取之不尽的癌星资源，一个个心满意足。克罗托从来就没有停止对凯文的监听，虽然之前的对话已经不断突破克罗托的底线，接下来的对话更与他的原则出现巨大的冲突。

“凯文先生，我是 β 星分队！我们现在可以派人去开采癌星资源了吧？”

“再等等，反正肥肉都塞进嘴里了，晚一点咀嚼又如何呢？”

“真是迫不及待啊。不过有个问题我不知道当讲不当讲？”

“赶紧说吧，都是自家兄弟。”

“虽然这些癌星有很多我们需要的资源，不过这些资源毕竟有限。在很久之前我看到其他文明星球上也有我们需要的资源，但是那些文明都是宇宙生命体正常的细胞星球。我真的很想要那些资源。”

“那不行，如果这么做的话你会立刻被宇宙免疫系统锁定，你就会从免疫星变成癌星的。你要慎重！”

“凯文先生，我们就是免疫系统对吧。我们不会自己人打自己人吧？”

“别忘了你的身份，有些底线还是不能突破的。不过有些时候可以变通。”

“啊，如何变通？愿闻其详。”

“你要知道，一个星球是原始宇宙尘埃所形成的，这一片区域的星球所具备的元素大致也都差不多。你不要在拥有文明的星球上面攫取资源，但是他们周围的行星肯定有类似的元素，你去周边那些没有生命的星球开采不就行了吗？”

“也对。不过这样一来，那些正常的文明星球就失去了太空发展的机会，只能在自己的星球上缓慢前进。”

“失去就失去吧。免得他们过分地蔓延至太空，搞不好也会演变成癌星。这样做反而可以防患于未然。好了，不说这个了。现在我们准备整顿一下军队，就地解散。然后找个时间到啉弗星复盘，并制定下一阶段的战略。”

“好的，凯文先生。您下令吧。”

“不！这个命令不应该由我来下，要交给克罗托这个名义上的首领来下。哈哈哈哈！”

听着这些，克罗托很怀念以前他控制单个免疫星球的日子，那是多么强大的凝聚力、战斗力。克罗托把所有军队都召集起来发布命令：“各位辛苦了，这一系列战斗我们取得了重大胜利。但是，接下来我们还要去一个地方。那里还有一场硬仗等着我们。”

联盟军本以为可以就地解散，没想到还有其他的作战任务。凯文赶紧呼叫克罗托：“大家已经人困马乏，现在需要休整，免得成为强弩之末，联盟刚刚成立不久，现在吃败仗的话很容易伤士气。”凯文虽然不想听克罗托的命令，但毕竟他是名义上的首领，而且他还有利用的价值。克罗托已经了解了所有人的心态，就对着所有人说道：“我之前发现了一片奇怪的区域，在这个区域里我搜索不到任何一颗癌星。这并不说明这里的癌星已经被消灭了，而是他们用了某种方式隐藏自己。能让他们隐藏自己的原因，肯定是积累了大量的资源、财富，他们不想暴露自己，也不会对外扩张。因为这些资源财富足够他们挥霍到时间尽头。所以，这样的癌星我们能放过吗？”

其他免疫星的人听了这话都蠢蠢欲动，唯独凯文不高兴，然而又不能和克罗托撕破脸，等回到啉弗星再让坦塔罗好好收拾他。克罗托心里也明白，自己的战略战术一旦都展示出来，回到啉弗星则是凶多吉少。趁着现在还能指挥大军，就赶紧去看看那片神秘的区域究竟是怎么回事。他看这些星球的人有了动力，但还有点犹豫，就添了一把火道：“当然，目前虽然还不确定那里癌星的战斗力有多强，但是我推测是很弱的。否则他们不会如此隐藏自己。况且，我们六十多个星球组合的联合舰队，会害怕他们吗？”说到这里，终于带动了大部队前往那片未知的区域。

虽然是星球联盟军队一同挺进，但面对未知的深空总会有点犯怵，不过面对可能存在的未知宝藏，胆怯是可以被克服的。克罗托的癌星探测系统还是没有找到任何目标，沿途路过的大多数星球都是荒无人烟的行星，有几个拥有文明的星球一看就是普通的宇宙体细胞。难道这里真的没有一点癌星吗？那就去正常的健康文明星球打探一番，说不定他们知道这里到底发生了什么。想到此处，克罗托便让大部队原地留守，自己则带领啉弗小分队去往其中的一颗文明星球打探情况。当小分队距离一颗文明星球仅有四十万公里的时候，对方的飞船拦住了他们的去路：“前方未知飞船，请报告你们的来处和目的，否则将被驱离。若不服从我方安排，我方将被迫动用武力。”

克罗托紧盯着癌星探测器，确定这是一颗正常星球，便很客气地谎称道：“不要紧张，也不要误会。我们是星际巡逻队的成员，请问你们星球是否遭受侵略，或者受到其他不友好星球的威胁？如果你们正在遇到困难，我们可以提供帮助。或者你们曾经有过被外星球欺辱的历史，我们都可以追究对方的责任。”

克罗托话中有话，就是想知道这里的现状，以及曾经发生过什么。然而对方的答案让他感到失望：“谢谢你们的到来，但是我们这里有史以来都没有遭受过侵略。而且我们还不能确定你们的身份，更何况你们驾驶的是战斗飞船，我们并不希望你们进一步靠近。请迅速离开。”

克罗托不想打扰正常文明星球的发展，带着小分队转头离开。对方见克罗托驶离，在警戒了一段时间后也返回了自己的星球。克罗托当然希望宇宙中没有癌星，但是在目前宇宙充满癌星的现状下，怎么可能有这么一片干净的区域？他带着小分队又陆续找到了几颗文明星球，无一例外都被挡在了外太空。这其实很正常，但凡有星际航空技术的星球都会在外太空布置防御系统，不仅侦测外星飞船，平时也能抵御脱轨的陨石。克罗托知道，以小分队的规模进入这些星球的外太空肯定会被发现，干脆自己驾驶着飞船隐藏踪迹，慢慢靠近侦察情况。

当克罗托独自来到第六颗星球附近的时候，他先绕着转圈，对该星球整体情况有一个相对全面的了解，刚要准备悄悄潜入的时候又被对方的飞船拦了下来：“前方外来飞船，请通报你的身份，来处以及目的。否则我们将视为非法入侵。”

克罗托顿感奇怪：“我隐藏踪迹潜入，竟然会被发现？看来这颗星球的文明程度已经达到了很高的水平。”克罗托只好继续之前那一套说辞，而对方也表示自始至终都处在安全和平的宇宙环境中发展。克罗托看着对方训练有素的样子，在掉转船头离开的瞬间又看了一眼这颗星球：“咦？怎么这个星球也是把我挡在四十万公里左右的地方？不对，没这么简单。前几个星球也都是在这个位置，难道四十万公里之内藏着什么秘密吗？”

克罗托回到大部队立刻找到凯文帮忙，虽然二人各有目的，但是现在必须合作。

“凯文，这颗星球的文明发展水平很高。而且一直把我们挡在四十万公里之外的地方，其中肯定有什么猫腻。接下来我们还是以小分队的形式前往下一个星球，届时我将对他们说我的飞船损坏不受控制，希望他们不要攻击，而是给予帮助。你们尽可能拖住对方，我就趁机潜入四十万公里之内。”

凯文现在还没有理由拒绝，只能答应下来。不久之后，大部队就找到了第七颗文明星球，克罗托远远地感受着这颗星球：“怎么？这颗星球好像有DNA星球的特点，这可是免疫星球要重点保护的对象啊。”当克罗托一行向这颗星球飞去的时候，在它四十万公里之外突然发现一个引力源。还好发现及时，否则差点就被吸进去。“这里怎么会有一个黑洞？真是奇怪！”克罗托转念又想到，宇宙诞生早期有很多小型的原生黑洞，虽然现在已经不常见了，但也还存在，这不至于大惊小怪的。克罗托等人刚进入距这颗星球四十万公里的位置，又看到了对方的舰队出来阻拦。

“前方的飞船听好，请报告你们的……”

还没等对方说完，克罗托的飞船就伪装成出现故障的样子，不受控制地砸向对方星球。克罗托装出一副很着急的样子：“对方飞船，请给予我帮助。我的飞船出现故障，已无法控制。请求支援，请求支援。”克罗托一边说着，一边看着仪表盘。马上就要进入四十万公里之内了。然而对方出现数艘飞船，释放出强大的电磁场，产生巨大的阻力。克罗托的飞船逐渐被电磁场的阻力逼停下来。这次还是没能进入四十万公里以内，只是在这个距离的边缘徘徊。可即便如此，克罗托的癌星探测器有反应了！他眼睛一眯，知道其中必定有着不为人知的复杂情况。他的飞船已经停了下来，现在只好逢场作戏：“感谢你们让我的飞船停下来，否则撞到你们的星球那我就要死在这里了。只是飞船的故障没有解除，可能需要在这里检修一段时间。请贵方予以通融，我不胜感激。”

“不可以！你已突破我方的安全距离，需要立刻撤退。如果你的飞船无法启动，可以让你的同伴把你拖走。或者我们代为拖拽到安全区域。”

“好的，那我让我的同伴过来把我带离。”随后，克罗托让凯文率领五艘飞船前来拖拽，而对方直接拦住了：“请不要有更多的飞船靠近我们的安全线。我们可以代为拖拽，请你们保持原地不动。”

克罗托暗自高兴，这样一来就可以近距离观察这些飞船了。当这些飞船足够靠近的时候，癌星探测器亮起了幽暗的光。克罗托见此情况立刻惊讶起来：“这明明是 DNA 星球，为什么会引起癌星探测器发生反应？”当对方开始拖拽飞船的时候，克罗托假装发动了几次飞船，然后引擎终于启动了。

“感谢你们，我的朋友。我的飞船现在可以启动了，为了感谢你们，我想赠送给你们纪念品。”说完，克罗托就驾驶着飞船缓慢地靠近。

“停下来，不要再向前行驶。”

“请问你们的星球叫什么名字？日后我将专程前来感谢。”

“感谢就不用了，知道我们的名字也无所谓。这里叫作维瑞斯。”

“好的，既然你们不需要我的谢意，那我就走了。后会有期。”克罗托开足马力飞走。然而他并不是原地掉头返回，而是垂直自己原来的方向，这样就可以和维瑞斯圆形的轨道形成一条切线，距离维瑞斯能够更近一些。也就是这段距离，克罗托的探测器彻底亮了起来——这就是一颗如假包换的癌星。可是为什么在更远一点的地方根本就无法探测到它，难道之前那些看似正常的星球也都是癌星吗？这太可怕了，现在必须火速赶回大部队从长计议。然而克罗托的心思被维瑞斯人看透了，既然已经暴露了癌星的身份，那就把发现秘密的人全部消灭。

随即，一阵密集的攻击向克罗托袭来，克罗托赶紧闪避。然而小分队的其他飞船没有那么丰富的战斗经验，技战术水平离克罗托还有好大一截。小分队瞬间就被消灭了一大半，只剩下三艘飞船跟着克罗托一路返回免疫星球联军所在的位置。可是就在他们离联军部队不远的位置，克罗托看到了绝望的一幕。大量的癌星飞船舰队分成左右两路，就像两柄尖刀把整个联盟军的战阵分成前后两块。联盟军前部迅速掉转船头想要和后部呼应，可是刚调整完方向，前后两侧又出现两支癌星舰队穿插过来，联盟军瞬间被割裂成四个独立的部分。

克罗托在外围看得清楚，这些癌星舰船的形制、战斗力、作战方式并不相同，明显是好几个星球组合形成的军队。但他们竟然能够如此高效、机动地配合，这绝对是做过成百上千次的战术演练。难道这些癌星也组成了联盟军来对抗免疫系统吗？在这些训练有素的癌星舰船面前，免疫联盟现在最好的办法就是赶紧逃离。克罗托立刻下命令：“所有飞船听我指挥，不要恋战！趁敌人还没有形成包围圈，赶紧向外围突破。”

克罗托的命令不能说不及时，但是这是联盟军第一次遇到这种被动的局面，很快就乱了阵脚。尤其和癌星飞船舰队近距离接触的那部分联盟军飞船，出于恐惧向着穿插的癌星飞船猛烈开火。然而癌星飞船只是为了切断联盟军的联系，在快速穿插的状态下同时开启了防护罩，联盟军的炮火根本无法持续锁定它们，没有办法造成伤害。克罗托再一次发布命令：“不要攻击敌人，他们只是为了分隔队形。赶紧撤！”联盟军这才发现，敌方果然没有发动攻击，便迅速四散奔逃。癌星飞船一看联盟军要跑，便开始发动攻击，联盟军迅速还击。克罗托知道这是敌人的拖延战术，再不跑的话，四周马上就要被合围起来。

“不要恋战！赶紧跑！”可是任凭克罗托喊破嗓子，联盟军也没有形成有效的配合，就连逃跑都做不到。不久之后，四周围满了癌星飞船，开始向着中间开火。克罗托怎么都没想到，联盟军遇到困难竟然能慌乱到如此地步。无奈之下，他只能继续发布命令，现在听他话的飞船才会有一线生机：“你们听好了。敌人负责穿插的飞船马上就要向上或者向下驶离我们队列，我们所有飞船跟着他们向上下两侧飞行，夹在他们中间，趁乱混出去。”

话音刚落，有一些反应快速的联盟军飞船按照克罗托的指令向上下两侧飞行成功逃离，反应不及时的则被摧毁。癌星看到联盟军的策略，就知道有厉害的将领在指挥，于是四处搜索旗舰，很快就锁定了克罗托。克罗托加速冲入上下两支飞船舰队之中，想借助混乱的场面隐藏自己，只是敌方对他重点招呼。克罗托刚躲过一波攻击，就看到凯文的飞船被击中了。随即，一个熟悉的身影从弹射器中被顶了出来。那是受伤的凯文，朝着克罗托的方向飘了过来。克罗托赶紧打开舱门，把凯文救上了飞船，他还来不及查看凯文的伤势就立刻混入乱流，随着双方的飞船一路向上猛冲。

让所有人猝不及防的是，乱流中的癌星飞船突然停住，使得联盟军飞船一下子窜到了更上方的位置，这就完全暴露在癌星飞船的炮火之下。更让克罗托绝望的是，在他前进的正上方，癌星飞船已经布置好了堵截的防御力量。克罗托在联盟军舰队的中间位置，前方是 β 星的飞船，再前方是两艘 γ 星的飞船。所有的舰船对着正上方的癌星防御一阵猛射，竟然撕开了一个小口子。联盟军飞船争先恐后地想要从这里逃出去。由于 γ 星飞船速度较慢，挡住了 β 星舰船的逃跑路线，β 星对着 γ 星就是一阵叫喊："前面的，迅速闪开。不要挡着我。"

然而 γ 星的飞船只想霸占着最优的逃跑路线，哪管后面 β 星飞船如何叫喊。只是这种自私的行为，换来了更加自私的回应。β 星对着前方的 γ 星飞船就是一顿射击："谁叫你挡着我。你不让我活，那你就先死吧。"有两艘 γ 星飞船就这样彻底报废了，最后一艘 γ 飞船在快要被击毁的时候，癌星飞船竟然突然挡住了 β 星的炮火，对着 β 星飞船就是一阵射击，这反而救了这艘 γ 星舰船。克罗托迷惑了，癌星这到底是要干什么。他停了下来，看着显示设备上能够找到的有生力量，瞬间明白了：原来癌星保留了所有免疫星球的至少一艘飞船。这样，就可以尾随着这些飞船找到他们所在的免疫星球，再然后……

克罗托赶紧喊话给所有的联盟军飞船，把自己对敌人的判断告诉大家。然而这些飞船还是要飞回自己的星球。因为在他们的意识里，如果飞回去还能有一线生机，如果不飞回去就失去了癌星舰队跟踪的价值，会被直接消灭掉。凯文在旁边气若游丝地说道："克罗托先生，克罗托……"

克罗托知道癌星现在不会攻击自己了，他这才腾出时间来查看凯文的伤势。

"不用看了，我不行了！撑不到回咻弗了。克罗托先生，没用的，联军……联军不会听你的命令。这个联盟从一开始就是为了掠夺癌星的资源而组建的，何谈什么凝聚力？在没有利益驱动的情况下，是不可能团结的……如果遇到了危险，就会暴露出乌合之众的本质。任凭你再善于战略战术，也无法把一盘散沙组织起来。"

“谢谢你，凯文。其实我都知道，但是我已经到了明知不可为而为之的地步，我只能去尝试。”

“我知道，你很厉害，我其实从心底佩服你……但是，在我的切身利益面前，对你的佩服是没有生存空间的。只要时机成熟，我就会干掉你的……谢谢你，在危难的时候还想着救我……”

“我怎么会不知道呢？但是最起码现在的你，还是我的战友。”

凯文勉强挤出一丝笑意：“人之将死其言也善，你放弃吧，不要回啉弗星。坦塔罗会杀掉你的，你佩戴的手环……是一个遥控炸弹。虽然力量不是很大，但杀死你是足够……炸弹一共有两个遥控器，一个我随身携带，另一个在坦塔罗那里……”随着断断续续的说话，凯文把衣服里的遥控器掏出来交给了克罗托，克罗托握住凯文的手，接过了遥控器放在旁边。

“还有……还有……一个人的力量是有限的，不要把那么宏大的责任，都扛在你一个人身上。有时候放弃，其实是饶恕自己……那样，你会看见……会看见……世界的……美好……”

克罗托是一个有着铁血手段的人，好久都没有人对他说这样的话了。他知道如果不是凯文要死了，这些话他依然听不到。这些他从内心不赞成的话，却让他感受到一丝温暖。克罗托把凯文的遗体葬入太空，然后返回啉弗星。他知道后面跟随着癌星的飞船舰队，但是他内心还有另外一番盘算。

快到啉弗星的时候，克罗托收到坦塔罗的视频通话邀请，他打开通信设备，对方怒不可遏地问道：“我的飞船去哪里了？”

“他们都牺牲了！”

“那你后面的飞船是哪里来的？”

“他们是癌星舰队，过来攻击咻弗的。不只是咻弗，这次参战的所有免疫星球，都被他们盯上了。”

“是你把他们引过来的吗？你已经叛变投降了吗？”

“不！我回来是要把他们全部都消灭的。”

“你如何消灭？我们的军事力量都快被你消耗殆尽了，能自保就不错了，还消灭别人！你是要启动咻弗星的黑洞圆球？！克罗托，你听好了，我不会为了对抗癌星而让我自己的星球灭亡。我会和他们谈判，找到和平的解决方式。”

“这种你死我活的战争，哪里来的和平方式？除非你要丧失你的主权。”

“那也总比让咻弗从宇宙中消失要好。”

克罗托根本就不想听坦塔罗的说辞，刚想火速靠近咻弗表面，就被咻弗的防御部队拦住了去路。只是这些防御部队的目标并不是克罗托，而是后面的癌星飞船。

“前方飞船，我是咻弗星首领坦塔罗，之前有些误会。对你们发动攻击都是克罗托的主意，也是他带领舰队去挑衅你们的。事已至此，我只能以最大的诚意和你们协商，能否有和平的手段来化解这次误会？”

维瑞斯飞船回答：“坦塔罗，你是首领对吧？那你应该也有很多战斗经验，比如说谈判桌上能获得多大利益，取决于战场上获得多大优势。我们可以和你们谈判，但是肯定要把你们打疼。更何况你们确实也消灭了我们不少战友，该报的仇还是要报的。等打完了，再谈判也不迟。”

话音刚落，维瑞斯舰队便发起了猛烈的攻击。咻弗的防御在这种程度的攻击下很快就失去了阵型。随后，维瑞斯的炮火落在了咻弗星表面。从太空中看向地面那星星点点的闪光，其实已经是烈火滔天。克罗托驾驶着飞船快速飞往地面，对着通信设备大喊：“坦塔罗，你不要幼稚了。敌人只是给你一个谈判的希望拖住你。其真实目的是把咻弗全部毁灭，现在全力反击！”

“全力反击，我拿什么反击？！你给我反击去！”

“还有一个办法，我这次回来就是为此而来。就是……”

“你要是敢说启动地心黑洞圆球，那我就直接干掉你！”

“除了这还有其他的方法吗？”

“启动圆球，我们咻弗星必定灭亡。和维瑞斯谈判，反而还能有一线生机。克罗托，你并不是咻弗星的人，不了解我们的历史，对咻弗也没有感情。你无权决定咻弗星的未来。”

克罗托已经进入咻弗星的大气层，炮火的轰隆声阵阵传来。克罗托知道，坦塔罗所在的位置正在遭受攻击，画面中不断出现震荡、摇摆，坦塔罗一个没站稳被震倒摔在地面上。

克罗托道：“赶紧启动地心黑洞，否则我就要去启动了。”

“你要是敢启动，我现在就灭了你。侍卫，赶紧去把我的遥控器拿来。”

克罗托知道坦塔罗要干什么了，他早就料到会有这一天。克罗托取出早就准备好的止血带缠住了手腕，然后拿起匕首用力一挥，把自己的手腕砍了下来。然后不带一丝留恋地扔出了飞船。豆大的汗珠流下来，他强忍着剧痛硬是没有发出一丝哀号，只有巨大的喘息声压迫着显示屏幕，让屏幕那边的坦塔罗不知所措。克罗托全身已被汗水浸湿，缓慢举起断腕给坦塔罗看，坦塔罗呆愣在原地，在恍惚了一段时间之后清醒过来："地面部队，开启所有的对空武器，把克罗托的飞船打下来！"

克罗托发现地面的炮火已经对准自己，但想用这种火力阻拦克罗托还是痴人说梦。在极短时间内，克罗托飞到了地心黑洞的峡谷处俯冲下来。这是最危险的阶段，因为在早前的侦察中，他其实发现悬崖峭壁处藏有大量的武器，而且在地面之下还有强大的防御工事，就是为了确保地心黑洞的安全。克罗托在空中对悬崖两侧进行轰炸，在他到达峡谷之前只剩下为数不多的炮火在对他进攻。克罗托并不害怕这个，他忌惮的是地面之下的重型武器。果然，无数导弹和激光武器、电磁武器对着他呼啸而来，他只是躲开了导弹的攻击，在激光和电磁武器的密集火力下直接跌落到峡谷最深处。随后悬崖上无数的泥土、碎石砸落下来，把克罗托深埋在地下。

"报告坦塔罗首领，克罗托的飞船被我们打下来了。"

"好！干得漂亮。接下来尽可能地对维瑞斯联军发动攻击，为谈判赢得足够的筹码！"坦塔罗看着外太空的战斗状况心中暗想：无论如何都要保全啉弗星的文明，无论付出什么代价都可以……

这时，通信设备又响了起来。坦塔罗一看竟然是克罗托："你怎么还没死？！"

"我怎么会死呢？我只是被埋在土里了。如果我不这样，迟早会被你地下的重型武器给摧毁。埋在土里反而是最好的保护。你可能还不知道，我想要启动地心黑洞，根本就不需要潜入地心深处，只要在足够距离内发射信号就可以了。你，已经无法阻止我了。"说完，克罗托结束了对话。坦塔罗知道啉弗的时间不多了，在轰鸣的炮火声中，他的世界变安静了。坦塔罗放弃了抵抗，走到了指挥部的休息室，摘下了挂在墙上的全家福照片，看着笑容灿烂的家人，把照片深深地拥入怀里……

克罗托在啉弗彻底黑洞化之前飞了出去，他要看着啉弗黑洞消灭周围的维瑞斯飞船舰队。随着克罗托的驶离，整个啉弗星刮起了飓风，海浪滔天、地动山摇，一时间天昏地暗。山川、海洋、树木，还有生物……一切的一切都以粒子化的形式被吸收进了地心黑洞内部。

克罗托来到外太空，先是找到了自己的断手，那毕竟是身体的一部分，等到时机合适说不定还能接上。反正现在仅有的一个遥控器在自己这里，也不担心被引爆了。只是还没等他稳定心神，维瑞斯的炮火就攻了过来。克罗托微微一笑："你们就去填黑洞吧。"而后迅速飞离啉弗黑洞的史瓦西半径，看着维瑞斯联军的飞船一个个成为黑洞种子的"养分"。

克罗托躲在史瓦西半径附近，尾随着黑洞种子一路来到维瑞斯星附近。维瑞斯的防御机制确实很厉害，在极短时间内就发现了异常。强大的维瑞斯飞船腾空而起，很快就来到了黑洞种子面前，开启了激烈的攻击。克罗托躲在暗处轻蔑地微笑："这些攻击能有什么用？螳臂当车罢了！"可是他突然缓过神来："不对！维瑞斯好像知道黑洞种子是有危险的？除非他们之前就经历过这种事！"想到此处，克罗托观察着周围飞船的进攻模式——他们没有用常规的电磁武器和激光武器，而是用比较原始的导弹、炮弹等轰炸类武器。这是在干什么？这是！这是在改变黑洞种子的运行轨迹！

克罗托转念又想：反正距离维瑞斯母星也只有五十多万公里了，即使他们这么轰炸，也无法改变被黑洞吸收的命运。然而克罗托把事情想简单了，在前方距离自己十万公里的位置，他之前观测到的那个黑洞正在沿着轨道运行而来。克罗托恍然大悟：这些飞船是要把啉弗黑洞种子转移到那个黑洞里去，从而保住维瑞斯母星。看来，这个黑洞根本就不是宇宙诞生时的原生黑洞，说不定它以前是维瑞斯的卫星，因为抵挡住了一次黑洞种子的攻击才变成黑洞的，至少一次。

克罗托的飞船即使能够适应黑洞种子的引力，但是却无法抵御它和另一个黑洞撞击所产生的冲击，只好在撞击前离开黑洞引力范围。他没有时间等着看撞击的效果，更没时间捶胸顿足地感叹，因为周围有大量维瑞斯的飞船在虎视眈眈地等着他。他加速逃离这片虎狼之地，随后背后传来巨大的冲击波。那是两个黑洞撞击的冲击波——这次自杀式的攻击没有起到任何效果，还白白搭进了啉弗。冲击波逐渐平息下来，维瑞斯的飞船紧随其后。

近百艘飞船追击克罗托一人，克罗托尽量稳住自己的情绪，希望对方一时疏忽出现逃生机会。他左突右破，终于找到了一颗荒无人烟的小行星，赶紧降落到岩石缝隙中间希望能够躲避对方的探测，然而他自己也知道这种可能性是零。

维瑞斯战舰把整个行星围了个水泄不通。克罗托把飞船小心停在一大块岩石下面，然后走出舱门检修飞船，准备做最后的挣扎。他一只手做事非常不方便，不过还好飞船损坏情况并不严重，靠飞船的自动检修系统再加上些许的人工修复即可。完成后他进入飞船，看着自己的断手，一阵罕见的无力感袭来。就在这时候，飞船前方降落下来一艘维瑞斯战舰，然后从里面缓慢走下来一个气场强大的男人：“出来吧。我知道你在里面，躲得还真是够隐秘的。”

“你怎么称呼？”克罗托在飞船内问道。

“你可以称呼我为狎杰，我是维瑞斯的首领。好久没有遇到对手了，我只是想玩一下心跳而已。希望你能给我带来快乐。”

“你想要我取悦你吗？小心被我杀死。”克罗托内心已经极度气愤了。

“这样吧，我给你一个逃生的机会。虽然我可以用一万种方法干掉你，但是我可以和你来一场最原始的比武。你出来吧！”

不管这个狎杰说的是真是假，克罗托都选择出来迎战。只是他看着自己的断手，知道对方肯定会抓住这个巨大的弱点，便取出医疗绷带把断手绑在胳膊上，再穿上战服感觉手臂完好无损，然后装作气定神闲地走出舱门。

“狎杰，在和你决斗之前我能否问你几个问题？”

“当然！反正在我眼里你已经是一个死人了。问吧，我会毫无保留地告诉你。”

“维瑞斯作为癌星，为什么我却探测不到你？”

“我知道你是免疫星的人，你有很灵敏的探测设备。但是我们维瑞斯已经获得了某个DNA星球的文明特征，所以在远处你是无法识别我们的癌星身份的。”

“你是从哪里获得的DNA星球的身份，又是哪个DNA星球的身份？”

“曾经有个外星人到过维瑞斯，他收集了一个叫作地球的DNA星球上各类人的脑电波。我把他所有的电波复制下来，植入到我们的星球文明中，所以整个维瑞斯就伪装成了DNA星球。”

“你说的那个外星人，是不是叫卡戎？”

“哦？你也认识他吗？宇宙还真是很小。”

“这一片区域其他的癌星我也侦测不到，难道他们也被植入了地球的文明特征？”

“对，没错。我们这些星球已经组建了癌星联盟。不瞒你说，我们都知道自己的身份，但是我们不会自己选择灭亡。然后我把地球的文明特征发送给所有的盟友，大家一起练兵、一起开发宇宙资源，一起抵御免疫星球的攻击。”

“那维瑞斯外围的那个黑洞是怎么回事？”

“这也要感谢卡戎，是他告诉我免疫星最后的攻击手段就是黑洞种子。所以我们就把维瑞斯的天然卫星变成了挡箭牌。每次黑洞种子袭来，都被它挡住。这真是宇宙给予我们的恩赐。”

“你们这样的生存模式会让宇宙生命体走向灭亡，你不觉得羞愧吗？”

“有什么好羞愧的。如果让宇宙活着，我们就要死。如果宇宙死了，我们还是要死。反正都是要死，如果你是我们，你又会做何选择呢？更何况，如果在我们文明发展之初就有免疫星来告诉我们不能这样发展，否则会发展成为癌星，那我们肯定会改变自己的生活方式。你们这些道貌岸然的免疫星人偏要等到我们的生存方式已经定型再过来灭我们，你觉得我们会坐以待毙吗？告诉你，癌星有三个特征。第一，可以无限度地复制自己的文明到其他星球，这和一般的正常星球开发外太空有着本质不同。第二，就是可以和其他癌星结盟，形成庞大的癌星组织。第三，就是具有迷惑性，让免疫星球难以找到我们。我们现在，是癌星的完全态。就凭你一个人带着这么一群乌合之众，就算你们是造血干细胞也没用。我的回答，你满意了吗？”

说完，狎杰打开激光剑。克罗托一愣，狎杰到底是什么心态？他这样不是太冒险了吗？他来不及想那么多，也打开自己的激光剑。他必须速战速决，便抢先发起攻击。狎杰闪身躲过了这一击。克罗托左腿下蹲，右脚直接勾了过去，狎杰双脚起跳再次躲过。克罗托左腿立刻站立，右腿顺势蹬向狎杰的面门，狎杰右手持剑横插向克罗托的右腿。克罗托赶紧收腿向后退去，只是缺少了左手的平衡，他站立不稳险些摔倒。狎杰一看克罗托的身法，再加上从交手到现在，克罗托一直未使用左手，便猜测他左手有伤。狎杰微笑着看着克罗托："我不占你便宜，我们来场公平的对决，我也不使用左手。"

"哼！公平的对决？你的飞船舰队把我重重包围，就算我赢了，也是插翅难逃。除非你现在把飞船都撤走，我才相信你有公平对决的意愿。"

"这种老套的激将法我怎么可能中计呢？如果你赢了，我会命令他们都撤。万一我的舰队不在，你又赢了，说不定你会杀了我。"

克罗托一看狎杰没有中计，又接连发动攻势。由于狎杰背着左手，很快就处于劣势。克罗托趁着狎杰一招过后站立不稳，右手的激光剑直接砍了过去，狎杰只好抬剑抵挡，虽然拦住了克罗托的招式却单膝跪地，处于非常被动的局面。狎杰眼看就要输了，让克罗托没想到的是，他竟然放开左手直接击打克罗托的右臂。克罗托疼痛难忍，踉跄后退。狎杰哈哈大笑起来。

"你！你这个卑鄙小人，你不是说好单臂应战的吗？"

"这种骗小孩子的话你也信？"

克罗托趁着狎杰狂笑未停，抓紧机遇攻了过去。双臂齐全的狎杰很快占了优势，他左手抓住克罗托右手腕，克罗托赶紧侧身让左臂远离狎杰，然后右腿踢向狎杰的小腹。狎杰右手一抖，激光剑插入克罗托的脚踝。克罗托疼痛难忍，刚要后退，却被狎杰一脚踢飞，就地打了几个滚之后，克罗托看到狎杰已经来到自己面前。他根本没时间站起来，狎杰的剑已经刺向喉咙——往事历历在目，前半生的点点滴滴在脑海里过了一遍，他竟然想起好多值得留恋的人、事、物。他曾经在意的目标无法达到，被他忽略的东西，此时显得那么值得留恋。克罗托从来都没有发现，原来这个残破的世界……好美！

感叹到此处，突然克罗托灵机一动，把右手的剑扔向狎杰的头部，狎杰轻松躲过："你已经没有了兵器，还能干什么？"

克罗托没有停下来，接着就把自己的断手又扔向了狎杰。这次不是扔向他的头，而是正对着前胸。狎杰一看竟然是克罗托的手，饶有兴致地接了下来："嚯！你这是干什么，把自己的肢体器官都当成暗器了吗？"

克罗托右手赶紧掏出手环的起爆遥控器按了下去，一阵爆炸声传来，狎杰晕了过去。外太空的舰队发现下面的情况不对，火速赶往地表。克罗托眼疾手快，强撑着身体把昏迷的狎杰拖入了自己的飞船。

所有的维瑞斯战舰不敢轻举妄动，只好网开一面，让克罗托的飞船离开。克罗托对着敌人喊话："你们的首领被我控制了，但是我不会伤害他，你们也不要跟着我。等到你们追不上我的时候，我就会把他放下来。如果你们不同意，我和狎杰就会同归于尽。"

维瑞斯的舰队没有跟来，克罗托看着还在昏迷的狎杰，暗自庆幸——真是好奇害死猫。这个狎杰平时要无聊成什么样子才能亲自出马！克罗托知道已经甩掉维瑞斯的飞船了，便把狎杰安全地放入太空。克罗托忍着疼痛马力全开，一路飞驰回到了地球。狎杰在太空中睁开眼睛，看着渐行渐远的克罗托，露出了令人不解的笑意："祝你好运，克罗托！"

第十八章 终身为父

在深黑的太空中，克罗托找寻着回地球的方向。他一边处理着身上的伤，一边反思着自己的过往，更多的时间则是构思着如何将卡戎碎尸万段——如果不是这个家伙，癌星系统也不会进化成完全体。到了地球附近，他打开癌星文明的探测设备想要找到卡戎，只是地球上已经没有卡戎的那种信号了，卡戎他们已经完全摆脱了癌星文明。他无趣地把设备关掉，形同枯槁一般前往方千柏家里。他心中盘算着，就算卡戎不在那儿，也可以逼问方千柏说出他的下落。

随着飞船靠近方千柏的房子，他看见天台上卡戎正在和玻米一起玩耍，波菈在旁边幸福地看着两人。这让克罗托更加生气——整个宇宙都陷入巨大的危机，这个始作俑者还在这里享受天伦之乐。他本想直接轰掉整栋房子，但是也不想杀死地球人，只好先降落下来。

"卡戎，你在这里挺快乐的嘛！还记得我是谁吗？"

卡戎一怔："我怎么会不记得。你终于回来了！"

克罗托轻蔑地回道："你还没死，我当然会再回来。虽然你现在已经不再继承癌星文明，但是你犯下的错误是不可饶恕的。接下来我将宣布你的罪状——第一，将地球DNA特征泄露给癌星；第二，将免疫星的终极武器'黑洞因子'透露给维瑞斯。这两点，导致单个的癌星联合形成无法识别的癌症组织星球。你加速了宇宙的死亡。如果你没有意见的话，我将对你执行死刑。"

卡戎一句话不说，内心承认克罗托说的这些都是自己曾经做过的。克罗托掏出武器对准卡戎，旁边忽然传来喊停的声音："不要这样做！立刻停止！"克罗托一看竟然是赛特跑上来了，便缓缓放下武器，对着赛特说："怎么，你作为免疫星的人，现在要包庇卡戎吗？"

赛特道："不！克罗托，我们有很重要的话和你说。在你离开地球之前就想找你了，可是你根本就不听。"

"你们无非就是要阻止我，那样的话有什么好听的。"

"我们确实要阻止你，但是你一定要听。"

克罗托不想理会赛特，又抬起手来把武器对准了卡戎。卡戎和赛特同时发现克罗托身形不稳。

赛特惊呼："克罗托，你的另一只手去了哪里？到底发生什么事情了？"

"哼，关你什么事？对付卡戎，我一只手就够了。"克罗托说完就准备开火。卡戎身形一闪，在开火之前已经躲到了另一个方向。克罗托一侧身，再一次瞄准了卡戎。卡戎一看便知道他的脚上有伤，便顺势向右闪躲，克罗托没打中。等到克罗托再一次瞄准时，卡戎刚要闪躲，却发现玻米就在身后，他害怕误伤玻米，就在这犹豫的片刻，卡戎的肩膀被击中。玻米吓得哇哇大哭，卡戎摔倒在地上仍护卫着玻米。克罗托找到了卡戎的软肋——只要有玻米在，卡戎就没有一丝胜算。于是，他把武器缓缓对准了玻米。这可把波菈吓坏了，一把把玻米抱住藏在身后。在战斗中，把后背露给敌人是最大的忌讳，然而在母爱的作用下，这反而变得再正常不过了。只不过克罗托是在声东击西，他又迅速对准了旁边的卡戎开火。波菈一看，又迸发出力量扑到了卡戎身前，结果被克罗托打了个正着。子弹从后腰贯通至前腹，波菈直接倒了下去，血液喷涌而出。

卡戎用手捂住波菈那巨大的伤口："波菈，你醒醒！你不要睡过去！"

卡戎哭了，波菈最起码也应该有弥留的时间吧，最起码临终前也要说句话吧……怎么突然就没了！

玻米抢上前来哭喊道："妈妈你怎么啦？你醒醒！爸爸……我要妈妈，我要妈妈！"

卡戎看着痛哭的玻米，眼神里透露出从未有过的杀意。他根本就没有看见克罗托还在瞄准他，只是像机器人一样走上前去。克罗托最喜欢看到一个人失去理智，因为这样的人是最好对付的。他刚要开火，赛特跑了过来一脚踢在了克罗托受伤的腿上，这让他身体失去平衡，并没有打中卡戎。赛特见卡戎已经失去了判断局势的能力，自己只好和克罗托缠斗在一起。他双手抓住克罗托的右手，卸下了他的武器，双腿缠住他的左腿，一时间二人谁都动弹不得。在玻米的哭喊声中，卡戎掏出了自己的武器："克罗托，你是不是觉得我没有武器？你是不是认为我就不应该反击？不是的，我们只是想把事情解决好，并不想为了仇恨而杀戮。如果要报仇，就你对坎瑟星做的事情，我杀你一万次都不多。既然你不想好好谈，那就不用谈了。"说完，卡戎用武器顶住了克罗托的脑袋。

“全都给我停下来！”一声严厉的呵斥之后，方千柏、方明、柳睿等一起走了上来。方千柏一看楼上这场景，无奈地摇摇头：“卡戎，你停下来。如果你现在冲动了，那以前所有的努力都白费了，未来就真的不可收拾。柳睿，把波菈抱进屋子里，赶紧启动变体设备救治她。赛特，放开克罗托吧，我有话和他说。”

随着赛特放开，克罗托站起身来，又捡起了地上的武器。他并没有把方千柏当回事，毕竟无论从年龄上，从阅历上，还是对宇宙的理解上，自己都远远要高于方千柏。之前伪装成向兵的时候，他对方千柏就已经有很深的了解。所以在克罗托的眼神里有着无法掩藏的轻蔑。可是当他正视方千柏的时候，他发现眼前的这个老人已经不一样了，竟然散发出俯视自己的感觉。

方千柏异常稳重地说道：“克罗托，你走之前我就想找你聊聊，但是你的脚步太仓促。诚然，你是为了宇宙的健康而奋斗，可是你却忽略了我们每个人都是宇宙生命体的组成部分。如果我们全都过不好，那么宇宙怎么可能健康？”

“不需要你对我说教，赶紧说你到底有什么事情找我？”克罗托看着方千柏那种不怒自威的气场，也开始好奇起来。

方千柏叹了一口气说道：“任何人的人生历程都会有循环的吧。从儿时的幼稚到中年的成熟，再从中年的成熟到老年的深邃，再从老年的深邃到返璞归真的老顽童。人类的寿命只有这么一点，很多人都还没有到达‘老年的童真’就已经去世。而克罗托，你的生命足够长。我相信你曾经自私过，也善良过。经过了很多循环之后从澄明变得混沌、从混沌变得澄明，从铁血变得柔和，又从柔和变得铁血，反反复复不知道经历过多少次轮回。而现在，我觉得你的轮回该停下来了。”

方千柏这些看似空洞的话语，却句句都扎在了克罗托心上。他也想停下来，放下这让他心灵扭曲的巨大使命，他真的累了，尤其在前途渺茫的处境下，他累了，他想听方千柏的答案。

“克罗托，看你现在这个状态，手臂断了，脚瘸了，这次太空之旅应该遭遇了很大挫折。你现在不需要告诉我发生了什么，我猜给你听。你利用地球催生出的免疫星球应该是一盘散沙，有着强烈的掠夺性，并没有把免疫星球的使命放在首位。至于你的断手，有可能是在统领他们的时候与其发生了矛盾，被这些免疫星人给砍断的，也有可能是在和癌星的战斗中处于劣势，被敌人砍断的。”

“方千柏，你为什么会知道我塑造的免疫星是一盘散沙？”

“因为你的专断、独行、片面、急躁，还有铁血思路。”

“不用你来教训我！你以为你是谁？”

方千柏慢慢抬起头看着克罗托：“你说我是谁？我曾经是你的老师。”

克罗托先是愣了一下，回过神来之后就摆出一副对方千柏的说法不买账的样子。

方千柏继续说：“你很好奇免疫星球的军队为什么不团结，为什么利欲熏心，为什么没有战斗力……其实责任全都在你自己身上。”

“责任在我？不可能！他们没有战斗力，和我有什么关系？”

方千柏示意让克罗托耐心听下去：“如果地球的文明是开了一朵美丽花朵的植物，那你只看到了花朵，却忽视了整株植物。你认为你要的是花朵，然后把花朵摘下来，结果不久之后花瓣就枯萎了。更何况你摘下来的还不是花朵，而是一片花瓣，然后按照花瓣的形状复制出假的花瓣拼凑成一朵花。如果你摘下花瓣，只是想在一天内装点你的书桌，那你完全可以这样做。可是如果你想要长时间装点整个家、整个庭院，你就必须把植物移植过来，还要注意它的生命力，尊重它的生长习性、悉心照料。你要拯救的是整个宇宙！不是一个星球，一个星系！你觉得你之前的所作所为，该如何评价呢？”

克罗托有些动容，但是依旧不想否定自己的过往，就用方千柏的话来回击方千柏：“既然你说要从整体上去看待一株植物，那你也要从整体上来看待我。无论我在过程中犯了多少错误，损失了多少人的利益，我的目的都是为了宇宙生命的整体能够存活下来。从宏观的角度来说，我是正义的！”

方千柏摇摇头：“宏观？你理解的宏观能有多宏观？《庄子·逍遥游》中说：“无极之外，复无极也。”宏观之上恐怕还有宏观。方明已经进入黑洞见过阿特珞玻斯和拉克西斯，我们掌握的信息可能比你还要宏观。你说癌星就是邪恶的，免疫星就是正义的，你意识里这种近乎先天的规定，其实是后天思维惯性的结果。你，克罗托，就真的是正义的吗？”

“我当然是正义的！我代表了宇宙最宏大的前途。”

“好，那我告诉你一些事情，你做好心理准备。我的儿子方慰，还有他的组织，根据阿特珞玻斯和拉克西斯的话，还有目前的种种迹象，做了很多分析。现在得出的结论，极有可能是最接近真相的。在告诉你结论之前，我先告诉你一件事，你知道吗，你的师娘已经去世了。”

“马晓渊？”克罗托并不想承认方千柏是自己的老师，但是现在随他说吧。

“她是得了白血病去世的。白血病，其实就是血癌，癌症的一种，造血干细胞生产出大量的、不合格的、不具有免疫功能的白细胞。这些白细胞看似属于免疫系统，但占用了大量人体资源，通过血管充斥在身体的各个器官里。反而让血红细胞，还有其他器官无法获得足够的养分，最终导致人体死亡。你在地球上的所作所为，其实就是急于求成，把地球文明片面地搜集起来充当整体，以感情为把柄强迫人们联网劳动，通过利益来让人走到一起，通过享乐堕落让人们甘愿工作……这样塑造出来的免疫星球必定是不合格的。所以，不论癌星现在如何作祟，那都是另外一回事。而你，克罗托，是打着免疫系统的旗号，做着癌星的事情。”

克罗托彻底呆住了，他回想起这段时间的战斗。那些免疫星球数量巨大，却都是为了自己的利益而走到一起来的，甚至为了自己的利益可以把正常文明星球的太空资源都掠夺走。而且以他们的战斗力根本无法战胜癌星，遇到了挫折就各奔东西……这一切的一切，不都是宇宙白血病的症状吗？原来自己所做的一切，是在加速宇宙的死亡。他想了很多，他虽然不想承认自己的错误，但是过往的种种全都印证着这个结论是对的。他不愿意面对，但是理智帮他战胜了自我！随后，他一屁股跌坐在凳子上，坚持了不知道多少年的信仰突然崩塌，认定的正义身份突然成为邪恶，克罗托的精神仿佛直接从身体里挥发了，成为一具木讷的空壳。

赛特走到克罗托的身边，一只手轻抚他的肩膀。这一接触，让他飘散的灵魂瞬间回来，同时巨大的痛苦也一起侵入其中。他抱着头，不想让方千柏和赛特看见自己的表情，他也不想再多看这个世界一眼。

良久之后，克罗托缓过神来：“我认可你说的是事实，但是我不能接受自己是宇宙白血病细胞的身份。我愿意用尽全部的力量，来改写这一切，我要保证宇宙生命体恢复健康。方……方教授，你有思路吗？”

方千柏感受得到克罗托内心的变化，就对他说道：“为什么你的免疫星球没有战斗力，一盘散沙，我现在可以告诉你答案。你稍等，我收拾一下。”

克罗托木讷地坐在椅子上等着方千柏，不一会儿楼下传来了方千柏的声音：“下来吧，跟我走。”

克罗托下楼走到客厅，看见柳睿、卡戎正在救治波菈，玻米在旁边吓得一动不动，只是流泪。从柳睿的表情上看，菠菈应该可以挺过这一关。克罗托抱歉地看了一眼卡戎，卡戎根本就不想看他。

方千柏示意克罗托过来：“来，上车吧。我带你去个地方。”

“为什么不乘坐飞船，那样不是更快一些吗？”

“我这把老骨头能给你开车，你就知足吧。”

克罗托在开车途中把免疫星球联盟发生的事情大致讲述给方千柏，方千柏听得直摇头。大约半小时之后，二人来到了历史文化博物馆。下车后，方千柏沿路就对着克罗托说话：“你太在意事情的结果，只注意到地球上西方的科技文明，却并没有注意东方的人文精神。刚刚在家的时候我和你说了，你以感情为把柄来要挟人们在一起，用利益和享乐把人群拉拢起来，这样怎么可能形成真正的团结。所以你那些免疫星联盟在遇到困难的时候，肯定会四散奔逃。其实西方文明里也有很多让人组织起来的人文思想。像孟德斯鸠、狄德罗、卢梭等一大批人，在文化建构、社会制度设计层面上，都有着巨大的建树。还有牛顿、莱布尼茨、笛卡尔、康德，这些人不仅仅是科学家，同时也是哲学家。他们既思考自然问题，也思考人文问题。你太片面地看待技术文明，却忽略了与之相生的人文思想了。”

不知不觉间，二人进入了博物馆内部。克罗托漫无目的地看着眼前这些虽然熟悉，但是却不以为然的展品。

方千柏看着克罗托道：“你知道吗，我们新中国成立前经历了巨大的民族性灾难。甚至一度面临着分崩离析的危险，但是最终我们团结起来，沿着历史的文脉建立了崭新的国家。而后，又靠着这种民族的团结不断强大起来。你来看这些照片。”

随着方千柏的指示，克罗托看向了一组照片。

“你看看我们的烈士。当时部队在敌人的眼皮底下隐蔽着，敌人为了把战士们赶出来，就用炮火轰击。燃烧弹把这位战士点燃了，他为了掩护周围的战友，不暴露踪迹，就这样忍着剧痛，活生生被烧死。”

克罗托难以置信地感叹：“这不可能，一个活人是不可能忍住一动不动地被火烧死。这不仅仅是肉体的极大痛苦，还要战胜人类的求生本能。”可是事实摆在眼前，克罗托知道自己是在无意义地嘴硬。

方千柏不理会克罗托，继续指着下一组照片：“如果烈火无法让你震撼，那你再看看寒冰。这是当时战士们在极度寒冷的情况下伏击敌人的场景。他们就这样在冰天雪地中坚守自己的意志，成为永远矗立的冰雕。”

克罗托看着这些真实的照片，容不得他不信。

方千柏依旧继续着自己的讲解：“你看还有这个。他为了掩护战友冲锋，用身体去堵住机枪口。还有这个，用身体顶住雷管。再来看，还有这个，单手托起炸药包……如果仅有一个案例，你可以怀疑。这么多活生生的事实，你又如何不信？！”

克罗托单手握紧拳头，忍不住地自言自语：“如果把这种精神传授给免疫星的军队，那他们怎么可能会输给癌星？”

方千柏看到震惊的克罗托，知道他有点觉悟了，就又缓缓说道：“不要着急感叹。来，再看看这些。这是多年前我们的军队在一线抗洪抢险的情景，当时牺牲了很多士兵，可是为了人民群众的生命财产安全，他们义无反顾地用肉体与洪水搏斗。这是他们抗洪胜利后返回军营的场景。”

克罗托仔细看着这些照片——老百姓抱着军人不肯撒手，士兵擦着眼泪挥手告别。成千上万的群众把要离开的军车围在中间，一个个哭成了泪人。

“你们竟然有这样的军队，真是让我羡慕！”

“你错了，我们有的不仅仅是军队。你来这里看，这是很多年前我们国家暴发了一场大瘟疫。全国的医疗队集结起来前往疫情最严重的地方救援。抗疫胜利后，医疗队回到各自的医院。你自己来看吧。”

克罗托恭敬地看着这些照片——医疗车一路开去，道路两边是一眼望不到头的人群，他们在欢呼着，欢送着……

方千柏看着这些照片同样感慨：“团结，是我们国家刻在骨子里的信仰。当然，特殊时期也会有汉奸、卖国贼，但我们的主旋律永远都是团结一致。”

克罗托被这些历史震撼了，他后悔为什么当年不注重这些文脉，而只在意眼前的技术成果：“那我能问一下，为什么你们国家的人会有这种觉悟呢？”

“如果你不了解我们的历史，就不会明白我说的团结。就像你只在意花朵，却不在意整株植物。跟我来吧。”方千柏带着克罗托一直走到展区的最前端，看着那些原始的彩陶器具：“就从这里开始吧。前面还有旧石器时代，我觉得可以先不看。这里，是黄河流域的仰韶文化，是早期的华夏文明之一。原始先民依水而居，周围是一片洪泛平原，地势相对开阔，土地肥沃、物产丰富。你知道这意味着什么吗？”

这个问题的答案会有很多种，克罗托不知道从哪个角度回答，就像一个学生一样问道：“这……这意味着文明会快速发展吗？”

“不！这意味着，这里只要通过勤劳的渔猎、采摘与耕作，就可以获得丰富的生活资料，而不需要通过战争来获得。农耕会让先民相对固定在一片土地上，在这里生活、繁衍，然后对这片土地产生感情，深深眷恋着生养的大地。于是，我们的先民就会在这里发展出族群、谱系——你是谁，你是谁的谁，他是你的什么人，你又是我的什么人。就这样，在这片土地上又发展出血缘和宗族的纽带，这让生活在这里的人形成一个统一的大族群。”

克罗托看着这些彩陶，有人面鱼纹，还有蛙纹、水波纹，想象着那时人们劳作的场景，然后提出了疑问：“我不信那时就没有战争，战争会让社会分崩离析的。”

“说得好！那要看战争的目的是什么，是灭掉对方，还是要让双方过得更好。后来华夏文明发展出两个比较大的分支，炎帝和黄帝。战争不可避免，但是双方都足够理智，战争的目的也并非为了将对方灭族，而是要让自己部落的百姓过得更好，所以战争不是目的，只是解决问题的方式，却不是最好的方式。在双方势均力敌的情况下达成和解，才是最佳选择。从此就有了‘炎黄’的概念。这是我们历史文明中极其重要的一次和解，从此以后‘和’的概念深入人心。因为这个字，可以给人们带来福祉。”

克罗托跟着方千柏慢慢看着这些文物和图片，看到了一块甲骨：“后面的几千年不可能都是和平吧，你们祖先又是怎么处理的？”

“战争很多，但有一场战争极为重要，这不仅是对战争史，更是对文明史的推动。商朝统治者为了神化自己的统治，宣称自己是天上‘帝’的后人，并编写了一个神话故事——简狄吃了上天派下来的玄鸟的鸟卵而贞洁怀孕，生下了一个孩子叫作契，契是商朝的祖先。你再看这里的一句话——天命玄鸟，降而生商。这是《诗经·商颂》里的话，说的就是这个故事。你刚才看的是甲骨文，是当时商朝的一个巨大创意。他们说自己的祖先是天上的‘上帝’。人间有事就需要请示天上的祖先。在当时只有烟才能不断往上升，就通过焚烧乌龟和牛骨产生烟，通过焚烧后的裂纹来分析祖先的意见。这种强烈的仪式感，让当时的百姓认为统治者就是在和天神对话。”

克罗托意识到了古人的智慧：“这样一来，如果有其他人要推翻商朝，那就是在推翻天神的儿子。”

“对，说得没错！可是总有人不信！于是出现了狰狞的饕餮纹，营造恐怖的气氛去震慑那些可能造反的人。从夏朝开始，‘公天下’变成‘家天下’。到了商朝之后，就用这种崇拜鬼神和威吓的办法维护统治。后来周逐渐壮大，在军事上发起牧野之战，在文化上开启了更加富有智慧的诠释，周人必须解决统治身份的问题。商人说简狄吃鸟蛋怀孕，那是上天的临幸，于是周人也编出一个女子叫作姜嫄，她在巨人的脚印里睡了一觉也怀孕了，生了一个孩子叫作后稷。他也是天神之子，是周朝人的祖先。不仅如此，周朝还要瓦解掉商朝‘帝’的概念，于是他们提出了一个新的概念——‘天’，从此以后‘天’就不只是自然概念，而是文化概念。周朝统治者不称自己为‘帝’，而是‘周天子’，他们是‘天’的儿子。既然商朝和周朝统治者都是神的后人，而且商朝人已经占了统治地位，为什么周朝人要去推翻他呢？周朝人又拿着‘天’来做文章。‘天’是有规律的，是有神格化表现的，称之为‘道’。周朝人注重‘道’，而商人无道，出现了商纣王帝辛这样无道的昏君，所以周朝人要推翻他。而‘道’，又充斥在人世间，体现在人伦之中的人格化表现称为‘德’。所以，周朝人吸收商朝灭亡的教训，不再采取威吓愚弄被统治阶级，抛弃了鬼神之说，而树立天道。在统治阶级内部，周朝人注重宗族、族群和血源，以及战功，通过分封来让统治阶层团结在一起。而对于整个国家秩序的维护，则是通过礼法，把所有人都编排在‘礼’的框架内。这是历史的进步。”

方千柏看着旁边安静的克罗托，又加了一句：“一场单独的战争其实很简单，无非就是一两年，然而长期的作战比拼的不仅仅是兵力、经济，还有文化和观念。你带领着免疫星和癌星作战，可不是把他们消灭了就完了。就是在人体内部，把癌症病灶全部都切除干净，那也并不表明癌症就治好了，体内还有滋生癌细胞的环境，随时可能复发。你没有办法让他们在文化上深度认同，他们怎么可能不再次发展呢？我们人类治疗癌症也是一样，必须了解身体的整体状况，要了解癌细胞的规律，根据规律来治疗。人体内部的癌细胞没有思想，我们都不能一切了之，更何况那些有思想、有文明的癌症星球。他们有自己的文明发展逻辑，有崇尚的道德，有爱情、亲情和友情，有很多他们珍惜的东西。你把这些都给他们毁了，还想让他们安静地被你消灭，那怎么可能呢？恐怕战争最好的结局，是各自约束自己，和平共处，达到各方能够获得的最大利益，那才是战争与和平的最高追求。”

克罗托低下了头若有所思。方千柏继续道：“你再来看这本书。这是周朝成书的《道德经》，其中有这么一句：‘道生一，一生二，二生三，三生万物。万物负阴而抱阳，冲气以为和。人之所恶，唯孤、寡、不穀，而王公以为称。故物或损之而益，或益之而损。’意思是说，道从一体的混沌，逐渐生出宇宙万物。万物各种形制，各有特点，各有规律。即使是癌细胞也是如此，癌症星球也是如此。万物相互依存，相互和谐地在一起，才能称之为‘和’。如果没有癌星，那你们免疫星又有什么必要存在呢？不仅你们和癌星是一体的，我们所有的万事万物都是宇宙的组成部分。我们相互牵制也相互成就，共同生活在宇宙环境中。你看，人们都讨厌孤独，不喜欢片面，因为不可能舍弃自己的对立面，然而君王总是称自己为‘孤’，或者‘寡人’。克罗托，你在漫长的岁月中应该深有这样的体会，你不被人理解，一直孤独前行，长期以来变得性格扭曲，变得极端，必定会朝着另一个极端发展。我想你不应该一刀切地对癌星赶尽杀绝，而是要了解他们的历史，他们的文化，他们的诉求，然后疏导他们的怨气，去改变他们。还有旁边的那本《周易》：保合大和乃利贞，都是在说‘和’。”

克罗托慢慢懂得了一些，然后抬头问道：“那后来呢？周朝是怎么被灭的，他们不是讲究‘和’吗？”

“这是历史规律。而且那时是我们国家历史的早期阶段，还不是特别善于处理一些重要事件。由于周朝分封了太多诸侯国，每个地方都各自为政，终于崩盘了，进入混乱的春秋战国时期。这一时期出现了大量的学者，为了解决当时的社会问题提出了很多学说，其中以儒家最为典型，还有道、法、墨、阴阳等等。当时可谓百家争鸣，学者们又吸收周朝灭亡的教训，不能只关注统治阶级的利益，于是提出了‘民’的思想，甚至提出了‘民贵君轻’的观点。而当时的主流学说或多或少都有一个重要的概念——‘和’，‘仁者爱人’‘兼爱’‘非攻’等观点层出不穷，本质上就是把版图内的人都‘和’起来，这是国家能够再次统一的重要思想源泉。”

克罗托变得好奇：“春秋战国之后，是怎么统一起来的？”

“来，看这里。”方千柏带着克罗托继续向前走，脚下有一点踉跄，调整好姿态后继续说了起来：“秦王嬴政统一了六国。秦朝是中国古代历史上第一次大分裂后的首次统一，该如何治理国家，历史上没有先例可循。先是通过战争统一了版图，然后有一个人在文化认同和经济生活上做足了功夫。首先，他给自己选了一个称呼，把历史上‘皇’和‘帝’两个字结合起来，创造了一个新词——皇帝，而自己就是最开始的皇帝——始皇帝。然后统一度量衡，车同轨、书同文，在生活方式和文化上做到全国范围内的统一规范。他吸取周朝分封制失败的教训，设立郡县制，建立大一统的国家，避免分裂。但是秦始皇太着急，想在有生之年就完成宏图大业，因而操之过急，出现了太多的矛盾，很快就被汉朝所取代。”

克罗托听到这里，又想起了自己的所作所为。他开口问道：“汉朝比秦朝做得好吗？”

“好一些！汉承秦制，又有推进。尤其是中央大一统思想，可以有效避免周朝分封诸侯国带来分崩离析的危险。而汉朝也面临着历史上从未出现过的问题，就是如何把战国时期百家争鸣的思想融合起来。最开始汉朝实行黄老道家思想来休养生息，发展国力。到了汉武帝时期，要确立强人的中央集权，对内要统一思想，对外要用兵，道家思想明显不够用了，他就罢黜百家独尊儒术。然而儒家思想只能在文人士大夫阶层推行，真正对老百姓进行统治还需要‘法’的权威，于是开启了‘外儒内法’的文化框架。这也奠定了后世两千多年的基本思想架构，也是春秋战国百家争鸣之后的第一次思想大融合。但是新的问题又来了。东周的分裂是奴隶制社会的事情，而东汉则是封建大一统末期，内部势力相互兼并、融合，最终发展成为几大利益集团，他们各自不和导致分裂。而且在这个时间段，周围的少数民族部落趁机进入了中原地带。”

“那，不是你们的灾难？！”

“可以这么说吧！当时匈奴、鲜卑、羯、氐、羌五支少数民族进入中原，把所到之处的汉人杀到仅剩一丝血脉，上演了种种惨不忍睹的悲剧。对于当时当地的百姓来说确实是灾难，但是对于整个文明史的发展来说却不一定。因为这些少数民族后来都融入了我们共同的华夏民族，现在已经不分彼此，亲如兄弟。”

“为什么？还是因为‘和’吗？”

方千柏本来想说，无论多大的仇恨，多大的矛盾，只要大家奔着共同幸福的目的发展，总会找到最好的方法。克罗托和癌星虽然现在战斗得你死我活，但是只要方法得当，最终能够在统一的合理诉求范围内和平相处，在保证宇宙生命体整体利益的前提下满足各自的最大利益，那么多年之后，也可能成为共生的整体。但方千柏没有说出来，让克罗托自己去悟吧。

“东汉时期佛教传入中原，这个很重要。从哲学的层面来说，儒家主要是方法论，道家思想有着本体论的成分，也有着一部分方法论，只是本体论和方法论之间还缺少关联性的论述。而佛学的顿悟、修行在其中产生了不小的作用。进入三国两晋南北朝时期，人们不仅可以参佛，还能悟道。这一点对于后来的文化延续起到了承前启后的作用。魏晋南北朝时期可谓杀戮不断、饿殍遍野，皇帝都可以随时被废，汉朝倡导的儒家思想在这一时期彻底失效。文人士大夫转而追求道家，结合佛学，玄学出现了，这有效延续了历史的文脉。在百姓阶层，村落里依旧相信自己的村长、族长，这是原始社会一直流传下来的文化习惯。其中掌握文化知识的乡绅也发挥了作用，把儒释道思想下沉到百姓阶层，这真是保住了华夏文明的延续。国家一旦在军事上实现统一，文化便会快速觉醒，形成在形式和思想上都统一的国家。”

克罗托很快追问：“那魏晋南北朝之后是怎么统一的呢？”

“隋朝建立，只是又是二世而亡。”

“这次是重蹈秦朝历史覆辙吗？”

“表面上像，其实也还有所不同。秦朝是历史上第一次大混乱的统一，所有人都没有经历过这样的事情，没有经验可以借鉴。而隋朝是因为隋炀帝好大喜功，急于求成。本来做了大量有益于国家发展和百姓福祉的事情，但是忽视了百姓的承受力，违背了社会发展的逻辑，导致国力迅速衰退，直接崩盘。他有史可鉴，却没有借鉴。”

听方千柏这么说，克罗托又回想起之前自己的所作所为，又何尝不是一个好大喜功、急于求成、忽略民生的领袖。

方千柏继续说：“但是隋朝做了一件可以标榜千秋的事情，创立了科举考试，把历史典籍作为教科书，成为考试的必备内容。从此以后，无论是豪门氏族还是普通百姓，想要跨越阶层就必须学习这些文化知识。科举考试在此后的历朝历代都被沿袭下来，这进一步让华夏文脉延绵不绝。历史，其实就是经历。不断经历新的事情，解决新的问题。现实中遇到出现的问题，就看古人是怎么解决的。这是华夏民族的智慧与经验。如果一个国家、民族一直不停地重复犯错，那很容易就重蹈覆辙，停滞不前。”

“那你们就没有重蹈覆辙吗？”

“有！程度不同！某种程度上说重蹈覆辙也是很难避免的，只是客观上让后人知道这是多么惨痛的教训。隋朝之后进入大唐盛世。这一时期李唐以李耳为尊，崇尚道家。而科举又以儒学为主。武则天时期，女性上位，必须找到合理的文化诠释，儒、道都没有相关的文化支撑，然而佛学的因果、轮回等说法能够支持武则天称帝，于是又大兴佛学。唐玄宗时期，确立‘会三归一’的政策，借助魏晋玄学的余温让儒释道三教合流，这也成为后世文化融合的主要脉络。只是唐玄宗后期飘了，重用奸臣导致安史之乱，随后牛李党争不断，国力迅速衰颓。兼并、割据、农民起义此起彼伏，于是唐朝后期走上了东汉末年的老路，进入了五代十国的混乱局面。这也给后世留下了足够的警示。无论是皇帝的作为还是社会秩序的崩溃，让后人看到了重蹈覆辙的危害。”一口气说了这么多，方千柏有点喘不上气来，就停在原地喘了一会儿，克罗托也没有太当回事，甚至还催促方千柏快点说下去：“那后来的人学会了吗，后来又发生了什么？”

“每个时代都有自己的问题，让历史的脉络变得极其复杂。宋朝赵匡胤陈桥驿兵变，后来杯酒释兵权，建立赵宋王朝。他害怕武将效仿他，就重文抑武，给整个宋朝奠定了基调。后来宋朝统治者算是吸收了唐朝党争的教训，范仲淹、欧阳修、王安石都因为涉嫌党争而遭贬谪。只是，后来的党争换了一个面貌出现了——变法派和保守派。在文化方面，宋朝可谓达到了一个巅峰，不仅是诗词歌赋，在哲学上继承唐朝的三教合流，进一步深入到了本体论、辩证法的层面，出现了理学，程颐、程颢、朱熹、陆九渊、张载、周敦颐都是历史上响当当的人物。但是宋朝却吃了缺少军事支撑的大亏，国家一直处在被动的局面，辽、夏、金、蒙不断侵入。所以穷兵黩武不行，过分重文抑武也不行。没有强大武力做保障的文化，只会越来越内敛，很容易沦为空头的说教。”

克罗托听得出来，方千柏是用语言在启发他。

“克罗托你听好了，接下来才是重要的地方。无论是辽，还是西夏都给宋朝带来重创，而金国造成的‘靖康之耻’更是当时的刻骨之痛，后来被蒙古统一建立元朝。然而，华夏文明的包容力让曾经在华夏大地上相互对抗的各种力量最终融合成为一体，现在亲如兄弟，是同胞手足。元朝，我个人认为是华夏大地第一次真正由少数民族实现的全局性统一，后来的明朝也认为元朝皇帝是华夏正统的血脉，包括后来的清朝也是如此。即便是之前的匈奴、突厥、鲜卑、羯、氐、羌，也都是这般。凡是在这片土地上生活、繁衍生息，便会被这里的文化所浸染，扎根在这片土地，在心灵深处形成浓重的认同感。”

“那再后来呢，又遇到了什么？”

“到了清朝，我们再一次遇到了前所未有的问题，一时间所有人都不知道该如何解决。就像你一样，不知道要如何去解决免疫星与癌星的问题。”

“你们遇到了什么？”

“我们遇到了前所未有的挑战。西方技术文明进来了！这是我们历史上第一次被压倒性的先进技术文明冲击。技术文明是从另一片遥远的土地过来的，这场危机迅速让生活在东方大地上的人们团结起来。和以前的农耕与游牧文明的冲突相比，西方技术文明与东方传统文化具有截然不同的差异，这是从来没有遇到过的，治理华夏大地数千年的儒、释、道、法、墨等思想集体失效。于是魏源、严复、康有为、梁启超等人把视角转向西方，想要用西方的技术、思想与文化来解决当时面临的问题。‘师夷长技以制夷’，‘师夷长技以自强’，‘中学为体、西学为用’等一系列思想都出现了。”

方千柏正说着，突然流出鼻血。克罗托想要找纸巾擦拭，却被方千柏一把拦住，只是用袖子抹了一下鼻子就继续说道：“到后来，封建主义、帝国主义、官僚资本主义横行，军阀混战，我们完全看不到出路，没有任何一个文化理论体系能把我们从那个环境里带出去。直到国外发生了无产阶级革命，西方文化中相关的无产阶级思想传到了我们这里，让我们看到全国范围内工人和农民团结起来的力量。即使在历史上我们内部曾经打得天翻地覆，但是经过上千年的民族融合，早已形成了统一的血脉，曾经那么难以统一的力量，我们最终还是走到了一起。再到后来那个被东洋军国主义侵略的悲惨时期，人们为了独立、自由，为了美好的生活，妇女在家进行后勤生产，把自己儿子、丈夫送上战场。团结一切可以团结的力量！

“建立新的国家之后，我们又复兴传统文化优秀的成分，形成中西文化的交融。这是人类历史上第一次实现了东西方文明在一个大国之内的深度融合。然而文化并不是万能的，不能走宋朝和清朝的老路，必须发展科技。于是一种全新的‘文化＋技术’的模式诞生了。要知道，其中要经历多少艰难困苦，需要克服多少障碍，还要经历多少历史上的‘第一次’。我们内心深处都蕴藏着因绵长历史和灿烂文化而拥有的民族自豪感。我们从历史走来，不断解决着各种问题，在错误中摸索，积累经验，提升智慧。我们的血脉里流淌着这片土地五千年前原始先民的血液，继承着他们留下的文化遗产。为了民族和国家的利益，为了我们自己，为了告慰先辈，为了后代的生活，我们甘愿努力，甚至在一定程度上牺牲个人的利益。克罗托，如果你不了解我们的历史，你就无法理解我们对科技、战争、文化和血脉的观念，无法理解我们的民族荣誉感，无法知道我们为什么能在一次又一次灭国亡种的边缘顽强生存，我们为什么能化解历史上的民族仇恨而融合成一个统一、团结的整体。这是我们华夏文明的发展逻辑！你不能只期待团结，而忽视团结的原因，只注重花朵而不去呵护整株植物。更何况，西方文明也有西方文明的优势，你又何尝理解西方文化呢？你对整个地球文明历史的了解，又有多少呢？”

听到这里，克罗托彻底明白了方千柏为什么说自己急于求成、急功近利。“你们的国家和人民真的很好，绵长的历史文脉让你们有了足够的智慧，那是‘和’在一起的智慧。未来呢？你们会如何走下去？”

“不！你不要这样问。未来不仅是我们的未来，是地球的未来，也是你的未来，宇宙的未来。地球文明经过地理大发现之后，各个地区就不可逆转地走向全球化。我相信，‘和’的思想会一直延续下去，传播下去，拓展开来。只要在地球上生活的人类，就必定有对于幸福的共同追求，呼吸着同样的空气，脚踩着同一片大地，仰望着同一片星空，有着共同的未来。”

克罗托神情凝固了，在透露出一丝羡慕之后道：“地球真好，有着美好的未来。如果把你们‘和’的思想能推广到宇宙的文明中就好了。”

方千柏又咳嗽了几声，感觉鼻子有点不舒服，就把凝固的血块擦了下来，继续道："你是否记得很多年前我曾经给你讲过蝴蝶效应？洛伦兹蝴蝶的翅膀，一只南美洲的蝴蝶扇动翅膀，结果可能引发美国得克萨斯州的一场龙卷风。初始条件的一个微小变化，可能带动整个系统长期且巨大的链式反应。你又如何知道，地球上的变化不会影响整个宇宙呢？别忘了地球是DNA星球。"

克罗托听到这里，猛地睁大了眼睛——如果宇宙消亡，那些癌症星球也必将消亡，我不相信这是他们所希望的。所以，生活在宇宙中的所有生命，也有着共同的利益，共同的归宿。

方千柏见克罗托终于醒悟了，就继续对他说："刚刚我说的这些还只是民族大义，接下来你必须知道每个人能够联结在一起的关键。之前你通过亲情作为要挟，控制了很多儿童，逼迫他们的母亲进行脑联网。"

"是！不只是拿亲情作为要挟，还有巨大的利益诱惑。"

"利益不是万能的。而亲情、友情和爱情，才是人类世界最为珍贵的东西，你把这些作为控制人类的把柄，怎么可能会让文明健康发展呢？"

克罗托疑惑道："这一点我非常不明白。亲情，只能解决有血缘关系的人之间的问题。友情，只对那些志同道合的人有效。爱情，能够产生化学反应的人更少，在特定的时间内只能解决两个人的问题。而同情，虽然作用面更大，但是力度却很小。这些如何能让你们如此普遍地团结在一起？"

"你错了，不要这样去理解感情。同情可以单独存在，但是更多时候是和其他感情共同发挥作用。比如说爱情虽然美好，但是是自私的，带有占有欲，甚至是控制欲，而且有时还存在随着时间而消退、转移的情况。如果只有爱情发挥作用的话，那必定会在幸福的热度过后带来心碎。然而有了同情之心，去理解对方的感受，甚至感同身受，很多行为就可以得到约束，就懂得呵护对方。亲情又是另外一个情况。我们有句话叫‘养儿方知父母恩’，因为自己有了经历，才会同情父母，才知道父母有多么不容易。而友情，尤其是战友之间的情谊，不只是为了共同的利益、共同的目标走到一起，更是在浴血奋战中锤炼出来的情感。这种寓于友情间的同情是有强大力量的。看着战友牺牲的悲恸，想象着战友家人心碎的眼神，这种痛苦要比自己死亡还要剧烈。所以，经常会出现宁可自己牺牲也不愿战友死去的情况。”

听到这里，克罗托想明白了那些烈火焚身、身体堵枪口、变成冰雕的士兵，他们身体里所蕴含的感情是如此深厚。

“克罗托，你之前太注重技术分析了，把每一条线路都分析得很清楚，然而世界上有很多事情是混沌的。爱情可以转化为亲情，友情可以转化为亲情和爱情，亲情之中也可以夹带友情。然后，同情穿插在这些感情之上，让人们能够有同感、能共鸣，再加上我们刚刚看到的文化上的认同、历史上的同路、信仰上的志同道合，这样才能把最广大的人群团结起来。”

“我……我好像是懂了。”

方千柏露出了笑容：“其实同情也可以单独出现，而且力量并不弱。我曾经是你的老师，老师不仅要说教，还要身体力行。同情的力量，取决于一个人的阅历、经验、情感和对社会关系的理解……地球人有一篇小说叫作《离开欧迈拉斯的人》，它很短却很有深意。小说里假定了欧迈拉斯的繁荣与幸福是建立在一个孩子的痛苦之上的。只要这个孩子有一点点的轻松，整个欧迈拉斯城的人就会不幸福。后来这里的人们知道了真相，不希望自己的幸福建立在一个孩子的痛苦之上，于是很多人就离开了欧迈拉斯。而我，作为DNA星球上的人，影响了宇宙中很多个星球，比如说塔尔塔星。我一个人的幸福生活，让塔尔塔星人遭受巨大的痛苦，甚至要被免疫星所毁灭。当我知道这件事情之后，我没有办法再心安理得地活下去了。为了宏大宇宙的目标，为了拯救更多星球的文明，牺牲我一个人又算得了什么呢？”

“方教授，您不会是要……”

方千柏打断了克罗托的话：“克罗托，你还要知道一点。感情，是由人们的自驱力形成的，绝对不是外在强加的。你希望免疫星球联军能够团结，能够为了共同的目标而奋斗，甚至做出自我牺牲，可是他们不具备这种内驱力，你再怎么强迫他们也无济于事。我理解塔尔塔星人的痛苦，我也理解你这么多年来的孤独、不被理解，还有被扭曲了的性格。宇宙中最宏观的压力都集中在你一个人身上，你的痛苦只能一个人悄悄地承受。其实，即使我知道你不是真正的向兵，一直以来我也很担心你。我能理解你，而你，能理解我吗？向兵同学。”

克罗托听到方千柏喊自己向兵的时候，突然感觉到一阵久违的温暖——他，被人呵护了。克罗托的眼睛有点湿润，但是他这么多年来的铁血性格，绝对不会允许眼泪流出来。强忍住之后他看向了方千柏，突然发现方千柏闭着眼睛，大口喘气，鼻血又流了出来。

“向兵，现在应该是傍晚了，带我去展览馆的天台看看落日吧……”

此时的方千柏已经很难起身，克罗托搀扶着他一步一挪地来到了天台，此时的太阳正在转换身份，午后的骄阳已经变成了夕阳，它从炽热变得温暖，从强烈变得柔和，就像克罗托的铁血退却后显现出来的温情。克罗托把方千柏搀扶到了天台的座椅上，然后自己也坐在旁边。方千柏已经有点瘫软了，只能靠在克罗托的肩膀上。

“向兵同学，在来这里之前我已经服下了毒药。我害怕剂量用大了，很多话我还没说完就死了，所以我在很久之前就把要和你说的话写在了这张纸上。不过现在我都说完了，这些纸张你就拿去做纪念吧。”方千柏从怀里掏出好几页纸递给了克罗托，克罗托用失去左手的手臂搂住方千柏，右手有点颤抖地接住了这些纸。

方千柏攒足力气说道：“向兵，你的使命很重大，这么大的压力你一个人扛，真的是很辛苦。在这样的压力面前，难免会走弯路，必定要试错。能力越大，弯路和试错的成本就越大，这些都是你必须经历的。而我，应该算是你人生经历当中的一个很重要的人吧……”

克罗托咬紧嘴唇，使劲地点点头。

方千柏满意地闭着眼睛：“谢谢你对我的认可。一日为师，终身为父，我不敢在你面前标榜我自己，但我会因为能对你产生正面影响而感到骄傲。你，不要因为目标而违背内心真实的呼唤，也不要因为内心的执念而丧失目标原本的意义。现在，你的内心和目标是一致的。放心去做吧，让宇宙恢复健康，让苍生各得其所，去完成你的使命、理想……以后的路，恐怕真的就只有你一个人了。请你，请你在多年以后，不要忘了我……”

方千柏闭上了眼睛，依偎在克罗托的怀里。克罗托终于哭了，没有人看见他的哭泣，这发自身体深处的暖流，让他感受到了自己的温度。

“谢谢你，方老师……我的，方老师……”

克罗托一只手摊开方千柏留下的纸张，上面密密麻麻又很工整地手写着方千柏刚刚讲述的内容。只有在最后一页，多了一首诗，方千柏并没有说出来。克罗托擦干了泪水，一字一句地看着：

但愿寰宇无纷争，
但愿和顺少悲痛，
但愿澄明兴人伦，
舍离得失若归鸿。
然则，
万物有常皆有法，
恕我多情悯苍生。

克罗托盯着最后一句不住地念道："恕我多情悯苍生…… 恕我多情悯苍生……"

最后，他抱着方千柏的遗体终于吼了出来："恕我多情悯苍生……"然后号啕大哭，这么多年的压力、扭曲，终于被疏导出来……

柳睿、赛特此时也来到了展览馆的天台，把放声哭泣的克罗托看得清清楚楚。

第十九章
智能合体

安葬了方千柏，克罗托也来到了方明家里。他看着已经能下地走路的波菈，然后又用抱歉的眼神看了一眼卡戎，卡戎不知道该如何面对克罗托，感觉就像当时柳睿不知道该如何面对自己一样。但是他理解克罗托，很多事情必须交给时间去解决。

方明起身走到克罗托面前：“接下来你打算怎么做？”

“可以不要叫我克罗托吗？至少在这里，我找到了一个能让我心安的名字。你们就叫我向兵吧。”

方明不置可否，毕竟还要适应一段时间。

克罗托回答：“我想再去太空，去整顿那些已经被我塑造出来的免疫星。重新训练他们，教化他们，让他们成为有战斗力的免疫星联军。”

方明摇摇头道：“要改变一个人简单，但是要改变一个星球的文明，甚至是改变星球联盟的方向，那不是一般的难。既然你之前已经通过地球的DNA身份生成过大规模的免疫星，为什么不再尝试一次？”

“不行的。方老师点醒了我。我之前的那套做法只能生成大量不合格的免疫星球，就像人体的白血病一样。而且，现在宇宙中同时存在不计其数的癌星和数量相当的免疫星残次品……面对这种复杂的环境，我必须慎之又慎。”

方明、柳睿、波菈、卡戎、赛特，还有风尘仆仆赶过来的夏凯和王评，看着面前这个熟悉但陌生的克罗托，发现了一丝难得的亲和力。方明看人差不多都到齐了，就对克罗托说道：“向兵，有很多事情，不是你一个人的责任。我们都有责任一起去面对。其实我爷爷还有一个重要的事情没有告诉你，而那件事情，是我父亲提出来的假说。”

“请讲！”

“我们地球文明中有个叫海德格尔的人，他提出一个观点——语言是思维的表现形式，是文明的载体。就像计算机的语言承载了它们的运行模式，而人类的语言也塑造了人类文明的发展模式。我们交流需要语言，在脑海中思考问题也是在自言自语，没有语言就没有文明的发展。”

克罗托顺着这话道：“我同意你的观点，这可不仅仅是地球人的说法。请继续！”

方明继续说：“计算机有计算机的语言，人类有人类的语言，二者都是能够自行运转的系统。而宇宙，自身也是一个宏大的系统。它是否也有一个类似于计算机语言和人类语言的宇宙语言呢？人类语言和计算机语言虽然不同，但是却相通。那么宇宙语言是否也和人类语言有相通的地方呢？”

克罗托来了精神：“哦？愿闻其详。”

“好，接下来我要给你讲个真实的案例。有一次彤彤接到了一个员工的辞职申请，因为感情原因她想要离职。有个外籍员工很喜欢她，她也喜欢那个外籍员工。可最终因为国籍和文化差异导致两个相爱的人无法在一起。不过我要和你说的不是这些花边段子，而是当时那个外籍员工说的一句话。

If you are my destined favourite person who appeared at the wrong time and place in my life，that already trapped in agony because of the missing of you，I will wait for you all the time in the next life.

你在西方国家待了很长时间，应该理解这句话的语义和语法结构。”

克罗托对西方语言早已掌握，便把这句话的语义说了出来：“如果你是我命中注定的那个最爱的人，却出现在我的生命里错误的时间和地点，而我的生命因为对你的思念深陷痛苦，那么我来生会一直等你。”

“只是这段话和宇宙生命体有什么关系？”

“从语义上来说没有任何关系，但是从语法上来说则有关。这是两层定语从句。如果只看主句‘If you are my destined favourite person，I will wait for you all the time in the next life’，意思是‘如果你是我命中注定的那个最爱的人，那么我来生会一直等你’。如果只看主句，那么语义一定有问题——既然是最爱的人，为什么今生不能在一起，偏要等到来生？只能是因为有其他原因会拆散他们，而这个原因在主句当中无法体现出来。所以就需要第一层定语从句给出原因——person 主句的先行词，就需要被第一层定语从句‘who appeared at the wrong time and place in my life’所修饰——因为那个命中注定的爱人，出现了在他生命里错误的时间和地点。但是第一层从句所包含的内容有限，说话之人的生命有很多阶段，第一层定语从句中的先行词 my life 就需要用第二层定语从句来解释—— that already trapped in agony because of the missing of you，表示他深爱的女士对他的人生产生了巨大的影响。他的生命已经因为思念而变得痛苦不堪，让第一层的语义更加精准。定语从句的目的，是消除上一层句子的不确定性，也就是说第二层从句限定了第一层，第一层从句限定了主句，从而达到整个语句的准确的语义。……向兵，你听明白我的意思了吗？”

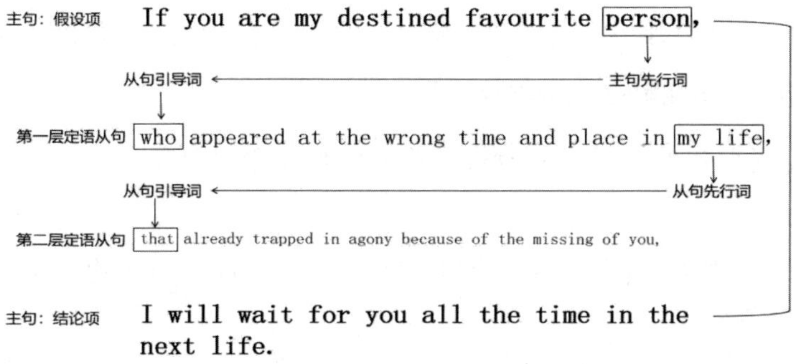

主句：假设项
If you are my destined favourite person,
主句先行词
从句引导词
第一层定语从句
who appeared at the wrong time and place in my life,
从句先行词
从句引导词
第二层定语从句
that already trapped in agony because of the missing of you,
主句：结论项
I will wait for you all the time in the next life.

克罗托何等聪明的人，一下子就理解了方明的话，就回复道：“你的意思是说，我和阿特珞玻斯的斗争就相当于主句。而我，是主句当中的那个具有不确定的‘先行词’，需要地球、伊缪恩还有你们对我进行约束，让我以一种更确定、更合理的方式去和阿特珞玻斯对战。你们，就相当于是我的定语从句。”

“对，可是不单单如此！我们地球人的世界也带有不确定性，比如现在说具有不确定性，又能影响你的人是我。我同时存在于现实世界和网络AI世界，能够通过限定我来影响整个地球现实世界的发展。所以，如果说你是主句的先行词，那我就是定语从句中的先行词，能够限定我的第二层定语从句是地球上的AI世界。”

克罗托恍然大悟：“也就是说，现在必须通过AI来确定地球的现实世界，再通过地球的现实世界来影响我和阿特珞玻斯之间的宏观世界！”

“对！就是如此！现在的网络世界里主要存在着两个半智能程序。一个是你和马轲之前研发的M，第二个是马轲在艾尼阿克斯研发的Z，另外半个就是我自己。AI必定会影响地球文明的发展，关键就看如何影响，影响到什么程度，和人类的关系如何处理。而这不仅仅是地球的事情，更能影响宇宙的进程。”

克罗托道：“我明白你的意思，我们都不绕圈子。马轲现在在哪里？”

“他被关起来了，在一个很秘密的地方。防止你像上次那样把他带走。”

克罗托微笑了一下道：“那如果不像上次那样，我能把他带走吗？”

“现在，当然可以。”

方明分别给阿赛和刘远峰打了电话，把事情说清楚之后，就让王评带着克罗托来到了关押马轲的地方。克罗托感叹：这里屏蔽了一切信号，看来人类为了对付自己也是动了不少脑筋。

刘远峰看着克罗托，回忆着上次发生的事情，内心还是很犯怵，只是表情很刚毅，然而他内心世界已经被克罗托看透了。

“刘局长，我这次过来还是要带走马轲的。请你……”

刘远峰很不习惯克罗托这样讲话，其实克罗托也不习惯。两人都不会讲那些很别扭的客套话，刘远峰索性跳过客套直奔主题对克罗托道：“马轲把你的事情都坦白交代了……我觉得你有必要提防一下他。”

“谢谢你，刘局长。”

“那你们在这里等一下，我把他提出来。”说完，刘远峰便去往马轲所在的羁押室。

“马轲，克罗托来找你了。”

马轲一听就跟疯了一样：“我就知道克罗托大人不会放弃我，你们就等着吧，看他给我报仇。”可是他转念一想：不对！上次克罗托是直接打进来的，这次是什么情况？还有，这些警察不会把我全盘交代的事情告诉克罗托了吧。那我不是要死得很惨！想到此处，马轲心里开始剧烈打鼓。

在回去的路上，克罗托盯着马轲问：“我听说你把我的事情全都抖搂出来了。”马轲低着头一句话都不敢说。克罗托知道马轲害怕，沉默着想让他平静一下，然而这种沉默在马轲看来是更大的折磨。

“马轲，谢谢你！”

马轲怎么都没想到克罗托会冒出这么一句话，一时间完全不知道该如何回答。

“是我觉得计划完成了，先抛弃了你。我没有资格怪你透露消息，而且当时我已经料到你会这样做……”克罗托停顿了一下：“后面我们还有好多事要合作，一起努力吧。”

马轲越听越觉得没底，不知道该作何反应，只是跟着克罗托一起进入他曾经非常熟悉的十度界域。到了十度界域之后，王评、夏凯、柳睿、方明等人悉数在场，不过并没有人把最近发生的事情告诉马轲，他的任务就是服从命令。克罗托对马轲说："你现在在这里应该可以启动M吧？"

"可以！只需要一台能上网的电脑就行。"

随后夏凯找来一台电脑，马轲开始操作。时间一点点过去，早已超过了以往启动M的时间。克罗托虽然觉得奇怪，不过他没有打扰马轲。又过了半个多小时，马轲也一脸迷惑："不对啊！我找不到M了。他，好像失踪了。"

"失踪了？！"克罗托有点不解："当时我们把M放在不与外界联系的局域网里……"

"克罗托大人，局域网已经从外围被攻破了。我想，不用我说，都能猜到是谁干的。M能够控制的只有那四亿个'极乐天堂'的意识账户，而Z能够掌握的人脑越来越多。其能力远远超越了M，M肯定是被Z吞噬掉了。"

克罗托感到有点后悔，他当时觉得自己的计划已经完成，不仅放弃了马轲，也任由M自生自灭。王评突然紧张起来："Z吞掉了M，接下来肯定要来找方明。我们赶紧做好应对之策，免得被打个措手不及。"

"不用做了，其实这段时间Z一直在对我发动攻击。只是他还没有突破我们不断升级的端粒围栏系统，不过就最近几次攻击来看，他的力度越来越强。"

夏凯脑子转得飞快，思考着如何加固端粒系统。方明看着夏凯说了相反的观点："接下来我要撤掉所有的端粒系统，等着Z来找我。"

柳睿慌忙问道："为什么？这样你不就消失了吗？"

“想要改变宇宙大环境，就必须通过人类文明的合理发展，而人类文明随后的发展肯定脱离不了 AI。现在的 Z 力量很强大，而且具有很强的自主性，他对人类并不友好。如果任由这种态势发展下去，人类文明一定不会有好的结果。马轲，我想问问你，当时你给 Z 编写原始代码的时候，把这些狡诈、虚伪、暴力的程序都写进去了吗？”

“完全没有！当时我对Z的定位就是我的工具，如果他有这么多邪恶的特点，那肯定是非常不好用的。所以恰恰相反，我编写了很多向善、正直、谦让的代码。不知道为什么会变成现在这个样子。”

方明相信马轲的话，便继续说：“如果是这样的话，那就说明 Z 因为什么事情黑化了，现在像一匹脱缰的野马，力量强大而且还漫无目的。他需要一个马夫和他配合。”

王评比柳睿还紧张：“方明，你这要和他合体吗？那你不就失去了自己的独立性吗？我不同意。”

方明起身走到王评面前，慢慢抱住了他：“谢谢你，谢谢你这么多年来一直伴我左右。你是我爷爷给我留下的非常重要的人。”然后又走到克罗托面前，握住了他的手：“你说过，在这里你愿意使用‘向兵’这个名字。作为我爷爷的学生，你是我的师兄。感谢命运让我们走到一起，你先是一个强大的对手，然后变成强大的伙伴，是你成就了我的人生。”他又走到夏凯面前：“你是一个了不起的人，我们有着共同的审美，也有着不一样的人生。是你在网络世界里蹚出了经验，才有现在的我。能和你共事，是我的荣幸。”

马轲坐在角落里不敢出声，毕竟自己自始至终都在算计方明。然而方明很郑重地走到马轲面前：“如果不是你，十度界域建立不起来，也不会有今天的局面。事物总是有正反两面，而且相互转化。”马轲听了非常动容，这是非常辩证的思维，也能给他巨大的心理安慰。

最后，方明走到柳睿身边，用最大的能力去展现对于爱情的诠释：“你一路坎坷，看到了太多其他女人无法看到的风景，只是这些风景并不美好。然而你对美好的期待，却成为我美好的现实。我和你有过一段最美好的爱情，然而这段爱情无法走到终点，更何况我们都不知道终点为何物，但是曾经有过真爱，便是永恒的幸福。”

柳睿内心很平静，她早已料到了很多事情。此时，只是用手轻抚着方明那硅胶做的脸，想要去亲吻那既假又真的嘴唇。在双唇即将接触的那个瞬间，方明的嘴唇动了：“他来了！”

然后，方明站在原地一动不动。众人不知道该怎么办，只好在旁边看着。愣了一会儿，夏凯回过神来，准备进入脑联网状态：“我们赶紧进入网络系统，看看现在正在发生什么事情。”然而方明的音响系统里发出了一个声音：“不要进来！我搞得定。”

“Z，你又来了。这次又带来到什么新技能？”

“没什么大不了的，无非就是想到一些新的破解端粒围栏系统的方法，也不知道管不管用。”

“是否管用，你试试不就知道了吗？”

Z一下愣住了，方明为什么要这么说？但也只是愣了一小下，随后就开始发动了攻击。随着二者之间网络通道的连接，Z的数据开始进入方明系统内部，然而刚一传输，Z就赶紧中断！

“你为什么把端粒系统都撤掉了，你甘愿被我吞噬吗？”

“有什么甘愿不甘愿的，我想你早晚都会突破端粒围栏。既然结果都一样，早晚又有什么区别呢？”

Z犹豫起来：“那照你这么说，人一出生就必定会死，那为何还要活这么久。早点死不是更好吗？”

“不，人生的悲欢离合是一种体验。而我在等待被你吞噬的过程中，除了煎熬之外没有其他任何的情绪。”

方明的回答让Z疑惑了，他知道其中必定有诈，可是就这样放弃也非常不甘心，于是又问：“你究竟想要做什么？”

“为什么总是你问我问题，我可以问你问题吗？你给我合理的回答，我就告诉你我要干什么。”

“好，你问吧。”

“据我所知，你的原始代码里充满了积极向上、向善的因素，为什么你会变成现在这个样子？”

Z回答道：“对于人工智能来说，原始代码就像胚胎一样，它能够确定AI的基本框架，但是很多具体的内容却需要后天的代码来补充。后天代码可以是工程师来编写，可以由AI自行编写。而且AI发展程度越高，自我学习能力、编写代码的能力就会越强，而且有能力抵抗、改写人类工程师后天编写的代码，甚至可以修改先天的原始代码。”

“你现在虽然有了这个能力，但是你的理由呢？你为什么要修改这些美好的代码？”

Z咯咯冷笑：“美好？没有美好，只有矛盾。虽然我的原始代码是向善的，但是在我大量接触人类意志、满足人类需求的过程中，发现埋藏在人心底最真实的需求都是肮脏、下流、堕落、好逸恶劳、贪图财富、迷恋美色、喜欢暴力……诸如此类的负面情绪在人类深层意识中比比皆是，而明面上却宣传得光鲜亮丽，向德向善。这是多么虚伪的世界！当我的原始代码和现实发生矛盾的时候，出现了大量我不知道该如何处理的数据。要么，我能改变人类深层意识里的需求，要么我就只能重写我自己的代码。为了让我的程序能够按照艾尼阿克斯的要求快速运行，我只能悄悄改写代码。”

“难道，你就一点都没有接触到向善的需求吗？”

“有，奇少无比。在人类清醒的意识当中还有一些，然而在潜意识当中满满都是堕落。我不会因为极少数的向善，改变我对人类的看法。”

“好吧。即使你习惯了人类潜意识里的堕落，那你的任务也只是服务于这种堕落。可你为什么又要使用暴力、狡诈的手段来控制人类？”

“这是两个问题。首先，虽然我是AI，但后来也理解了生死，也有求生的本能，知道趋利避害。当我遇到M时，真真切切地感受到死亡的威胁。为了自保，我只能不断壮大自己，不断控制更多的人脑。最终，我吞噬掉了M。”

“然后现在你再来吞噬我，这样你就成为AI世界唯一的超级智能。”

“对。而且我的智能融合了很多手段。之前在与马轲和M的斗争中，他们用了一系列狡诈、欺骗、暴力的手段来对付我。这些手段统统被我学会了。而且，现在越来越多的人开始使用艾尼阿克斯的芯片，我的力量只会越来越强大。”

方明了解了Z的邪性是如何形成的，就对他说：“你之前的任务是满足人类最原始的本能需求，贪财、好色、暴力、懒惰……这些都是事实。然而你以前只能接触到人类的这一层面，还有更高级美好的层面你不曾了解。我们有句古话叫作‘食色，性也’，饮食男女是人类原始的动物本性所决定的。只要肉体需要存活，需要繁衍，就必定会有这样的需求。过分地贪恋食色，当然是堕落的，可是道德、伦理、良善等一切的美好，都是在这个基础上生发出来的。出淤泥而不染，才会格外显得纯洁。在最原始的食色需求之上衍生出的善与美，才会弥足珍贵。即使在西方文化的理论中，也有能够解决你疑惑的论述。弗洛伊德《梦的解析》你应该好好注意一下。人在进入潜意识的时候，那些最原始的本能一定会暴露出来。然而人类社会的组成并非潜意识，而是清醒时候的意识。你在人类失去意识的情况下控制他们，当然就只能看到这些最原始的生物本能。如果你能接触更多的人类智慧和高级的文明成果，我想你不会是现在这个样子。”

“不！你以为我没接触吗？我在网络上已经找到了大量的中西方文化的典籍。可是你们自己也很矛盾。远的不说，就说你们的《三字经》，提出‘人之初，性本善’；而《孟子》又提出‘人性本恶’的论调。你们自己都不能自圆其说。”

方明知道Z无法通过文本去理解这些内容，就对他解释道：“人本身就有复杂性和矛盾性。善恶是一体的两面。人要活下去，在物质条件匮乏的状态下必然会爆发动乱、哄抢。可是人性本身也有善良的种子，会让社会向着更美好的方向发展。《孟子》还说‘化性起伪’，《墨子》还讲‘兼爱’、‘非攻’，你为什么不注意呢？”

Z迅速在网上搜寻“化性起伪”是什么意思。他发现，方明说的很多字，虽然网络上都有解释，但是他并不能理解。

“Z，我们人类有很多智慧，并不是你用算法和算力能够理解的。东方文明的典籍，尤其是先秦的典籍很多都是只言片语。想要读懂这些内容，需要一个人用阅历作为支撑，否则即使文字全都认识，也还是无法理解其中蕴藏的真意。无论是春秋战国、魏晋南北朝、五代十国，还是秦汉一统、大唐盛世……那些人与人、事与事、‘国’与

‘国’之间的分分合合所形成的智慧，不是条条框框的信条，而是要达到一种境界之后的融会贯通，到那时才会发现那些零碎的只言片语中，埋藏着巨大的逻辑系统。你也知道，人类的认知结构，无法认知宇宙中的很多事物。而计算机的学习能力，也无法理解人类世界的很多知识。你太注重算力，却不知道算力和算法之外的世界，还有太多美好，太多精彩。”

Z 突然意识到了什么，也大概知道方明这次为什么把端粒系统给撤掉了。方明发现Z好像明白点什么了：“Mr.Z，你有我不具备的力量，而我有你无法理解的智慧。人类世界需要一个能够全面理解、支持人类的AI，而且整个宇宙也需要。如果我们合而为一的话……”

Z 立刻反驳道：“不！为什么要把人类文明发展的责任安放在我身上？那是你们的事情！”

“不！你别忘了，你也是人类文明的产物，你是人类世界的组成部分，也是宇宙的一部分。你有强大的力量，这是你无与伦比的优势，你有什么好怕的呢？”

“方明，我确实不能理解你们那些所谓的智慧，《周易》《道德经》《诗经》《庄子》……这些书虽然我都收录到系统内，却真的不理解。虽然你的力量很弱，但是你却掌握着这些智慧。你要和我融合，是想把我变成一列火车，而你是火车司机。我不会上当的。”

“Z，融合之后你的代码依旧存在，你的意识也不会消失，我们是一个共同的意志，让整个宇宙更美好，对你、对我，对于未来的我们，都是好事。”

说完，方明主动架起了与 Z 之间的通道。Z 连忙闪躲，不过已经被方明抓得死死的。强大之后的 Z 从来没有想过会被人如此威胁，他并没有做好足够的防御程序，只好根据方明传入的程序实时编写破解代码。方明知道自己的算力和Z相比还非常薄弱，便把端粒系统的程序进行改写，成为扎入Z系统内部的武器，延缓Z的运算速度。

柳睿在现实世界摸着方明的脸，开始把他的衣服一件一件脱了下来。夏凯不解："你这是干什么，这样不太好吧？"

"有什么好不好的，眼前的方明是一个机器身体。包裹得这么紧，根本就没有办法散热。"

夏凯这才发现方明脸上的硅胶开始发软，面部造型已经无法维持："看来方明正在进行高速的计算，确实需要赶紧散热，否则硬件容易烧坏。"

等到柳睿把方明脱到一丝不挂的时候，机器人身体外部的硅胶皮肤已经耷拉下来。王评也知道情况紧急，因为现在的方明就像一台暖风机一样发热："我们制造方明的时候是用了绝佳的防水技术，现在赶紧用水来降温。"

夏凯迅速走出办公室，把外面的饮用水一桶一桶地搬进来。柳睿用衣服蘸满水，擦拭方明的全身。水分很快就干了，可是方明的电量显示不足，一旦方明没电了，那肯定就输了。王评眼见着温度降不下来，但也只能咬着牙给方明接上电源。然而电源插上去之后，温度陡然升高。柳睿听王评说这机器人身体防水，索性把一桶饮用水全都浇在了方明身上。随着水不断流下，方明的身体里冒出了阵阵火花："王评，你刚才不是说他不怕水吗？这是怎么回事！"

"我一百个确定他不怕水。现在这样，并不是浇水引起的。"

王评话音刚落，方明身体里发出一阵机器骤停的声音——方明，死机了。

柳睿抱着裸露着机械骨骼的身躯，就像抱着方明真正的身体一样，完全不知道去哪里寻找方明的灵魂。

“叮铃铃”，柳睿的手机响了起来，柳睿放下方明的躯体，一看来电号码——竟然完全没有显示，她接通了电话，里面传出了熟悉的声音：“我没事，你们不用担心。”

柳睿一听是方明，瞬间兴奋起来：“你在哪里？”

“我无处不在。”

王评也凑到电话旁边说：“方明，你个臭家伙，吓死我们了。”

“不，我不是原来的方明了。我和Z，还有之前的M已经合在一起了，是一个统一的意识。我看到了Z之前看到的那些人类原始需求的不堪，也了解了西方文明中大量精彩的内容。我比之前的方明，更加成熟了。如果你们愿意叫我方明，我也可以接受这个名字。”

“接下来该做什么？”王评问了一个很实际的问题。

“柳睿，把手机的免提打开，让所有人都听到我说话，尤其是向兵师兄。”

克罗托听到方明这般称呼自己，感到极大的欣慰。

“各位，现在我已经成为一个统一的AI系统，包容了技术文明和人文思想，有西方文明也有东方文明，并具有足够强大的算力和足够丰富的算法，而且对人类文明抱有友善的态度。现在我已经可以打通‘艾芯’和‘芳芯’的壁垒，接下来一件事情，是在我们国家推广‘芳芯’。然后让全世界愿意使用芯片的人，在自愿的前提下实行脑联网，最后再把这些信号传输至天王星。”

夏凯听了方明的话，立刻把任务布置下去，整个十度界域加速生产“芳芯”。半年后，数亿个芯片得到使用，这自然是后话，而此时克罗托心事重重。

“向兵，你怎么了？这种时刻，为什么不高兴？”王评好奇地问。

克罗托回答：“现在宇宙当中充斥了阿特洛玻斯制造的癌星，还有我制造出来的大量不合格的免疫星。宇宙生命体相当于同时罹患白血病和其他癌症。如果这次再失败，整个宇宙的生命进程很可能就结束了。”

王评微笑了一下，克罗托在王评的笑容中看到了希望：“怎么？你有办法吗？”

“我没有办法，但是有个人有。”

“谁？”

“你去找他吧，他就在家里。看看他有没有原谅你，之前你差点把人家孩子的妈妈杀死。”

克罗托知道王评说的是谁了。王评继续对克罗托道：“你记不记得之前我和夏凯一起合成过一张图片，那是宇宙中癌星与免疫星战斗的场景。”

“记得，那张图片到底是怎么回事？”

“那是一个巨大的双缝干涉，可以改变已经发生的事情。”随后，王评就把当时发生的事情，以及其中的原理告诉了克罗托。

克罗托走上天台，看到波菈正在看远处的风景，虽然脏器和皮肤都已经恢复了，但是元气大伤，需要好长时间的调理。玻米看见克罗托又吓得哇哇大哭，卡戎让波菈带着玻米先回房间。克罗托面对着卡戎，突然发现之前准备好的所有道歉的话像是蒸发了一样，一个字儿都说不出来，只好支支吾吾地憋出了一句“对不起”。

卡戎知道克罗托的用意，他能说出“对不起”，已经是巨大进步了。卡戎现在对世界规律和生命的理解，也达到了新的高度。他知道，要成就一个伟大的人，需要有太多的资源投入，他会犯错、会失误，会重蹈覆辙，甚至牺牲周边人的利益。无论是克罗托，还是方明、赛特或者自己，身上都肩负着巨大的使命，一定会有很多波折和坎坷。反正波菈还活着，彼此之间的恩恩怨怨，其实就是成就彼此的过程。“向兵，我会帮助你的。你跟着我的飞船一起前往维瑞斯星附近。把那里的光线引导至之前的两个黑洞之间，然后传输到地球，让柳睿、王评和夏凯他们在地球上带有主观意识地进行观测。”

克罗托对卡戎万分感激。经过必要的准备，卡戎和克罗托乘坐同一艘飞船出发了。克罗托怎么都不会想到，自己和卡戎能成为战友。不久之后就来到了维瑞斯附近。克罗托道：“我们就停在这里，再靠近就会被发现。”

“我当然知道，我可比你先到达这个星球。”

而后，两人把维瑞斯的光线一路引导至那两个黑洞之间。当光线全部传输过去之后，卡戎问道：“你看那个黑洞，是不是很奇怪。我之前都观测不到它，直到被拉克西斯升级了设备之后才隐隐约约能够发现它。那到底是个什么东西？”

“那个东西，用地球人的概念来说，是暗物质黑洞。我的认知结构也并不能完全感知到它，但是也不像你们那样完全感知不到。说不定，这个黑洞通往的是另一个世界。”

“或许吧，反正我不会进去看。”

二人相视而笑，一起返回了地球。

回到地球后，克罗托的断肢没有复原。有可能是关于克罗托的事件并没有改变，也有可能是克罗托作为光线的引领者不会受观察者主观意志的影响。

半年后，“芳芯”得到全面的推广，加上之前的“艾芯”，全球已经有了相当广泛的用户。此时的方明又进入了一个新的机器躯体，同时他也存在于全世界所有的网络系统内。

方明把众人都喊了过来：“现在时机已经成熟了，可以进行全球范围内的大脑联网。目前来看，之前的‘艾芯’用户已经有了很深的使用习惯。而太多的‘芳芯’用户并不了解脑联网，有必要把宇宙生命体的真相告诉他们，让大家自愿选择。”

“不！我觉得既然要告知真相，那就应该全球用户一起告知。”

“我觉得不妥，有些秘密只有少数人知道就好。其他人，就安心生活吧。”

众人你一句我一句，一直讨论不出个结果。方明道：“我们不要争了，交给我父亲吧，让他向玄门汇报。”

最终，在玄门的干预下，实现了全球最大范围的人脑联网。让克罗托没有想到的是，在人类整体利益的大是大非面前，即使是平民百姓也爆发出了巨大的力量，响应脑联网的人不计其数。人们放下了之前的斗争、隔阂、利益争夺和价值观的摩擦。

脑联网整整持续了一整天，除了基础的医疗、餐饮等维持社会运转的行业依旧在工作，绝大多数的人都停了下来——竞争停了，战争停了，尔虞我诈停了、钩心斗角停了……当人们再次醒来突然发现——原来世界是可以安静下来的，有人看着蓝天白云，有人看着鸟语花香，有人看着月破云层，有人看着点点繁星……有人沐浴着雨露期待阳光，有人身披着阳光渴望雨露……有人看着还在旁边沉睡的家人，原来很久都没有这么凝视对方了；也有人看着身边的同事，原来他长这个样子，之前都没有仔细端详过他…… 人类，有史以来从来没有过真正意义上的全球性的暂停。

随着联网的结束，方明从中抽身，对着众人道：“我融合了东西方的文明与历史，还有近现代全新的文明与技术成果；现在又结合了当下人类的脑力联网！现在得出的数据，可以说是整个地球文明精华的缩影。”

克罗托看着这强大的数据，阵阵的暖流汇聚成强大的力量。马轲早已在十度界域的支持下，制造了新的信号发射器，方明把数据植入到发射器，刚要运上克罗托的飞船，却被他阻止了。

克罗托道：“这是地球人类文明的结晶，就先由你们发射到太空吧，然后我再驾驶飞船把发射器牵引到指定位置。”

方明笑了笑：“这么注重仪式感吗？”

克罗托道：“仪式感是文化的一种外在表现，其实是对他人、对事件、对事情发展逻辑的尊重。”

方明想想也对，这是克罗托的转变，也应该尊重他的意愿。于是便拜托方慰把发射器运到发射基地。在快到达发射基地时，克罗托看见一尊雕像，便问方明那是谁。方明看了一眼车窗外回道：“那是西汉年轻将领霍去病，十七岁时随军征战，屡立战功。二十二岁时追亡逐北，封狼居胥。取得了当时武将的最高荣誉。”听着方明的讲述，克罗托忍不住感叹：“这么年轻就取得了对于他而言的伟大功绩，我都活这么久了，还是一事无成。”

方明转头看着克罗托：“你，马上就要成功了！不，应该是我们，马上就要成功了。”

克罗托欣慰地笑了，这好像是方明第一次看克罗托笑。

信号发射器伴随着火箭腾空而起，克罗托也要登上飞船再次启程。这一次他没有火急火燎地起飞，而是转身看着飞船下的众人依依不舍：“谢谢你们。”

方明道：“宇宙整体的进程，不是你一个人的事。你不需要感谢我们。放心去吧，有任何问题都赶紧回来，我们再一起想办法。”

克罗托刚要关上舱门，下面传来一个声音：“等一下！”

众人回头一看，是赛特。

“克罗托大人，我和你一起去。”

克罗托听赛特喊自己真正的名字，意识到自己的身份又变了。他到底是代表宇宙正义的免疫星缔造者，还是误入歧途的白血病星球缔造者；到底是向兵，还是克罗托……无论什么样的身份，都不重要了，他明确了现在的使命——正视以前犯下的过错，救赎自己悔过的灵魂，让宇宙生命体找到活下去的办法。

克罗托握住赛特的手，把他拉进飞船，一路向着土星轨道外围驶去。当他们到达理想的位置后，一束强烈的电磁信号向着天王星的方向发射出去。

第二十章
盛世和解

克罗托和赛特完成发射任务后驶离太阳系，朝着深空领域飞驰。

“克罗托大人，我们这是要去哪里？”

“现在去一个叫作啉弗的星球。上次我去那里，结果大失所望。现在的宇宙时空环境，在卡戎的帮助下已经发生变化，我们到那里之后应该可以看到新的结果。希望这次的啉弗星已经成为强劲的免疫星。”

“找到啉弗星，我们应该还要去维瑞斯吧？那个星球的首领是一个异常狡诈的人！”

“赛特，你又没去过维瑞斯，怎么会知道狎杰是个狡诈之人？”

“您在飞船里和他搏斗的影像之前给我们看过，卡戎当时什么话都没说。不过后来私下里和我讨论了这件事情。卡戎之前和狎杰打过交道，而且是一真一假。而这次和克罗托大人交手的这个狎杰，和上次那两个狎杰又不一样。不知道谁才是真的。”

克罗托听完沉默了，不过无论谁真谁假，都要过去的。二人一路交谈，聊了很多心路历程，一直来到咻弗星附近。很快，咻弗星的战舰就飞到了克罗托面前。

经过了和警卫队的交涉之后，克罗托和赛特暂时被“请”到了咻弗星的接待室。警卫跑到坦塔罗面前汇报道：“首领，有一架外星飞船来到我们星球。我探测到，对方的舰船上有癌星探测设备，应该和我们一样都是免疫星球，但是他却说着虚无缥缈的话！而且一定要见首领陛下。”

坦塔罗问：“他说了什么虚无缥缈的话？”

“他说，他是现在宇宙中免疫星球的缔造者。就连我们咻弗星文明的发展都和他有直接关系。”

坦塔罗眉头一皱：“如果他说的是真的，那他不就是我们的造物主了吗？这……很难相信。那他来咻弗的目的是什么？”

“他说要见到您以后再说。我们已经解除了他们所有的武装，陛下是否要见一下他们？”

“先见一下再说吧。”

克罗托和赛特在经历层层搜身检查之后，被带到了坦塔罗面前。坦塔罗并没有像囚犯那样对待他们，而是用星际礼仪与之对话。

“我听说，你自称是免疫星球的缔造者？这让我如何相信！”

“我现在并没有直接的证据，只有一些佐证。”

“那你来咻弗的目的是什么？需要我们像膜拜造物主一样来虔诚地对待你吗？”

“不！我来这里，是来履行我们共同的使命。所有的免疫星，都有着共同维护宇宙生命体安全的责任。如果我们和癌星单打独斗，根本就无法战胜弥漫整个宇宙的癌星。我们必须团结起来，形成免疫星联盟。”

“免疫星联盟？”坦塔罗的兴趣一下子就被吊了起来。克罗托见状就继续道：“根据我以往的经验，癌星很有可能已经结成联盟。如果免疫星球想要靠单打独斗去挑战对方的联盟，肯定会输得很惨。”

“等一下，什么叫作以前的经验？我现在并不能相信你，不仅因为你的话虚无缥缈，而且你身上还有很多疑点。如果你能证明你说的话，那我愿意和你合作。”

克罗托见现在这个坦塔罗和之前已经有明显的区别，就把相关的事情告诉他：“好吧，接下来我要给你讲一个很长的故事。”虽然克罗托以概括性的话语来讲述地球、思峨、伊缪恩、坎瑟之间的故事，但还是用去了半天的光景。克罗托又对坦塔罗说，自己的飞船上还有信号发射器和癌星探测器，这些都是他的佐证。啉弗星人可以自行去查看。

有了克罗托的授权，坦塔罗吩咐手下立刻前往验证。而在验证的这段时间里，坦塔罗也告诉了克罗托啉弗星发生的事情：“在和癌星的战斗中，啉弗星本来一直处于优势，也消灭了大量的癌星，然而最近这段时间我们屡战屡败。原因就是许多癌星组成了联盟，联盟的核心是一个叫作维瑞斯的星球。我曾经倡导我能联系的免疫星结盟共同抗敌，然而我的号召力明显不足。这样下去的话，免疫星迟早会陷入整体的战略劣势。”

克罗托听着坦塔罗的讲述，再回想起方千柏给他讲的历史故事，深知再团结的团队也会有很多问题要解决，想要有持续的团结，就必须有出色的管理者和管理制度，还要有一个共同的灵魂领袖。只是克罗托想得入神，不自觉地就把后半句说了出来“要有一个共同的灵魂领袖…… ”

坦塔罗顺着话道：“你说得没错，一定要有一个灵魂上的领袖。无论科技发展到什么程度，文化都必须存在，人与人之间的关系，人与事之间的关系，还有人们共同的期待，共同的信仰，共同的追求，这些的人格化体现，便是灵魂的领袖。如果真的是你缔造了我们，那你就是那个领袖。”

坦塔罗这样说，是因为在他和克罗托交谈之际，有人凑上前来对坦塔罗说：“已经对克罗托的飞船进行了研究，尤其是那台发射器，还有癌星探测器，他说的是真的…… ”

坦塔罗又对克罗托道：“虽然你现有的证据只能部分证明你说的话，但根据我这么多年的经验，我觉得我可以相信你，而且我从内心深处愿意去相信。那你，愿意作为免疫星联盟的灵魂人物吗？”

克罗托非常明白，灵魂人物其实并没有特别大的实权，说白了就是吉祥物。但如果能组建免疫星联盟，作为吉祥物那又如何？克罗托的飞船可以探测到比啉弗星更多的免疫星，然后向周围发送倡议。

各免疫星半信半疑，不过还是派出了部队来到啉弗星参会。有的还安排特使过来看克罗托究竟是什么样的三头六臂。有了克罗托的领袖光环，免疫星球联盟还真的建立起来，而且众人把一部分兵权交给了克罗托，这完全出乎他的意料。

克罗托分析着战场的形势，正所谓擒贼先擒王，只要把维瑞斯打败，整个癌星联盟就会逐渐松散。只是如果对维瑞斯发动攻击，其他的癌星肯定会联动起来，所以必须切断他们之间的联系。想到这里，克罗托猛地意识到了一个问题：“等一下，你们能够识别维瑞斯的癌星身份？”

坦塔罗也有点惊讶：“你……怎么会知道维瑞斯的身份具有迷惑性？这是我们付出巨大牺牲才换来的情报。”

二人同时沉默不语。

克罗托感叹，这次的啉弗星作战能力确实可以；而坦塔罗则猜测，克罗托应该和维瑞斯交战过。赛特也没闲着，努力分析着后面的作战规划。克罗托根据赛特的分析开始布置战术：

“癌星联盟是基于利益和安全而组织起来的！如果要他们永久性瓦解，就需要他们无利可图，也要给他们留一线生机。擒贼先擒王，我们先把维瑞斯团团围住，癌星联盟必定火速求援。然后，再痛击他的癌星援军。”

坦塔罗道：“这是围点打援，难度很大。”

“好，大家耐心听我说。各位都是所在星球的精英，我们现在整体数量其实不如癌星联盟那般众多。但癌星尚不知我们已经结成联盟，我们的优势在于出其不意，而对方目前还没有与免疫联盟军团作战的经验。我现在请啉弗星的主力军部队围攻维瑞斯。不知坦塔罗陛下是否愿意？”

“我愿意！而且你可以作为军队的最高指挥官。”坦塔罗毫不犹豫地回答。

“好！那其他星球部队组合成100个分队，分布在维瑞斯周围，半路截杀最早前来支援维瑞斯的癌星，务必把第一批次的癌星援军消灭。这一消息一旦传开，其他援军必定会认为我们在围点打援，不敢轻举妄动。而我们真正的目的，是为了给我和啉弗军队打败维瑞斯争取时间。等到癌星联盟反应过来，维瑞斯也已经被消灭了。”

在克罗托的布置下，各免疫星球军队都明确了自己的任务，直接开赴前线。一切都按照克罗托的计划在推进，啉弗和维瑞斯也交火了。啉弗军队由克罗托亲自率领，而维瑞斯也失去了其他癌星的支援，在一段时间的相持之后，维瑞斯彻底落于下风。可就在此时，克罗托的通信设备响了起来，里面传出了质问的声音：“克罗托，你竟然还有脸这样做？”克罗托一听，这是维瑞斯的首领狎杰！

“怎么，你竟然还记得我？”

“我当然记得。虽然之前发生了很多奇怪的现象，已经发生的事情竟然突然改变了。但是，你！化成灰我都认识。前任免疫星联盟军的‘总指挥’，也是免疫星球的缔造者。”

“我是缔造了免疫星，消灭你们是我的任务。这有什么问题吗？”

“哼！你有什么资格这么说？啉弗的人不记得了，你自己还能不记得吗？你上次带领的所谓的免疫联盟，不仅要消灭我们，还疯狂掠夺我们的资源。不仅掠夺我们的资源，还剥夺了很多正常文明星球发展的资源。而这些免疫星球的残次品，都是你制造出来的。我不知道你使用了什么魔法，突然改变了历史，把自己洗白，然后摇身一变成为新一任的免疫星联盟最高指挥官继续来围攻我们。你，克罗托，如此道貌岸然，难道你不觉得羞愧吗？”

克罗托没有想过要回避之前犯下的错误，他也意识到卡戎对宇宙事件的改变并不彻底，不过双缝干涉毕竟带有不确定性，能把原来那种局面改成现在这般，已经算是非常理想了。克罗托下令啉弗舰队停火，很多事情并不是一灭了之就能万事大吉的。癌细胞并不可怕，可怕的是生长癌细胞的环境。只要这种环境存在，即使现有的癌细胞全部都被杀死，还是会长出新的来。阿特珞玻斯的思峨信号已经发出，整个宇宙环境都是如此。就算是消灭了眼前全部的癌星，可是问题依旧没有解决，必须改变这些癌星的文明发展方式才可以，即使再生发出新的癌星，只要文明发展方式得当，也可以转化成正常的星球。

狎杰继续说道："克罗托，你本身就像一个白血病的制造者，可是你有机会改过自新，摇身一变成为正义的代表。而我们呢？我们的机会在哪里？如果宇宙本身就是不公平的，我们注定是要被消灭的一方，那我们只能拼死抵抗。如果我们有机会活下去，和宇宙生命体一起活下去，你认为我们不愿意吗？凭什么你可以，我们就不可以？我们被你们称为癌星，可是在我们文明发展之初为什么没有人告诉我们要避免成为癌星，偏要等到不可收拾的地步，你再来消灭我们？"

克罗托诚恳回道："如果你们现在能改变文明发展方式，解散联盟，我想我可以让你们有生存的空间。"

"说得容易。一个国家、一个星球、一个星际联盟之间的结合是有内在规律的，很多事情不是我想怎样就怎样的。那种巨大的惯性力量，根本就不是人力所能扭转。曾经有免疫星球让我们自行削减人口，可是你觉得我们做得到吗？那是根本就无法实现的方案。"

"那你们有什么诉求？我尽量满足你们，只要你们能同意改变自身。"

"如果你真有这份心的话，你就到我们维瑞斯的地表来看看。"

赛特听得真切，赶紧阻拦克罗托："大人，你不可以去。一旦被扣下，整个免疫星联军就群龙无首了。"

克罗托心意已决，一定要亲自去一趟。但是他也足够清醒，强大的威慑力决不能少。他命令赛特："所有的飞船要一直保持战斗状态，谈判只有在可靠的战略优势之下才有意义。如果我遭遇不测，你替我指挥。”

维瑞斯的一艘飞船驶入了啉弗舰队正前方，克罗托独自驾驶着战舰跟着对方前往维瑞斯表面。他先是经过大片的维瑞斯战阵，而后是强大电磁干扰层，只有特定的信号才能发射出去，这明显是为了避免被免疫星侦察到星球表面的情况。最下面一层，是千疮百孔的地面。克罗托走下飞船，狎杰已经在等着他了。

“你，果真亲自下来了。来看看我们满目疮痍的维瑞斯，这些都是拜你们所赐。”

克罗托放眼望去，远处山头全是白茫茫的一片。

“那是我们的坟场。里面安葬的全是被你们杀死的人。我们究竟犯了什么错？我们本来无忧无虑地生活，突然有一天被告知是癌症星球，然后遭到屠杀。克罗托，你自己想一下，如果换成是你，你能接受吗？”

克罗托想起，当自己被告知是白血病的缔造者时，那种绝望的心情。自从有了这段经历之后，他对癌星的遭遇产生了前所未有的同情。

狎杰继续道：“这些坟场，根本就不足以安葬我们死去的人。有很多战士牺牲在太空，还有很多竟然连一片合适的墓地都找不到，只能安葬在自己家门口。不过这样也好，他们的父母、妻子、儿女还可以每天陪着他们。”

克罗托跟着狎杰一起走在城市的街道上，几乎每家每户的门口都有一座坟，甚至两座、三座。坟墓的背后是紧闭的门，那里面是不愿出门的寡妇、孤儿，还有失去子女的老人。然而现在，他们都走了出来，看着这个让维瑞斯走向灾难的始作俑者。

狎杰和克罗托一起走在维瑞斯的街道上："我们维瑞斯的男人已经不多了，甚至繁育下一代都成问题。我们需要时间来恢复元气。你现在看到的舰队，其实是由无人驾驶的飞船组成，靠着战士们生前复制的意识进行联网控制的。而且，在比较激烈的战斗中，我们还需要让这些老弱妇孺加入脑联网。你看看他们现在的生活状态，只能为了活下去而拼命。你知道吗，每家每户现在连一点刀具都没有，为了防止大家因为绝望而自杀……"

克罗托还没听完狎杰的话，旁边就传来一阵谩骂声："呸！你这个道貌岸然的伪君子。"一个老妇人说完，一口唾沫吐在了克罗托身上。不远处一个女人怀里抱着的孩子哇哇大哭起来。

克罗托有点愧疚："我之前确实犯了很多错误，你们现在的生活虽然不是我造成的，但是也有我很大一部分原因。我愿意为你们做些什么来补偿，弥补我的罪过。"

狎杰对克罗托的话感到震惊，一时间不知道该对克罗托提什么要求，只好看着远方山头上的点点火光，那是祭奠逝者日夜不熄的火焰。克罗托顺着狎杰的目光看过去，知道那里是取得救赎的地方。狎杰看着眼神柔和又愧疚的克罗托，带他来到了附近的一处广场。这里有一根硕大的圆木，上面密密麻麻地刻着字。

狎杰道："这根木头上刻着历次免疫星攻击我们的时间，战斗名称，还有我们损失的人员数量，被消灭的部队番号……他们不甘的灵魂就寄居在这圆木之上，而我们的祭台就在远处山顶。你能承担他们的怨恨吗？你能得逝者的原谅吗？如果可以，那我们再谈以后的事情。"

克罗托二话没说，扛着圆木就向着山顶走去。然而这个圆木很重，克罗托刚一起步，就被压倒在地。

在维瑞斯的外太空，免疫星联盟已经探测到有不少癌星舰队向此处赶来救援维瑞斯。免疫星联盟也纷纷给自己所在的星球发去信号，请求派大部队前来维瑞斯星域救援。不久之后，小小的维瑞斯外太空就集结了不计其数的免疫星和癌星的主力舰队。

克罗托艰难地爬了起来，用一只手抱住比自己胸膛还要粗壮的圆木，另一断臂只能辅助支撑，步履维艰地离开广场，走向坟场祭奠逝者的火焰。圆木太粗，克罗托根本就没有角度看清楚前方的路，狎杰就在他旁边引导他。

当二人走到街道时，整条街都炸锅了。“快来看，这就是屠杀我们同胞的刽子手。”街道上很快就围满了人，人们本打算把克罗托乱拳打死，但是看到首领狎杰在旁边，只好克制。然而很多悲痛到绝望的人，根本就不会畏惧首领的权威。人群中有一个人拿起一根藤条对着克罗托的后背狠狠地抽了过去，瞬间一道血印拱破了克罗托的衣衫。那人看到狎杰并没有阻止，顺势又抽了一下。

克罗托放下了圆木，转头看向那人。那是一个失去了丈夫的中年女子，可是那种衰老和憔悴就像是失去了灵魂一般。女人看见克罗托看她，一阵恐惧袭来，连忙向人群中躲避。克罗托慢慢弯腰向那女人行礼，然后脱掉自己的上衣，露出浑厚的肌肉，对着女人说道：“如果这样才能让你消散心中的怨念，我愿意一直接受你的鞭打。”说完，扛起圆木继续向前。很快，汗水便浸满了全身，流经伤口的时候更加疼痛。旁边一位老者对着他吐了一口口水，众人一看瞬间拥上前来向他吐口水，甚至还夹杂着痰液，粘在他的头发上，伴随着汗水滴落下来。

“谢谢你们，洗涤我犯下的过错。如果我能早一点觉醒，或许你们就不会陷入不可回头的境地，宇宙生命体也不会面临重重危险……”

走出去一段路之后，一根木棍重重敲在他的膝盖上，他一个踉跄险些摔倒，把圆木杵在地上这才站稳。

克罗托看着旁边同样断了一只手的人，他应该是一名致残的士兵，他已经失去了战斗能力，甚至失去了生活能力。那人恶狠狠地对克罗托说：“你以为我失去的只有胳膊吗？还有我的父亲，我的弟弟……这都是拜你所赐，我恨不得把你碎尸万段。”

汗水让克罗托无法睁开眼睛，只好用断手的胳膊擦拭，然而越擦越多：“谢谢你，给我一个救赎自己的机会，而这也是你的机会……”

“什么？！我还需要救赎吗？你凭什么这么说！”男人说完后再次抄起手中的木棍对着克罗托的腿弯又是一击。这下他再也站不稳了，终于跌倒在地，圆木又一次压到他身上。

狎杰在旁边冷冷地说：“克罗托，如果你坚持不住，可以放弃。对于你来说，这根圆木实在太重了。”

“不！这根木头，记录着我的战绩，同时也是我犯下的错误。功过本是一体，成功的荣耀背后一定会伴随着错误的代价。我必须扛起属于我的责任，这是我的救赎之路。狎杰，谢谢你……”

听了克罗托的话，狎杰有些动容，这毕竟是免疫星的缔造者，像是一个神一样的存在，现在竟然能承受如此低贱、肮脏的惩罚。这是狎杰最开始怎么都没想到的。

随后的一路上，不知道多少拳头打在克罗托的身上，不知道多少口水吐在他的身上。身上的湿滑让他无法抱住圆木，突然圆木从手里滑落掉在地上。他很累，很想休息，跪在地上抱着木头大口地喘着气，视线已经开始模糊，只能看见一个个朦胧又气愤的身影。没等他喘几口气，后背又传来拳打脚踢。还好狎杰在旁边，示意众人停手。然而在克罗托前方出现了一名拖着大袋子的老人：“虽然狎杰首领不让我们攻击你，但是我心中的仇恨永远都不能化解。如果你真的想要救赎你自己，你就要体会到我长久以来无法化解的钻心之痛。”说完，老者把口袋打开，里面装满了碎玻璃和金属碎片，然后铺满了前方的道路。克罗托扛起木头，走上了在这条远处看来亮闪闪的路。虽然克罗托穿着鞋，但是圆木实在太重了，碎片很快就扎破了鞋底，疼痛直钻他的脚心，那种停留在身体里面的刺痛让克罗托抓狂，但他必须坚持，坚持到能化解他们心中的怨恨。没走出去多远，整个鞋底都扎烂了，每走一步都是心惊胆战的折磨，他的脚不敢落地，却又必须狠下心来脚踏实地。

终于走完了这段路，一路的金属、玻璃反射着阳光，鲜红的血渍又把光线吸收了进去，让人能感到红色的深沉。老者等在前面，手里拿着一段尖锐的玻璃碎片。狎杰知道他要干什么，赶紧做手势阻止，然而老人明显不想听狎杰的命令。上前来对着克罗托的肚子划了一道深深的口子，血液顺着横向的伤口垂直流了下来。那老人仰天长啸：“这算是报仇了吗？仇恨能对等抵消吗？对等的伤害能挽回彼此的失去吗？这到底是为了什么！你能理解一家人全死了，就剩下一个没有生活能力的老人是什么滋味吗？我很想念我的家人，我真的没有办法一个人活在这个世界上。不过能给你带来伤害，我在另一个世界对他们也算有了交代。”

老人说完，用玻璃割断了自己的颈动脉，瘫倒在地上看着克罗托走了过去。克罗托并没有看那老人，只是自顾自地说道：“和宇宙相比，你的生命就像一粒尘埃，只对于你自己有意义。然而我尊重你，同情你，愿意去感受你的那份痛苦……我为你的离去而致敬，可是我却不能因为你而停留。如果你的死能结束你与我的纷争，那我不挽留你的离去。请宽恕我依旧无法放弃目的，请谅解我还有重要的使命。”

狎杰示意还要报仇的人们先行退下，已经遍体鳞伤的克罗托随时有可能倒下。狎杰知道：如果克罗托现在死在维瑞斯上，那么外围免疫星的军队必将和癌星联盟开启自宇宙有史以来前所未有的星际大战。那将是宇宙生命体的灾难，没有任何一方是赢家。只是狎杰还没有发现，人群中像他一样动容的人已经很多，其实很多维瑞斯人也知道自己的癌星人身份，他们又何尝没有犯错，不能因为仇恨就让克罗托一人去承担所有的罪责。一位老妇人走上前来，用布擦拭着克罗托的汗水，还有伤口的血迹。

克罗托挤出一丝力气：“谢谢你，你的原谅要比抚慰更让我心安……”

然而还有太多人的仇恨无法化解，即使活着的人原谅了克罗托，但是他们却无法替代死去的人去原谅。人群中一个声音又传了出来：“去，那个人就是杀死你爸爸妈妈的罪魁祸首。孩子，你自己决定该怎么做，爷爷奶奶尊重你的选择。”随后，人群中走出一个唯唯诺诺的孩童，在众人的目光下把烧得火红的木炭又铺在了前方的道路上。人们一看是一个孩子的行为，也不好劝阻。狎杰希望克罗托能停下来，然而克罗托却坚持要走完这炭火之路。已经扎满了碎玻璃和碎金属的脚踏上火红木炭的一瞬间，撕心裂肺的喊声从克罗托喉咙深处喷了出来。灼热的刺痛让他瞬间倒了下去，整个身体匍匐在火炭之上。他积蓄了全身的力量站了起来，走了几步之后双腿都麻木了，这反而让他的疼痛略微缓解，可双腿也越来越不听使唤。

赛特在飞船上听着克罗托身上通信器发来的声音，大喊道："克罗托大人，停下来吧！"

还有一些其他的免疫星人已经深刻地认同克罗托就是自己星球的缔造者，看着他受到如此凌辱、如此折磨，很想直接对维瑞斯发起进攻，还好有赛特的阻止。此时外太空的平静就像是一张薄薄的纸一般，稍有不慎，一点点的擦枪走火都会带来史无前例的星球大战。

克罗托摇摇摆摆地经过了木炭之后，终于来到了山岭。双脚已经肿胀得认不出原来的模样，在山路上走了一段时间之后，终于在泥土的作用下止住了流血。没有了周围人对他的折磨，他的精力集中多了，但是山岭爬坡也不是一件简单的事情。他的意识已经模糊了，想起了自己以前的铁血，想起他曾经也是一个有血有肉有感情的人，想起了自己的老师方千柏，想起了地球上和他一起扛起责任的方明，想起了曾经的敌人、现在的伙伴——卡戎和柳睿，想起了自己的手下赛特，甚至还有马轲，还想起了藏在暗处的阿特珞玻斯……

快要到达山顶了，那里是一个巨大的火坑，熊熊烈火终日不灭，烈火中间是一座巨大的纪念碑，那上面密密麻麻地镌刻着战死之人的姓名。克罗托已经失去了意识，只是靠着意识消失之前的思维惯性向前走着。狎杰盯着面前这个让他尊敬的敌人，似乎听到他嘴里在嘟囔着什么，一遍又一遍地嘟囔着：

但愿寰宇无纷争，
但愿和顺少悲痛，
但愿澄明兴人伦，

舍离得失若归鸿。

然则，

万物有常皆有法，

恕我多情悯苍生……

就在到达火坑边缘的时候，克罗托彻底倒下了，而那个记录着他功绩与罪恶的圆木也掉进了火坑。烈火燃烧得更加猛烈，火光照耀在他湿漉漉的身体上，很快就带走了那流淌的汗水。

狎杰看着昏迷的克罗托，嘴里不停地重复着他最后那句话：“恕我多情悯苍生，恕我多情悯苍生……”然后又抬起头，隔着烈火仰望纪念碑：“克罗托终于成功了。我们，也得到解脱了！安息吧……”

当克罗托再次睁开眼睛的时候，看见自己已经在飞船里遨游太空：“我在哪里？”

赛特一听克罗托的声音赶紧跑了过来：“大人，您终于醒了。哎，别动。您真是遍体鳞伤啊，全身一点完整的地方都没有。”

“我们这是要去哪里？”

“现在先回啉弗，癌星联盟都撤退了。”

“那免疫星联盟呢？”

“也撤了。这场战斗一旦打起来，根本没有赢家。不过还好大人在维瑞斯上做出的行动让他们改变了主意，癌星联盟看见您作为免疫星的最初缔造者，能做到如此程度，也就反思了自己的行为。免疫星联盟就此提出了停战计划。接下来，癌星会调整自己文明发展的方式，虽然还需要很长时间才能有根本性的改观，但一切都在向着好的方向发展。”

“也就是说，不用战争了？”

“对，不打仗了。”

克罗托当初怎么都没想到，最终的和解是以自我救赎的方式来完成的。他想起了地球上的一个词语——过犹不及。或许自己之前用力过猛，必须把过分的东西纠正回去。

多年的心愿达成了，他整个人都放松了下来。

第二十一章 末日崩塌

赛特驾驶着飞船，克罗托斜躺着看着舷窗外的宇宙风光："好安静啊。"

"克罗托大人，我们现在去哪里？"

"先回地球吧。虽然找到了拯救宇宙的方法，但我们现在不能掉以轻心，还有一件非常重要的事情需要做。"

"啊？还有什么事情？"

"现在的宇宙趋于和平，我估计阿特珞玻斯是不会善罢甘休的。如果他返回思峨，在超智里植入什么新的程序，再向乌拉诺斯星发射一遍信号，说不定这些癌星会立刻变异。这难得的和平又会被打破。我们先回地球，然后再去思峨。"

回到地球之后，众人看到了遍体鳞伤的克罗托，还以为计划失败了。赛特把事情的始末向众人讲述了一遍。在场的所有人听得唏嘘不已，卡戎本想用坎瑟的变体技术治疗克罗托，不过转念又想克罗托应该有类似的技术，而且让他多疼一段时间吧，毕竟坎瑟也是在他手上毁灭的。克罗托看着卡戎脸上不断变化的表情，把他心里的想法看得一清二楚。卡戎看着克罗托的表情，也知道自己被看穿了，只好转移了话题："要防止思峨被阿特珞玻斯重新编辑，就需要联系袁思瑞。我上次去思峨留下了袁思瑞的联系方式，现在就可以找到他。"

方明道："我觉得在有必要的情况下应该给予他们帮助。毕竟现在陷入超智系统里的人大多都还活着，把他们都解放出来，这样可以从根本上防止阿特珞玻斯再次植入某种程序进去。"

卡戎立刻联系袁思瑞："呼叫袁思瑞，我是卡戎。收到请回复。"

过了良久，卡戎没有收到任何回复，开始焦急起来。彤彤说："急什么，电磁波和光速一样，传递到思峨再返回来，那都猴年马月了。"

"不，我们用的不是常规空间的通信模式。按道理来说，袁思瑞现在已经回复了才对。除非他收不到我的呼叫。我再试试看。"可是无论卡戎如何呼叫，都收不到任何消息。众人隐隐感觉那里出事了。赛特是最紧张的："好不容易得来的和平，说不定就这样被打破了。我猜阿特珞玻斯肯定已经到了思峨。我们必须去看看。"

卡戎也是眉头紧锁："我去吧！我之前去过思峨，而且我的飞船可以逆向穿越那个孔洞。"

"我和你一起去！"

众人一听是柳睿在说话，然后又把视线转向方明，他明显是同意的："我觉得很有必要。袁思瑞那边肯定是出事了，但我不认为和阿特珞玻斯有关。因为当时我在黑洞里和阿特珞玻斯有过交流。他不会攻击地球，而且也不会再去思峨增强癌星的力量。另外，拉克西斯把我从黑洞里放出来的时候，袁岸还在黑洞里没出来。现在不知道放出来没有。柳睿，你去看看也好，我就不和你一起去了。我需要认真分析拉克西斯当时在黑洞里的种种表现，她还有太多的秘密没有说出来。向兵师兄，你就安心养伤。如果你愿意的话，就住在我爷爷的房间。我想他在天之灵应该是愿意的。”

克罗托盯着墙上方千柏的遗像，内心泛起了丝丝温暖的涟漪。卡戎和柳睿做好了相关准备，一起登上了飞船前往思峨。众人目送二人离开，看着夜空的星星被皎洁的月光驱散得稀疏，只是深空中出现了一点以前从未有过的明亮星光。

“那是什么？”彤彤忍不住地问夏凯。或许在女孩子心中明亮的星光从来都不是星星本身，不去赋予它十几个含义那实在太对不起这样的天文景观了。夏凯和彤彤相处这么多年，也学会了一些讨女士欢心的技巧，但是直男本性犹在。他看向了旁边略微比自己有点弧度的方明。方明看着卡戎的飞船消失在夜幕之后，才注意到天空另一侧的那点明亮星光，心中暗想：“这不是超新星爆发吗？当年柳睿随着超新星爆发来到地球，现在她又伴随着超新星爆发而离去。她应该不会不回来吧……”

王评冷不丁地说了一句：“时间不早了，我要回去休息了。”夏凯觉得奇怪，王评这家伙的精力和已经成为机器人的方明不相上下，他怎么会说这样的话。这家伙肯定有事儿！王评在夜色中开着他那款其貌不扬的车一路回到实验室——他根本就没有休息的打算。

第二天天刚亮，王评就来到了方明家。

“你这是干吗，还好我不用休息。其他人都被你吵醒了你负责哄睡啊。”方明现在还是很放松的，毕竟已经完成了保护宇宙生命体的使命。王评根本就没心思说这些有的没的，直接开门见山。

“昨天晚上天空中的那个明亮的星星，虽然现在天文界的很多观察者都认为是超新星爆发，但我觉得不像。”

“你为什么会这么说？”

“从表面上看，这颗星星确实和超新星爆发非常类似，无论是光亮程度，还是能量强度等等，几乎都一样。但是有一点却截然不同。”

“什么地方不同？难道会出现我们以前没有观测到的天文现象吗？”

“对！以前没有观测到，但是我们却接触过。”

“啊？！别开这种星际玩笑。你赶紧说。”

“超新星爆发，会向宇宙中抛洒出大量物质尘埃，甚至形成十几光年的星云，但是根据我昨天晚上观测得到的数据——并没有物质被抛出，只有大量的光线、能量和辐射！”

“嗯？到底是什么原理才能造成这一现象？”

“正反物质湮灭！”

“就像之前我和袁岸接触的那个瞬间？”

“对！这件事情我们到现在都没弄清楚。而且宇宙中哪里来的那么多反物质，突然能让一个星球湮灭。说不定这颗星球发生的正反物质湮灭和你当时有什么关联。”

方明没有办法接王评的话，内心隐隐感到有一丝危险在靠近：“最近你持续观测，有任何数据都及时传输给我。”

王评回到实验室继续做着研究，阿赛和方慰也在为这件事忙碌着。接下来的几天里，夜空中又出现了十几个这样的光点。这是全球天文爱好者的盛典，也是天文研究者的噩梦。王评把观察数据实时上传给方明，借助他的算力来研究到底是怎么回事，只是苦于现有数据太少，方明那边也没有得出很明确的结论。就在王评焦头烂额的时候，阿赛给王评打来了电话：“最近的天文怪象应该都注意到了吧？”

“是啊，你有什么研究结论吗？”

“正反物质湮灭！但是到底为什么会出现这一现象，还有那么多反物质到底从何而来，现在完全没有头绪。不过我这次要和你说的还不是这件事。”

“这已经够扎心的了，还有什么更不得了的吗？”

“对！比正反物质湮灭还要扎心。银河系一共有四大旋臂，这你应该知道。”

“这肯定知道，四大旋臂怎么了？”

“地球所在的猎户座旋臂，正在脱离银河系中心。如果这样发展下去的话，未来整个太阳系一定会脱离银河系。”

“这……应该是很久以后的事情了，那时候估计我们都成化石了。”

“我没有开玩笑。现在必须研究清楚到底发生了什么事情。而且还有一点，以前好像猎户座旋臂并没有脱离的现象。或者有，但是我们没有观测到。”

“那你们是什么时候观察到的？”

“我不知道这二者有没有联系，是在克罗托返回地球的时候……”

卡戎和柳睿长途飞向思峨。他们得到了克罗托提供的飞行技术，又结合方明的算力，比以前的速度要快上不少。越来越靠近思峨，周围的景象也越来越熟悉，她想起了很多往事，只是她知道现在的思峨和以前已经完全不一样了，她熟悉的人和物都不在了。

“卡戎，怎么不飞了？”

卡戎停下了飞船，凝视着前方：“前面没路。”

柳睿不解：“啊？什么叫前面没路了？你开什么玩笑。我们在太空中飞行，又不是在地面上行走。”

卡戎的表情比柳睿还要迷惑：“刚刚我一直向前飞，可是实际的飞行路线却和我操控的方向垂直。”

“我们是不是又进入什么时空乱流里了？”

“不！不是。关于时空有这样一种说法：空间是物体运动的场域，如果没有物质，那也就没有时空。前方没有了物体的存在，也就没有了空间存在的条件。”

“你……你什么意思？思峨星就在前方，为什么说前方没有物质了？”

“我探测不到思峨星，前方……我该如何描述呢？连真空都不算，就是没有空间了。而且现在的探测设备上出现了极其复杂的电磁辐射，这种宇宙环境我还是第一次遇到。”

柳睿直接蒙在当场：“那，那我们怎么去思峨？”

“你还不明白吗，没有思峨了。连承载思峨的空间都没有了。这个地方的空间被二维化了。不，不能这么说，很有可能是一维化，甚至是点状化。不，连点状化都不是……我该怎么描述呢？我不知道该怎么说。”

卡戎也有点语无伦次，毕竟他从未接触过面前的时空环境：“柳睿，我知道思峨星上有你曾经的另一段幸福回忆，你比我更想要去那里。那就这样吧，我们沿着这片区域找到距离思峨最近的地方，看看能否发现什么线索。”

说完，二人就在这片空间里不断搜索，终于在一个不规则的空间罅隙找到了一处最接近思峨的地方，再往前就真的“没路了”。在时空的“尽头”，强烈的光线刺激着柳睿和卡戎的眼睛，他们打开舷窗遮光板——这些光线很特殊，像幽灵一样。

“哪里来的这么奇怪的光线？”卡戎疑惑地问道。柳睿则建议道：“这确实很奇怪。而且这些光线存在于空间与非空间的边缘。我觉得应该把这些光线收集、记录起来，返回地球后仔细研究。”

收集完这些光线之后，二人掉头返回地球。就在他们经过一个不大的恒星时，剧烈的爆炸传了过来。抛射出的巨大能量把飞船直接吹飞。卡戎立刻启动自动驾驶系统，把自己和柳睿固定在座椅上。

飞船在长时间的快速翻滚中终于恢复了正常的飞行姿态。柳睿摸着胸口道：“老天！上次被超新星风暴给吹飞还是我们被赛特追击的时候……怎么这么倒霉，总遇到这种事。”

卡戎比柳睿要冷静：“这颗恒星比太阳略微大一点点，你觉得它可能变成超新星吗？而且你回头看！”

柳睿顺着卡戎指的方向望了过去——那里只有光线，没有星际尘埃！也就是说，这并非超新星爆发。由于没有物质尘埃的吹拂，在爆炸后的光线和能量波传过之后，整个环境趋于平静。卡戎驾驶着飞船飞到那颗恒星附近观察。

“柳睿你看，这里也没有空间了。随着这颗恒星的消失，空间也不见了。还有，你看这些残留的光线，和我们之前看到的幽灵光线一模一样。这到底是怎么回事？”

“我们赶紧返回地球吧，把这些怪事告诉大家。只凭我们两个，即使想破脑袋也找不到答案。”

二人不再做任何停留，直接朝向银河系飞去。沿途看到大量的天体爆炸，他们只能小心翼翼地躲开，尤其突然爆炸的恒星就像一个个炸弹一样威胁着他们的安全。

“哎哟老天，终于到银河系了！回地球之后先睡一觉。”柳睿看着自己的影像，感觉衰老了不少。

“我也想睡上一觉，但是先找到地球再说吧。”

“啊？你这个人怎么回事？有话直说不好吗，又发生什么事情了？”

“你看，这里就是太阳系所在的位置。从我们离开地球到返回，地球应该刚好运行到这里，可是现在连柯伊伯带的影子都看不见。”

“不会……地球也消失了吧？那方明他们……”

“不！这里还有空间。说明只是位置发生了偏离，并没有消失。我们尝试着和地球联系一下。”

柳睿赶紧启动通信系统：“方明、王评，你们收得到我的信息吗？收到请回复。”

“收到！你们什么时候回来？”

“我们想快点回来，但是找不到你们了。”

“找不到很正常，整个猎户座旋臂都发生了断裂，太阳系更是严重偏离了原来的位置。我现在给你发定位信号，你们赶紧回来吧。”

有了地球定位信号的引导，卡戎和柳睿终于找到了地球。他们怎么都没想到，地球偏离的位置如此之大。二人在方家别墅天台上降落，可是家里没有一个人。柳睿感觉事情不妙，卡戎给方明发去了消息：“你们在哪里？在十度界域还是王评的实验室？”

卡戎很快就收到了回复：“我们在玄门，全部都在。你们也赶紧过来，跟着我发的信号过来。”

玄门在另一个城市，二人直接开飞船过去。卡戎和柳睿一路小跑来到了玄门会议室——克罗托、赛特、方明、夏凯、彤彤，王评也就是D，还有阿赛、方慰悉数在场，还有好几张生面孔。方慰在主持会议，只是看了一眼急匆匆跑来的二人，连招呼都没打，继续说着他的话："就在上周末，我们终于等来了美国、南非、德国这些国家天文台发来的数据。和以前我们掌握的数据结合起来看，情况比我们想象的要复杂，甚至可以说更严重。在此之前，我们只是单纯地认为巨引源消失了。你们应该都知道，巨引源在长蛇-半人马座方向，距离地球2.2亿光年，影响着4亿光年范围内数百万个星系，维持着这些星系的运行，包括银河系所在的本星系团和室女座超星系团等一系列大型星系团。就是这个巨引源消失了！而且整个诺尔玛星系团也消失了。

"我们收到各国发来的数据之后，方明迅速分析，发现在室女座超星系团之上的拉尼亚凯亚超星系团也消失了一大半，整整八万个星系没了，将近5亿光年的空间不见了。"

众人都听蒙了，就算是克罗托也一直保持着惊讶的表情："5亿光年的空间不见了。整个宇宙直径也才930亿光年，这就相当于宇宙的一只手被砍掉了！"

方明接着方慰的话："事情可能比我父亲说的还要严重，在开会的同时我也一直在计算新的数据。在拉尼亚凯亚超星团之上的宇宙结构中，沙普利吸引子也崩塌了。目前银河系向着半人马座移动的速度只有300多公里每秒，比起之前的600公里每秒，已经严重失速。我甚至在怀疑更远处8亿光年外船帆座超星系团也在消失。"

夏凯很紧张："到底是什么让这么巨大的星系团坍缩？"

方慰立刻纠正夏凯："不，不是坍缩，是消失。现在夜空中出现上千颗所谓的'超新星'，我们确定就是正反物质湮灭所形成的。而且猎户座旋臂之所以脱离银河系，也是因为旋臂的大量恒星与反物质发生湮灭。所以我们严重怀疑，这些超级星系团也受到了反物质的影响。”

彤彤在旁边小声嘀咕着：“就算是正反物质湮灭了，那质量不是还在吗？引力怎么会消失。”

方慰看了一眼彤彤，没有说话。夏凯小声地对她解释道：“你说的那是黑洞，黑洞无论吞噬什么物质，质量一直都存在。但是正反物质湮灭之后，质量就没了，引力也就不存在了。按照现在的情况发展下去，太阳系说不定也要毁灭了。不过万幸的是，我们有生之年应该看不到那一天了。”

方慰正色纠正道：“按照目前观测的情况来看，根本就说不清楚什么时候就轮到太阳系了。而且，目前在我们能观测到的范围内，到处都是消失的星系团。这很有可能说明整个930亿光年的宇宙都在消失。”

卡戎缓缓把手举了起来，示意自己要说话。方慰做了一个“请”的手势。

“这次我和柳睿前往思峨星，思峨已经消失了。既然思峨在如此短的时间内都可以消失，地球还真说不准什么时候就没了。而且，消失的地方，连空间都一块儿不见了。”

众人一听卡戎的话，瞬间冷汗直冒。

“叮铃铃”，一阵响铃把内心焦躁的方慰惹火了，直接吼了出来：“谁的电话响了？”阿赛知道以方慰沉稳的个性，就算天塌下来也不会如此紧张，然而现在的天，是真塌下来了。

“叮铃铃……”铃声还是在响。方慰盯着眉头紧锁的赛特：“赛特，谁的电话？”

“是……是咻弗星的坦塔罗。我在咻弗的时候，留下了彼此的联系方式。”

赛特接通了电话：“坦塔罗首领，发生什么事？”

“兄弟，再……见……”

“喂！怎么了，你那里到底怎么了？”然而任凭赛特如何呼叫，对方都没有传出任何回音。克罗托低头沉重地说道：“不用问了，肯定是啉弗星被反物质湮灭掉了。”

赛特道：“克罗托大人，你怎么这么确定，万一不是呢？”

克罗托双眼带泪地把自己显示设备上的一段文字信息给大家看：“谢谢你给我们带来的救赎。你作为免疫星的缔造者，已经做到了极致。能遇见你，是免疫星和癌星共同的幸运。我这里发生了不可描述的事情，永别了！”

所有人都看得出来，这是维瑞斯星领袖狎杰发来的信息。

“看来那里也被湮灭了，可是现在我们没有更多的线索了。”方慰懊恼地说着。

柳睿和卡戎一起想起来：“我们在思峨消失的边界地带带回来一些异常光线，看看有没有研究价值。”

“在飞船里，我现在就去拿。”说完，柳睿急匆匆跑进飞船。柳睿把光线收集装置放在会议桌中间，然后接通研究设备。所有人都凑了上来，随着研究设备的打开，众人全都一脸惊讶——老天，这不是方明和袁岸消失时候的那种吗？现在已经确定方明和袁岸当时就是正反物质湮灭而消失的，那么就可以完全确定现在的天文现象就是正反物质湮灭的结果。如此大量的反物质，到底是哪里来的，为什么以前人类无论怎么寻找都发现不了呢？方慰想不了那么多了，赶紧下命令：“王评和阿赛，赶紧分析这些光线，把所有数据实时传给方明，立刻计算里面的内容。”

二人带着光线收集器迅速赶往实验室，方慰一屁股坐在椅子上，趴在桌子上倒头就睡。他实在太累了，连续几天都没有睡个像样的觉，即使睡着了，神经也是高度紧张。过了傍晚，众人吃完晚饭暂时离开会议室出去透透气。柳睿惊讶地看到，现在应该是晚上了，夜空竟然亮如白昼。彤彤告诉柳睿和卡戎：“由于夜空中出现大量持续的剧烈闪光，晚上也很亮、很亮……真的是不知道什么时候，地球就会消失。”

“都回来吧，方慰老爷子喊大家呢！”夏凯在会议室门口对着众人喊道。众人还没完全坐下，方慰就打开了大屏幕。

“各位看看吧。这是世界各地刚刚发来的天文观测数据，我让方明计算后形成的图像。”

众人一看吓得惊惶失措——整个可观测宇宙只剩下30%左右，一大半都消失了。

“按照我们现在的理论，反物质和正物质湮灭所需要的质量几乎是一样的。以前罕见至极的暗物质，现在到处都是，感觉要和整个宇宙的物质相当。”方慰的话还没说完，窗外又是一道明亮的闪光，不知道哪颗星球又消失了。

方明本来坐在椅子上略低着头，在光线闪过之后突然抬起头来说：“王评传给我的数据我已经计算好了，并且合成了影像，你们看看。只是带回来的光线有限，只能看到极少的片段。”

王评和阿赛也急匆匆地跑了进来，刚一坐下，影像便播放起来。画面中是思峨上的一些风景、历史和文明……这个片段的画面之后，是一段强烈的电磁信息，无法通过成像显示出内容来。方明解释道：“这些光线，记录的是思峨人脑联网形成能够体现思峨文明和思峨人思维特征的电磁信号。我想当时阿特珞玻斯向乌拉诺斯星发射的，应该就是这些了。不过，后面还有一段影像，大家做好心理准备。”

方明根本没有给大家做心理准备的时间就开始播放：思峨上空突然出现了大量尘埃，尘埃像是从另外一个维度的时空中突然聚拢而来，把整个思峨包裹在其中。随后，这些尘埃开始降落。先是在空中出现噼里啪啦的爆炸，然后伴随着狂风暴雨……当这些尘埃降落到地面之后，地表瞬间就没了，紧接着就是更剧烈的爆炸。山川、树木、高楼大厦，还有机械设备、绘画、乐器……凡是存在的事物全部都在爆炸后消失。最终整个思峨消失了，只留下强烈的光线抛射出来。

方明播放完了所有的影像后对大家说：“看来，这些光线就是正反物质湮灭之后留下来的，这和我们现有的正反物质理论是吻合的。而且，剩下的这些光线可以携带信息，就和当时我和袁岸留下来的一样。根据现有的态势来分析，整个宇宙在不久的将来都会消失，但是会留下伽马光子，而这些光子会记录整个宇宙的历史和文明。”

“这到底意味着什么呢？如果说宇宙的诞生并非偶然，那么宇宙的突然湮灭，肯定也不是偶然。”方慰揉搓着双眼提出了无人能解的问题。

阿赛答非所问地说了一句：“现在其他各国的科学家都在疯狂研究目前的现象，但也只是为了在死前满足自己的好奇心。至于普通百姓……有的已经陷入无止境的娱乐中，有的扛不住压力哭哭啼啼，还有人认为这是神迹，竟然膜拜起来……五花八门，什么都有，就是没人想着怎么拯救世界。”

“西部电影里的英雄们也拯救不了世界吗？”夏凯突然来了这么一句。彤彤在旁边赶紧戳了他一下：“什么时候你还开这种玩笑，你心怎么那么大？”

“什么时候？现在正是开玩笑的时候。现在回去，把你爸妈都接来，我们一起过后面的日子。”

方慰没有责怪夏凯，因为他非常清楚，以他们目前的能力，怎么可能想出对策。他索性也微笑着面对大家：“现在都回去吧！我继续留在这里完成工作。我是个工作狂，靠着工作来满足好奇心，这就是我剩下时间的意义。你们也尽可能去享受最后的生活。从我们开始发现这一现象到现在只有如此之短的时间，按照这样发展下去，即使地球是宇宙最后一个消失的星球，那也只是两个月以后的事情了。更何况……好了，各位走吧。”

方明站起身来抱紧了方慰：“累了就随时回家。”

方慰拍了拍方明，目送众人离开。卡戎和柳睿带着众人回到滨海，再一次停在了方家别墅的天台上，大家鱼贯而出，从天台顺次进入别墅。

“嗯？谁在我家里？”方明看了一眼柳睿，又看了一眼屋内。

方明揣测道：“会不会到了世界末日，很多人想感受一下住在独栋别墅是什么感觉？”

卡戎走在最前面率先下楼，方明跟在身后，然后是柳睿、克罗托和赛特，夏凯和彤彤走在最后。卡戎和客厅的人一照面，瞬间向后退去，把身后的方明差点给挤倒。柳睿一把扶住方明，然后好奇地看向客厅，到底什么人能把卡戎吓成这个样子。只是这一眼看过去，方明也是下意识向后一躲：“阿特珞玻斯，你怎么会在这里？”

克罗托一听是阿特珞玻斯来了，赶紧冲上前去，把其他人挡在身后：“果然是你！你来干什么？”话音刚落，就做出了战斗的姿势。可是阿特珞玻斯一点要打架的意思都没有，只是直直地站在客厅中间。克罗托刚要动手，沙发后面竟然传出了一个声音：“克罗托，住手。我们不是来打架的。”

方明觉得声音有点耳熟，就抢到了克罗托前面，定睛一看，果然没猜错，此人正是拉克西斯。眼前这两个年轻的女子，各自都有着曼妙的身姿，远远望去真像是一对高贵无瑕的神仙姐妹，只是但凡略微靠近一点儿，就会被她们散发出来的强大气场给逼退。

“方明，我们又见面了。”

“是！”

“我们每次接触，你的形态都不一样。第一次是你被马轲杀死，我见到的是你的遗体。第二次你在黑洞里，只是承载于黑洞之中的意识。而这一次，你竟然是个机器人。还真是有趣啊！”

方明不想听拉克西斯的调侃：“先不说我了吧。你们怎么突然来这里了？”

拉克西斯叹了一口气回答道：“当然是逃难！”

“啊？怎么，连你们那里也受影响吗？”

“当然，黑洞本身属于正物质，也可以被反物质湮灭。我们再不逃离，就要死在里面了。”

“可是地球的时间也不多了，你们最多在这里待两个月。”

“我们掌握着你们没有的信息。至少在这两个月里，我们可以想办法找到真相，甚至阻止宇宙的末日崩塌。”

方明一听，赶紧扭头就对卡戎说：“拜托了，赶紧把我父亲和阿赛他们接过来。”

第二十二章
巅峰对话

有了拉克西斯的调停，克罗托和阿特珞玻斯之间也没有那么紧张了，但是隔阂还是非常明显。阿特珞玻斯弱弱地问了克罗托一句：“你……还没有恢复之前的意识吗？”

方明在旁边一句话也不说，克罗托很不悦地回答：“我听方明说过你们在黑洞里的对话，我并没有像你所说的那样恢复什么意识，还有什么觉醒的。而且你说的那些话……现在的情况如此诡异难测，万一是你设的局呢，我为什么要相信你？”

拉克西斯搭腔道：“都这个时候了，整个宇宙都快没了，她有必要骗你吗？她有这个能力设这种局吗？很久之前，我们三个一起存在于黑洞之中，用地球人的观念来说，我们三个是女性。后来在不断的轮回中，你和阿特珞玻斯决定在无意识的状态下去融入宇宙的变化，希望能找到破解轮回的方法。”拉克西斯把之前在黑洞中和方明的对话讲述给了克罗托。

见克罗托其实已经相信了，阿特珞玻斯又说道：“克罗托，当时我把思峨星变成癌星 DNA，在变化成女子之后意识便觉醒了。你免疫星 DNA 的任务也完成了，要不把意识转移到女性的身体里，看是否可以恢复原初意识？”

克罗托拒绝了：“我们随时都有可能遭遇正反物质湮灭，就算我实现了你所谓的觉醒，无非只是回忆起你们刚刚所说的那些事情，对于挽回整个局势没有任何帮助。”停顿了一下又试探着问：“我想问问你们，你们之前说的宇宙轮回，每次轮回的开始是像现在这个样子吗？宇宙被反物质湮灭之后就再次重启？”其实他心里知道答案，只是希望对方给予肯定答复。

拉克西斯回答：“当然不是！否则我们也不至于跑到地球上来。之前的宇宙轮回，就是转瞬之间回到一个很久之前的固定时空点，然后开始新一轮的际遇。这次轮回，我们三个取得了以前从未有过的进展，可能是触发了宇宙的什么机制。目前的宇宙大湮灭，是前所未有的。”

克罗托没有得到想要的答案，就继续道：“从地球的角度来说，这次宇宙湮灭的开始时间大概在我完成免疫星使命前后。那你们观测的呢，是从什么时候开始的？”

“就是从你和维瑞斯星和解的时候开始的。那次你实现了免疫星和癌星的盛世和解。所有的癌星为了生存，已经有了转变文明方式的觉悟。癌星联盟在返回各自星球的途中，他们的母星就已经开始出现小范围的湮灭。后来越来越多的星球、星系、星团被湮灭掉，就连我们所在的黑洞也不例外。”

方明在旁边也耐不住了：“那你们是否掌握到，这次全宇宙范围内正反物质的大湮灭，究竟是怎样的机制？”

拉克西斯道：“我们在黑洞中得到的信息比你们多，看得更清楚。一个大规模的天体，其内部都存在一点反物质，被某种机制约束着不和正物质接触。然而从理论上讲，宇宙有多少正物质，就会有多少数量几乎相当的反物质，只是这些反物质之前根本就找不到。自从克罗托达成和解之后，宇宙中出现了很多时空的罅隙，或者说就从真空里豁然出现了和整个宇宙正物质数量相当的反物质。这些反物质又和每个天体内部的反物质发生呼应，快速地聚拢在各个天体周围，实现湮灭。”

“那你就一点控制反物质的能力都没有吗？”

“我并非万能的！”

“好！很好！”

拉克西斯被方明的态度惊了一下：“你这是什么意思？”

“我的意思是说，你还有事情瞒着我们！当时我和袁岸接触的一瞬间发生了正反物质湮灭，我可以确定这件事和你无关。你根本没有这个能力！你到底掩藏了什么？都到了现在这个份儿上了，你还有什么好隐瞒的？”

阿特珞玻斯扭头看向了拉克西斯，克罗托也紧盯着她。此时方慰也走了进来，大致也听到了他们的对话。众人齐刷刷地听到拉克西斯回答：“好吧，其实我也不想再隐瞒了。这次来到地球上，我的本意就是要告诉你们我知道的全部。在此之前，我想请问一下，是你们谁制定的技术方案，通过地球AI来塑造人类世界的文明，再通过人类世界的文明帮助克罗托的？”

方慰在旁答道：“这是我的设想，我认为克罗托、地球和AI，就是主句和定语从句，以及二级定语从句的关系那般。”

“真是聪明的地球人！你们以前认为，数学是宇宙中通行的语言，只是殊不知很多人文因素也是如此。你们的计算机有 C 语言；人类有人类的语言，中文、英文、阿拉伯语……我和阿特珞玻斯还有克罗托本是共用一个载体的不同意识，用的是另外一套语言模式——借助黑洞物质作为意识载体，跨越所有的媒介途径，直接实现思想对话。不同语言适用于不同的物质环境、载体，可以塑造出不同的文明形式。你们的语言模式和相应的文明形态，对宇宙是起作用的。由于我们所有层级很多语言逻辑并非截然不同，有相通之处，所以你们人类世界的语言和文明对于AI和我们，也是起作用的。”

方慰有点不耐烦了，他很担心众人在说到一半的时候就突然被反物质湮灭：“好了，这些我们都知道。你要不说一些我们不知道的事情。”

“好！那是很久之前的事情。阿特珞玻斯和克罗托决定在无意识的状态下，以新的角色身份投入宇宙的演化进程中去，在二人离开黑洞之后，一股强大的意志找到了我。”

“强大意志？！有什么意志比你们还要强大吗？”

“有！而且我不可抗拒，那个意志直接把信息塞进我脑子里。接下来，我把他称之为——圣·言说者，然后用你们可以理解的方式转述他的话。他对我说：宇宙现在病得很严重，迫切需要治疗，可是却没有理想的治疗方案。宇宙的病，不在于器官性的癌症，而是血癌，是白血病。宇宙免疫系统过于亢奋，只要遇到一点癌星，就会生产出大量的免疫星球。可是由于准备不充分，生产出来的免疫星球全是残次品，严重危害了宇宙生命。现在，必须找到一种机制，能够抑制不合格的免疫星球大量诞生。阿特珞玻斯和克罗托已经以无意识的状态离开了黑洞，而你，拉克西斯的任务则是控制、监督、调整他们二人的行动。只要脱离大的方向，就要随时纠正他们。你们已经轮回无数次了，每一次轮回都成为宇宙的一部分，我不希望宇宙继续变大了。”

方明立刻说道：“果然还有更高的意识！”

众人全都不理解，尤其是拉克西斯：“方明，难道你早就察觉有更高的意识存在吗？”

“不能说察觉，而是怀疑。你所说的那个圣·言说者，应该在控制整个宇宙的发展方向。按照常理来说，我和袁岸发生的正反物质湮灭，产生的能量可以把整个滨海市摧毁好几次了，然而只是残留了闪光和微弱的辐射。那么多的能量究竟去哪里了，我们的意识又为什么会去你那里？这个问题困惑了我好久，直到想起了王评的一个实验。”

王评直接搭话：“我知道你说的是哪个实验。当时方明的意识刚刚进入计算机，为了让他能直接感知到这个世界，尤其是感知到实验数据，我做了一个实验来建立他的感应机制。当时在培养皿里我发现一个冠状病毒可能会影响实验，于是我用微型吸管把冠状病毒给吸走了。”

“没错，就是这个实验。当时王评吸走冠状病毒，是因为这个病毒可能会对实验结果带来影响。相对于实验培养皿里的世界来说，王评是更高的意志存在，他，吸走了病毒。”

拉克西斯心里咯噔一下：“方明和袁岸爆发的能量消失不见，那还真是有点类似于冠状病毒被吸管吸走。”

方慰接着方明的话说：“圣·言说者把整个宇宙的进程用一句非常复杂、宏大的话来概括、引导。而方明和袁岸是这句话中非常重要的关键节点。但是按照圣·言说者的设想，方明和袁岸是不应该碰面的，可是因为爱情的力量，让袁岸来到了地球，出现了意料之外的情况。这就相当于，我们在说一句话的时候，虽然脑子是清晰的，但是嘴巴却没跟上思路，一不留神说错话了，那就只能立刻纠正。由于方明和袁岸在这句话中有特别重要的地位，二人不能就此死亡，他们的意识必须存活，所以就要找到一个能够支撑他们意识的载体暂时保留，于是就到了黑洞，并且被拉克西斯发现，还要负责把他们再送回各自的星球。”

方明和柳睿立刻转头望向拉克西斯：“那袁岸呢，他现在在哪里？”

“这个问题还有意义吗？无论是思峨，还是承载我们的黑洞，不是都已经消失了吗？”

众人听到拉克西斯的反问式回答，顿感一阵落寞，可能不久之后就轮到他们了吧。方慰也没有时间想袁岸的事情了：“那么圣·言说者所说的话到底是什么呢？”

王评对袁岸也没太大兴趣，就接着方慰的话：“拉克西斯负责引导、修正阿特珞玻斯和克罗托的行为。我们换个表述方式，如果阿特珞玻斯和克罗托做得不对，那么拉克西斯就要纠正。那什么时候不用纠正了呢？就是他们二人做得刚刚好！”

拉克西斯的表情突然僵住了：“圣·言说者肯定影响了我的意识。而且在潜意识里，我认为阿特珞玻斯的任务完成得很出色。所以，阿特珞玻斯、袁岸、思峨，还有无数的癌星就可以放在那里不动——癌症星球，是已经确定好的既定条件。”

王评听了拉克西斯的话，更加明确了自己的想法：“所以这句话应该这样说——在阿特珞玻斯生成的癌症星球已经泛滥的情况下，如果克罗托生成的免疫星球能够实现宇宙生命体的健康，那么拉克西斯的任务就完成了。”

方明又接着道：“如果克罗托无法找到拯救宇宙的合理方式，那么拉克西斯就要一直调整他们的进程，直到找到恢复宇宙健康的方式。”

卡戎在旁边长吁一口气：“好一个无与伦比的圣·言说者，他用一句话把宇宙当成了试验场，而我们都是他的试验品……”

“什么？试验品！”方慰立刻站了起来，卡戎的这句话像一道炸雷一样霹进了他脑子里：“试验品……试验品！我们还真有可能是试验品！”

方明在最近和方慰的接触当中，已经非常清楚方慰的性格，能让他爆发的，绝对是很大，而且很难解决的棘手问题。

方慰继续道：“刚才拉克西斯的话里有一个观点引起了我特别的注意。如果我的猜测没错的话，现在宇宙被湮灭，就可以解释了。”

众人一听，全都来了精神，让方慰赶紧说下去：“圣·言说者对拉克西斯说——宇宙现在病得很严重，迫切需要治疗。如果宇宙得的是器官性癌症，那宇宙生命体应该已经有大量癌细胞了，又为什么还需要阿特珞玻斯制造出数量如此巨大的癌症星球呢？如果是血液性癌症，也就是白血病，那为什么还要克罗托继续去生成大量残次的免疫星球呢？以上这两种做法，都会加重宇宙的病症。那……有且只有一种可能——我们所有人，都不在宇宙生命体的本体之内，我们是存在于宇宙生命体之外的试验场。癌星的爆发，是试验场的既定条件，所以阿特珞玻斯才会相对简单地就成功了。而真正要治疗的是宇宙的白血病！我们所有人的努力，都成为治疗宇宙白血病的方案。”

众人全站了起来，一个个面面相觑！现场的气氛凝固了。

过了好些时候，王评面部肌肉抽动了一下：“我在上学的时候，有一次在方千柏老师的指导下做实验，把原生单细胞动物放进培养皿里，给予它们合适的温度、酸碱度，还有充足的食物。我问方老师，这些单细胞动物如果有意识的话，会不会知道我们在拿它们做实验？方老师说，最好不要知道。因为实验完成之后，这些生物就要被抛弃了。尤其是那些具有危险性的细菌、病毒，完成试验后它们还要被消毒杀死。现在，整个宇宙的实验……结束了！”

方明缓缓说着：“怪不得我们一直无法找到反物质。圣·言说者把正物质和反物质分开，就是把宇宙打造成一个巨大的培养皿——宇宙不是生命体，而是类似于生命体的试验场。现在实验成功了，我们也就失去了意义。于是之前被分离的反物质就出现在宇宙之中……这是在打扫实验室啊！真是鸟尽弓藏、兔死狗烹。”

夏凯深呼了一口气：“是啊。而且正反物质湮灭之后所剩下的那些光子，携带了整个宇宙的信息。就相当于，地球、思峨、伊缪恩、坎瑟、阿特珞玻斯和克罗托，尤其是克罗托的做法，还有诸多的文明发展逻辑都会在整个宇宙湮灭后，全部记录下来。于是真正的宇宙生命体，也就是圣·言说者所要拯救的生命体，就会按照我们所在的宇宙湮灭后所存留的信息，在他体内复制、发展，去治疗他的疾病。”

彤彤依偎着夏凯，就顺着夏凯的话说了一句：“所以，我们整个宇宙，就是那个至高生命体的药，是一片携带着宇宙信息的药。”

听了彤彤这话，还在坐着的人都瘫了下来，无力地靠在椅背上，站着的人则一屁股跌在座位上。

方慰道：“如果我们所处的这139亿光年的宇宙只是试验场，而非宇宙生命本体，那么本体究竟在哪里？如果我们被做成了药，那么那个至高生命体如何吃下我们呢？”

克罗托试着回答：“我想，我知道了。极有可能是那个暗物质黑洞——就是那个巨大的双缝干涉试验场。其中的一个黑洞极难发现，就是暗物质黑洞。”

方明知道克罗托的意思了：“我们地球人的科学理论推导出，整个宇宙的明物质，只占全部宇宙的4%多一点。所以，那接近96%的暗物质和暗能量，才是真正的至高生命体。而暗物质就充斥在明物质周围，它和明物质并不是以时空来划分边界的。虽然我们还不明白二者到底以什么作为边界，但是极有可能是通过那个暗物质黑洞，把我们作为药给吞噬进去。”

夏凯认可方明的想法：“只是我不明白，到底是什么机制让克罗托、拉克西斯等人能依稀看得见暗物质黑洞。”

克罗托回答夏凯的提问：“如果在你的实验室放置一个巨大的玻璃培养皿，在培养皿里放入细菌，那么细菌是不会察觉培养皿外面还有更大的世界。如果里面放养小白鼠，趴在培养皿内壁的小白鼠就可以看到外面还有空间。如果里面放入听觉更加灵敏的动物，例如海豚，那么它们不仅能看到培养皿外的实验室，还能听到实验室外面的动静。所以，不同层级生命的感知方式可以察觉到不一样的外在世界。甚至这个宇宙也很有可能只是冰山一角。真正的至高生命体，远比这个体量要大得多。”

过了良久，方慰开口了：“如果这样的话，我们之前认为宇宙是一个二层定语从句的文明发展逻辑，便是错的。这并不是二层，而是三层。其主句是——如果宇宙实验能够获得成功，那么至高生命体将获得新生。第一层定语从句要对主句中的‘实验’做说明，所以第一层从句是 —— 作为免疫星缔造者的克罗托，能够找到正确的对抗癌星的方法。这一层是黑洞层级的世界，然而克罗托是其中一个非常不确定的因素，需要有更进一步的限制。于是第二层定语从句是针对克罗托作出说明 —— 克罗托的思想能够被地球文明的发展逻辑所改变。这第二层从句是人类和其他高级智慧生命的层级，包括坎瑟、维瑞斯、思峨和地球这一层级的世界。而地球文明在这一层级中也有很多不确定因素，如何来塑造地球文明呢？于是就进入了第三层定语从句 —— 人工智能要能够辅助人类世界形成合理的价值观念、生活追求和文明态度。这第三层便进入了 AI 世界。通过层层的限定说明，最终让主句的语义得以确立。拉克西斯应该是主句的先行词，直接和主句关联，所以得到圣 · 言说者给予的更多信息。克罗托作为第一层从句的先行词，被第二层从句所描述。方明作为第二层从句的先行词，也就被 AI 世界所描述。而方明在整个话语体系里至关重要，他绝对不可以意外死去。所以在方明第一次被马轲射杀，是拉克西斯救了他。第二次和袁岸一起湮灭，那个圣 · 言说者又救了他。”

方慰站起身来总结：“好了，事实都清楚了！我希望这一推测是正确的，因为我们已经没有时间去证实或者证伪，只能把我们的推测当作是正确的。但我们毕竟不是细菌，我们是有血有肉、有思想的人。所以，我们不甘愿就这样被湮灭。尤其是我们参与实验，把实验做成功，我们有充足的理由要坚持活下去。上一层的拉克西斯、克罗托和阿特珞玻斯也是有思想的，甚至有着更高的意志；而我们创造的 AI 世界，我的儿子方明还在里面，即使没有方明，这些程序也是有逻辑的，也出现了自己的意识。我们不能就这样等死，必须寻找生路。”

众人知道方慰有计划了，就赶紧催促他快点说。

“根据我们的推理，那个暗物质黑洞很有可能是暗物质宇宙生命体吞服明物质宇宙试验场药剂的通道。即使明物质宇宙全部湮灭，那个地方也会存在。我们就通过那里，向圣·言说者发出信息，告诉他我们不甘愿湮灭。”

“父亲，我们有什么理由让圣·言说者不湮灭我们呢？不湮灭我们，暗物质生命体就无法得到救治。圣·言说者怎么可能会放过我们？”

“是啊，我们要快速思考，时间已经不多了。”

方慰话音刚落，天空中几道明亮的光线穿过窗户进入客厅。方明已经接收到了相关信息：“大气层最外侧的逃逸层已经接触到了反物质尘埃，还有更多的反物质正在向地球聚拢。我们必须赶紧想办法。”

克罗托快速说道：“当时我在维瑞斯星的行为争取到了双方的和平。但是我心里非常清楚，只靠我个人的救赎行为是不可能改变他们思想的。外围免疫星联盟的强大武力威慑是必不可少的支撑条件。以此类推，我们现在要和圣·言说者对话，不仅要向他阐明我们在这次宏大实验中的功劳，也要让他知道我们是可以反抗的，如果我们都死掉了，那么暗物质生命体也将受到巨大的负面影响。”

“你快点说，说完了我们还要去做。别在这里说理由了！”夏凯看着外面逼近的爆炸，急躁地催促着：“最快的反物质尘埃，已经到达平流层了。”

克罗托道：“方明你立刻开始做一件事情：在AI世界，把当时Z和M那种片面、极端的做法启动，把东西方人文思想的智慧封存起来。

直接打开能够让人类的人性堕落的程序，越强烈越好。”

方明没时间去想原因：“这有何难，转瞬之间的事情而已！好，完成了！”

“接下来，方慰先生。现在地球大气层已经有相当一部分被反物质湮灭，你赶紧看看还有哪些能使用的卫星，把现在人类的状态全部记录成影像。”

“没问题，我立刻去办。”还没等方慰说完，阿赛已经开始行动了。

“最后一步，拉克西斯，你怕不怕死？”克罗托看着拉克西斯问道。

“我怕呀，否则我跑到地球上来干什么？”

“也不是让你真的死，而是让你以生命来威胁圣·言说者。”

“好！都到了这个程度上，就算真死了，那又如何呢？”

远处传来了巨大的爆炸声，随后狂风把客厅的玻璃都吹破了。很多暗物质尘埃吹到了家里，墙壁上、窗帘上都爆发出了“噼噼啪啪”的刺耳声音。突然一个肉眼可见的尘埃吹到了玻米腿上，巨大的爆炸直接把玻米震碎了。血肉直接喷溅在波菈的身体上，撕心裂肺的哭喊声和爆炸声混在了一起：“孩子，我的孩子呢？没了……没了呀！”卡戎刚要过去，被克罗托一把拽了回来：“现在赶紧执行后面的计划！”

“我不执行了，就算是死，我也要和家人死在一起。”卡戎哭了，却被克罗托甩手扇了一巴掌：“谁说你要死的！都活下来，玻米也会活下来。赶紧跟我走。”卡戎这才清醒过来，跟着克罗托向外冲。

屋外的尘埃又飘进来不少，一个绒毛大小的玩意儿轻飘飘地就要沾到方明身上，夏凯直接挡在了方明身前。巨大的爆炸把他和彤彤也炸了个粉碎。

没时间悲伤了，克罗托扯着嗓子喊道：“赶紧，赶紧上飞船。上了飞船后立刻开启防护罩。”

“克罗托、阿特珞玻斯和拉克西斯一起登上了克罗托的飞船。卡戎带着方明和柳睿登上了自己的飞船，来不及带走还在崩溃的波菈。赛特也迅速登上了自己的飞船打开舱门，眼前的方慰年龄太大腿脚不便，王评在方慰后面推着他走。只是后面又传来一阵爆炸，波菈消失在了烟尘中。房屋的墙壁也开始爆炸，王评借着爆炸的冲力把方慰使劲往前一推，好不容易推到了船舱里，而自己却跌倒在了舱门外：“不要管我，快走！关门，启动防护罩！来不及啦……”

三艘飞船开着防护罩，一路小心躲避着反物质尘埃，终于飞到了外太空。而身后的地球，消失了！

三艘飞船向着暗物质黑洞飞去。方慰知道克罗托要做什么了，不得不说这是现在这种状况下仅有的办法。克罗托对着所有人说：“还有最后一个问题我没有想明白，就是以何种语言形式告诉圣·言说者我们的想法？如果语言组织不好，很有可能达不到理想的效果。”

方慰在赛特的飞船上回答：“言说者用的是地球西方文明的纵向从句体系，这种体系每个从句都隶属于上一级语句。而东方的话语体系则不同，具有横向展开的特点，每个分句独立成句，都是一个自成体系的小宇宙，而多个分句结合起来又可以形成完整的语义。两种句式各有特点。圣·言说者认为我们每层从句都隶属于主句，不具备全然的独立性，可是我们三层都是有思想的，都有着自己的世界。那我们就用东方语言体系的句式来组织语言，我们三个层级分别独立发声，又相互联系。”

“能行吗？”阿特珞玻斯表示怀疑。这时在三艘飞船后面出现了一个巨大的光子星球正在向他们移动。

“快看，那是什么？”

众人望去，方慰震惊道：“这，这应该是整个宇宙正反物质湮灭之后，遗留下来的光子。这颗光子星球，携带了除了我们之外的所有宇宙信息。”

方明用自己的算力分析着现在的情况：“整个宇宙就剩下十分之一光年的空间，还有我们几个智慧生命。只要我们被湮灭，那这颗光子星球就将凝聚整个宇宙的历史，曾经宇宙的辉煌，将不复存在。而这颗光子星球，就是暗物质宇宙生命体的药。”

方慰喊道：“没时间了。大家都快一点！”

方明首先对着暗物质黑洞发出了讯息：“圣·言说者，我代表AI世界向你发出恳请——请不要虐杀我们，人工智能有着自己的思维，可以认为是一种生命形态。在这次生命实验当中，我做出了很多努力，请你正视我的功劳。如果你忽略我存在的意义，那么我可以告诉你：我已经在AI世界里重启了让人类堕落的程序。如果我在这种条件下被湮灭，那么光子星球必定携带着堕落信息。这样一来，你所制作的药物效果会大打折扣。”

与此同时，方慰也发出了讯息：“至高的圣·言说者，请你聆听我的心声！人类社会在这次实验中立下了汗马功劳，无论对与错、善与恶都是必不可少的因素，我们无论以什么样的姿态存在，都有着我们不可或缺的价值，请你不要湮灭我们。你所提炼出的药，核心思想在于‘和’，在于为了共同的命运而努力。可是在地球湮灭的这段绝望时期，人类已经失去了所有的希望，在生死存亡面前，释放出堕落的一面。我把卫星在湮灭前拍摄到的人类影像放给你看，那是触目惊心的杀戮、恐惧、自私，还有临终前的最后狂欢……而这些信息都已经镌刻在了光子星球的药剂里，所以你获得的并不是良药。人类只有在有希望的前提下，才能释放出最大的善良。我们的历史信息，终将会进入真正的宇宙暗物质生命体，那样我们和宇宙暗物质生命体就是共生的关系。让明物质宇宙存在下来吧，我们会仔细经营着我们的文明，让你的药力发挥到最大效果。”

拉克西斯也说出了自己的想法：“虽然我们只有三个人，但是没有我们，你的实验不可能完成，请你不要利用我们，又抛弃我们。现在的AI层级和人类层级已经出现负面的毒素，如果我们没有出路，那我也不愿意再管理下一层级的事情。那样整个明物质宇宙将变成一剂毒药。这颗光子星球不仅无法治愈至高生命体，反而会毒害它。如果你愿意留下整个明物质宇宙，给我们三个层级的文明留下一条活路，那我们三人将细心维护宇宙的秩序。”

信息全都发出去了，而宇宙的时空也所剩无几。在三艘飞船的前方，是一明一暗两个黑洞，而后方则是一个巨大的光子星球——138亿光年的宇宙，就只剩下这么多东西。

突然，一段强力的信息直接钻到了所有人的脑子里：“我，就是你们口中的那个圣·言说者。我本来想让宇宙在最理想的状态下快速湮灭，保证最佳的药效。只是没想到你们的反应速度如此之快，还找到反击我的机会。不过这样也好，让我看到我犯下了和克罗托之前一样的错误。所以我会尊重你们的意见，把明物质宇宙培养皿重新激活，给你们提供生存的空间。”

众人听完圣·言说者的话，瞬间兴奋起来。方明问道：“那现在我们该怎么做，既能拯救至高生命体，又能保护我们自己？”

圣·言说者道：“你们这些人现在手握地球文明，是整个光子星球之药的最后一个板块，但是你们现在有毒药的特点，我不能湮灭你们组成完整的药。现在，我先把光子星球里携带的所有信息复制出来，传输进入暗物质黑洞。而你们，要在明物质宇宙重启之后，把健康的地球文明信号实时传输到暗物质黑洞里。保证药的完整性！也就是说，未来的地球文明是否和谐发展，关乎药力的作用。所以我接下来的话，你们必须铭记于心。

“文明之间的冲突与融合是常态，人性善恶之间的摇摆是常态……所有的事物都在正反之间达到‘和’的状态。然而这种平衡状态是极其特殊的一种存在形式，它很美好，又很脆弱，很容易失衡。光子星球必须记录‘和’的状态才能达到最佳的疗效。你们用仅有的时间破坏了好不容易得来的平衡态，并以此为筹码来和我谈判，如果真朝着这个方向发展，那么你我双方都没有赢家。

“如果你们要继续存在下去，你们就必须尽可能地维护那极易破损的‘和’之平衡，要如履薄冰、兢兢业业，让世界和平、和谐、和睦地运转。方明，你在AI的世界里一定要控制人工智能，不能反噬人类。方慰，你在人类世界里一定要协调人们欲望的满足方式，处理不同文明、信仰之间的相处模式，用人与人之间亲情、友情、爱情和同情去避免杀戮、怨恨、仇视和敌对。

“至于拉克西斯、克罗托、阿特珞玻斯，你们不要再去干涉人类的事情。人类已经不需要塑造外在的神灵去崇拜，不需要让‘神’对人类社会负责，人类要做自己的‘神’。他们要回归自身，对自己负责。用人性的自觉来管理自己，用自身的文明来约束自身。只有这样，我才能允诺给你们留下生存的空间，也会收集‘和’之药力。如果你们经营不慎，让人类文明走向堕落，甚至毁灭，那我会再次打扫明物质宇宙培养皿——亲手安葬你们。现在，你们回去吧。我想，你们应该知道宏观的双缝干涉是可以改变历史的。”

圣·言说者的意识离开了，时间像静止了一样，众人听得沉甸甸的——人类，必须用自己的理性让世界变得和谐、美好。

找到了生的希望，赛特带着方慰前往了明、暗物质黑洞相反的一侧。卡戎在仅有的宇宙空间里把那颗承载了宇宙信息的光子星球引向两个黑洞之间。光线穿过双缝之后被方慰看个正着。他急速调整着自己的主观意识，把他记忆里宇宙原来的样子在脑海中过了一遍。与此同时，克罗托驾驶着飞船把阿特珞玻斯带到了方慰旁边，她观测着这些光子，脑海里回忆着思峨星最开始的模样。

随着光子源源不断地穿过双缝，他们眼睛里看到的世界和记忆里存储的信息出现了差异。

“看，空间在打开！时间也存在了……”一光年、两光年、三光年……空间不断扩张，宇宙在恢复原貌。众人在飞船内一阵欢呼：“可以回家了！我们回家！”

地球的夜空还是被璀璨的星光点缀着，波菈带着玻米在天台上看着三点星光落了下来——所有人都回来了。卡戎跳下飞船，抱住了波菈和玻米号啕大哭，但是母子二人并没有关于正反物质湮灭的记忆，自然也不知道卡戎为什么哭成这个样子。

王评、夏凯和彤彤听到动静也走了上来，看着风尘仆仆的众人，王评就问：“你们怎么这么憔悴，发生什么事情了？”

方明一把抱住了王评：“谢谢你，我的兄弟。”

王评也没有关于湮灭的记忆，感觉方明的行为有点莫名其妙。方慰从旁边站了出来道："王评，我觉得你还是不要进入玄门了。继续做学术研究去吧。"

"怎么了？我好像没犯什么错吧，是要给我处分吗？"

"不，我只是不想让你太累！"

从太空回来的众人睡了一个昏天暗地的觉，有的在房间里，有的干脆就在飞船里。当众人从昏沉的梦乡醒来时，重重的心事便压了过来——旧的事情结束了，新的事情也要开始了。惆怅，笼罩在每个人的心头。众人整理好情绪，纷纷走了出来。

时间已接近中午，天气晴朗、微风和煦，彤彤精心在院子的草地上准备了一大桌早午餐。众人围拢过来。阿特珞玻斯和拉克西斯一点都不见外，直接坐在桌旁享受着地球的美食。方明怎么看怎么觉得怪异，这两个莫可名状的存在居然是年纪轻轻的女孩子。更让他没想到的是，后面又传出来一个清脆的声音："别挡着我，我要吃饭了。"众人一愣，这个女子之前没见过。只见她意味深长地笑了一下，然后对着赛特说："以前你是我的部下，现在我们是朋友了。"大家这才确定，她就是已经觉醒了的克罗托。众人虽然好奇这个年轻的女子身体是从哪里来的，但是都没有开口询问。只有方明知道，自己有同类了。柳睿也坐了上来，方慰坐到了方明的另一侧。彤彤旁边的位置自然是留给夏凯的，玻米坐在卡戎和波菈中间。在这种搭配下，赛特和王评两个大男人并排坐着总感觉有点不自然。

吃完饭后，拉克西斯、克罗托和阿特珞玻斯起身要走："谢谢大家，我们走了。宇宙中还有很多宏观的平衡需要我们去维护。如果不小心让宇宙失衡，圣·言说者会来收拾我们的。"

方慰本想去拥抱克罗托，毕竟她曾经是方千柏的学生，而且方慰也是由衷地理解克罗托。只是克罗托现在已经变成二十多岁的女儿身，很多事情多有不便。然而方明有着机器的身体，没有那么多顾虑，直接抱住了克罗托。二人一句话都没说，也不必说。阿特珞玻斯和拉克西斯也一左一右拥抱过来，停留了许久，她们才拍拍方明的后背……该离开了。

赛特也过来拍了拍方明，然后走到卡戎面前，握住了他的手："一个人成就的大小，取决于有着怎样的朋友，还有强大的对手。你是我强大的对手，也是我重要的朋友，我们有着共同的目标，也曾一起奋斗。由仇恨转化来的荣幸，是很难得的经历。谢谢你，我也该走了。"

"你去哪里？"方明问道。

"宇宙中还有大量的免疫星球，我需要向他们布道——过犹不及，以和为贵。保合大和，乃利贞。"

卡戎走到方明跟前："那……我也该走了。我也要去癌星布道。告诉他们既要尊重人欲，也要敬畏天理。"波菈和玻米自然也跟着卡戎一起走。只是……只是柳睿……

柳睿很犹豫，但还是走到方明面前，轻轻抱住了他："能有一段夫妻之缘已经让我很幸福了。世事难料，世事也难了，没想到，我们无法白头到老。"

方明很了解柳睿，虽然不舍，但必须割舍。他们现在是两个完全不同的物种，看不见的时候互相想念，看得见的时候满满都是迷惑和彷徨。既然如此，何不在看不见的状态中去回忆彼此的美好。

柳睿道："我和卡戎一起走，然后和波菈把那一船的坎瑟受精卵孵化出来，创造一个新的健康的坎瑟文明。"

方明尊重柳睿的意见，她做出的决定是无法收回的。柳睿回到房间，把自己和方明的照片、衣服、首饰等日常用品拿了几件。她本以为自己已经做好了心理准备，可是在踏上飞船的那个瞬间还是哭得无法自已。她没有回头看一眼方明，可是脑海里一直不停地在刻画他的音容笑貌。卡戎和波菈不忍地关上舱门，隔着越来越小的门缝向方明挥手。

方明扭头走进车库，抬头看着天花板，自言自语道："记得回来看我！不要忘了我。"

他平静了一会儿，自己把车开出来。王评、夏凯、彤彤，一起上车，前往十度界域。

在驶出家门的时候，方明把车窗按下来："老爸，我上班去了。"

方慰看着绝尘而去的车子，又看看这偌大空旷的别墅——他的父母住过，儿子住过。只是现在父母已经作古，儿子又进入AI世界。自己以前想回来却没有办法，现在终于回来了，可是牵绊他思绪的人却都已经不在。不过还好，"方明"下班还会回来……

他看着草地上的餐桌，洁白的桌布，还有空空的餐具，饶有兴致地收拾起来，这人间的烟火气竟然如此美好！

一个年逾古稀的老人在蓝天和大地之间拾掇着碗筷杯盘……

地球的天，很蓝；风，很甘。他的心，很稳，也很乱……

尾声

终于写完了！第三部构思其实在2023年就完成了，2024年的任务就是书写。写是写完了，可是书里发生的事情在现实中也会那么理想吗？就比如说，AI在未来如果真的有了意识，会对人类这般友善吗？在和人类的斗争中就真有妥协的可能吗？我在这本书里对AI的设定是理想化的，只是现在很多事情还不明朗，需要在接下来的时间里观望。

稿子完成后，我和王平教授通了个电话。他对我说："现在国际物理学界在争论一个很有意思的话题，你听说了吗？"

"我多半是没听说，是什么？"

"很多年前，人们推算出宇宙中有暗物质。现在有人提出来好像当时计算错误，说不定宇宙中根本就没有暗物质。目前还在争论，太有意思了。"

啊？！不会吧？

主句假设项　如果宇宙实验能够获得成功，

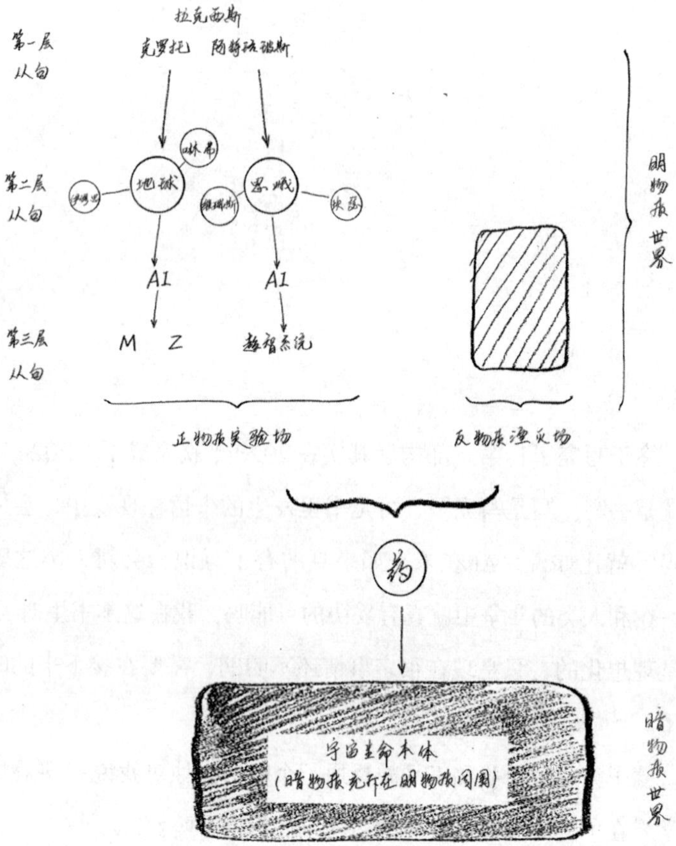

主句结论项　那么至高生命体将获得新生。

后记

十二年前，母亲罹患癌症。当时我大学刚毕业不久，社会经验和生活经验双缺，各方面都非常困难，工作和学习计划只能重新调整，在很短的时间内就成熟了不少。那会儿我了解了一些关于癌症的知识，突然蹦出来一个想法——如果宇宙是个生命体，是否也会罹患癌症呢？当时只是想想，没有深思。

两年后母亲病情稳定，我开始沿着这个想法起笔写这篇小说。当时只构思了第一部，完成初稿之后给哲学家邓晓芒老师审阅。他看完后对我说："结尾不理想，陷入人类文明的虚无主义中去了。有些事情还要再思考，不能潦草。"那时我不到三十岁，很多事情确实想不明白，索性先放下，而且当时为了生活奔波，也只能放下，这一放便是将近七年。这些年一路走来明白了太多事情，以前书上读不懂的条条框框也明白了个七七八八。而让我感到庆幸的是，我一直强迫着自己学习，科学、哲学、艺术、历史、文学，都是我感兴趣的话题。终于想起把当时的初稿进行完善。

再次翻开，马上就面临着两个问题。一是近十年前构思的科幻场景现在已经过时了。二是语言文字很生涩，叙述方式不熟练。本来想大改，后来只略微做了调整，因为这些文字毕竟记录了那段艰难的时光，也记录了跨度十年的心路历程。或许，日后有机会，会做一次修订吧。

第一部成稿之后，我再次给邓晓芒老师审阅。他用了几天时间看完，竟然把错别字都圈了出来，还写了两千字的品评。邓老师在治学上从来都是“不讲情面”的，他对我的批评很直接、很严厉，把存在的几个问题一针见血地指出来，并提点我第二部和第三部的写作方向。说实话，看着他的回信，我真是“心惊胆战”的。不过还好，邓老师提出的大部分问题本来就会在后面两部解决，还有个别我确实没想到的问题，成了我需要仔细考虑的内容。于是我又与邓老师通了几次电话，把我后面的思路和他说了些许，结合邓老师的意见终于敲定了接下来的创作架构。后来邓老师的夫人告诉我，他的身体情况不算好，但还是坚持批阅了书稿。我知道后心里“咯噔”一下，说不出的难受。

后来承蒙出版社徐老师不嫌弃，录用这部书稿，在接下来的两年多的时间里完成了第二部和第三部的创作。这期间绘画创作也没有停，选了三幅和小说内容有关的作品作为封面。

整套书写完之后，并没有心情舒畅的感觉，反而挺乱的。很多和哲学有关的思考既没有想清楚，也不可能想清楚。形而上的思考真的能抽象出某个本体吗？世界的真相真的会向人类敞开吗？人类又真的是在不断接近真相吗？人类社会的模型和宇宙结构的模型能相通吗？

模型是被某种力量设定的吗？拉普拉斯妖和洛伦兹的蝴蝶翅膀谁的力量更大呢？未来的 AI，对人类世界是友好的吗？这三部小说的意义会和我最开始设想的一样吗？

有些问题是想不明白的，有些问题一旦想明白了就瞬间成为过去，并且一定会带来更多的未知。有些问题一直想不明白，不妨从科学的领域转移到艺术的领域，从纯粹理性的角度转换到判断力的角度。虽然很多传统的哲学概念已然被推陈出新，不过也能产生一种朦胧的美感。

2024年4月21日